ベンスン殺人事件

S・S・ヴァン・ダイン

証券会社の経営者アルヴィン・ベンスンがニューヨークの自宅で射殺された。事件は，有力な容疑者がいるため，解決は容易かと思われた。しかし捜査に，尋常ならざる教養と才気をもち，並はずれて容姿端麗なファイロ・ヴァンスが加わったことで，事態は一変する。友人の地方検事が提示する物的・状況証拠に裏付けられた推理を粉砕するヴァンスが，心理学的推理を用いて突き止める。巨匠S・S・ヴァン・ダインのデビュー作にして，アメリカ本格ミステリの黄金時代の幕開けを告げた記念碑的傑作，新訳で登場！

登場人物

ファイロ・ヴァンス……………アマチュア探偵
ジョン・F・X・マーカム………地方検事
アーネスト・ヒース……………殺人課の部長刑事
アルヴィン・ベンスン…………証券会社の経営者
アンソニー・ベンスン…………アルヴィンの兄。少佐
ミュリエル・セント・クレア……女優
フィリップ・リーコック………セント・クレアの婚約者。大尉
リアンダー・ファイフ…………アルヴィンの友人
ビグズビー・オストランダー……同。大佐
ミス・ホフマン…………………ベンスン兄弟の秘書
アンナ・プラッツ………………アルヴィン・ベンスン家の家政婦

目次

ベンスン殺人事件

本文中の（1）……は原注、（i）……は訳注である。

出版社より

マーカム元地方検事の扱った犯罪事件において、ファイロ・ヴァンス氏が重要な役割を果たした〝内幕〟を公表できることは、私たちにとってこのうえない喜びであります。

これら一連の著名な事件について、その真相はこれまでいっさい明かされてきませんでした。それは、ヴァンス氏の法律顧問であり相棒であり、唯一すべての事実を知る人間であるS・S・ヴァン・ダイン氏が、公表の許可を得られずにいたからですが、最近になってやっと、ヴァンス氏の同意を得られたのであります。

ヴァン・ダイン氏の膨大な記録に目を通した私たちは、まずこの『ベンスン殺人事件』を最初に刊行しようと決めました。最も興味深く、最も驚くべき事件であるとともに、物語として見ても、非常に込み入っていると同時にドラマチックなものであるからです。しかし本書を選んだほんとうの理由は、やはりヴァンス氏の最初の事件ということで、彼がいかにして犯罪事件と関わるようになったかがわかるということにあります。しかも、犯罪捜査におけるヴァンス氏の独特な分析的手法が、非常によく表われている事件でもあるのです。

「メイスンさん、命を救ってくださって、ありがとうございました」

「いや、あなたの命には興味がありませんでね」とメイスン。「私に関心があったのは、あなたの問題を解決することだけですよ」

——ランドルフ・メイスン（『運命の修正者』一九〇八年）より

（メイスンはM・D・ポーストの創造した悪徳弁護士）

序

もしニューヨーク市の統計資料を見る機会があれば、ジョン・F・X・マーカムが地方検事であった四年間における未解決重大犯罪の数が、それまでのどの前任者の時期よりもはるかに少ないということに、気づくであろう。マーカムが犯罪捜査においてあらゆる手法を地方検事局に導入した結果、警察が捜査に行きづまっていた数々の難事件を解決することができたのだった。

だが、多くの重大事件を起訴にもち込み、有罪判決を獲得することができたとはいえ、有名な事件のほとんどにおいて彼は、道具として使われたにすぎないのであった。実際に事件を解決し、検察当局に証拠を提出したのは、市当局とは関係をもたず、これまでいっさい公の場に姿を現わしたことがない人物なのである。

当時、私はたまたま、その人物の法律顧問であり、友人でもあった。そのせいで、この奇妙にして驚くべき出来事の真相を知ることができたのだ。しかし、ごく最近まで、そうした事実を公表する自由はもたなかったし、今でもまだ、その人物の名前を明かすことは許されていない。そこで私は、このいわば職務上《エクス・オフィシオ》の報告を行なううえで、彼をファイロ・ヴァンスという仮名にしてみた。

当然のことながら、彼の知り合いの中には、私の書いたものを見て人物を特定できる人もいるだろう。しかしもしそういうことがあっても、知り得たことは秘密にしておいていただきたい。彼は今イタリアで生活しているが、自分が中心的役割を果たした事件の記録の公表は許可してくれたものの、実名を明かすことはいまだに強く拒否しているからだ。そして、私に慎重さが欠けていたために彼の秘密が世間に知れるようなことは、あってほしくないのである。

ここに記録したのは、かの悪名高きベンスン殺人事件をヴァンスがどのようにして解決したかという物語である。この事件は、犯行自体がまったく予想もしなかったものであり、関係者たちがいずれも著名人物で、しかもきわめてショッキングな証拠が提出されたことにより、ニューヨークの犯罪史上かつてないほど興味深いものとなった。

そして、このセンセーショナルな事件は、マーカムの捜査でヴァンスがいわば法廷助言者《アミカス・キューリエ》の役を演じてきた数々の事件の、最初のものだったのである。

ニューヨークにて

S・S・ヴァン・ダイン

1　自宅のファイロ・ヴァンス　六月十四日（金曜日）午前八時三十分

アルヴィン・H・ベンスンが他殺死体で発見され、今に至ってもなかなか消えぬほどのセンセーションを巻き起こした、あの六月十四日の朝、私はたまたまファイロ・ヴァンスのアパートメントで彼と食事をともにしていた。彼と昼食や夕食をともにするのは珍しくなかったが、朝食となると、これは特筆すべき出来事だった。朝寝坊の彼は、昼食までは外部との接触を断つ《インコミュニカード》習慣だったのだ。

そんな早い時間に彼と会っていたのは、仕事上の——というより、むしろ美学上の用件があったからだった。前日の午後、ヴァンスはヴォラール（印象派絵画の蒐集で知られる、パリの画商）のセザンヌ水彩画コレクション内覧会を見にケスラー画廊へ出かけたのだが、目をつけた数点をどうしても手もとに置きたかったために、朝から私を食事に呼んで購入について指示しようというのだった。

この物語の語り手として立場をはっきりさせるため、私とヴァンスとの関係についてひとこと説明しておくべきだろう。法曹界に深く根をおろす家系に生まれた私は、大学進学予備校《プリパラトリー・スクール》の課程を終えると、ほとんど当然のようにハーヴァード大学へ行って法律を学んだ。ヴァンスとは、そこで出会ったのだった。教授たちにけむたがられ、学友たちには敬遠されている、人とうちとけようとせず冷笑的で辛辣《しんらつ》な新入生。そんな彼が、その大学の数いる学生のうちでこの私をなぜ、学業を超えたつきあいの相手に選んだのか、私には今もってよくわからないままだ。私のほうがヴァンスを気に入ったわけは単純で、彼が魅力的で私をひきつけ、知的関心を目新しいほうへ振り向けてくれたからだ。ところが、彼が私を気に入ったのには、そういった根拠になるおもしろみというものはなかった。私は保守的で、どちらかというと陳腐な考え方の凡人だった(今でもそうだが)。ただし、ともかくも堅苦しいたちではなかったし、重々しい法的手順に深く感じ入ってもいなかった——きっと、だから代々に受け継がれてきた職業がたいして好きではなかったのだ。ひょっとしたら、そういったところにヴァンスは知らず知らずある種の好感を覚えたのかもしれない。もちろん内実は、いわば引き立て役あるいは気の張らない相手として私がちょうどよかったとか、私の性質のうちに自分と対照的な、自分を補完してくれるものをかぎつけたとか、そのようにもっと情けないことだったのかもしれないが。ともあれ、私たちは何かというと行動をともにした。そして年月を経て、そうしたつきあいが熟成して離れがたい友情にまでなったのである。

卒業とともに私は、父の法律事務所——ヴァン・ダイン・アンド・デーヴィス——の一員となり、おとなしく五年間の見習い期間を過ごして、その会社のジュニア・パートナーとなった。現在の私は、ブロードウェイ百二十番地に事務所を構えるヴァン・ダイン・デーヴィス・アンド・ヴァン・ダイン法律事務所の、二人めのヴァン・ダインというわけだ。事務所のレターヘッドに初めて私の名前が登場したころ、私の司法修習中にヨーロッパで暮らしていたヴァンスが帰国した。そして、おばが亡くなり、彼が遺産の第一の受取人になったとかで、相続した財産を所有するにあたって法的手続きを任せたいと私を訪ねてきた。

この仕事が、私たちのあいだに新しく、なんとなく変わった関係が結ばれるきっかけとなった。ヴァンスはどんな種類であれ事務処理というものを毛嫌いしていて、いつのまにか私が金銭面の後見人兼全般的な代理人ということになっていた。ふと気づくと、彼の用務が多岐にわたっているため、それに時間をとられ、私はろくろく法律業務に手が回らなくなっていた。ヴァンスのほうは個人の法的な雑務の、いわば何でも屋をかかえるくらいのぜいたくは思いのままとあって、そこで私は今後いっさい事務所の仕事をやめにして、彼の要求と気まぐれへの対処に専念することにしたのだった。

その結果、父の法律事務所でそこそことはいえ発揮できた自分の法的手腕を示す機会が奪い去られたことに、ひそかな、あるいは抑圧された後悔の念をいだいていたかもしれない。だが、そんな気持ちがあったとしても、あの波瀾含みの朝、セザンヌの購入について相談するためヴァンスに呼び出されたあとは、きれいさっぱり消え失せてしまった。なぜなら、周知のベンスン殺人事件に始まってほぼ四年近く、若い弁護士などにはそうお目にかかれるはずのない、度肝を抜かれるような犯罪事件の数々に立ち会う特権にあずかったからだ。その時期に私が目撃した不気味なドラマは、この国の警察史上屈指の、驚くべき秘密の記録なのである。

そうしたドラマの中で、ヴァンスは中心人物だった。私の知るかぎり一度も犯罪捜査に用いられたことのない分析および解釈の手法で、警察と地方検事局がともに手も足も出なかった重要犯罪を、いくつも首尾よく解決していった。

ヴァンスと特別な関係にあるおかげで、たまたま私は、彼が関わったどの事件の場にも居合わせたばかりか、事件をめぐって彼と地方検事とのあいだにもちあがる非公式の話し合いにもほとんど同席していた。ついでに、きちょうめんなたちの私は、一貫してかなり徹底的にそれらを記録していた。加えて、おりおりに説明してもらった、犯人を特定するヴァンスの独特な心理的手法も書きとめていた（記憶の許すかぎり正確にだ）。そして必要もないのに骨を折ってこつこつ書きためておいたことが、幸いした。思いがけず事情が変わって事件を公表することができるようになった今、さまざまな付随する情報をもらさず、段階《アドウェルサーリア》を追って、事件の詳細をたっぷりと語ることができる――おびただしい量の切り抜きや覚え書きがなければ、とうていできなかった仕事である。

また、ヴァンスを本筋からはずれた道に引き込んだ最初の事件がアルヴィン・ベンスン殺害だったのも、幸運だった。これはニューヨークの有名事件《コーズ・セレーブル》のうちでもひときわ目立つ事件となったばかりか、ヴァンスのたぐいまれな演繹的推理能力を披露するまたとない機会ともなり、この事件の性質や重大さゆえに、彼が従来の気まぐれな性癖や偏愛傾向とは相容れない方面の活動へと興味をかきたてられたからである。

事件はヴァンスの生活に突然、思いがけなく割り込んできたのではあるが、ひと月ほど前、当の本人がなにげなく地方検事にした頼みごとが、意図せずしてこうして彼の決まりきった日常を壊す動因になったのだった。現実には、事態はあの六月なかばの朝、私たちがまだ朝食をすませてもいないところへ降ってわき、セザンヌの絵を買う話などはそれきり棚上げになってしまった。その日、あとになってから私がケスラー画廊を訪ねると、ヴァンスが欲しくてたまらなかった二枚の水彩画はもう売れていた。彼はベンスン殺害の謎をみごと解明して、逮捕された無実の人間を救ったにもかかわらず、そのことでこの日欲しかった小品二点を手に入れそこなったのがすっかり埋め合わされた気には、なっていないはずだ。

あの朝、ヴァンスの執事であり、従者、家令も兼ね、ときには本職の料理人も務める希代の老使用人、英国人のカーリに居間へ通されてみると、ヴァンスはゆったりした肘掛け椅子に座っていた。薄絹《シュラー》のドレッシング・ガウン姿でグレーのスエードのスリッパをはいて、膝の上にヴォラールのセザンヌ伝を広げている。

「座ったままで失礼するよ、ヴァン」彼はのんきに声をかけてきた。「なにしろ現代美術発展の重みをまるごと膝に載せているんだから。おまけに、こんなふうに庶民並みに早起きしたもので、疲れてね」

彼は書物のページをぱらぱらめくって、ここかしこの複製画で手を止めていた。

「このヴォラールって男だが」ヴァンスはずいぶんたってから口を開いた。「芸術を畏敬してやまないこの国に、ずいぶん気前のいいところを見せてくれたんだな。所有しているセザンヌの中でも、なかなか悪くないコレクションをこっちへ送ってくれている。きのうはそこそこ感心しつつも、なにしろケスラーに目をつけられていたから、つとめて平然と拝見したんだがね。今朝画廊が開いたらすぐに、きみに買ってきてもらいたいものにしるしをつけておいたよ」

彼はしおり代わりにしていた小型のカタログを差し出した。

「いまいましい仕事だろうけれどね」と、うんざりしたような笑みを浮かべる。「こんな、ほのかなシミがちょっぴりついた余白だらけの紙なんか、たぶん法律人間のきみの石頭には無意味に思えるだろうな。きちんとタイプされた弁論趣意書なんかとは似ても似つかぬ代物だろう。さかさまに掛けてあるんじゃないかと、きみならきっと考えそうな絵もあるし——いや、一枚はほんとにさかさまに掛けてあるんだ、ケスラーでさえ気づかない。だけどね、ヴァン、やきもきする必要はない。あの絵は美しくて、小品ながら価値のある骨董品だ。何年かするとどんな値がつくかと考えたら、むしろ買い得なんだ。金が好きな人間になら、ほんとうにまたとないほどいい投資になるんだよ——アガサおばさんが亡くなったときにきみが口をきわめて勧めてくれた弁護士組合株も問題にならないくらい、いい投資にね[1]」

ヴァンスが情熱(純粋に知的な熱意を情熱と言ってよければだが)の対象とするもののひとつが、美術だった。狭義の、個別の観点から見た美術ではなく、もっと広義の、より普遍的な意味での美術だ。しかも美術は、彼にとって最大の関心事であるとともに、重要な気晴らしのひとつでもあった。日本や中国の版画についてはひとかどの権威であり、掛け軸《タペストリー》や陶磁器にも通じている。以前、何人かの客を前にタナグラ小像[i]について即興で講義するのを耳にしたことがあるが、あれを文章にしておいたら、このうえなくおもしろくてためになる小論文になったことだろう。

好きなだけ蒐集癖を満足させるに足る資力があるヴァンスは、みごとな絵画や美術骨董品《オブジェ・ダール》をいろいろと集めて所有していた。彼のコレクションは、うわべを見ただけでは異質なものの寄せ集めであるが、所蔵品のそれぞれが、ほかのすべてと互いに関連する、ある法則に沿った形状やラインを体現している。美術を解する者なら、時代や分野《メティエ》、表面的な魅力といった観点からどんなに隔たっていようとも、彼のまわりにある品々にはすべて統一感と一貫性があると感じるはずだ。ヴァンスは、ごくまれにしかいない、確固とした哲学的眼識を備えたコレクターなのだと、私はつねづね思っている。

東三十八丁目にあるヴァンスのアパートメント――実際には古い大邸宅の最上階二フロアぶんをきれいに改装し、一部は改築して天井の高いゆったりした間取りを確保した住まい――は、東洋と西洋、古代と現代の希少な美術の実例で埋め尽くされているものの、決して詰め込みすぎとはなっていない。絵画は広くルネサンス以前のイタリア美術からセザンヌやマティスまで、オリジナルの素描コレクションの中にはミケランジェロからピカソのものまで広範囲の作品がちりばめられていた。ヴァンスの集めた中国の版画は、この国随一のすばらしい個人コレクションになっており、李龍眠《リリョーミン》（北宋の画家）、李安忠《リアンチユー》（南宋の画家）、髙克明《コウコーミン》（北宋の中国画家）、夏珪《カケイ》（南宋の山水画家）、牧谿《モッケイ》（南宋の水墨画家）らの佳品が含まれている。

ヴァンスが私に言ったことがある。「中国人はほんとうに偉大な東洋の芸術家だ。包容力のある哲学的精神を最も鮮明に作品に表現する。それに対照してみると、日本人は皮相的だな。

ほとんど装飾的な心象《スーシー》の域を出ない北斎と、深みのある思想に根ざし、芸術性を意識した李龍眠とのあいだには、かなりの距離がある。満州族の支配で中国芸術は退廃したけれども、それでもまだ深い哲学的資質がうかがえる——崇高な感性《サンシビリテ》というかね。模写を重ねてきた現代美術——文人画スタイルというやつだが——の中にさえ、意味深い絵があるからね」

美術に対するヴァンスの嗜好《しこう》には、驚くべきおおらかさがあった。コレクションの多彩なことは博物館並みだ。アマシス（エジプト第十八王朝の王）時代の黒絵のアンフォラ（首が細長く、底のとがった両取っ手付きの壺）、エーゲ文明の原コリント様式の花瓶、クーバチャ島やロードス島の皿、アテネの陶器、十六世紀イタリアの水晶の聖水盤、テューダー朝時代の白目細工《ピューター》（数点には二連薔薇の認定証付き）、チェッリーニ（十六世紀イタリアの彫刻家、金細工師）作のブロンズ銘板、フランス中西部リモージュの琺瑯《ほうろう》細工をほどこした三連祭壇画《トリプティク》、スペインのバルフォゴナから来た祭壇のついたて《リテーブル》、エトルリアのブロンズ像が数点、インドのギリシャ風仏像、明朝の観世音菩薩像、精緻をきわめたルネサンスの木版画の数々、ビザンティン様式やカロリング朝や初期フランス風の象牙彫刻数点、といった具合なのだ。

秘蔵のエジプト美術には、ザガジグ出土の金の水差し、レディー・ナイの小像《スタチュエット》（ルーヴル美術館所蔵品に劣らない美しさだ）、みごとな彫刻をほどこした第一次テーベ朝時代の石碑が二点、聖牛《アピス》やアムセットを表わす珍品などさまざまな小型の彫像、カラシスコスの踊り子たちの姿を刻んだアレンティンの鉢が数個、などがある。彼の現代の絵画と素描のほとんどが飾られている書斎の、ジェームズ一世時代風の彎《わん》曲した書棚のうちには、最上段に妖《あや》しい魅力をもつアフリカの彫刻が飾られているものもあった。仏領ギアナ、スーダン、ナイジェリア、コートジヴォアール、コンゴの儀式用仮面や呪物崇拝の小像などだ。

かくも長々とヴァンスの美術嗜好について語ってきたのは、確かな目的があってのことだ。その六月の朝に始まる芝居がかった冒険をすっかり理解してもらうには、ヴァンスという人間の趣味や精神のあり方をひととおり把握しておいてもらわなくてはならないからである。美術への関心は、彼の個性のうちでも重要な——ほとんど支配的なと言ってもいいくらいの——要素なのだ。私はこれまで彼のような人間にはまったくお目にかかったことがない。あれほど変化に富んでいるように見えて、根本のところであれほど首尾一貫している人間には。

ヴァンスのことを好事家《ディレッタント》と呼ぶ人は多いだろう。しかし、そういう呼称は不当というものだ。彼は並々ならぬ教養と才気の持ち主なのだから。素性も天性も貴族である彼は、通俗的な人間の世界からはきっぱりと距離をおいてきた。その態度の中には、ありとあらゆる低俗なものに対する名状しがたい軽蔑がある。出会った人の大多数は、彼を通人気取《スノッブ》りの俗物と見る。だが、尊大にも見えるその侮蔑の態度は、まがいものではない。たとえスノッブであっても、それは知的であり、かつ社交的なものなのだ。愚かさを嫌悪する気持ちは、俗悪や悪趣味を嫌うよりもなお強いはずだ。彼がフーシェ（フランス革命からの大変動期を乗り切った政治家）の有名な言葉を引用するのを何度か耳にしたことがある。「それは罪悪以上《セ・プリュ・カン・クリム》であり、過失《セ・テュヌ・フォート》でもある」。彼はこの言葉を、字義どおりの意味で言ったのだった。

ヴァンスはあからさまな皮肉屋だが、辛辣になることはめったにない。彼の皮肉はあっさりしたユヴェナリス（ローマ帝政期の風刺詩人）風のものなのだ。うんざりするほど傲慢という表現がいちばんぴったりするかもしれないが、自意識も眼識も非常に高い、人生の観察者ならではのことだ。彼は人間の反応というものにことごとく強烈な興味を示す。ただしそれは科学者としてのものであって、人道主義的興味ではない。それにもかかわらず、彼の人となりにはたぐいまれな魅力がある。彼には感心できないと思う人々でさえ、彼のことを好きにならずにはいられない。どことなく理想を求めすぎるような行動様式、かすかに英国風のアクセントとイントネーション（オクスフォード大学院時代のなごりだ）が、よく知らない人には気取っているような印象を与える。けれども、ほんとうのところ彼には、気取ったところがほとんどないのだ。

　ヴァンスは並はずれて容姿端麗だが、口もとの禁欲的で冷淡なところが、メディチ家のある肖像画と共通している[2]。おまけに、眉の吊り上がり方にかすかに人を小馬鹿にするような尊大さがある。鷲のようないかつい目鼻だちにもかかわらず、感受性の鋭い顔つきなのだ。前頭が豊かに隆起していて、それは学者というより芸術家の額だ。冷淡な灰色の目と目のあいだは、広くあいている。ほっそりした鼻筋がまっすぐに通り、細いが突き出した顎には深い切れ込みがある。最近ハムレットを演じたジョン・バリモアを見て、私はなんとなくヴァンスを思い出した。それ以前にも、フォーブス・ロバートソン演ずるシーザーとクレオパトラの一場面で、似たような印象を受けたことがある[3]。

　六フィートをわずかに下まわる身長で身のこなしの優雅なヴァンスは、強靭な体力と持久力のある神経が備わっているという印象を与える。フェンシングの達人で、大学ではフェンシング・チームのキャプテンを務めた。アウトドア・スポーツはまずまず好きなほうで、たいした練習をしなくてもじょうずにやるこつを心得ている。ゴルフのハンディはわずかに三。あるシーズンの選手権大会に出場したポロのチームに加わって、イングランドと対戦したこともある。そのくせ歩くことは無条件に嫌っていて、何でもいいから乗ることのできるものさえあればほんの百ヤードでも歩こうとはしないのだった。

服装にはつねに流行をとりいれつつも——細かいところまで至れり尽くせりの正確さで——流行に走りすぎはしなかった。かなりの時間をクラブで過ごすのだが、お気に入りはスタイヴェサント・クラブだった。説明してもらったところによると、会員の大部分が政界や実業界の人間で、知的労力を要する議論に引き込まれずにすむからだという。ときにはずっと現代的なオペラに行くこともあったが、常連となっているのは交響楽コンサートや室内楽リサイタルのほうだった。

ついでながら、彼は私がこれまで会った中では最高に読みのうまいポーカーの名手だ。このことに触れておくのは、ヴァンスのようなタイプの人間が、たとえばブリッジやチェスなどよりもポーカーというやけに大衆的なゲームを好むのが珍しくも意味ありげだからというだけでなく、人間の心理的かけひきというポーカーに欠かせない科学的知識を彼がもっていることが、これから私が語ろうとする物語に深く関係するからでもある。

ヴァンスの人の心理を読む力には底知れないものがある。直感的に人間を正確に見抜く天分に恵まれた彼は、学問や読書によってその才能を驚くほど系統的で合理的なものに高めていたのだ。学問としての心理学原理を基礎からしっかり学び、大学での課程はずっとその分野に中心をおくものか付随するものかのどちらかだった。私が不法行為だの契約だの、憲法、判例法、衡平法、証拠に訴答といった狭苦しい分野にこもりきっていたころ、ヴァンスは全分野にわたる文化的活動を踏査して回っていた。宗教史、ギリシャ古典文学、生物学、市政学、政治経済学、哲学、人類学、文学、理論心理学に実験心理学、古代から現代におよぶ言語[4]。だが、彼にとって最もおもしろかったのは、ミュンスターベルヒとウィリアム・ジェームズ（ともに心理学者）の講座だったのではないだろうか。

　ヴァンスの精神は、つまるところ理性的である――より一般的には、思慮深いとも言えよう。ありがちな感傷やそのときどきの思い込みに不思議なほどとらわれることのない彼は、人間の行為となって現われるものの底に隠れた、その行為を駆り立てている衝動や動機を見通すことができる。それればかりか、わずかでも軽々しく信じるような態度を避けることにおいても、客観的で論理的に正確な知的プロセスに固執することにおいても、首尾一貫したものだった。

　彼はかつて、こう言ったことがある。「人間のどんな問題にも、台に縛りつけたモルモットを検査する医者のように冷静かつ超然と、意地の悪い軽蔑をこめてアプローチできるようにならないと、真相になどたどりつけやしないさ」

　ヴァンスは、決して旺盛にというわけではないが、社交をこなしてはいた。一族のつながりがさまざまあって、どうしてもそうなるのだ。ただ、社交的な人間ではなかった。私は彼ほど集団性が未発達な人間にお目にかかった覚えがない。社交の世界に出ていくとしたら、たいていはしかたなしにだった。実はあの忘れられない六月の朝食の前の晩も、彼にはそういった〝義理〟の用があったのだ。でなければ、私たちは前日のうちにセザンヌについて相談していたはずだ。カーリが私たちにイチゴとエッグ・ベネディクトを出してくれているあいだも、ヴァンスはそのことをさんざんこぼしていた。あとになって私は、ことがまさにあのようなめぐり合わせになったことを偶然の神に深く感謝したものだ。九時に地方検事が訪ねてくるころヴァンスがすやすや眠ってでもいたなら、おそらく私は生涯で最高に興味と興奮をかきたてられた四年間をのがしてしまっていたことだろうし、ニューヨークで最もたちの悪い、無鉄砲なことこのうえない犯罪者の多くがいまだに大手を振って歩いていたことだろう。

ヴァンスと私が椅子にくつろいで二杯めのコーヒーを飲みながら煙草を吸っているところへ、せきたてるように鳴る玄関のベルに応えたカーリが、地方検事を居間に案内してきた。

「こいつは驚きだ！」彼がそう声をかけながら、わざとらしく両手を上げて驚いてみせた。「ニューヨークでも指折りのなまけ者《フラヌール》の美術通が、もう起きているとはね！」

「汗顔の至りだよ、お恥ずかしい」とヴァンスが返した。

ところが、どうやら地方検事は浮かれ気分ではないらしい。いきなりまじめな顔つきになった。「ヴァンス、大事な用で来たんだ。すごく急いでいる。約束を果たしにちょっと寄っただけだが。……実は、アルヴィン・ベンスンが殺された」

ヴァンスはものうげに眉を吊り上げた。「いやはや、まったく」と、間延びした声を出す。「なんと見苦しい！　だが、確かに殺されてもしかたないな。いずれにせよ、きみが嘆くことはない。まあ座って、カーリのいれたとびきりうまいコーヒーでも飲みたまえ」そして、相手が口を開くより先に、立ち上がって呼び鈴のボタンを押した。

マーカムはほんのちょっとためらった。

「まあいいか。一、二分くらい、どうということはないだろう。だが、ひと口だけだ」そう言って、私たちの向かいの椅子に腰をおろした。

2 犯罪現場

六月十四日（金曜日）午前九時

ジョン・F・X・マーカムは、ご存じのとおり、市政を牛耳る民主党派閥組織《タマニー・ホール》に対し周期的に起こる反動の一時期、独立改革派公認でニューヨーク郡の地方検事に選出された。四年の任期を務め、対抗勢力の政治的陰謀によって票が割れさえしなければ、おそらく二期めも再選されていたことだろう。根気よく仕事に取り組み、ありとあらゆる刑事および民事事件の調査に地方検事局を投入した。徹底して清廉潔白な彼は、有権者たちに熱烈に賞賛されることになったばかりか、党派上は彼と対立している者たちにまでほとんど前例を見ないほどの信頼感をいだかせもしたのだった。

就任してたかだか数カ月のうちに、ある新聞が彼をお目付け役《ウォッチ・ドッグ》と呼んだところ、そのあだ名は任期の終わりまで彼についてまわることとなった。確かに、在職した四年間の有能な検察官としての業績はみごとなもので、今なお法曹界や政界で議論の引き合いに出されることも珍しくない。

マーカムは四十代なかばの、長身でたくましい体つきをした男で、きれいにひげを剃ったどことなく若々しいその顔は、一面灰色の髪にそぐわない感じだった。月並みな基準で言えば男前というわけではないが、まぎれもない品格があり、当世の政界官吏にはまれにみる豊かな社会的教養の持ち主だ。また、ぶっきらぼうで頑固なたちだが、それは育ちのよさというしっかりした土台をくるんでいるぶっきらぼうであって、へたにお上品ぶったうわべを重ねても透かし見えてしまう根っからの荒っぽさ――たいていの者の場合はこちらだ――とは違う。

職責や心労というストレスから解放されたときの本来の彼は、このうえなく愛想のいい男だった。だが、知り合ったばかりのころ、私は彼の態度が友人らしい温かいものから、がらりとうって変わったいかめしい権威者のものになることに気づいた。まるで、新たな人格が――無情で不屈の、永遠の正義の象徴とでもいうか――その瞬間、マーカムの体内に生まれたかのようだった。つきあいが終わるまでに、私は何度となくそういう変貌を目にすることになった。実際、まさにあの日の朝、ヴァンスの居間で私の向かいに座った彼の挑みかかるような厳しい表情には、ありありとその兆しがうかがえた。彼はアルヴィン・ベンスン殺人事件について深く憂慮していたのだ。

彼がせかせかとコーヒーを飲み干してカップを置こうとしたところで、それまで楽しげなからかうような目で見守っていたヴァンスが口を開いた。「ねえ、ベンスンという男が死んだからって、どうしてそんなに情けないくらい頭がいっぱいなんだい？　まさか、きみが殺したっていうんじゃないだろうね？」

マーカムはヴァンスの軽口にとりあわない。「ベンスンのところへ行くところなんだ。ついてくる気があるか？　捜査を体験させてほしいと頼まれたから、約束を果たそうと思って寄ったんだぞ」

そこで思い出した。何週間か前にスタイヴェサント・クラブで、ニューヨークで殺人が増えているという話題が出たとき、ヴァンスが地方検事の捜査に一度同行してみたいと言い、マーカムは次の重大事件のときに連れていってやろうと約束したのだった。人間が行動するときの心理に興味のあるヴァンスだからこそそんなことを思いつき、相手が長いあいだ友人としてつきあってきたマーカムだったからこそそんな頼みごとができたのだ。

「きみは何でも覚えているんだなあ」ヴァンスはのらくらと答えた。「賞賛に値する才能だな。やっかいな才能でもあるが」炉棚の時計に目をやる。あと何分かで九時だった。「それにしても、なんとも理不尽な時間だよ！　誰かに見られたらどうしよう」

マーカムはそわそわしながら椅子から身を乗り出した。「なあ、好奇心を満足させるために、九時なんていう朝っぱらから出かけていく恥をしのんでもいいと思うなら、急ぐんだね。まさかドレッシング・ガウンに寝室用スリッパって格好のまま連れていくわけにはいかん。それに、いいか、着替えをするのに五分以上は待たないぞ」

「なあ、なんでまたそう急ぐんだい？」ヴァンスはあくびをしながら訊く。「相手は死んでるんじゃなかったかい。逃げていきやしない」

「とにかく、腰をあげろよ」マーカムはせきたてる。「この事件は笑いごとじゃすまされない。じつに深刻だ。どうも様子からすると、とんでもないスキャンダルを巻き起こしそうなんだ。どうする?」

「どうって? 庶民の味方たる偉大な復讐者に、おとなしく付き従うよ」答えながらヴァンスは立ち上がり、わざとうやうやしくお辞儀をしてみせた。

彼は呼び鈴でカーリを呼ぶと、着替えをもってくるよう言いつけた。

「ミスター・マーカム主催の、死体との謁見式に出席するんだ、きちんとした服にしてくれ。絹地では寒くないだろうか?……それから、薄紫色《ラヴェンダー》のネクタイだな、ここはぜひとも」

「緑のカーネーションまではつけないでくれよ」と、マーカムがぼやく。

ヴァンスは舌打ちしてそれをたしなめた。「ヒッチエンス(1)を読んだんだな。なんて異端の地方検事なんだろうね！ いずれにせよ、ぼくが飾り花《ブートニエール》なんかつけるはずないと知ってるくせに。あんな飾りはもうすたれてしまっている。今どきまだご執心なのは道楽者《ルエ》かサックス奏者くらいのものさ。……ところで、死んだベンスンのことを教えてくれよ」

ヴァンスは、カーリに手伝ってもらって手早く着替えをしているところだった。私がこれまでめったに見たことのない早さだ。うわべはふざけたふうを装《よそお》いながら、目新しい経験ができる、自分の機敏で観察力の鋭い頭を生かせそうだと、この男がほんとうはうずうずしているのが見てとれた。

「アルヴィン・ベンスンのことは、まんざら知らんわけじゃないだろう」と地方検事。「まあいい、今朝早くに、ベンスンの家政婦から所轄の署に電話があって、主人が頭を撃ち抜かれているのを発見したというんだ。服は着たままで、居間のお気に入りの椅子に座っているという。その知らせはもちろんすぐ本部の通信局へ伝えられ、ぼくには勤務中の部下がただちに知らせてくれた。ぼくは事件を通常の警察の手順に任せておく気になっていた。ところが三十分ほどすると、アルヴィンの兄のベンスン少佐が電話してきて、特別なはからいでぼくにこの件を引き受けてほしいというんだ。少佐は二十年来の知己で、どうにもうまく断りかねてね。そこで、朝食もそこそこにベンスン宅へ出かけることにした。住まいは西四十八丁目だ。きみのところを通りかかってふといつかの頼みごとを思い出したもので、一緒に来る気があるかどうか確かめに寄ったというわけさ」

「それはどうもご親切に」と、ヴァンスはつぶやくように言いながら、戸口のところで小さな華やかな飾りのついた鏡に向かってネクタイの結び目を整えている。そこで、私のほうを振り返った。「ねえ、ヴァン。みんなで死せるベンスンを拝見しようじゃないか。きっとマーカムのところの刑事の中には、ぼくがあの俗物を嫌っていた事実をさぐり出して、ぼくが犯人だと言い出すやつもいることだろうから、有能な法律専門家がついててくれると安心できる。……さしつかえないよな――なあ、どうだろう、マーカム？」

「かまわないとも」と、相手は快く承諾したものの、実際にはあまり来てほしくなさそうな感じだった。だが私は興味津々だったので形ばかりでさえご辞退申しあげる気にもならず、ヴァンスとマーカムに続いて階下へおりていった。

　待っていたタクシーに腰を落ち着け、マディソン・アヴェニューを北へ向かいながら、それまでにもたびたび思ったものだがまた、かたわらにいる似ても似つかない男二人の奇妙な友情を不思議に思った。率直、因襲的、いささか厳格で、処世にはまじめすぎるマーカムと、のんきで移り気、屈託がなくて、どんなにつらい現実に直面しようとも妙に冷笑的なヴァンス。なのに、そういう性分の違いこそが、どことなく二人の友情の礎石となっているらしい。まるで、それぞれが相手に、自分には手の届かない分野の経験やみずからは味わうことのない感情を見いだすかのようだった。ヴァンスにとってマーカムは人生の揺るぎない不変の現実を意味し、マーカムにとってヴァンスは屈託がなくて珍しい、放浪精神に満ちた知的冒険を象徴する。じつのところこの二人の友情には、見かけ以上に深いものがあった。マーカムは相手の態度や意見を大げさに否定していたにもかかわらず、ほかの誰よりも深くヴァンスの知性を尊敬していたように思う。

　あの朝、車でアップタウンへ向かうときのマーカムは、何かに心を奪われているふうでふさぎこんでいた。アパートメントを出てから誰もひとこともしゃべらなかったが、四十八丁目を西に曲がるときになってヴァンスが質問した。「こういう早朝の殺人という行事にはどんなしきたりがあるんだろう？　死体の前では帽子をとるというほかに」

「帽子はかぶったままでいい」と、マーカムがうなるように言った。

「へえ！　ユダヤ会堂《シナゴーグ》みたいにかい？　おもしろい！　靴は脱ぐんだろ、足跡がまぎれてしまわないように」

「脱がない」と、マーカムが言い渡す。「客は服もしっかり着たままだ――最上流階級の方々の夜のご用とは別種の行事なんでね」

「いやだなあ、マーカム！」例によって、もの悲しい小言のようなヴァンスの口調。「きみの中のいやなモラリストがまた顔を出したね。その言い方、まるっきりエプワース同盟（オハイオ州で創立されたメソジスト青年同盟）じゃないか」

マーカムはうわの空で、ヴァンスの冗談にとりあわなかった。「注意しておいたほうがよさそうなことが、ひとつ二つある」と、真顔で言った。「どうも、この事件は相当な騒ぎを引き起こしそうだ。やっかみやら手柄争いも多分にあるだろう。ぼくがこの段階で勝負の場に出ていって、警察に温かく迎えてもらえるはずがない。だから、連中の神経を逆なでしないよう用心してくれ。先に行っているぼくの部下が言うことには、警視正はヒースを担当にしたらしい。ヒースというのは殺人課の部長刑事なんだが、さぞかし今ごろは、ぼくが売名のためにでしゃばろうとしているとでも思い込んでいるにちがいない」

「きみのほうが上席なんじゃないのか？」とヴァンス。

「もちろん。だからこそ、いっそうやりにくい事態になるのさ。……まったく、少佐が電話なんかしてこなければよかったんだ」

「ああ！《エーヘウ》」ヴァンスはため息をついた。「世間はヒースのような男だらけ。ひどくやっかいなことだ」

「ぼくの言葉を誤解するなよ」マーカムがあわてて念を押す。「ヒースはりっぱな男だ――実際、誰にもひけをとらない優秀さだよ。あの男に事件を担当させたというだけでも、本部がこの件をどんなに重大視しているかわかる。ぼくが主導権を握ったってまずいわけじゃないんだがね。だけど、なるべく穏やかな雰囲気にしておきたいんだ。まあどうせ、きみたち二人の見物人を連れていくと、ヒースはいい顔をしないだろう。だから、頼むから、ヴァンス、スミレみたいにおとなしくしていろよ」

「それより、バラみたいに慎み深くと言ってほしいな、きみさえかまわなければ」とヴァンス。「さっそく、その神経過敏なヒースに、ぼくのとっておきのレジー煙草を進呈しよう。吸い口がバラの花びらなんだ」

マーカムが顔をほころばせた。「そんなことしてみろ、怪しい人物だとあいつに逮捕されるぞ」

西四十八丁目、六番街に近い北側にある、古い褐色砂岩《ブラウンストーン》の邸宅前で、車が急に止まった。この街の建築家たちのあいだで永続性と美術性がまだ考慮すべきことがらだった時代に、二十五フィートの区画に建てられた、上流階級向けの住居だった。同じブロックのほかの住宅と調和する月並みなデザインだが、装飾的な笠石、エントランスまわりや窓の上の石の彫刻などに、高級感と個性が漂う。

通りの縁と建物正面のあいだに、やや低くした砂利敷きの通路があるが、そこは高い鉄柵に閉ざされて、広々した石づくりの階段を十段のぼった先にある、通りから約六フィート上の正面玄関からしか出入りはできない。玄関と右の側壁のあいだに、鉄格子でしっかりおおった大きな窓が二つあった。

家の前には、かなりの見物人が怖いもの見たさで集まってきていた。油断のない顔つきで石段をうろうろしている数人の若者は、どうやら新聞記者らしい。私たちの乗ったタクシーのドアを開けてくれた制服巡査が、マーカムに大げさな敬礼をしてみせると、役立たずの人だかりをこれ見よがしにかきわけて道をあけてくれた。小さな玄関ホールにもうひとりの制服巡査が立っていて、マーカムの姿を認めるなり玄関扉を開けて支えながら、もったいぶった敬礼で迎えた。

「ようこそ、皇帝陛下、万歳《アウエー・カエサル・テー・サルータームス》」と、ヴァンスがにやにやしながらささやいた。

「黙れ」と、マーカムがたしなめる。「きみにへんてこな質問をされなくたって、こっちはいいかげん手いっぱいなんだ」

彫刻をほどこした堂々たるオークの玄関扉から玄関ホールへ入ると、地方検事補のディンウイディが出迎えてくれた。きまじめな、年のわりに皺《しわ》の寄った顔の色の浅黒い若者で、人間の苦悩をずっしりとその双肩にになっているとでもいうような印象の容貌だ。

「おはようございます、検事」と、いかにも安堵したようにマーカムに挨拶した。「来てくださってすごく助かります。この事件はどんなにつついても解決できそうにありませんよ。計《カット・》画的《アンド・ドライド》な殺人、しかも手がかりはなし」

マーカムは陰気にうなずき、彼の肩越しに居間のほうを見やった。「誰が来ている？」

「総出ですよ、警視正以下」と、まるでそれが関係者全員にとって不吉な前兆だとでもいうように、ディンウィディは情けなさそうに肩をすくめた。

　そこへ、長身でがっしりした、血色のいい顔に白い口ひげを短く刈り込んだ中年の男が、居間の入り口に現われた。マーカムを見つけて、片手を差し出しながら堅苦しく前に進み出てくる。市警の全部門を統括しているオブライエン警視正だと、すぐにわかった。マーカムとのあいだに貫禄たっぷりの挨拶がかわされ、ヴァンスと私が警視正に引き合わされた。オブライエン警視正は私たちのそれぞれに黙ったままそっけなくうなずいてみせると、居間へ引き返し、マーカム、ディンウィディ、ヴァンスと私はそのあとに続いた。

　玄関ホールを十フィートほど進んで幅の広い両開きのドアから入っていくと、そこはほぼ正方形で天井の高いゆったりした部屋だった。二つの窓が通りに面し、北側つきあたりの、家の正面と反対側の壁に、砂利敷きの中庭の見える窓がもうひとつある。その窓の左手にあるのは、奥のダイニング・ルームへ通じるスライディング・ドアだった。

　一見して、金にものをいわせた絢爛豪華な部屋だ。壁のあちこちに飾られているのは、凝った額装の競走馬の絵や台座付きの狩猟記念品（獣の毛皮、角、頭など）。床のほぼ全面に敷きつめられた、やけに色彩豊かな東洋風のラグ。東側の壁の中央、入り口の対面に、ごてごてした暖炉と彫刻をほどこした大理石の炉棚。右手の隅に斜めに据えられているのは、銅細工に縁どられたクルミ材のアップライト・ピアノ。それから、ガラスの扉に紋織りカーテンを張ったマホガニーの書棚、つづれ織りをかけたゆったり寝そべられるほどの大型ソファ《ダヴェンポート》、真珠母を象嵌《ぞうがん》した背の低いベネツィア風飾り台《タブレット》、真鍮《しんちゅう》の大きな卓上湯沸かし器《サモワール》が置いてあるチーク材の小卓、長さが六フィート近くもある卓面がブール細工のセンター・テーブル。このテーブルのいちばん玄関ホール寄りの側に、おもての窓に背を向けて、高い背面が扇形の大きな籐製安楽椅子《ラウンジ・チェア》があった。

この椅子で、アルヴィン・ベンスンが永眠していた。

先の世界大戦で二年間、前線に従軍し、身の毛のよだつ死者をいやというほど見てきた私だが、この殺人の光景には強烈な嫌悪感を抑えきれなかった。戦時のフランスでは、死も日々の暮らしの必然的な一面に思えていた。だが、今この部屋ではまわりのあらゆるものが非業の死という観念の対極にある。六月のまぶしい日の光が差し込む室内。開いた窓からは街の喧騒が絶え間なく聞こえてくる。どんなにやかましくともその騒音が、平和や安全、秩序ある社会生活のいとなみを思い出させる。

ベンスンの体はいかにも自然な姿勢で椅子にもたれかかり、今にもこちらを振り返って、人の私室にずかずか入り込んで何をやっているのだと問いただしてくるのではないかと思えるほどだった。頭は椅子の背につけている。左脚の上に右脚を重ねて組んで、ゆったりくつろいだ格好だ。右腕をセンター・テーブルにだらりとかけ、左腕を椅子の肘掛けにのせている。だが、その見かけは自然な中でひどく目立っているのが、右の手にある小ぶりな本で、どうやら読みかけていたらしい箇所にまだ親指をはさんだままだったのだ(1)。

彼は正面から額を撃ち抜かれていた。小さな円形の弾痕が、もう血液が凝固してしまって黒っぽくなっている。椅子の後ろのラグの上にある大きなどす黒いシミから、脳をけずりながら

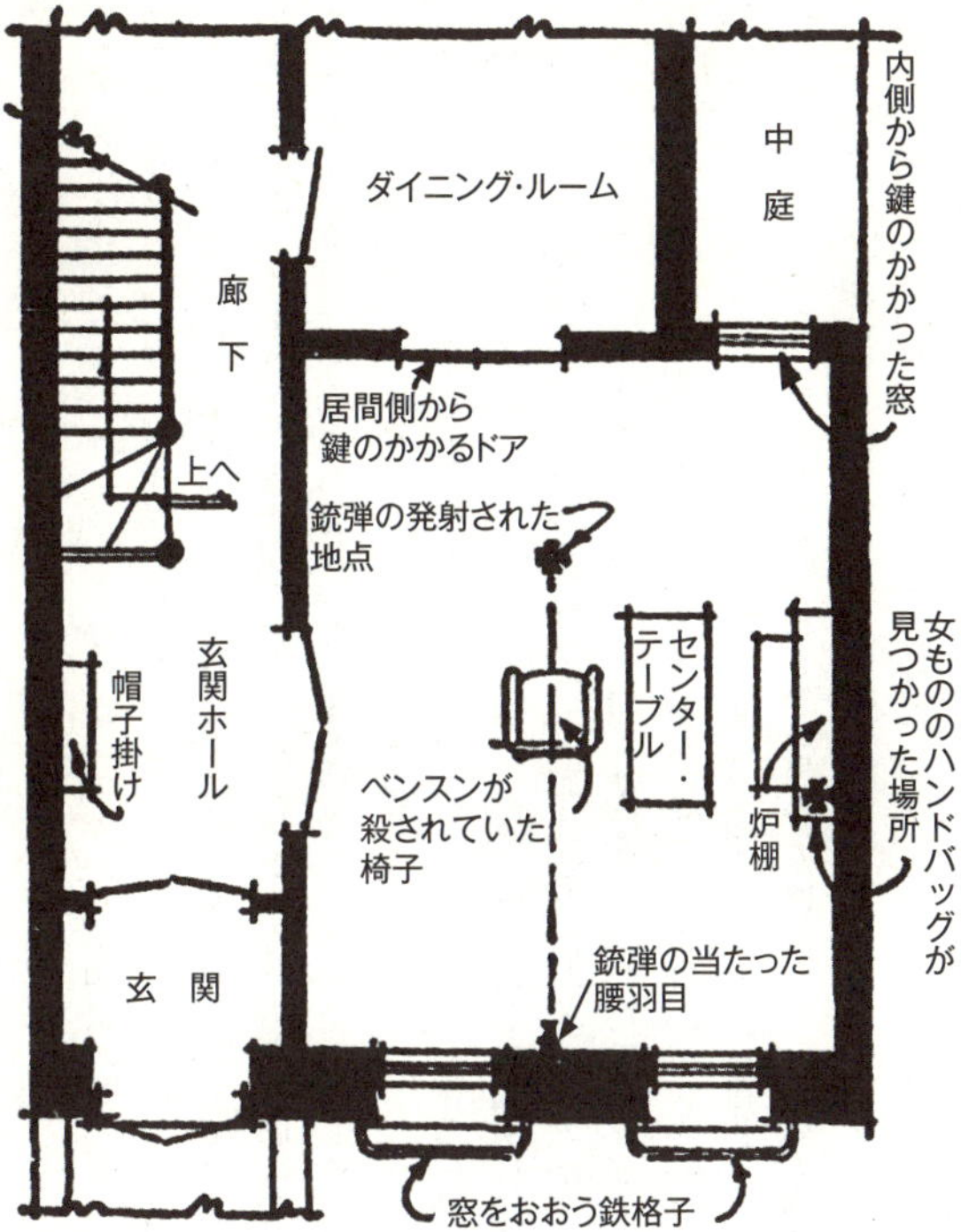
ダイニング・ルーム
中庭
内側から鍵のかかった窓
廊下
居間側から
鍵のかかるドア
上へ
銃弾の発射された
地点
センター・テーブル
女もののハンドバッグが見つかった場所
炉棚
帽子掛け
玄関ホール
ベンスンが
殺されていた
椅子
銃弾の当たった
腰羽目
玄関
窓をおおう鉄格子

西48丁目

貫通した弾丸による出血のすごさがうかがえる。物騒なこのシミがなかったら、読書の途中で椅子にもたれてひと休みしているだけだと思ってしまいそうだ。

着古したスモーキング・ジャケットをひっかけて赤い寝室用スリッパをはいていたが、まだ礼装用ズボンにイヴニング・シャツのままだった。ただし、カラーははずし、首もとをくつろげるように台襟のボタンもはずしていた。彼は肉体的な魅力がある男ではない。ほぼすっかりはげあがった頭に、小太りという表現ではすまないほどの太り方だ。顔はたるみ、首のだぶつきはカラーがないせいでなおさら目につく。嫌悪感でいささかぞっとした私は、彼を熟視するのを早々に切り上げて、室内のほかの人間に目を向けることにした。

手も足も大きい、たくましい男二人が、黒いフェルト帽をぐっと後ろに押し上げて、おもての窓の鉄格子を綿密に調べていた。バーを石壁にセメント接着した箇所には特別注意を払っているようだ。ひとりは鉄格子を両手でつかんで、頑丈さを試しているのか、猿のようにゆさぶっている。また別の、中背でこざっぱりした、ちょぼちょぼしたブロンドの口ひげの男が暖炉の火格子の前にかがみ込んでいるのは、どうやらほこりだらけのガス炎管（丸太を模した暖炉に据えつけるガス管）を一心に見ているところらしい。テーブルの向こう側に立っている紺サージの服に山高帽のがっしりした男は、両手を腰にあてて肘を張り、椅子にかけたもの言わぬ人物をつくづく眺めていた。淡いブルーの険しい目を細めて、上顎前出《プラグナサス》ぎみの張った顎を固く引き締めている。魂を奪われたようにひたすらベンスンの死体を凝視しているところは、まるで一途《いちず》に集中力を注いで殺人の謎を解明したいとでもいうようだ。

また、異様な風采の男がひとり、宝石鑑定用の拡大鏡を片目につけて奥の窓の前に立ち、てのひらに載せた小さな物体を調べていた。写真で見知っていたその男は、銃器専門家としてアメリカ一有名な、カール・ヘージドーン警部だった。場所ふさぎなほど大柄で肩幅の広い、五十がらみの男だ。光沢のある黒い服が、彼の体には何サイズか大きすぎる。上着は背中のほうでだぶつき、前身ごろがなかば膝まで垂れ下がっているし、ズボンもだぶだぶで、足首にかぶさった裾がぶざまでおかしな具合にくしゃくしゃしている。まん丸で異様に大きい頭、頭蓋にめり込んだような耳。もじゃもじゃの白髪まじりのひげが、そろって下向きに伸びて唇にすだれでもかけたようになっているため、口もとは見えない。ニューヨーク市警にもう三十年も勤めてきたヘージドーン警部は、その外見や挙動から本部で笑いものにされつつも、深く尊敬されていた。よろず銃器および銃創についての彼の言葉を、本部の人間たちは決定的なものとして受け入れていたのだ。

部屋の奥の、ダイニング・ルームのドア近くでは、さらに二人の男が熱心に話し合っていた。ひとりは、刑事課の課長、ウィリアム・M・モラン警視、もうひとりは、先ほどマーカムの話に出てきた殺人課のアーネスト・ヒース部長刑事だ。

オブライエン警視正のあとについて私たちが部屋に入ると、誰もが一瞬手を止めて、地方検事へぎこちないけれども敬意をこめて挨拶するような視線を送った。ヘージドーン警部だけは、マーカムを横目でおざなりに見やるとまた、地方検事などまるで眼中にない様子で手の中の小さな物体を調べつづけた。それを見てヴァンスがかすかに口もとをゆるめた。

モラン警視とヒース部長刑事が、感情を表わさない厳粛な足どりでやってきた。握手の儀式(あとになって私は、警察と地方検事局の職員たちのあいだではそれが一種の宗教的な儀礼になっていることに気づいた)のあと、マーカムがヴァンスと私を紹介し、ここへ連れてきたわけを簡単に説明した。警視は闖入《ちんにゅう》を了承したしるしに愛想よくお辞儀をしてみせたが、ヒースのほうはマーカムの説明など聞かなかったふりをして、どうやら私たちをいないも同然に扱うことにしたようだった。

モラン警視は、この部屋にいるほかの人間とは人種が違う。年のころは六十といったところか、白髪に褐色の口ひげをたくわえ、非の打ちどころのない服装だ。警察官僚というよりは、羽振りのいいウォール街の一流ブローカーのように見える。(2)

「事件はヒース部長に任せることにしたよ、ミスター・マーカム」と、彼は低くなめらかな声で説明した。「ちょっとやそっとでは片づかないように思える。警視正までが、この予備捜査の段階から顔を出して士気を高めなければと考えている。八時からいらしているんだよ」

オブライエン警視正はといえば、部屋に入るなり私たちを放り出し、今はおもての窓と窓とのあいだに立って、何を考えているかわからないほど厳粛な顔つきで捜査のなりゆきを見守っている。

「さて、私は引き揚げるとしよう」とモラン。「七時半にたたき起こされて、朝食もまだなんだ。いずれにせよ、あなたが来たからには、私がいる必要はない。……では、失礼」そしてまた握手。

彼が行ってしまうと、マーカムは地方検事補のほうを向いた。

「このお二方のめんどうをみてくれるかい、ディンウィディ？　森に迷い込んだ赤ん坊同然なんだが、捜査のやり方を見てみたいんだと。いろいろ説明してやってくれ、私はヒース部長とちょっと話がある」

ディンウィディは大喜びで引き受けた。抑圧された興奮のはけ口となる話し相手ができて、うれしかったのだろう。

私たち三人がほとんど本能的に殺された人間のほうを振り向いたとき——何といっても、この悲劇の中心は彼なのだ——不機嫌そうなヒースの声がした。

「今からあなたが指揮をとられるんでしょうね、ミスター・マーカム」

ディンウィディとヴァンスは二人で話をしていた。警察と地方検事局とのあいだに競争意識があるという話を聞いたばかりだったので、興味をそそられた私はマーカムを見守った。

マーカムはおっとりと品のいい笑顔でヒースを見て、首を横に振った。「いやいや、部長。私がここへ来たのはきみと一緒に働くためだ。そういう関係なんだと初めから理解しておいてほしい。実は、ベンスン少佐から電話があって手を貸してくれと頼まれなければ、この段階で来るつもりじゃなかったんだ。だから、私の名前を出さないよう、強く望む。少佐が私の古くからの友人であることは、かなり広く知れ渡っている——もしそうでなくても、いずれ知れ渡る。だから、私がこの事件に関わっていることは伏せておいたほうが、なにかにつけ都合がいいだろう」

ヒースが私には聞こえない小声で何か言ったが、彼が大いに安心したことはわかった。マーカムと知り合ったほかのみんなにも共通することだが、その言葉が信用できるのを知っていたのだ。それに、彼は個人的にも地方検事のことが好きだった。

「もしこの件で功績があがれば、それは警察のものだよ。ということは、記者の相手もきみがするほうがいいだろうな。……ちなみに」と、マーカムが愛想よく付け加える。「万一責任をとるような事態になっても、そいつを引き受けるのもきみたちってことになるが」

「けっこうですとも」と、ヒースは同意した。

「それでは、部長、仕事にとりかかろう」とマーカム。

3　女もののハンドバッグ

六月十四日（金曜日）午前九時三十分

地方検事とヒースは死体のところへ行って、立ったままそれを眺めた。

ヒースが説明にかかる。「ご覧のとおり、正面からまっすぐに撃たれています。かなり強力な一撃でもありますね、頭部を貫通して、向こうの窓際の羽目板に当たるくらいですから」と、玄関ホールに近い窓のカーテン脇の、床から少し上の腰羽目の一点を指さした。「発射済みの空薬莢《やっきょう》を見つけました。ヘージドーン警部が弾丸を取り出しています」

彼は銃器専門家のほうを振り向いた。「どうでしょう、警部？　何かわかりましたか？」

ヘージドーンはのろのろと頭を上げると、近視の目をしかめてヒースを見た。ぎこちなく体をゆすりながらおもむろに、慎重に正確を期して答える。「四五口径軍用銃弾――コルト・オートマチック」

「ベンスンからどのくらいの距離で銃を構えたかわかるか?」とマーカム。

「はい、わかります」ヘージドーンの答え方は独特の重苦しい一本調子だった。「五ないし六フィート――おそらくは」

ヒースが鼻を鳴らす。「おそらくは、ね」と、マーカムに向かって彼の言葉を悪気のない皮肉っぽい口調で繰り返してみせた。「警部がそう言うからには、信用なさってだいじょうぶですよ。……まあ、四四口径か四五口径より小さくちゃ、人ひとり片づけることはできんでしょう。スチールジャケットの軍用銃弾だったら、人間の頭蓋骨なんかチーズも同然に突き抜けますしね。だけど、あの羽目板のところまで飛ばすには、かなり至近距離で銃を構えなくちゃならん。しかも、顔に火薬痕が残ってないところを見ると、警部が答えた数字が妥当な線でしょうね」

そこへ、玄関の扉が開いて閉まる音がして、首席検屍官のドリーマス医師が助手を連れて飛び込んできた。マーカムやオブライエン警視正と握手し、ヒースには気さくな挨拶の言葉をかける。

「すまない、遅くなって」と、詫びの言葉も口にした。

医師は皺《しわ》だらけの顔の神経質そうな男で、ものごしに不動産セールスマンのようなところがある。

「どうなっているんだ？」と訊く一方で、椅子に腰かけた死体に顔をしかめた。

「それをあなたに教えていただきたいんですよ、先生《ドク》」と、ヒースが切り返す。

ドリーマス医師は、年季のいった鍛錬のたまもので平然と殺された男のほうへ近寄っていった。まず、顔を綿密に調べる。今思うに、火薬痕をさがしていたのではなかろうか。それから、額の弾痕と、後頭部のずたずたになった傷を見た。次に死んだ男の腕を動かし、指を曲げてみて、今度は頭をちょっと横に押してみた。死後硬直の進行状態について納得したところで、ヒースを振り向いた。

「あの長椅子に移動させてかまわないか？」

ヒースはマーカムのほうをうかがう。「もうよろしいですかね？」

マーカムがうなずき、ヒースはおもての窓のところにいる二人に合図して呼びつけると、死体をソファへ移すよう指示した。すでに筋肉が硬くなったため死体が座った姿勢をくずさないので、医師と助手とで手脚を伸ばしてやった。死体の着衣を脱がせ、ドリーマス医師がほかにも傷がないか念入りに調べる。とりわけ腕には注意を払った。両手をすっかり広げて、てのひらも調べた。それからやっと上体を起こした医師は、大判で色ものの絹のハンカチで両手をふいた。

「弾は左前頭を貫通」と報告する。「直射で。弾丸は頭蓋骨をすっかり通り抜けたんだな。出口の傷は後頭部左の部位――頭蓋骨底部にある。弾は見つけたんだろうね？　覚醒中に撃たれている。即死だ——おそらく何が起きたかもわからずに。……死後およそ——うーん、八時間というところかな。もう少したっているかもしれん」

「ずばり十二時半というのでは？」とヒース。

医師は自分の時計を見た。

「計算は合うな。そんなところだろう。……ほかに何か？」

答える者はいなかった。ちょっと待ってみてから警視正が口を開く。「今日じゅうに検屍報告を出してほしいんだがね、ドクター」

「いいでしょう」と、ドリーマス医師は検屍道具の入ったケースをぴしゃっと閉じると、助手の手にそれを預けた。「ただし、死体をできるだけ早く仮置き場に移してくださいよ」

握手の儀式もそこそこに、医師はさっさと出ていった。

ヒースは、私たちが入ってきたときテーブルのそばに立っていた刑事のほうを向いて言った。「バーク、本部に電話して死体を迎えにこさせろ。急ぐようにとな。あとはオフィスへ戻って、私の帰りを待て」

バークは敬礼して姿を消した。

ヒースは続いて、おもての窓の格子を調べていた二人のうちのひとりに声をかける。「鉄格子のほうはどうだ、スニトキン？」

「ありえません、部長」という答えだった。「監獄並みの頑丈さです——両方とも。あの窓から入った者がいるはずはありません」

「よし、わかった」とヒース。「では、二人とも、バークのあとに続け」

その二人も行ってしまうと、紺サージのスーツに山高帽とめかしこんだ、暖炉まわりが活動範囲だったとおぼしき男が、テーブルに煙草の吸い殻を二つ並べた。

「ガス炎管の下にありました、部長」と、おざなりに説明する。「たいしたものではありませんが、ほかには何も見つかりません」

「けっこうだ、エメリ」ヒースは不機嫌な目で吸い殻を眺めた。「おまえももういい。あとでオフィスで会おう」

ヘージドーンがのっそりと進み出てきた。「私もそろそろ退散しよう」と、ぼそりと言う。「この弾丸はしばらく預かっておくつもりだが。ちょっと変わった施条痕がある。そちらで特に必要はないだろうね、部長?」

ヒースは苦笑いした。「私が持っていて何になるっていうんです、警部? どうぞ。ただし、なくしたりなさいませんように」

「なくしはしないさ」ヘージドーンはまじめくさって請け合うと、地方検事にも警視正にもろくろく目もくれずに、なんとかいう巨大な水陸両生哺乳類を思わせる、かすかに左右に揺れる歩き方でのその部屋を出ていった。

戸口の近くで私の隣にいたヴァンスがくるりと向きを変え、ヘージドーンについて玄関ホールに出ていった。二人はしばらく小声で立ち話をしていた。ヴァンスが質問しているらしく、近くにいない私には二人の会話がよく聞き取れなかったものの、きれぎれに耳に入ってくる語句から――「弾道」、「弾丸の初速」、「発射角度」、「勢い」、「衝撃」、「方向偏差」など――いったいなんでまたそういう妙な疑問を持ち出したものかと、いぶかしんだ。

ヴァンスがヘージドーンに礼を言っていると、オブライエン警視正が玄関ホールに入っていった。「いい勉強になりますか？」と、ヴァンスに鷹揚な笑顔を見せた。それでいて返事を待つでもなく、ヘージドーンに声をかけるのだった。「ご一緒しよう、警部。ダウンタウンへ車でお送りするよ」

マーカムがそれを聞きつけた。「ディンウィディも乗せていただけませんかね、警視正？」

「かまわないよ、ミスター・マーカム」

三人は行ってしまった。

こうしてヴァンスと私だけが、ヒースと地方検事とともに部屋に残された。まるで息がぴったり合ったかのように、私たちはそろって椅子に腰をおろした。ヴァンスは、ダイニング・ルームに近い、ベンスンが殺されていた椅子の真向かいの席についた。

この家にやってきた時点からのヴァンスの態度や行動に、私は強く興味をひかれていた。部屋に足を踏み入れるとまず、ヴァンスは片眼鏡を調整した――それを私は、どうでもよさそうな様子でいるくせに興味があるしるしだと見た。注意が喚起されて、外面のイメージをすばやく見てとりたいと思うときの彼は、必ず片眼鏡を出してくる。それがなくともちゃんと見えるのにわざわざ使うのは、主として知性の命ずるところなのではないかというのが私の考えだった。視覚がよりはっきりすると、不思議なことに頭もはっきりするようなのだ。(1)

当初の彼は、おもしろくもなさそうに部屋を見渡し、うんざりしたようになりゆきを見守っていたが、ヒースがしばらく部下たちに質問しているあいだは、おもしろがっているような意地の悪い表情を浮かべていた。ディンウィディ地方検事補にいくつか一般的な質問をしたあとは、これといった目的もなさそうに部屋をぶらついて、いろんな品物を眺めたり、ときにはさまざまな家具のあいだできょろきょろしたりしていた。やがて、かがみ込んで腰羽目の弾痕を調べると、いったん戸口のところまで行って居間をすみからすみまで眺めた。

いくらかでも彼の興味をひいたらしく思えたのは、死体そのものだけだった。彼は何分もその前に立って、死体の姿勢をためつすがめつしていた。さらには、死んだ男が本をどんなふうにつかんでいるのかちょっと見てみようとでもいうように、テーブルに伸びているほうの腕に身を乗り出した。だが、彼の関心を最もひきつけたのは脚の組み方で、かなりのあいだ、立ったままじっくり見ていた。ようやく片眼鏡をベストのポケットに戻した彼は、ドアの近くにいたディンウィディと私のところへやってきて並ぶと、ヘージドーン警部が退場するまでは、ヒースやほかの刑事たちをのんびりとなんとはなしに眺めていたのだった。

私たち四人が腰をおろしたとたんに、玄関で配置についていた巡査が戸口に現われた。「ここの所轄署の者がまいりました。担当の方に会いたいとのことです。通しましょうか？」

ヒースがそっけなくうなずいてみせると、すぐに、大柄で赤ら顔のアイルランド系の男が平服姿で私たちの前に立った。ヒースに敬礼したが、地方検事がいると気づくなり、マーカムを相手に報告することにした。

「巡査のマクラフリンと申します——西四十七丁目署の。昨夜の勤務でこの地区を巡回しました。夜中の十二時ごろだったか、大きなグレーのキャデラックがこの家の前に止まっていました——特にその車に気づいたのは、後ろに釣竿が何本も突き出ていて、ライトが全部つけっぱなしだったからです。今朝になって事件を知り、署の巡査部長にこの車の件を報告したところ、こちらに伝えるようにと命じられました」

「ご苦労だった」マーカムはそうねぎらい、軽くうなずいてみせると、ヒースに話を振った。

「重要かもしれないが」と、ヒースは半信半疑だった。「その車、ここにどのくらいの時間止めてあったと思うかね?」

「ともかくゆうに三十分は。十二時前にここを通りかかって、十二時半ごろに引き返してきたときにまだありましたから。しかし、その次に来たときにはもうありませんでした」

「ほかに気づいたことはないか? 車内に誰かいたとか、車の持ち主らしきやつがあたりにいたとか?」

「見かけませんでした」

さらにいくつか似たような内容の質問が出たが、それ以上のことは何もわからないまま、巡査はお役ごめんとなった。

「まあ、この車の話は新聞記者にくれてやるにはおあつらえむきだな」とヒース。

マクラフリンが質問を受けているあいだじゅう、ヴァンスは座ってものうげにぼんやりしていた。巡査の報告が始まってからの二言三言より先は、彼の耳に入っていたかどうかさえ疑わしい。それが、あくびをかみ殺してやおら立ち上がると、ふらっとセンター・テーブルに近づいて、暖炉で見つかった煙草の吸い殻を一本つまみ上げた。親指と人さし指にはさんでひねりながら先端をじっくり見ていたかと思うと、親指の爪で巻紙を裂いて開き、むきだしにした煙草の葉を鼻に近づけた。

渋い顔で彼をにらんでいたヒースが、椅子からがばっと身を乗り出した。

「そこでいったい何をしている?」と、まさにつかみかからんばかりの口調で詰問する。

ヴァンスはおっとりと意外そうに視線を上げた。

「煙草のにおいをかいでいるだけですが」泰然自若とした答え方だった。「かなりマイルドですね。でも、風味のあるブレンドだ」

ヒースの頬の筋肉が怒りにひきつった。「だとしても、やめておいていただきましょうか」と勧告しておいて、ヴァンスをしげしげと眺め回した。「煙草がご専門で?」と、彼は見えすいた皮肉を言った。

「いいえ、とんでもない」ヴァンスの声は歌うような調子だった。「ぼくの専門はプトレマイオス朝のスカラベ・カルトゥーシュなんですよ」

マーカムが気をきかせて割って入る。「いや、このへんのものにさわっちゃいかん、ヴァンス。捜査のこの段階ではな。何が重要になってくるか知れたもんじゃないんだから。その煙草の吸い殻だって、大事な証拠にならんともかぎらない」

「証拠?」ヴァンスがしれっと復唱した。「おやおや！　まさか、嘘だろう！　そんなおかしなことがあるもんか！」

マーカムはあからさまにいらだちを見せた。ヒースははらわたの煮えくり返る思いだったはずだが、それ以上は何も言わなかった。それどころか、楽しくもないのに無理やり笑顔をつくってみせた。どうも、地方検事の友人に少々邪険にしすぎたと気がとがめたようだ。どんなにその友人が叱られて当然のことをしたとはいえ。

だからといって、ヒースは目上の人のいる前でへつらったりはしない。自分の真価をわきまえ、全力をあげてそれに恥じない行動をする男、みずからの保身などいっさい顧みず、任せられた職務を果たす男なのだった。そこにうかがえる不屈の精神、頼りになる人柄を、上に立つ人間たちも尊敬し、高く評価していた。

彼は大柄で力もあったが、身のこなしはしっかりと訓練を積んだボクサーのように機敏でしなやかだった。くっきりと青い目は、非常に冴え冴えとして人を射抜くがごとくだ。小さめの鼻、幅のある卵形の顎、唇をいつも真一文字に結んでいるようないかめしい口もと。四十歳をとうに超してなお白いものが一本もまじらない髪の毛は、生え際あたりを刈り込んであって、額からなで上げた短い剛毛がつんつん立っている。声が攻撃的に響くが、どなり声を出すことはめったにない。誰もがいかにも刑事らしいと考える人物像に合致するところが、彼にはたくさんある。だが、この男の人柄にはそれ以上に、いわば刑事らしさだけではない手腕と力が見られた。その日の朝、座って彼を観察していた私は、その能力の限界がありありと目につくにもかかわらず、いつのまにかこの男に敬服していた。

「状況はどうなっているんだね、部長？　ディンウィディからは最小限のことしか聞いていないんだが」とマーカム。

ヒースは咳払いした。「知らせがあったのが七時ちょっと前です。ベンスンの家政婦のミセス・プラッツというのが所轄署に電話してきて言うには、主人が死んでいる、すぐに人をよこしてくれと。もちろん、この内容は本部に伝えられました。私はそこには居合わせませんでしたが、当直だったバークとエメリが、モラン警視に知らせてからここへ駆けつけました。すでに所轄署からも何人か来ていて、お決まりの捜査にとりかかっていました。警視がこちらまでいらして様子を見たところで、私にすぐ来いと電話してこられたんです。私が来たとき、所轄署の者は引き揚げたあとで、バークとエメリのほかに殺人課からもう三人が応援に来ていました。警視はヘージドーン警部にも電話しておいでで――警部をすぐに呼び出すほどの重大事件とお考えだったんですよ――警部が到着なさったばかりのところへあなた方もいらっしゃった。ミスター・ディンウィディは警視のすぐあとからいらっしゃって、さっそくあなたに電話なさいましたね。オブライエン警視正のお出ましは、私のひと足先でした。私はとりあえずプラッツという女性に事情聴取しました。そして、われわれがこの部屋を捜索しているところへみなさんがおみえになったわけです」

「そのミセス・プラッツは今どこに？」とマーカム。

「二階ですよ。所轄署の者をひとりつけておきました。住み込みの家政婦なんです」

「検屍医に十二時半という特定の時間を言ったのはどういうわけで？」

「プラッツがその時間に大きな音がしたと言うので、銃声だったかもしれないと考えました。今はもう、銃声だったんだろうと思っていますが――符合することがたっぷりある」

「もう一回ミセス・プラッツと話をしたほうがよさそうだな」とマーカム。「だがその前に、この部屋で何か目ぼしいものは見つかったのか――何か手がかりになりそうなものが？」

ヒースは、それとわからないほどかすかにためらってから、上着のポケットから女もののハンドバッグと白いキッドの長手袋を取り出した。それを地方検事の前のテーブルの上に放り出す。

「これだけしかありません。所轄署の者が、あそこの暖炉の上の端のところで見つけました」

マーカムは手袋をざっと調べてから、ハンドバッグを開けると、逆さにして中身をテーブルの上にあけた。私は身を乗り出して見たが、ヴァンスは椅子で身じろぎもせず、平然と煙草をふかしている。

バッグは上品なゴールドのメッシュで、留め金に小粒のサファイアがあしらってある。ひどく小さなもので、どう見ても夜会服用のデザインだった。バッグに入っていた、今マーカムが調べている品物は、波紋のある絹のシガレット・ケース、金色の小瓶に入ったロジェ・ガレの恋の花《フルール・ダムール》という香水、クロワゾネ（金属の細い線で金属板を仕切った中にエナメルを焼き付けた細工）の化粧用コンパクト、琥珀をはめ込んだ短くてきゃしゃなシガレット・ホルダー、金色のケースのリップスティック、隅のほうにM. St. C.の組み合わせ文字《モノグラム》が刺繍された小さなフランス製麻のハンカチ、エール錠の鍵だ。

「たいした手がかりじゃないか」と、マーカムはハンカチを指さした。「ここにあるものはよく調べたあとなんだろうね、部長」

ヒースはうなずいた。「ええ、バッグは、ゆうべベンスンが一緒に出かけた女性の持ちものでしょう。家政婦が言うには、ゆうべベンスンは約束があって、正装して食事に出かけたそうです。もっとも、彼が帰ってきた物音は聞いていないんですがね。いずれにせよ、〝M. St. C.〟をつきとめるのはたいして難しくないはずです」

マーカムがシガレット・ケースをもう一度手に取り、それをひっくり返すと、乾いた煙草のくずがぱらぱらとテーブルにこぼれ落ちた。

ヒースがいきなり立ち上がる。「あの煙草、このケースにあったものかもしれん」彼は無事だったほうの吸い殻をつまみ上げて、改めて見た。「女性用の煙草だな、よし。それに、どうやらホルダーで吸ったものらしい」

「失礼ながら、違うと思いますよ、部長」と、ヴァンスがものうげに口出しした。「よけいなおせっかいをお許しいただきたいのですが。その煙草の端にちょっぴり口紅がついているんです。吸い口が金色なので見つかりにくいんですよ」

ヒースがはっとヴァンスのほうを見た。驚きが先にたって、怒る気にもなれずにいる。煙草をもっとよく調べてみて、もう一度ヴァンスに顔を向けた。

「ひょっとして、この煙草のかすから、吸い殻になった煙草がそのケースにあったものかどうかも教えていただけるんでしょうな」と、つっけんどんに皮肉を言う。

「それはどうでしょう?」と答えて、ヴァンスはやる気がなさそうに立ち上がった。

彼はケースを取り上げて大きく押し開け、テーブルの上でとんとんとたたいた。そうして中をじっとのぞき込むと、彼の口の両端がおかしそうにピクピクひきつった。人さし指をケースの奥までつっこんで、くぼんだ底にはまって押しつぶされていたとおぼしき小さな煙草を一本引っぱり出す。

「ぼくの恵まれた嗅覚はもうお呼びじゃありませんね。肉眼で見たって、二つはまずまずのところ同じ煙草のようですよ——どうでしょうね、部長?」

ヒースは、にかっと愛想よく笑った。「これでこっちに一点あがりましたね、ミスター・マーカム」そして、ひとつの封筒に煙草と吸い殻とをていねいにおさめると、何か書きつけてポケットにしまった。

「もうわかっただろう、ヴァンス」とマーカム。「煙草の吸い殻が大事だってことが」

「それはどうかな。煙草の吸い殻にどんな価値がありそうだっていうんだい? 吸えるわけじゃなし」

「証拠になるんだよ」と、マーカムは辛抱強く説明する。「このバッグの持ち主はゆうべベンスンと一緒に帰ってきて、煙草を二本吸うだけの時間はここにいたというわけだ」

ヴァンスは眉を吊り上げて驚いてみせた。「ほう、そうかね? 驚いたな」

「あとはその女性をつきとめればいいだけですよ」と、ヒースが割って入った。

「その女性というのは、かなり濃いめのブルネットだな、ともかく——それでさがし出すのが楽になるならですが」と、ヴァンスがあっさり言ってのけた。「どうしてその人をわずらわせようとなさるのか、ぼくにはさっぱりわかりませんがね——まったくわけがわかりませんよ、ほんとうに」

「どうしてブルネットだとわかる？」とマーカム。

ヴァンスは、ぐずぐずと椅子の背に深くもたれかかった。「そりゃ、もしそうでなかったら、その人は正しい化粧のしかたを美容師に相談するべきだな。〝ラシェル〟の白粉《おしろい》とゲランの濃い色の口紅を使っているんだよ。ブロンドの女性ならまずそんなことはしないさ」

「もちろん、専門家のご意見に敬意を表するとも」と、マーカムは頬をゆるめた。そして、ヒースに声をかける。「どうやら、われわれはブルネットの女性をさがすことになるらしいよ、部長」

「私はそれでけっこうですがね」と、ヒースはおどけた顔で同意した。このときにはもう、ヴァンスが煙草の吸い殻をひとつ台なしにしてしまったことをすっかり許してしまったようだった。

4　家政婦の話

六月十四日（金曜日）午前十一時

「さて、この家をひととおり見ておこうじゃないか。きみたちがもうかなり徹底的に見たとは思うがね、部長、私も配置を頭に入れておきたい。いずれにせよ、家政婦に話を聞くのは死体を運び出してからにしたいし」

マーカムの提案に、ヒースも立ち上がった。「よろしいですとも。私ももう一度見ておきたい」

四人で玄関ホールに出て、廊下を家の奥のほうへ歩いていく。つきあたりの左側に地下室へ通じるドアがあったが、施錠してあるうえにかんぬきがかかっていた。

「地下室は今、ただの物置になっています」とヒース。「通り側の通路に出るドアには、板が打ち付けてあります。家政婦のプラッツは上の階で寝るようになっていて――ベンスンはひとり者ですから、この家にはあいている部屋がいっぱいあるんです――キッチンはこの階にあります」

彼が廊下の反対側のドアを開けると、私たちはこぢんまりした現代的なキッチンへ入っていった。窓が二つ、地面から八フィートほどの高さで砂利敷きの裏庭に向いているが、鉄格子にしっかり護られているうえに窓枠《サッシ》を閉じて錠をおろしてある。スイング・ドアを抜けてダイニング・ルームへ入ると、そこが居間のすぐ奥になる。この部屋の二つの窓は、ベンスンの家と隣家にはさまれた、深い通気縦坑とあまり変わらない申し訳程度の石敷きの中庭に面している。これまた、鉄格子がはまっているうえ施錠してあった。

私たちは廊下に引き返し、上階へのぼる階段の下に、しばしたたずんだ。

「ご覧のとおりです、ミスター・マーカム」とヒース。「ベンスンを撃ったのが誰だろうと、玄関扉から入ったにちがいありません。それ以外に入ってこられたはずがない。ひとり暮らしのベンスンは、強盗にちょっとばかり神経をとがらせていたんだと思いますね。格子がはまっていないのは、居間の奥の窓だけ。それだって、閉めて鍵をかけていた。どうせ内側にある中庭にしか通じちゃいませんがね。居間のおもての窓には鉄柵がかぶさっている。そもそも、柵の隙間から撃ったのでもないはずですよ、ベンスンは正反対の方向から撃たれていましたからね。……銃を持ったやつがおもて玄関から入ったのは絶対確かです」

「そのようだな」とマーカム。

「ちょっと言わせていただいてよろしければ」とヴァンス。「ベンスンが入れてやったんですよ」

「へえ?」ヒースは、どうでもよさそうに切り返した。「まあ、いずれはっきりさせてみせますよ、きっと」

「ああ、そうでしょうとも」ヴァンスはそっけなく言った。

私たちは階段をのぼって、居間の真上にあたるベンスンの寝室に入った。簡素ながらしつらえはりっぱで、みごとに整頓が行き届いている。ベッドメイクがしたままで、昨夜寝た形跡はなかった。窓のシェードはおりている。ベンスンのディナー・ジャケットと白いピケ地のベストが椅子にかけてあった。ウイングカラーと黒の蝶ネクタイがベッドの上にあるのは、帰宅したベンスンがさっさとはずして放り投げておいたものだろう。かかとの低いイヴニング・シューズが、ベッドの脚もとの台に寄せかけてある。ナイト・テーブルの上の水の入ったグラスにプラチナ台の入れ歯がつけてあった。たんす《シフォニア》の上には、みごとなできばえの男性用かつらがころがっている。

このかつらに、ヴァンスはとりわけ興味を示した。そばに行ってじっと見る。

「こいつはおもしろい。故人はにせものの髪の毛をかぶっていたらしい。知ってたかい、マーカム？」

「そんなことじゃないかとは、いつも思っていたよ」という、どうでもよさそうな返事が返ってきた。

入り口に立ったままでいたヒースは、ちょっといらついたようだ。

「この階にはあとひとつ部屋があるだけです」と言って、先に廊下を奥へ進んでいった。「ここも寝室――客用の寝室だと、家政婦が言っていました」

マーカムと私はその部屋の入り口からのぞき込んだが、ヴァンスはついてこないで、階段の上の手すりにのんびりもたれかかっていた。アルヴィン・ベンスンの家内事情にはいっこうに食指が動かないようだ。マーカム、ヒース、私の三人が三階へ向かうと、ふらっと一階《した》におりていってしまった。やがて、見回りツアーを終えた私たちがおりてきたとき、彼はベンスンの書棚に並んだ本のタイトルをなにげなく眺めていた。

ちょうど私たちが階段をおりきったところへ、おもての扉が開いて、二人の男が担架をかかえて入ってきた。福祉局の救急車が到着し、死体が死体保管所《モルグ》に運ばれるのだ。ベンスンの体が包まれて担架にのせられ、運び出されていってワゴン車に押し込まれる。その容赦のないてきぱきしたやり方に、私は身震いした。うって変わってヴァンスのほうは、二人の男にちらりと目をやったかやらないかで、あとは知らんぷり。ハンフリー・ミルフォードのみごとな特装本を見つけて、ロジャー・ペイン風の型押しや箔付けに夢中になっていた。

「これでミセス・プラッツに会えるわけだな」とマーカム。ヒースが階段の下へ行って、大声でぶっきらぼうに呼び出しをかけた。

ほどなく、灰色の髪の中年女性が、大きな葉巻をくわえた私服刑事に伴われて居間にやってきた。ミセス・プラッツは落ち着いた善良そうな顔つきの、素朴で古風な母性を感じさせるタイプの女性だった。たいへん有能で、ちょっとやそっとではヒステリーなど起こしそうにないという印象だ――事態をおとなしく受け入れているような態度に、その印象がさらに強くなる。ただし、無知な者にしばしばみられる、抜け目なく口をつぐんでいるという技ももっていそうだった。

「おかけください、プラッツさん」と、マーカムは丁重に迎えた。「私は地方検事ですが、いくつか質問させていただきたいのです」

入り口近くの、背もたれがまっすぐの椅子に腰をおろした彼女は身構えて、神経質そうに私たちの顔を次々と眺めやった。だが、マーカムの穏やかで説得力のある声に励まされたらしく、彼女の口からだんだんとなめらかな答えが返ってくるようになっていった。

十五分ほどの尋問で明らかになった事実の主だったところをまとめると、以下のようになる。

ミセス・プラッツはベンスンの家政婦を務めて約四年、ここに雇われているただひとりの使用人だった。ここには住み込みで、三階、つまり最上階の奥に彼女の部屋がある。

前日の午後、ベンスンはいつになく早い時間に——四時ごろだった——オフィスから帰宅すると、ミセス・プラッツにその日は夕食を家でとらないと伝えた。廊下のドアを閉めてそのまま居間にこもっていたが、六時半ごろになると二階へ着替えをしにいった。

出かけたのは七時ごろだったが、行き先は言わなかった。ふとひとこと、あまり遅くならないうちに帰ってくるつもりだともらし、ミセス・プラッツに起きて待っていなくてもいいと言った——彼が客を連れて帰るつもりのときはいつも、彼女は帰りを待つ習慣だったのだ。それが生きている姿を見た最後になった。夜中に主人が帰ってきたときの物音は聞こえなかった。

彼女は十時半ごろ自室に引き取り、暑かったのでドアを少し開けたままにしていた。しばらくして、大きな爆発音で目が覚めた。びっくりしてベッドのそばの明かりをつけたところ、目覚ましに使っている小さな時計の針がちょうど十二時半を指していた。思いがけず早い時間だったので安心した。ベンスンが夜出かけると、二時前に帰ってくることはめったにない。家の中が静まり返っていることと考え合わせて、さっき自分をたたき起こしたのは四十九丁目を走る車のバックファイアだったのだろうと思った。それっきり音のことは頭から追い出して、もう一度眠りに落ちた。

翌朝七時には、いつもどおり階下におりて仕事を始めようとした。ミルクとクリームをとりにおもて玄関に向かおうとして、ベンスンの死体を見つけた。居間のシェードは全部おりていた。

最初、ベンスンは椅子で眠り込んでしまったのだと思ったが、弾痕が目に入り、電灯が消してあることにも気づいて、死んでいることがわかった。即座に廊下の電話に飛びついて、交換手に警察へつないでもらい、主人が殺されていることを報告した。それから、ベンスンの兄のアンソニー・ベンスン少佐のことを思い出して、少佐にも電話した。少佐は、西四十七丁目署の刑事たちとほぼ同時に駆けつけてきた。少佐は彼女にいくつか質問し、私服刑事たちと話をして帰っていき、そのあと本部の面々が到着した。

「さて、プラッツさん」と、マーカムがそれまでメモしていたことにちらっと目をやる。「あとひとつ二つうかがったら、もうお手間はとらせないようにしますよ。……最近、ミスター・ベンスンが心配ごとをかかえているのではないかとお思いになるような、何か変わったことがご主人の行動にあるのに気づかれませんでしたか――たとえば、何か自分の身に降りかかるのを怖れているとか？」

「いいえ」と、すぐに返事が返ってきた。「ここ一、二週間ほどは特別ご機嫌がよさそうだとお見受けしました」

「この階のほとんどどの窓にも鉄格子がはまっているようですが。強盗が、というか、誰かが押し入ってくるんじゃないかと、特に心配があったんでしょうか？」

「その――そういうわけではなく」と、今度は言いにくそうだった。「よくおっしゃっていました、警察はあてにならないって――失礼なことを申しあげてすみませんけれど。この街の人間は強盗にあいたくなかったら、自分で用心するしかない、と」

マーカムは含み笑いを浮かべてヒースのほうを見た。「きみたちの記録に今のところを忘れず書いておくことだな、部長」そして、ミセス・プラッツに向き直る。「ミスター・ベンスンに悪意をもっている人物に心当たりは？」

「ひとりもございません」と、家政婦は言葉を強めた。「いろいろと変わったところもおありでしたが、誰からも好かれていらっしゃったようです。しょっちゅうパーティにお出かけになったり、パーティを開いたりで。あの方を殺したいと思う理由なんて、とんと見当がつきません」

マーカムはもう一度メモを見渡した。「さしあたりこんなところだろうか。……どうだろう、部長？　まだ何か聞いておきたいことがあるかな？」

ヒースはちょっと考え込んだ。「いや、今のところ考えつきませんね。……ただし、プラッツさん」と、その女性をきっとにらんで付け加える。「許可されるまではこの家にいていただきます。あとでまたお訊ねしたいことが出てくるはずですからね。だが、ほかの誰とも話はしないように――よろしいですか？　まだ当分のあいだは、うちのものが二人ばかりこの家にいることになりますよ」

話を聞きながらヴァンスは、小さな携帯アドレス帳の見返しに何やら走り書きしていたが、ヒースが話しているとき、そのページをちぎり取ってマーカムに渡した。マーカムはいぶかしげに目をやって、唇をすぼめた。しばらくためらってから、彼はもう一度家政婦に向かってこう言った。

「プラッツさん、さきほどミスター・ベンスンは誰からも好かれているとおっしゃいましたね。あなたご自身はあの人のことを好きでしたか？」

家政婦は目を伏せた。「それは」と、しぶしぶながら答える。「私はあの方のために働いていただけですから。待遇には何の不満もございませんでした」

その言葉とはうらはらに、彼女はベンスンが大嫌いだったたか、ものすごく不満があったのだろうという印象を受けた。しかし、マーカムはそこをつくことはしなかった。

「それはそうと、プラッツさん」というのが次に出た言葉だ。「ミスター・ベンスンはこの家に銃か何かを置いていなかったでしょうか？　たとえば、リヴォルヴァーを持っていたかどうか知りませんか？」

この面接のあいだで初めて、この女性が動揺を見せた。ぎょっとしたと言ってもいい。

「はい、あの――お持ちだったと思います」と、しどろもどろに認めた。

「どこにしまってありましたか？」

家政婦は不安そうにちらりと上目づかいになって、正直に言ったほうがいいかどうかはかりかねているかのように、かすかに目をきょときょとさせた。そして、か細い声で答えた。「そこのセンター・テーブルの隠し引き出しです。その――その小さな真鍮《しんちゅう》のボタンを押して開けるようになっています」

ヒースがぱっと立って、家政婦の指さしたボタンを押した。小さな浅い引き出しが飛び出てくる。中にあったのは、握りに真珠をはめ込んだスミス・アンド・ウェッソン三八口径リヴォルヴァーだ。彼はそれをつまみ上げると、銃身を二つに折って弾倉《シリンダー》の先端をのぞき込んだ。

「満杯だ」と、簡潔に発表した。

とてつもなく安堵したような表情が家政婦の顔じゅうに広がり、彼女はまわりに聞こえるほど大きなため息をついた。

マーカムが立ち上がって、ヒースの肩越しにリヴォルヴァーをのぞき込んだ。

「きみに任せたほうがよさそうだな、部長。事件にどう関わるのかはよくわからないが」

席に戻って、ヴァンスがくれたメモに目をやると、また家政婦のほうを向く。

「もうひとつうかがいます。ミスター・ベンスンは早々と帰宅して、夕食までの時間をこの部屋で過ごしたとおっしゃいましたね。そのあいだに誰か訪ねてきましたか？」

家政婦をじっくり観察していた私には、彼女がたちまち唇を固く結んだように見えた。いずれにせよ、彼女はちょっと椅子の上で居ずまいを正してから答えた。

「どなたもいらっしゃいませんでした、私の知るかぎり」

「だが、呼び鈴が鳴ればわかるはずですね」と、マーカムがくいさがる。「あなたが対応することになっていたんでしょう？」

「どなたもいらっしゃいませんでした」と、彼女はちょっとすねたように同じ答えを繰り返した。

「ではゆうべは――部屋に引き揚げたあとに玄関の呼び鈴が鳴ったことは？」

「ありませんでした」

「眠っていたとしても聞こえるものかな?」

「はい、聞こえます。私の部屋のすぐ外に、キッチンにあるのと同じベルがありますので。両方で鳴るようになっているんです。ミスター・ベンスンがそのようにとりつけさせて」

マーカムは礼を言って家政婦を退出させた。彼女が行ってしまうと、ヴァンスを不審の目で見た。「どんな考えがあって、あの質問表をぼくにくれたんだ?」

「いささかでしゃばってしまったかもしれないな」とヴァンス。「だけど、あの女性が故人の人気者ぶりを口をきわめて褒めたとき、ちょっと褒めすぎのような気がしたんでね。あの賛辞には無意識のうちに正反対の気持ちがほのめかされていて、彼女自身はあの紳士にぞっこん惚れ込んでいるわけでもないなと思ったんだ」

「銃があるかもしれんなんて考えは、どこから湧いて出た?」

「鉄格子のはまった窓だとか、ベンスンが強盗の心配をしていたとかの質問をしていたのはきみのほうじゃないか。それに付随する疑問さ。押し入り強盗だか自分の敵だかにびくびくしていたのなら、手近に武器くらい用意していそうなものだ——だろう?」

「まあ、それはともかく、ミスター・ヴァンス」と、ヒースが口を出した。「あなたの好奇心のおかげで、きれいな小さいリヴォルヴァーが出てきたってわけです。たぶん一度も使われちゃいませんがね」

「ところで、部長」と、上機嫌な相手のいやみにはとりあわずに、ヴァンスが切り返した。

「そのきれいな小さいリヴォルヴァーを、どうお考えですか?」

「うむ、そうですな」と、ヒースがぎこちなくおどけてみせる。「私が推理するところ、ミスター・ベンスンときたら、センター・テーブルの隠し引き出しなんぞに真珠の握りのスミス・アンド・ウェッソンを入れていた」

「まさか――なんてことだ!」と、ヴァンスがいかにも感心したように声をあげた。「目からうろこが落ちました!」

マーカムがふざけ合いをやめさせた。「なんでまた、訪ねてきた者があったかどうかなんて知りたかったんだ、ヴァンス? どう見てもここには誰も来なかったのに」

「ああ、たんなるぼくの気まぐれさ。プラッツ《ラ・プラッツ》女史がどう答えるか、聞いてみたくてたまらない衝動に駆られてね」

ヒースは、ヴァンスを好奇の目でしげしげと見た。第一印象は消え去って、この男の無頓着で屈託のない見かけの下には、最初に思っていたよりも賢明な資質が隠れているのではないかと考えはじめていたのだ。ヴァンスからマーカムへの説明にどうも満足できず、地方検事の家政婦への尋問を補足した真意を知りたくてしかたなさそうだった。ヒースは目先がきくし、如才なく人心を見抜く能力ももっている。だが、彼がつね日ごろ相手にするような人間と違って、ヴァンスは謎の人物だった。

やがて穿鑿《せんさく》をあきらめた彼は、テーブルに椅子を元気よく引き寄せて歯切れよく言った。

「さて、ミスター・マーカム、われわれの双方で二度手間になってしまわないように、活動の方針をはっきりさせておいたほうがよろしいでしょう。こっちでは部下にとりかからせるのは早ければ早いほどいい」

マーカムもすぐに同意した。「捜査は全面的にお任せするよ、部長。私は何か手伝いが必要ならばと思って来ているんだから」

「そう言っていただけてありがたい」とヒース。「ただし、仕事はたっぷりあって総がかりになりそうですがね。……まず、ハンドバッグの持ち主をつきとめる仕事があるし、ベンスンの夜遊び仲間をさぐらせて——何人かは家政婦から名前が聞き出せるな。それをとっかかりにするといいですね。それに、例のキャデラックもさがし出す、と。……女友だちの線も洗ってみましょう——女に不自由はしていなかったでしょうから」

「その手のことは、私のほうで少佐から聞き出せるかもしれない」とマーカム。「私が知りたいと言えば何でも教えてくれるだろう。同じルートで、ベンスンの仕事関係のことも調べ出せるな」

「こちらからもお願いしようと思っていましたよ、それは私よりもあなたからのほうが好都合だろうと」とヒース。「道すじをつけてくれるような情報をさっさとつかまなくては。昨夜あの男が夕食に連れていって、ここへ連れて帰ったご婦人が見つかれば、今よりもずっとよくわかるようになるとは思っていますが」

「あるいは、もっとわけがわからなくなるか」と、ヴァンスがつぶやいた。

ヒースがぱっと顔を上げて、ひどく不機嫌そうなうなり声で言う。

「ひとつ言わせていただきますが、ミスター・ヴァンス、こういう事件のことを勉強なさりたいのだとうかがっていますので。この世で何か重大な悪事があるときには、事件の中の女をさがすのが無難なやり方なんでしてね」

「はあ、なるほど」ヴァンスはにっこりした。「女をさがせ《シェルシェ・ラ・ファム》ってやつですね——古くからある考え方だ。ローマ人もその迷信に苦しめられていたんですから。ローマ人の言い方では、事件《ドゥクス・》の陰に女あり《フェーミナ・ファクティー》ですが」

「誰がどう言ったかはさておき」とヒース。「正しい考え方なんですよ。今さら違うことを教えてもらう必要はない」

またしてもマーカムが気をきかせて、割って入る。

「その点はもうすぐはっきりするさ、きっと。……さて、部長、もう話がないようなら、私は失礼するよ。ベンスン少佐と昼食の席で会うことになっている。夜までには何か情報をお知らせできると思う」

「わかりました」とヒース。「私はしばらくここで、何か見落としがないか確かめることにします。それから外の警護にひとりと、中で家政婦のプラッツを監視するのにもうひとり、配置しておきましょう。それから記者たちに会って、姿を消したキャデラックやら隠し引き出しにあったミスター・ベンスンの怪しいリヴォルヴァーやらのことを吹き込んでおきますよ。それで連中はなんとかかなるでしょう。何かあったらお電話します」

地方検事と握手をかわすと、彼はヴァンスに向かって、「では、ごきげんよう」とにこやかに挨拶した。私はひどく意外に思ったが、マーカムにも意外だったことだろう。「今朝のことでいくらか勉強になったならいいんですが」

「たっぷり勉強させていただきましたよ、部長、あなたがびっくり仰天なさるくらい」と、ヴァンスは気楽に答えた。

見ていると、またもヒースが鋭くさぐりを入れる目つきになったが、すぐにその鋭さは消えた。「そうですか、それはよかった」と、彼は気のない言葉を返した。

マーカム、ヴァンス、私の三人が外に出ていくと、配置についていた巡査がタクシーを呼んでくれた。

「ではあれが、堂々たるわれらが警察《ジャンダルムリ》の、犯罪という危険な企《くわだ》ての謎に迫るやり方なのか——え？」と、街を走り抜ける車の中でヴァンスがしみじみと言った。「なあ、マーカム、あんなやけにたくましいばっかりの連中に、どうやって犯人がつきとめられるっていうんだい？」

「きみはまだ、ほんの序の口しか見ていない」とマーカム。「いちおうすませておかなくてはならない、お決まりのことがいくつもあるんだ——われわれ法律家の言う、警戒措置《エクス・アブンダンティア・カウテーラエ》だな」

「それにしても、まあ！——あんなやり方はないだろう！」ヴァンスがため息をつく。「ああ、そうだよ、われわれ門外漢の言う、そこにはいかに多くの虚栄心があることか《クワントゥム・エスト・イン・レーブス・イナーネ》だな」

「ヒースの力量を見くびっているんだな」——いらだちを抑えたマーカムの声——「だが、彼は頭のいい男だ。何かとすぐ過小評価されやすいがね」

「そうだろうとも」と、ヴァンスはつぶやく。「ともかく、きみには深く感謝するよ。なんたって、厳粛なる手続きを拝見させてもらったんだから。じつにおもしろかったよ、高揚したとは言わないまでもね。きみのおかかえの医者《アイスクラーピウス》はすっかり気に入ってしまった――えらくてきぱきと冷静な男だ。死体を前にしてもまったく動じないんだから。医学なんか勉強するよりも、犯罪の道に真剣に取り組んでいたらよかったんじゃないか」

マーカムは陰気に黙り込み、ヴァンスのうちに着くまで、悩ましげに黙想にふけりながら窓の外を眺めていた。

「どうも様子が気にくわない」と、縁石のところでタクシーを止めるときにぽつりと言った。「この事件には胸騒ぎがするよ」

ヴァンスは彼のほうをちらりと横目で盗み見た。「なあ、マーカム」と、いつになくまじめな口ぶりで言う。「ベンスンを撃ったやつに心当たりはないのか?」

マーカムは無理やりかすかな笑みを浮かべた。「あればいいんだがね。故意の殺人という犯罪は、そう簡単に解決はできないものだ。それに、今回は特別入り組んだ事件のような気がする」

「それは不思議だなあ!」と、タクシーから降りながらヴァンスは言った。「ぼくのほうは、とんでもなく単純な事件だと思ったのに」

5　情報を集める

六月十五日（土曜日）午前

アルヴィン・ベンスン殺人事件が巻き起こした大騒ぎは、いつまでも忘れられることがないだろう。あれは、世間の人々の想像力をいやおうなしにかきたてるような犯罪だった。なべて波瀾万丈の物語《ロマンス》に共通するものといえば謎《ミステリー》だが、ベンスン殺人事件にははかりしれない謎のオーラがたちこめていた。この射殺事件がどういう状況で起こったのか、それがいくらかなりとはっきりしてきたのは何日もたってからだったというのに、それまでには数え切れないほどの人を惑わすもの《イグニーズ・ファトゥイ》が現われて世間の想像力をそそのかし、各方面で途方もない推測がいくつもささやかれたのだ。

アルヴィン・ベンスンはどう見てもロマンス向きの人物ではなかったものの、知名度は高く、その人となりは派手で人目をひくものだった。彼は、ニューヨークの社交界でも裕福で奔放な一派に属していた——熱心なスポーツマンで、むこうみずなギャンブラーにして札付きの遊び人。いかがわしい世界とすれすれのところで生きていた彼には、数々の武勇伝がある。ブロードウェイのスキャンダルをせっせとあさるさまざまな地元の新聞と雑誌の大げさな記事や論評に、ナイトクラブやキャバレーでの彼の行状は長きにわたって話題を提供してきたのだ。

ベンスンが不慮の死を遂げた当時、彼と兄のアンソニーは、ウォール街二十一番地にベンススン・アンド・ベンスンという証券会社を経営していた。ウォール街のほかのブローカーたちはこの二人を、抜け目のない経営者ではあるが、ニューヨーク証券取引所の憲章や内規に照らせばいささか倫理にもとっている可能性があるかもしれないと目していた。この兄弟は気質も趣味も著しく対照的で、オフィス以外のところで互いが顔を合わせることはめったになかった。アルヴィン・ベンスンは余暇のことごとくを娯楽に明け暮れ、この街の主なカフェの常連になっていた。かたや、彼より年長で先の大戦に少佐として従軍したアンソニー・ベンスンは、地味で月並みな生活を送り、夜はたいていクラブで静かに過ごすのだった。それにしても、おのおのの仲間うちでは両者ともに人望があり、二人とも交友関係を通じてかなりの顧客を獲得していた。

金融街がからんでいる魅力もあり、それが、新聞の事件の扱い方に影響したにちがいない。かてて加えて、この大都会の新聞業界にしてみれば、世間をあっといわせるようなことがたまたま何もない、ぽっかり隙間のあいた時期に起きた殺人事件であった。事件は各紙の一面いっぱいに、この種の事件としてはめったにないほどでかでかと取り上げられた(1)。血気にはやる記者たちは、国じゅうの著名な探偵たちにインタビューして回った。有名な未解決殺人事件の歴史がひもとかれた。千里眼の人物やら占星術師やらが日曜版新聞の編集発行人にかりだされて、いろいろなわけのわからない手段で謎解きに臨んだ。そして、そうしたほとばしるような報道合戦には、写真とか詳しい図解とかがつきものだった。

グレーのキャデラック、そして真珠の握りのスミス・アンド・ウェッソンは、どの記事にも登場した。マクラフリン巡査の話に合致するよう〝修整した〟キャデラックの再現写真まで掲載され、中には車の後部から釣竿の突き出ているところまで再現した写真もあった。ベンスンの居間にあったセンター・テーブルの写真も撮影されたが、それは隠し引き出しを拡大した〝はめ込み〟写真になっていた。専門の家具職人に、秘密の仕切りがある家具について論述してもらうことまでした日曜版新聞もあった。

警察の見方では、ベンスン殺人事件は当初から、やっかいな難事件であった。ヴァンスと私が事件の現場を立ち去って一時間とたたないうちに、ヒース部長刑事の指揮下、殺人課の面々が組織的な捜査を開始した。ベンスンの自宅をもう一度徹底的に調べ、私信にはすべて目を通す。しかし、このたびの惨劇になんらかの光明を投げかけてくれるようなものは何も出てこなかった。ベンスン本人のスミス・アンド・ウェッソンのほかには、凶器はいっさい見つからなかった。窓の鉄格子ももう一度全部調べたが、どれもみなしっかりしていて、犯人が自分で鍵をあけて中に入ったか、そうでなければベンスンが招き入れたかだということだった。ちなみにヒースは、ミセス・プラッツが自分とベンスンのほかには鍵を持っている者はいないときっぱり主張したにもかかわらず、ベンスンが犯人を入れてやったという可能性をなかなか認めようとはしたがらなかった。

ハンドバッグと手袋のほかに確かな手がかりがないとあって、ただひとつ見込みがありそうなのは、糸口となりそうなことを打ち明けてもらえるかもしれないという望みをかけて、ベンスンの友人知己に話を聞くことだけだった。ヒースは、それによってハンドバッグの持ち主も特定できるのではないかと期待していた。そこで、あの晩ベンスンがどこにいたのかつきとめるのに全力をあげた。しかし、ベンスンの知り合いにかたっぱしから話を聞いていっても、彼の行きつけのカフェを次々と訪ねても、あの晩彼を見かけたという者はなかなか見つからない。また、わかったかぎりでは、その晩どこへ行くつもりだったか彼は誰にもしゃべっていなかった。それどころか、どんなに警察がくまなく調べあげても、役に立ちそうなもろもろの情報もすぐには出てこなかった。ベンスンに敵はいなかったようだ。深刻ないさかいがあった相手はいない。それに、女性関係でもいつもと変わったことはなかったという報告だった。

アンソニー・ベンスン少佐はもちろん、身内として弟のことをよく知っていることから、第一に情報を求められた人物だった。地方検事局が捜査の初期に主として担ったのが、その少佐との連絡役だ。犯罪が発覚した当日、マーカムはベンスン少佐と昼食をともにした。少佐はたいへん協力的だった——たとえ弟の人格を傷つけることになろうとも——が、その話はあまり役立ちそうになかった。マーカムに話してくれたところによると、弟の交友関係はたいてい知っているけれども、こんな罪を犯すようなわけありの人物にも、警察が犯人をつきとめるのに協力できそうだと思える人物にも、心当たりはないという。だが、弟の生活には自分のあずかり知らぬ一面があったことは率直に認め、そこに隠されていることをつきとめる方法をなんら教えられないのを残念がった。ただし、弟の女性関係はいくぶん型破りなものだったと打ち明け、あえて言えばその方面に動機が見つかる可能性もわずかながらあるかもしれないという。

ベンスン少佐のあいまいで不十分な話をもとに、マーカムはさっそく、地方検事局に配属されている刑事課の敏腕二人に、本部の捜査活動をじゃまするようには決して思われないよう、ベンスンの女性の知り合いにかぎった捜査を開始しろと指示したのだった。また、尋問の際にヴァンスがあからさまに興味を示したことから、家政婦の前歴や人間関係の調査にもひとりをつけた。

わかったところによると、ミセス・プラッツはペンシルヴェニア州の小さな町に、ドイツ人の両親のあいだに生まれた。両親はすでになく、十六年あまり前に夫とも死別。ベンスン宅に来るまで十二年間ずっとひとつところに勤めていたが、その仕事をやめたのは、ただ女主人が自宅での暮らしに見切りをつけてホテル住まいをすることになったからだった。前の雇い主に訊ねたところ、彼女には確か娘がひとりいたが、その子供に会ったことはないし、どうしているのかも知らないという。判明した事実には何の得るところもなく、マーカムはただ形式的に報告書をファイルに入れた。

ヒースは、事件とは直接関係がないかもしれないと思いながらも、街じゅうでグレーのキャデラックをさがすようけしかけた。新聞各紙が大々的にこの車のことを広めてくれたことも、これには大いに役立った。そして、ひとつ奇妙な事実がころがり出てきて、このキャデラックがほんとうに謎解きの手がかりになるかもしれないと、警察は色めきたった。道路掃除人がその車に釣竿があったということを新聞で読むか小耳にはさむかして、状態のいい継ぎ釣竿を二本、セントラル・パークのコロンバス・サークル寄り車道のそばで見つけたと報告してきたのだ。問題は、それがマクラフリン巡査があのキャデラックに載っているのを見た釣竿かどうかだった。車の持ち主が逃げる途中で捨てたということが十分ありうる一方で、公園を通りかかった別の無関係な車が落としたものかもしれない。それ以上の情報は何も出てこなかった。犯罪発覚の翌朝になっても、解決に向かう手ごたえということでは事件にはなんらそれらしい進展を見られなかった。

その日の朝、ヴァンスはカーリに新聞を手に入るだけ全種類買ってこさせて、事件を報じたさまざまな記事を一時間あまりかけて読んでいた。新聞におざなりにでも目をくれるのさえ珍しい彼のことだ、いつもの習慣からすっかりはみ出してまで彼が突然ひとつの問題に興味をもったことに、私は驚きを口にしないではいられなかった。

ヴァンスはものうげに言い訳した。「いやいや、ヴァン、ぼくは感情的に、いや、最近は言葉の使い方が間違っているほうの人間的にだってなるつもりはないよ。テレンティウス（ローマの喜劇作家）に同調して、『私は人間だ《ホモー・スム》。人間に関して私に無関係なことは何ひとつない《フーマーニー・ニヒル・アー・メー・アリエーヌム・プトー》』なんて、ぼくには言えないな。なにしろ、人間的だと言われるたいていのことを、自分とまったく相容れないとみなしているんだから。だけど、ほら、このちょっとした騒ぎになっている事件はなかなかおもしろい。雑誌記者だったら、そそられる《イントリーギング》とでも言うのかな——品のない言葉だな！……ヴァン、このヒース部長刑事のインタビューをぜひとも読んでごらんよ、傑作だから。まるまる一段かけて、『何もわからない』って言ってるだけじゃないか。おかしなやつだ！　あの男のことが大好きになってしまいそうだ」

「ヒースはほんとうは知っていることを新聞に隠しているのかもしれないよ、ちょっとした対外的かけひきってやつで」と、私は言ってみた。

「そんなことはない」と言い返し、ヴァンスは情けなさそうに首を振った。「ここまで飾りけのない人間はいないさ。自分が推理力のかけらももちあわせない手合いだってことを、わざわざおおっぴらにするなんてね――この朝刊の記事はみんなその見本じゃないか。それも、ひとりの殺人者に法の裁きを受けさせるためだけに。正気の沙汰とも思えない犠牲的精神だ」

「それはともかく、マーカムがまだ発表されていないことを何か知っているか、怪しいことをかぎつけているかもしれない」と私。

ヴァンスはしばらく考え込んだ。「ありえなくもないな。こんなに派手な報道合戦の裏におとなしくひっこんでいるところを見ると。ぼくらでもっとよく検討してみようじゃないか――どうだい?」

電話のところへ行くと、彼は地方検事局を呼び出し、マーカムとスタイヴェサント・クラブで昼食をとる約束をとりつけた。

「スティーグリッツの店のナーデルマンの小像《スタチユエット》はどうする」と、私は朝からヴァンスのうちに来ていた用件を思い出して訊いた。

「今日は単純化したギリシャ風の彫像をめでる気分じゃないな《エィント》(2)」と言って、彼はまた新聞に目を向けた。

彼のこの態度には、驚いたというのではまだ表現が控えめなくらいだ。つきあってこのかた、彼がほかの気晴らしを優先して美術への執心をひっこめるところなど、ついぞ見たことがなかった。これまでは、法律やその運用に関わるようなことが彼の興味の対象になったことはない。ということは、彼の頭の中で何か尋常でないことが起きているのだとさとって、私はそれ以上何も言わないでおくことにした。

マーカムは約束の時間に少し遅れてクラブに現われたが、そのころヴァンスと私はもう、気に入っている隅のほうのテーブルについていた。

「やあ、リュクルゴス（紀元前九世紀ごろのスパルタの立法者）君」と、ヴァンスが迎える。「新たに重要な手がかりがいくつか発見されただの、近々大きな進展のあることを乞うご期待だの、くだらない能書きはさておき、どうなっているんだい？」

マーカムはにんまりした。「さては新聞を読んできたな。あの報道ぶりをどう思う？」

「いかにもありそうな記事だよ、まったく」とヴァンス。「注意深く念入りに、何ひとつ書きもらしていない。大事なこと以外はね」

「ほう？」マーカムはおどけた口調で言う。「じゃあうかがいますがね、この事件の大事なこととは？」

「未熟者のあさはかな考えでは、アルヴィンのかつらは明白に重要なものだと思ったがね」とヴァンス。

「ともかくベンスンは、そいつを大事にしていたことだろうな。……ほかには？」

「そうだな、ベッドの上にあったカラーと蝶ネクタイだ」

「それに、グラスに入っていた入れ歯も見逃しちゃいけないな」と、マーカムが冷やかすようにあとを引き取って言った。

「なかなか冴えてるじゃないか！」とヴァンス。「そう、あれも大事な状況証拠だ。なのに、請け合ってもいいが、あのあっぱれなヒースはそれに気づいてもいない。まあ、あそこにいたほかのアリストテレス諸君も似たり寄ったりで、表面的にしかものを見ていなかったがね」

「きのうの捜査にはあまり感心しなかったということだな」とマーカム。

「とんでもない」とヴァンス。「たまげるほど感心したよ。あのなりゆきはそっくりそのまま、傑作と言えるばかばかしさだった。ほんとうに意味のあることはことごとく、おごそかに無視されていた。少なくとも一ダースばかり出発点《ポワン・ド・デパール》があって、みんな同じ方向につながるというのに、その居並ぶ目前の手がかり《プールパルルール》のどれにも誰ひとりとして目もくれなかったらしい。みんなせっせと煙草の吸いさしをさがしたり、窓の鉄柵を調べたりしていてね。それはそうと、あの鉄格子はなかなかすてきだったな——フィレンツェ風のデザインで」

　マーカムはおもしろがってもいるが、心中穏やかでないようでもあった。

「警察はあれでなかなか信頼できるんだ、ヴァンス。最後には解決する」

「人を信頼できるきみには、ほんとうに頭が下がるよ。だけど、それこそぼくを信頼して打ち明けてくれないか。ベンスンを殺したやつについて、どこまでわかっている？」

　マーカムはためらっていたが、やがて口を開いた。「これはもちろんここだけの話だが、今朝、きみから電話をもらったすぐあとに、ベンスンの女性関係を調べさせていた部下のひとりから、あの晩、ハンドバッグと手袋をあの家に置いていった女性を見つけたという報告があった――ハンカチのイニシャルが手がかりになってね。それに、その部下はいくつか興味深い事実もさぐり出した。そうじゃないかとは思っていたが、その女性があの晩のベンスンの夕食の相手だったんだ。女優だ――確か、ミュージカル・コメディのね。名前はミュリエル・セント・クレア」

「なんとも気の毒なことだ」と、ヴァンスがささやくように言った。「ぼくはねえ、きみの手《ミユルミ》下《ドーン》たちがそのご婦人を見つけなければいいがと思っていたんだ。残念ながらその人と面識はないが、もし知り合いだったら、ひとことご同情の言葉を申しあげたいところだ。……じゃあ、きみが予審判事《ジュージュ・ダンストリュクシオン》となって、こっぴどく締め上げるつもりなんだろうな?」

「もちろん尋問はするさ、きみの言うのがそういう意味だとしたら」

マーカムは何か気がかりなことがある様子で、そのあと昼食が終わるまで、私たちはほとんど口をきかなかった。

食後にクラブの談話室で腰を落ち着けて紫煙をくゆらせていると、すぐそばの窓際にしょげた様子で立っていたベンスン少佐が、マーカムを見かけてこちらに近づいてきた。少佐は五十歳くらいで、まじめで親切そうな丸顔にがっしりと姿勢のよい体つきの男だった。

少佐はヴァンスと私に軽く会釈すると、すぐ地方検事に声をかけた。「マーカム、きのうの昼食からずっとあれこれ考えていたんだが、もうひとつ言っておいたほうがいいかと思うことがあってね。アルヴィンとごく親しい、リアンダー・ファイフという男がいるんだ。彼なら何か役に立つことを知っているかもしれない。彼はこの街に住んでいないものだから、きのうは思いつかなかった。ロングアイランドのどこかにいるんだ——ポート・ワシントンだったかな。思いついただけだがね。ほんとうのところ、今度のような恐ろしいことがどうして起きたのか、まるで見当がつかない」

彼は心ならずもこみあげてくる感情を抑えるかのように、あわてて息をぐっと吸い込んだ。いつもは冷静な彼も、深く動揺しているらしい。

「ありがとうございます、少佐」と、マーカムは手紙の裏にメモした。「のちほど早急にあたってみます」

この短いやりとりのあいだは無関心な様子で窓の外を眺めていたヴァンスが、振り向いて少佐に話しかけた。「オストランダー大佐はいかがですか？　弟さんとご一緒のところを何度かお見かけしましたが」

ベンスン少佐は、それとなく軽くあしらうような手ぶりをした。

「知り合いではありますが。ろくにご存じないのでは」そして、またマーカムに向き直る。

「何かわかったんじゃないかと思うのも時期尚早かとは思うんだが」

マーカムはくわえていた葉巻を取って指でいじくりながら、黙って考え込んでいた。

しばらくして口を開く。「そうでもない。木曜日の晩、弟さんが一緒に食事した相手がどうにか見つかった。その人物が、十二時ちょっと過ぎに弟さんと一緒に帰宅したこともわかっている」それ以上話したものかどうか迷っているかのように言葉を切った。「じつのところ、すでにあるもののほかにたいして証拠が出てこなくても、大陪審に持ち出して起訴を請求できる」

少佐のきまじめな顔に、ぱっと驚きまじりの感嘆の表情が浮かぶ。

「やれやれ、ありがたいよ、マーカム！」そう言って、がっしりした顎を引き締めると、地方検事《サンク・ゴッド》の肩に手を置いた。「徹底的にやってくれ——私のためにも！」と、力をこめて言う。「何か用があったら、私はこのクラブに遅くまでいるから」

そう言って背を向けると、少佐は部屋を出ていった。

「弟が死んだばかりで少佐をわずらわせるのは、少々酷な気がするね」とマーカム。「だが、世の中とはそうしたものだ」

ヴァンスはあくびをかみ殺して、ものうげにつぶやいた。「なぜ神様なんか持ち出すのかね」

6　ヴァンス、意見を表明す

六月十五日（土曜日）午後二時

私たちはしばらく黙って煙草を吸った。ヴァンスはものうげにマディソン・スクウェアのほうを眺めやり、マーカムは眉間に深く皺《しわ》を寄せて、暖炉の上に掛かっている老ピーター・スタイヴェサントの色あせた油彩肖像画のほうを向いていた。

やがてヴァンスが頭をめぐらせ、かすかに冷ややかな笑みを浮かべて地方検事を凝視した。

「ねえ、マーカム」と、ゆっくり話しかける。「ずっと驚かされっぱなしなんだがね、きみたち犯罪捜査にたずさわる人間というのは、いわゆる手がかりってやつにすぐだまされてしまうんだな。足跡なんかもだけど、止まっていた車だのイニシャル入りのハンカチだのを見つけると、それ、証拠《エッケ・シグヌム》があったとばかりに飛び出していって、わき目もふらずに追いかけるんだ。なんてこった。みんな三文犯罪小説にかぶれてでもいるみたいじゃないか。物的証拠と状況証拠だけをもとにした推理では犯罪を解決できないって、いつになったらわかるんだろう？」

　このだしぬけの非難には、私に負けず劣らずマーカムも驚いたのではなかろうか。それでも、私たちは二人ともヴァンスをよく知っていたので、淡々とした軽薄と言っていいほどの口調にもかかわらず、彼の言葉には真剣な意図が隠されていることを察していた。

「犯罪の具体的な証拠をすべて無視しろっていうのか？」と、マーカムがやや高飛車な言い方をした。

「まさにそういうことだ」と、ヴァンスは落ち着きはらって言う。「無駄なばかりか危険でもある。……すごく危なっかしいのはだね、どんな犯罪にとりかかるにも、犯人はまぬけなやつかとんでもなくへまなやつのどちらかだと、すっかり頭から決めてかかっているところだよ。いいかい、刑事の目につく手がかりなら、犯人だって気がついて、見つけてほしくなければ隠すなりごまかすなりするだろうって、ふと思ってみたことはないのか？　それに、今の時代に犯罪をたくらんでまんまと実行しおおせるだけの才覚があるやつなら、そのこと自体《イプソー・ファクトー》で、自分の目的に適う手がかりくらいいくらでもでっちあげる能力だってあると、たまには考えてみないのか？　きみたちはどうしても認めたくないらしいが、犯罪の見かけは故意に人を欺《あざむ》くためのものかもしれないし、手がかりは捜査を誤った方向へ導くというはっきりした目的で仕組まれたものかもしれないんだ」

　マーカムが鷹揚に皮肉るような調子で指摘する。「ほとんどの犯罪者を有罪にできなくなるんじゃないかな。犯人を示す証拠や有力な状況証拠、水ももらさぬ推理もいっさい無視してかかるとすると。……ほら、概して犯罪というのは人目に触れないものだからね」

「そこが根本的に間違っているんだよ」と、ヴァンスはこともなげに言った。「どんな犯罪も、すべての芸術作品がそうであるように、人目に触れる。犯罪者が、あるいは芸術家が実際に仕事をしているところを誰も見てないなんて考えることは、まるで問題外だ。たとえば、制作年代当時にルーベンス（十六世紀フランドルの画家）が外交的な用向きか何かでアントワープに出かけていたらしい状況証拠がたっぷりあるという理由から、あそこの大聖堂にある『十字架をおりるキリスト』はルーベンスの作だとする主張を、今どきの犯罪捜査ではまず信じないだろう。それでも、そう結論するのはばかげているんだ。たとえ推理の結果が法的に争う余地のないほど否定的なものであっても、作品自体があくまでもその作者はルーベンスだというあかしになる。なぜか？　そう、ルーベンスをおいてほかの誰にもあの絵は描けないからだ。あの絵にはルーベンスにしかない個性と天才という、消すことのできない痕跡が残っている」

「ぼくは美学者じゃないもんでね」と、マーカムがつっけんどんに口出しした。「実用一点ばりの法律家だ。犯罪の作者《オーサーシップ》を裁定するには、抽象的な仮説よりも具体的な証拠をもとにしたいね」

「そんなものをもとにしていると、必ずありとあらゆる種類のやっかいな過ちに巻き込まれることになる」と、ヴァンスは穏やかに言い返した。

彼はゆっくりと次の煙草に火をつけ、天井に向かって煙の輪を吹き出した。淡々とものうげな調子で話を続ける。「たとえば、今度の殺人事件できみが出した結論だがね。それは、おそらくベンスンを殺しただろう人物がわかったという、ゆゆしき誤解のもとに成り立っている。少佐にまで話してしまった。起訴手続きの請求にほぼ十分な証拠があるとも言った。だがほんとうは、ねえ、犯人の見当なんかついちゃいないんだ。きみは、この犯罪とは何の関係もない、どこかの気の毒な娘を苦しめようとしているんだよ」

マーカムはやにわに態度を変えて、くってかかった。

「おい！　ぼくが無実の人間を苦しめようとしているだと？　彼女に不利などんな証拠があるか、たまたま知っている人間は地方検事局にしかいないんだからな。きみがどんな秘術を心得ているんだか知らないが、どうやってその人物が無実だとわかったのか説明してもらおうか」

「お安いご用だ」と、ヴァンスはおかしそうに口もとをぴくりと動かした。「きみの目が殺した人間に届かないのは、この事件の犯人にかぎってはたいへん抜け目がなくて洞察力があるせいだ。犯人が、きみたちや警察がほんのかすかにでも自分を疑いそうな証拠はいっさい残さないよう見通しをたてたからだ」

はっきり系統立てて自明の理を――議論の余地のない事実を――説くような、落ち着いた自信のある話しぶりだった。

マーカムはばかにするような笑い声をあげ、もったいぶって断言する。「どんな不測の事態も見通せるほど抜け目のない犯罪者などいない。どんなに些細なことだろうと、その前後のさまざまなことと密接に関係し、歯車の歯のようにかみ合っている。周知のことだが、どんな犯罪者も――どれほど時間をかけて慎重に計画を練ったところで――準備には何かしら手抜かりがあって、最後にはそこから足がつくものなんだ」

「周知のこと?」と、ヴァンスがおうむ返しに言った。「いいや、違うね――執念深い復讐の女神ネメシスを信じる子供っぽい考え方から出た、古くからの迷信にすぎない。天罰は必ずくだるっていう深遠な観念が、運勢判断や占い板《ウイージヤ・ボード》みたいに大衆うけするのはわかるがね。だけど――おやおや!――きみまでが、そんなあいまいなたわごとを信用するとは嘆かわしい」

「きみもそんなことで一日をぶちこわしにしないことだな」と、マーカムがとげとげしく言った。

「日常的に起きている未解決犯罪、あるいは成功した犯罪のことを考えてもごらんよ」と、ヴァンスは相手の皮肉を意に介さず続ける。「――その道で最高の刑事たちの裏をみごとにかくような犯罪のことをね。どうだい? 実は、解決を見るのは愚か者が企《くわだ》てた犯罪だけ。だからこそ、そこそこ才覚があるだけで悪事を働こうとする者が決まって、さしたる苦労もせずに犯罪をやってのけたうえに、見つからずにすんだという過剰な自信で強気になるわけだ」

「犯罪が看破されないのは、主として当局に運がなかった結果であって、犯罪者の才知がすぐれていたからではない」と、マーカムがさげすむように言った。

「運がなかった、ねえ」——ヴァンスの声は甘美と言ってもいいほどだ——「無能を弁解し、自分で自分を慰めるために言い換えただけじゃないか。才覚と頭脳をもちあわせていれば、不運なんかに悩まされないものだ。……やはり、ねえ、マーカム、未解決の犯罪というのは、聡明なやつが計画して実行した犯罪だというだけなんだよ。それでだ、ベンスン殺人事件はたまたまその部類に入る。だからして、何時間か調べただけで誰が犯人かかなりはっきりしたなんて言うもんだから、反論したくもなるさ。それは勘弁してもらわなくてはね」

そこでひと息つくと、ヴァンスは考えにふけりながら煙草を二、三服した。「きみたちのように不自然で決定論的な推理のやり方を続けていくと、およそどこへも行きつかないってことになりがちだ。その証拠としてぼくが声を大にして指摘するのが、今きみが自由を奪おうとたくらんでいる気の毒な若い女性だよ」

鷹揚に見下すような笑顔の陰に憤《いきどお》りを隠していたマーカムが、このときヴァンスに険しい目つきでくってかかった。

「そうきたか――では、ぼくとしては職権《エクス・カテードラ》に基づいて言うがね」と、傲然と言い放つ。「ぼくはきみの言う〝気の毒な若い女性〟が犯行に及んだという確証を握っているといってもいいくらいなんだ」

ヴァンスは動じなかった。「そうは言ってもねえ、あれは女性にはとてもできない仕事だよ」と、あっさり言ってのけた。

マーカムが激怒したのがわかった。口を開いたときには、口角泡を飛ばさんばかりの勢いだった。

「女性にはできない仕事だと？　どんな証拠があってもか？」

「まさにそのとおり」と、ヴァンスは穏やかに、だがきっぱりと答えた。「たとえ本人が誓って自分が犯人だと言ったとしても、きみたち法律用語を操る法学徒がいかにももったいぶって言う、論争の余地のない証拠というやつを山ほど積み上げたとしても」

「へえ！　ということは、自白にさえ価値はないというんだな？」と言うマーカムの口調は、あからさまに辛辣《しんらつ》だった。

「そうだよ、ユスティニアヌス（東ローマ帝国皇帝。「ローマ法大全」の制定者）君」言われた相手のほうは、いたって満足そうに答えた。「まさにそれをわかってもらいたいんだ。いや、価値がないどころか、もっとたちが悪い――自白はきわめて誤解を招きやすい。そのくせ、自白が正しかったと判明することもあるもんだから――とんでもなく過大評価されている、女の直感というやつもそうだが――なおさら信用の置けないものになるだけだ」

　マーカムが尊大な言い方で不平を鳴らした。

「真相が見破られた、いや見破られそうだとも思っていないのに、自分の不利になるようなことを自白するやつがどこにいる？」

「おやおや、マーカム、驚かせてくれるね！　さしつかえなくば、こっそりと無料《プリーウアーティッシメー・エト・グラーティース》で無邪気なきみの耳もとでささやいてあげるがね、自白する動機はそれ以外にもいくつだって推定できる。恐怖にかられた結果の自白もありうるし、強要されてかもしれない。あるいは、打算、母性愛、騎士道的精神、精神分析で言うところのインフェリオリティ・コンプレックス（劣等感）、思い違い、的外れな義務感、異常なうぬぼれ、まるっきりの虚飾、などなど、もとになるものはいくらでもある。自白はどんな形の証拠よりも危なっかしくて頼りにならない。愚かで非科学的な法律でさえ、殺人事件の場合は、ほかの証拠で実証されないかぎり自白を証拠としてはしりぞけているんだよ」

「うまいこと言うね。おそれいったよ」とマーカム。「しかし、きみの意見のように法律がすべての自白を拒否し、すべての物的手がかりを無視するとしたら、社会はすべての裁判所を閉じ、すべての刑務所を廃止するということにもなりかねない」

「法律家の論法で言う、典型的な不合理な推論《ノーン・セクウイトゥル》だよ」とヴァンス。

「ではうかがうが、罪人をどうやって有罪にするというんだ？」

「絶対確実な人間の違法性と有責性の決定法がひとつある。警察はおめでたいことにまだその可能性に気づいていないし、やり方もわかっていないがね。真相を知るには、犯罪の心理的要因《ファクター》を分析して、それを人物に適用するしかないんだよ。唯一ほんとうの手がかりになるのは、心理的なものだ——物的なものじゃなくて。たとえば、ほんとうに造詣の深い美術の専門家は、絵画を鑑定して本物であることを証明するにあたって下塗りを調べたり顔料を化学分析したりするのではなく、その絵の着想や筆致に表われている独創性を研究する。自問してみるんだ。この芸術作品に具体化されている表現形式、技巧、精神性は、はたしてどの天才の——つまり、どの個性の——ものか？　ルーベンスかミケランジェロか、ヴェロネーゼ、ティツィアーノ、それともティントレット、そのほか誰でもいい、その作品の作者と目されるような画家にあてはめてみる」

「どうやら、ぼくの頭はまだまだ原始的《プリミティヴ》で、卑俗な事実のほうに気をとられてしまうようだよ」と、マーカムは自嘲《じちょう》した。「当面のこの事件でも——たいそう独創的で芸術的な類比《アナロジー》を聞かせてもらっておいて、残念なんだが——そういう卑俗な事実がたっぷりあって、その事実がみな、ある若い女性が——何といったらいいかな？——『アルヴィン・ベンスン殺人事件』と題するこの犯罪作品《オーパス》の作者であることを示しているんだ」

ヴァンスは、ほとんどそれとわからないくらいそっと肩をすぼめてみせた。

「かまわなければ教えてくれ——もちろん内密に——それがどんな事実なのか」

「いいとも」と、マーカムは応じた。「まず第一《インプリーミース》に、その女性は、発砲のあった時点であの家にいた」

ヴァンスは信じられないという顔をした。「えっ——それはまた！　ほんとうにあそこにいたのか？　思いも寄らなかった！」

「いたという証拠は動かしがたい」とマーカム。「なぜなら、夕食のときにつけていた手袋と、持っていたハンドバッグが両方とも、ベンスンのうちの居間の炉棚で見つかったんだぞ」

「何だ！」と、ヴァンスはつぶやいて、かすかにすまなそうな笑みを浮かべた。「じゃあ、居合わせたのはその女性じゃなくて、彼女の手袋とバッグだったんじゃないか——きっと法律的見地からすれば、細かい、とるに足らない区別なんだろうが。……それにしてもだよ、門外漢であるぼくの素朴な考えでは、残念ながらこの二つを同一とは認められないな。ぼくのズボンがクリーニング屋に出してあるからといって、ぼくがクリーニング屋にいたってことになるかい？」

マーカムは相当いらだって、ヴァンスにくってかかる。

「女性の肌に直接触れる必需品、しかもあの晩ずっと持ち歩いていたものが、翌朝、連れの男の部屋で見つかったというのに、門外漢であるきみの頭で考えても何の証拠にもならないって？」

「ならないと認めて、確かに法律的理解力が情けないほど足りないところを見せてしまったよ」と、ヴァンスは冷静に受け止めた。

「だけど、その女性は確かにあんなものを昼間から持ち歩いていたはずはないし、それに、ベンスンの留守中、家政婦の知らないうちにあの家を訪ねることはできないんだから、あの晩遅くに本人が持っていったのでなければ、あれが翌朝たまたまあそこにあったりはしないだろう？」

「さあ、ぼくにはまったく見当がつかないよ」とヴァンス。「その女性本人が、きっときみの好奇心を満足させてくれるさ。ただし、いくらでも解釈のしようがありそうだけれど。あの故チェスターフィールド[1]君が上着のポケットに入れて持ち帰ったのかもしれない——女ってやつはいつの世も、自分の装身具やら荷物やらを何でもかんでも男に持たせるものだから。『これ、あなたのポケットに入れておいてくれない？』とか甘えてね。……それにもうひとつ、真犯人がなんらかの手段で手に入れて、警察《ポリツァイ》の目を欺こうとしてわざわざ炉棚に置いたという可能性もある。女ってやつはねえ、炉棚とか帽子掛けみたいなきちんとしたじゃまにならない場所には、絶対に持ちものを置こうとしないものだよ。必ず男の気に入りの椅子だのセンター・テーブルだのの上に放り出すんだ」

マーカムが口をはさむ。「じゃあ、きっと、ベンスンはその女性の煙草の吸い殻も、ポケットに入れて持ち帰ったんだな?」

「おかしなことはいくらでもあるものさ」と、ヴァンスはけろりとしている。「まあ、そんなことをしたからって、ベンスンを非難するつもりはないよ。……あの煙草の吸い殻は、あの日より前におしゃべり《コンヴェルサツィオーネ》したことがある証拠なのかもしれないね」

「きみが見くびっているヒースでさえ、しっかり頭を働かせて、家政婦が毎朝あの火格子の掃きそうじをするってことを確かめたんだぞ」と、マーカムが教えた。

ヴァンスは感心したようにため息をついた。「そんなに徹底的に調べているのか?……だが、まさか、それだけってことはないだろう、その女性に不利な証拠というのは?」

「もちろんさ」とマーカム。「きみがあくまでも疑うにもかかわらず、それでもまだりっぱな補強証拠がある」

「そんなことだろうさ、この国の法廷で無実の罪を着せられる人間がどんなに多いかを見るにつけね。……いや、詳しく聞かせてくれ」

マーカムは、落ち着いた自信ありげな態度で話しはじめた。「ぼくの部下の調べたところ、まず、ベンスンはこの女と二人きりで、マルセイユという、西四十丁目にある小さいボヘミアン・レストランで食事をした。第二に、二人はけんかをした。第三、夜中の十二時ごろ、二人は店を出て、一緒にタクシーに乗り込んだ。……さて、殺人があったのは十二時半ごろだ。ところが、この女性はリヴァーサイド・ドライヴの八十番台に住んでいるから、ベンスンが彼女を送っていったはずはない——自分のうちへ連れていかなかったとしたら、きっと送っていったんだろうがね——そして、発砲のあった時刻までには帰宅していた。しかし、彼女がベンスンのうちにいたことを示す証拠は、まだある。部下がその女の住まいを調べたところ、実は帰りついたのは一時ちょっと過ぎてからだった。さらに、手袋もハンドバッグも持っていなかったし、鍵をなくしたと言い訳して合鍵で自分の部屋に入れてもらっている。覚えているだろう、バッグの中に鍵があった。そして——しめくくりに——火格子のところにあった煙草の吸いさしが、きみが彼女のケースの中に見つけた煙草と同じものだった」

マーカムはひと息ついて、葉巻に火をつけ直した。

「以上が事件当夜について判明していることだ。今朝、女の身元がわかるやいなや、もう二人の部下に私生活を調べさせたんだがね。昼にオフィスを出ようとしているところへ、報告の電話があったんだ。女には婚約者がいるという。リーコックという名の陸軍大尉だ。ベンスンを殺したのとちょうど同じ銃を持っていそうじゃないか。おまけに、そのリーコック大尉は事件当日、女と昼食をともにしたし、翌朝にも女の部屋を訪ねているんだ」

マーカムは心もち身を乗り出すようにして、椅子の肘掛けを指先で軽くたたきながら語気を強めた。

「というわけで、動機、機会、手段が出そろった。……ひょっとしてこれでもまだ、告発できるような証拠は何もないと言うかね」

ヴァンスは落ち着きはらって答える。「なあマーカム、ちょっと頭のいい中学生ならすぐ説明できるようなことしか持ち出していないじゃないか」と、悲しそうに首を振った。「そんなことで命や自由を奪われる人たちがいるんだな！　まったく、恐ろしいことだ。わが身が心配になってくるね」

マーカムはいらだった。

「目がくらむようなお高いところからお知恵を貸していただけるんなら、ぼくの推理のどこが間違っているのか教えてもらえないかね？」

ヴァンスは平然と答える。「その女性についてきみが並べたてたことは、推理なんかじゃない。互いに無関係な事実をいくつか取り上げて、間違った結論に飛びついただけだよ。たまたまぼくにその結論が間違っているとわかるのは、この犯罪の心理的徴候がことごとくそれに反しているからだ――つまり、この事件でただひとつしかない真の証拠は、まぎれもなく別の方向を指しているんだよ」

彼の声に力がこもり、珍しく口調が真剣さを帯びた。

「きみがアルヴィン・ベンスン殺害犯人として誰か女を逮捕するというなら、すでに犯された罪のうえにまたひとつ罪を――意図的な許しがたい愚行という罪を――重ねることにしかならないぞ。それに、ベンスンのような俗悪な人間を撃ち殺すのと、無実の女の名誉を毀損するのとでは、ぼくにはあとのほうがひどいことのように思えるね」

マーカムがぱっと目をいからせた。ただし、気分を害したわけではなかった。念を押しておくが、この二人は親友どうしなのだ。性格は違えど、互いに相手を理解し、尊敬している。歯に衣着せぬもの言いは——痛烈で辛辣にさえなることもあるが——もちろん尊敬があるからこそできることだった。

しばしの沈黙があって、マーカムがしいて笑いを浮かべる。「きみのおかげで、心もとなくなってきた」と、からかうように言った。だが、軽い口調にもかかわらず、半分は本気で言っているようだった。「とはいえ、あの女性を逮捕するとまだはっきり決めたわけじゃない」

「りっぱな自制心だ」と、ヴァンスが褒めてみせた。「だけど、きっともう、その女性をいたぶる手はずにはなっているんだろう。たぶん、法律家は例外なく大好きなちょっとした証言の矛盾ってやつに誘い込むんだな——神経質になったり極度に緊張したりしたら誰だって、身に覚えのない犯罪の容疑者扱いでしつこく尋問されたら、明らかに矛盾したことをいくらでもさらけ出すことだろうよ。……〝グリルで焼く《プット・ゼム・オン・ザ・グリル》〟（厳しく尋問する）ってやつだ——そのものずばり。人を火あぶりにしたころとたいして変わらないね？」

「そりゃ、確かに話は聞くつもりだがね」と、マーカムはきっぱりと言って、懐中時計をちらっと見た。「あと三十分ほどで、部下たちが彼女をオフィスに連れてくることになっている。ということで、この大いに楽しくてためになるおしゃべりを、そろそろ切り上げなくちゃいかんな」

「その尋問で有罪を示すようなことがわかると、ほんとうに思うのかい?」とヴァンス。「なあ、きみが恥をかくところを見られたら、さぞかし愉快だろうねえ。だけど、容疑者を質問攻めにするところってのは、法律上の秘密《アールカナ》なんだろうね」

マーカムは立ち上がってドアのほうへ向かうところだったが、ヴァンスの言葉にふと立ち止まり、考えているらしかった。「立ち会ってもらったって別にさしさわりはないぞ、ほんとうに来る気があるんならね」

そうは言っても恥をかくのはヴァンスのほうになると考えたのだろう。ほどなくして私たちはタクシーで、刑事裁判所ビルへ向かっていた。

7 報告と事情聴取

六月十五日(土曜日)午後三時

大理石の柱や手すりが色あせ、古風な鉄の渦巻装飾がほどこされた、時代がかった建物にフランクリン通りの入り口から入ると、まっすぐ四階にある地方検事局へ向かった。建物と同じようにオフィスも、ひと昔前をしのばせる雰囲気だ。高い天井、どっしりとした最高級オーク材の木造部、低めに吊るされたブロンズと陶製の凝ったシャンデリア、すすけたしっくい塗りの柱間壁、南向きに四面ある縦に細長い窓——何もかも往時の建築様式、装飾様式だった。

床に敷いてあるベルベットの大判カーペットはすすけた茶色。窓にかかっているベロアのカーテンも同じ色だった。大きな座り心地のよさそうな椅子がいくつか、壁際や、地方検事の机の正面にあるオーク材の長テーブルの手前に置いてある。窓のすぐ下で部屋のほうを向いている地方検事の机は広くのっぺりしていて、直立材に彫刻がほどこされ、両袖には床まで引き出しが並んでいた。机用の背の高い回転椅子の右手にもうひとつ、彫刻をほどこしたオーク材のテーブルがある。部屋の中にはそのほかにファイリングキャビネットがいくつかと、大型の金庫もあった。東側の壁中央に、真鍮《しんちゅう》の大きな飾り鋲《びょう》を打った革張りのドアがあって、オフィスと待合室のあいだの、地方検事の秘書や数人の事務官が机を並べる細長い部屋に通じる。その革張りドアと向き合うもうひとつのドアは、奥にある地方検事の私室へ通じている。さらにもうひとつ、窓の向かい側に、中央廊下へのドアがあった。

ヴァンスはなにげなく部屋を見やった。

「するとここが、この市の正義を生み出す母体というわけだな――だろう?」窓際へ行って、向かいにあるトゥームズ（〝墓場〟。ニューヨーク市刑事裁判所および市拘置所の俗称）の灰色の円塔を眺めた。「そしてあそこが、秘密の土牢《ウーブリエット》なんだね。残りの一般市民間において犯罪の競争相手を減らすべく、われらが法律の犠牲者たちをとじこめておくところ。なんとも痛ましい眺めだな、マーカム」

地方検事は自分の机について、記録簿《ブロッター》に書きとめてあることに目を通していた。

「部下が二人ばかり、ぼくに会いたいといって待っている」と、顔も上げずに言う。「すまないが、そのへんに座っていてくれないか。社会をむしばむ卑しい仕事を、もうちょっと進めさせてもらうよ」

彼が机の縁の下にあるボタンを押すと、分厚い眼鏡をかけたきびきびした態度の若者が入り口に現われた。

「スワッカー、フェルプスを呼んでくれ」とマーカム。「それと、スプリンガーが昼食から戻っていたら、あとで会いたいと伝えておいてほしい」

秘書が出ていくとすぐに、長身でタカのような顔つきの男が、前かがみに、ぎこちなく堅苦しい歩き方で入ってきた。

「何かわかったか？」とマーカム。

「それはもう、検事」と、刑事は低い耳ざわりな声で答えた。「すぐにお役に立ちそうなことを見つけてきました。昼どきの報告のあと、警備員《ホール・ボーイ》から何か聞き出せるかもしれないと思って、リーコック大尉の自宅あたりをぶらついてみたんですが、大尉が出かけるところへ行きあわせましてね。つけていってみました。まっすぐあのリヴァーサイド・ドライヴの女性のところへ行って、一時間以上そこにいましたよ。そのあと、心配そうな顔つきで帰っていきました」

マーカムはちょっと考え込んだ。

「何でもないことなのかもしれないが、いずれにしてもわかってよかった。セント・クレアがもうすぐここに来ることになっている。何と言うか聞いてみよう。今日はもう、ほかに用事はない。……スワッカーに、トレイシーを呼ぶようにと言ってくれ」

トレイシーはフェルプスと対照的な人物だった。背が低くてやや太りぎみ、計算ずくの柔和な雰囲気がにじみ出ている。丸い温和な顔に鼻眼鏡《パンス・ネ》をかけ、体にぴったり合ったはやりの服を着ていた。

「ごきげんよう、検事」と、落ち着いていやに愛想よくマーカムに挨拶する。「確か、セント・クレアって女が今日の午後、ここへ来るはずですね。調べてきたことがいくつか、事情聴取の参考になるんじゃないかと思いまして」

小ぶりな手帳を開くと、鼻眼鏡を調整した。

「歌唱指導者から何か聞き出せるかもしれないと考えて、もとメトロポリタン歌劇場の関係者で、今は自分の合唱団のようなところで活動しているイタリア人に会ってきました。プリマドンナ志望者たちに、コーラスや演技の指導をしているんですが、セント・クレアは秘蔵っ子のひとりです。話を聞くのに手間はかかりませんでした。ベンスンのこともよく知っているようでしたよ。ベンスンはセント・クレアのリハーサルを何度か見にきて、ときどきタクシーで迎えにきたりもしたとか。リナルドが——その男の名前ですが——思うに、ベンスンはその娘にえらく熱を上げていたそうで。この前の冬に彼女がクライテリオン座にちょい役で出て歌ったとき、リナルドは舞台裏で指導についていたんですが、ベンスンはそのスターの楽屋からはみ出すほど、温室咲きの花を贈ってきたそうです。ベンスンが〝資金面での後援者《エンジェル》〟でもあったのか聞き出そうとしたんですが、リナルドは知らないか、それとも知らないふりをしているかどちらかですね」トレイシーは手帳を閉じて視線を上げた。「お役に立ちそうですかね、検事？」

「大いに」とマーカム。「その線で調べを続けて、月曜日のだいたいこの時間にまた報告を頼む」

トレイシーがお辞儀をして出ていくと、秘書がまた入り口に現われた。「スプリンガーがまいりました。通しましょうか？」

スプリンガーは、またフェルプスともトレイシーともまったく違うタイプの刑事だった。彼らより年長で、勤勉な銀行の簿記係のような陰気だが有能な雰囲気。先に立ってばりばりやる感じではないが、やりにくい仕事もみごとに片づけてしまいそうに思わせる。

マーカムはポケットから、ベンスン少佐から教えてもらった名前を書きつけた手紙を取り出した。

「スプリンガー、ロングアイランドにできるだけ早く話を聞きたい男がいる。ベンスン事件の関係者だ。さがし出して、なるべく早く連れてきてほしい。電話帳で見つかるものなら、わざわざ出向くまでもない。名前はリアンダー・ファイフ。住んでいるのはポート・ワシントンだと思う」

マーカムはカードにその名前を走り書きして、刑事に渡した。「今日は土曜日だから、もし明日出てくるなら、スタイヴェサント・クラブに私を訪ねてほしいと頼んでくれ。午後にはそこにいるからと」

スプリンガーが行ってしまうと、マーカムはまた秘書を呼んで、ミス・セント・クレアが到着し次第に通すようにと指示した。

「ヒース部長刑事がおみえです」とスワッカー。「あまりお忙しくないようならお目にかかりたいと」

マーカムはドアの上の時計を見た。「だいじょうぶだろう。通してくれ」

ヒースは、地方検事局でヴァンスと私に会うのが意外そうだったが、慣例の握手でマーカムに挨拶すると、愛想笑いを浮かべてヴァンスのほうを見た。

「まだお勉強中でいらっしゃるんですか、ミスター・ヴァンス？」

「そうとも言えませんね、部長」と、ヴァンスは無頓着に答えた。「なかなか興味深い誤りを次々に教わっているところですので。……追跡のほうはいかがです？」

ヒースの顔つきがいきなり真剣になった。

「そのことで検事にお話がありまして」と、マーカムに話しかける。「この事件、ひとすじなわじゃいきませんよ。部下も私も、ベンスンの仲間十人あまりに話を聞いて、参考になりそうな事実のひとつも引き出せやしませんでした。何も知らないのか、それともみんなそろって貝のまねでも決め込んでいるのか。事件の知らせには誰もがえらく衝撃を受けているようでしたが――うろたえる、うちのめされる、びっくり仰天する、で。じゃあ、どうして、どういういきさつでそんなことになったのかってことになると、心当たりはないという。ほら、例の無駄話ですよ。アルみたいないいやつを撃ち殺したいやつなんかいるもんか。アルのことを知りもしない強盗でもなけりゃ、誰もそんなことをするはずはない。アルのことを知ってさえいれば、強盗だってそんなことはしなかっただろう。……ふん！　あいつらの二、三人、この手でたたき殺して、やつらの大好きなアルのところへ行かせてやろうかと思いましたよ」

「車のことは何かわかったのか？」とマーカム。

ヒースが、うんざりと吐き出すように言う。「からっきし。これまた、あれだけ派手に宣伝されているってのに、おかしいですよ。あの釣竿だけなんですからね、こっちが手に入れたのは。……そうそう、警視正から今朝、検屍報告が回ってきましたが、もうわかっていることしか書いてありません。わかりやすく言えば、ベンスンは頭を撃たれて死んだ、臓器にはどこも異状なし、ということです。まあ、メキシコ豆にあたったとかアフリカ産の蛇にかまれたとか、それでなくてももう込み入っている事件をもっと難解にするような発見がなかったことはすばらしいですが」

「気を落とすなよ、部長」と、マーカムが励ます。「こっちはちょっとばかりついてたよ。トレイシーがハンドバッグの持ち主をつきとめて、その女があの晩ベンスンと一緒に食事したことを確かめたんだ。トレイシーとフェルプスとで、ほかにもいくつかぴったりはまる事実をさぐり出している。もうじきそのご婦人がここへやってくるよ。その口からじかに聞き出してみるつもりだ」

地方検事の話を聞くヒースの目にくやしそうな表情が宿ったが、彼はそれをすぐにぬぐい去って、いろいろ質問しはじめた。マーカムは何もかも詳しく教えたうえで、リアンダー・ファイフのことも伝えた。

「事情聴取の結果はすぐに知らせる」と、話を結んだ。

ヒースの出ていったあとドアが閉まると、ヴァンスがいたずらっぽい笑顔でマーカムを見上げた。

「なかなかニーチェの超人《ユーバーメンシエン》というわけにはいかないか――なあ？　この複雑な世界の難解さを、部長、少しばかりもてあましていたねえ。……あんなにがっかりしちゃって。あの忙しそうな分厚い眼鏡の青年が部長を取り次いだとき、ぼくは大いに胸が高鳴ったんだけどな。きっと、ベンスン殺害犯をざっと六人くらいは勾留したっていう報告にちがいないと思って」

「そりゃあ、高望みってもんだろう」とマーカム。

「それでも、いつもならそういうやり方じゃないか――われらが偉大なる道徳的日刊紙の見出しを信じていいんならね。犯罪が起きたとたんに、警察は手当たり次第に逮捕にかかるもんだとばかり思っていたよ――人心をつなぎとめようとして。またひとつ幻想がつぶれた！……残念無念。ヒースのやつ、許せないなあ、ぼくの信頼を裏切ってくれちゃって」

ヴァンスがぶつぶつ言っているところへ、マーカムの秘書が入り口に立って、ミス・セント・クレアの到着を告げた。

この若い女性がしっかりと上品な足どりで、尊大にもの問いたげに頭をわずかにかしげながら、ゆっくりと部屋に入ってきたのには、私たちみな、ややめんくらいぎみだったと思う。小柄で、はっとするほどきれいだが、ただ〝きれい〟という言葉では彼女を正確に言い表わしていない。レオナルド・ダ・ヴィンチにある厳粛さをやわらげて、そのまま親しみやすく頽廃的にしたカラッチ（十六世紀イタリアの画家）の肖像画のような、かすかにエキゾチックなところがある美しさなのだ。黒っぽい目と目の間隔は広くあき、きゃしゃな鼻筋がまっすぐ通り、額は広い。ふっくらと肉感的な唇は、まるで輪郭ぴったりに彫ったようにくっきり整っている。その口もとには、謎めいた微笑、というか微笑の気配が浮かんでいた。丸みを帯びてしっかりした顎が、顔だちのほかの部分と切り離して見るとやや繊細さを欠くが、全体の調和を乱してはいない。落ち着いた態度に、どことなく性格の強さがうかがわれる。ただし、うわべの平静さの下に、強烈な感情がひそんでいるのが感じられた。服装は人柄と同じく、清楚で、一見月並みなスタイルながら、色合いやあれこれの独創的な着こなしがひと味違う魅力をかもしている。

マーカムが立って堅苦しく丁重に会釈すると、机のすぐ前にある、座面がふかふかで座り心地のよさそうな椅子を勧めた。わかるかわからないか程度にうなずいた彼女は、その椅子にちらっと目をやってから、その隣の背もたれがまっすぐで肘掛けのない椅子に腰をおろした。

「かまいませんよね、取り調べを受ける席を勝手に選ばせていただくくらい」

低い、よく通る声――よく鍛えられた歌手の、人を感動させる声だった。笑顔で話していたが、そこに浮かんでいる微笑は心からのものではなく、冷ややかでよそよそしい、それでいてどことなくあだっぽい微笑だった。

「セント・クレアさん」と、マーカムが丁重でいながらも厳しい口調で切り出す。「ミスター・アルヴィン・ベンスンが殺害された事件に、あなたは密接に関わっていますね。なんらかの処置をとる前に、いくつかうかがっておきたいことがあって、ご足労願いました。ですから、心からご忠告申しあげておきますよ、正直に話していただくのがいちばんあなたのためになりますと」

マーカムが言葉を切ると、その女性は皮肉っぽく問いかけるような目で見上げた。「寛大なご忠告をいただいて、私が感謝するとでもお思い？」

マーカムはいかめしい顔をいっそうしかめて、机の上のタイプした書類に目を落とした。

「たぶんお気づきでしょうが、あなたの手袋とハンドバッグが、ミスター・ベンスンの撃たれた翌朝にあの家で見つかりました」

「ハンドバッグから私に行きつくのはわかりますけれど、あの手袋が私のものだという結論にはどうやってたどりつかれたのでしょう？」

マーカムはきっと目を上げた。「手袋はあなたのものではないとおっしゃる？」

「まあ、いいえ」と、彼女はまた冷ややかな笑顔を向けた。「ただ、どうして私のものだとわかったのか疑問だっただけです。私の手袋の好みやサイズもご存じないくせに」

「では、あれはあなたの手袋なんですね？」

「トレフォスの店の、サイズ五と四分の三の、白いキッドの肘までの丈のでしたら、確かに私の手袋です。ぜひともお返しいただきたいわ、さしつかえなければ」

「申し訳ないが、当面はお預かりせざるをえませんね」とマーカム。

彼女はちょっと肩をすくめて、その話をやめにした。「煙草を吸ってもかまいません？」

マーカムはすぐ机の引き出しを開けて、ベンスン・アンド・ヘッジスの箱を取り出した。

「自分で持っています、ありがとう。でも私、自分のホルダーをすごく気に入っていたんですけど。あれがないとほんとうに困るわ」

マーカムは迷っていた。相手の態度に、はっきりといらだっていた。「お貸ししますとも」と、歩み寄りを見せて、別の引き出しに手を伸ばすと、彼女の前のテーブルにそのホルダーを置いた。

「さて、セント・クレアさん」と、落ち着きを取り戻して言う。「こういうあなたの持ちものが、どうしてまたミスター・ベンスンのうちの居間にあったのか、教えていただきましょうか？」

「いいえ、ミスター・マーカム、お断りします」

「お断りになると、その事態が深刻に解釈されるということがわかっていらっしゃいますか？」

「そんなふうには考えていませんでした」どうでもいいような口調だった。

「お考えになっていればよかったのに」とマーカム。「あなたの立場は好ましいものではない。決してあなたの持ちものがミスター・ベンスンの部屋にあったということだけではないんですよ、あなたを直接この事件に結びつけているのは」

その女性は不審そうに目を上げた。またも口の端《は》に謎めいた笑みが浮かぶ。「さぞかし、私を殺人犯だと特定するに足る証拠がおありなんでしょうね？」

マーカムはこの質問を無視した。「ミスター・ベンスンとはたいへん懇意にしていらっしゃったんですね？」

「私のハンドバッグと手袋があの方の部屋で見つかったからには、そう思われてもしかたがないのではありません？」と、彼女は受け流す。

「実際のところ、あの人はあなたにたいそうご執心だったんでしょう？」と、マーカムはくいさがる。

彼女はふくれつらをして、ため息をついた。「ええ、そりゃあもう！　こちらの心の平安をぶちこわすほどにね。……私がここにいるのは、あの紳士が私に目をかけていたって話をするためなんですか？」

マーカムはこの質問にまたもやとりあわなかった。「セント・クレアさん、十二時ごろマルセイユを出てから、帰宅なさるまでのあいだ——確か一時過ぎだったはずですが——どこにいらっしゃいましたか？」

「なんておみごとなんでしょう！　何でもご存じのようね。……それは、その時間にはうちへ帰る途中だったとしか申しあげられません」

「四十丁目から、八十一丁目とリヴァーサイド・ドライヴの角あたりまでに、一時間もかかったんですか？」

「だいたいのところは——何分かは前後したかもしれませんけど」

「そんなに時間がかかったわけを、どう説明なさいます？」マーカムはまたいらいらしはじめた。

「説明なんかできません。それだけの時間がたったというだけです。時間ってほんとうに飛ぶように過ぎるものでしょ、ミスター・マーカム？」

「そういう態度は、ご自分を不利な状況に追いやっていくだけですよ」と、マーカムはいらだちもあらわに警告した。「たいへん困った立場にあることがわからないんですか？　あなたはミスター・ベンスンと夕食をともにし、十二時ごろそのレストランを出て、一時過ぎにご自分の部屋に帰りついた。十二時半ごろ、ミスター・ベンスンが撃たれた。そして、あなたの持ちものが翌朝、事件のあったまさにその部屋で見つかったんですよ」

「ものすごく怪しい」と、彼女はいかにも深刻そうに認めた。「ついでに申しあげておきましょうか、ミスター・マーカム。私が考えただけで人が殺せるものならば、ミスター・ベンスンはとっくの昔に死んでいたでしょうよ。死んだ人を悪く言いたくはありませんが――〃死者《デー・モルト》を《ウィース》〃で始まる格言（De mortuis nil nisi bonum. 死者を鞭打つな）がありましたよね？――正直なところ、わけあって私、ミスター・ベンスンがいやでたまらなかったんですから」

「では、どうしてそんな人と一緒に食事に出かけたんです？」

「そのことは、あれから何度となく自分で自分に問いかけてきました」と、彼女は憂い顔で打ち明ける。「女って、そういう衝動的な生きものなんです――決まって、しないほうがいいことをしてばかり。……でも、考えてらっしゃることはわかります。もしあの人を撃ち殺そうと考えていたとしたら、準備段階として会うのは当然ですもの。そう考えていらっしゃるんじゃありませんか？　人を殺す女は誰でも、まず相手と食事に出かけるものなんでしょうよ」

話しているあいだにも彼女はコンパクトを開け、顔を鏡に映して見ていた。品のいい手つきで、豊かな濃い褐色の髪の毛を、ほつれ毛でも見つけたかのようになでつけ、ペンシルで引いたラインにあるかなきかの乱れでもあって直すかのように、アーチ形の眉を小指でさわった。それから頭をかしげ、みずからを品定めするように眺めてから、話し終えるころになってやっと地方検事に視線を戻した。話の相手には、目下の話題など彼女の頭の中では二の次で、それよりも自分の容姿のほうが大事という印象を申しぶんなく与える行動だった。どんな言葉も彼女がしてみせたパントマイムほど、説得力をもって無関心を表現することはできなかっただろう。

マーカムはいらだちをつのらせていた。違うタイプの地方検事だったら、権威を笠に着て、無理にでも従順にさせようとむきになっていたところだろう。だがマーカムは、検察官が使いがちな、いたぶりや脅しという手法を、特に相手が女性の場合は、本能的に嫌っていた。ただし、このときばかりは、もしヴァンスにクラブでこきおろされていなかったら、きっといつになく威圧的な態度に出たことだろう。ところが、ヴァンスの言葉が誘発した不安が、はぐらかすような女の態度でいちだんと重苦しくなって、彼は見るからに悩んでいた。

しばらく黙り込んだあと、厳しい顔つきで訊ねる。「ベンスン・アンド・ベンスン証券会社を通じてかなりの投資をなさいましたね？」

それに応えて音楽的な笑い声がかすかに響いた。「少佐さんもいろいろお話しなさっているようね。……ええ、むちゃな賭けをしていました。そんな柄じゃなかったのに。私って欲が深いんじゃないかしら」

「ほんとうは、最近大きな損失を出したのではありませんか——実はミスター・アルヴィン・ベンスンがあなたに追加の証拠金を要求し、結局はあなたの証券を売却してしまったのでは？」

「ほんとうでなかったらどんなによかったか」と、彼女は悲劇の演出をまねたような表情で嘆いてみせた。「私があさましい復讐のために、それとも正当な仕返しのつもりで、ミスター・ベンスンを殺したと、そう思われているんでしょうか？」彼女はいたずらっぽい笑顔で、まるでなぞなぞ遊び《ゲッシング・ゲーム》をしているかのように返事を心待ちにしている。

マーカムは目をいからせて、次のせりふを冷淡に言ってのけた。

「フィリップ・リーコック大尉は、ミスター・ベンスンを殺した凶器とちょうど同じような拳銃を——コルト・オートマチック四五口径軍用拳銃を所持してはいらっしゃいませんか？」

婚約者の名前が出てくると、彼女は目に見えて体をこわばらせ、息をのんだ。それまで演じていた役柄はどこへやら、かすかな赤みが頬にさしたかと思うと、額にまで広がった。だが、たちまちのうちにまた、もとのふざけた無頓着な役どころに戻った。

「リーコック大尉の拳銃の型やら口径やらを、訊ねてみたことなどありませんけど」と、そっけなく答えた。

マーカムは、冷静な声でさらに追及する。「では、リーコック大尉が事件の前日の朝、あなたの部屋を訪ねたとき、あなたに拳銃を貸したわけではないのですか？」

「なんて無粋な方なんでしょ、ミスター・マーカムったら」と、彼女はとりすました顔でたしなめた。「婚約中のカップルの二人きりのときのことにまで立ち入ってお訊ねになるなんて。

私、リーコック大尉と結婚のお約束をしています——たぶん、とっくにご存じなんでしょうけれど」

マーカムはすっくと立ち上がり、一生懸命自制していた。

「私の質問にはいっさい答えるつもりはない、つまり、今ご自分が立たされているゆゆしい立場を抜け出す努力をするつもりはないと理解してよろしいんですね？」

彼女は考えてみているようだったが、ゆっくり「ええ、そうです」と言った。「さしあたって、特に申しあげておきたいことはありませんから」

マーカムは身を乗り出して、机の上に両手をついた。「そんな態度でいらっしゃると、どういうことになりかねないかわかっていらっしゃいますか？」と、不穏な言い方をする。「あなたと事件とのつながりについてわかっていること、それにあなたが釈明をいっさい拒否なさったことを併せて、あなたの拘束を命じるには実際に必要とされる以上の条件がそろったのです」

その話のあいだじっと見守っていた私には、彼女が心ならずもほんのわずかだけまぶたを伏せたように思えた。だが、それ以外には今の宣告に動じたような気配は見せず、不敵にもおもしろがっているようなまなざしを地方検事に向けるだけだった。

マーカムが不意に顎を引き締め、首をめぐらせて、机の縁に隠れている呼び鈴のボタンに手を伸ばした。だが、動作の途中でヴァンスにふっと目を止め、決断しかねるというようにためらった。ヴァンスの顔に浮かんだ、非難をこめた驚きの表情に出くわしたのだ。マーカムがどうも決断したらしいことに心からの驚きを表わしているばかりか、言葉で説くよりもずっと雄弁に、取り返しのつかない愚挙に出ようとしているぞとも警告していた。

つかのま、張りつめた沈黙があった。と、ミス・セント・クレアが落ち着きはらって悠然とコンパクトを開き、鼻の頭に白粉《おしろい》をはたいた。化粧直しをすませると、彼女は澄み切った目で地方検事を見た。

「さあ、私を逮捕なさりたいんでしょ?」

マーカムはしばらく彼女を見て、考え込んでいた。すぐには答えず、窓のところへ行くとたっぷり一分間は立ちつくして、刑事裁判所ビルと拘置所《トウームズ》をつなぐ嘆きの橋を見下ろしていた。

「いや、今日のところは見合わせよう」と、ゆっくり言う。

なおしばらくもの思いにとらわれていた彼は、優柔不断な気分をふるい落とそうとするかのようにくるりと向き直って、女性を真っ向から見た。

「逮捕しようというわけじゃありません――まだ」と、同じ内容のことを、少しばかり意地の悪い言い方で繰り返した。「ただし、当分のあいだはニューヨークを離れないように命じます。もし市外へ出ようとすれば、あなたを逮捕します。くれぐれもお忘れないように」

彼がボタンを押すと、秘書が入ってきた。

「スワッカー、ミス・セント・クレアを下までお送りして、タクシーを呼んでさしあげてくれ。……そのあときみはもう帰っていい」

彼女は立ち上がり、マーカムにちょっと会釈した。

「私のシガレット・ホルダーを貸し出してくださって、どうもご親切にありがとうございました」と愉快そうに言って、それを机の上に返した。

それっきりひとこともなく、彼女は静かに部屋を出ていった。

ドアが閉まるやいなや、マーカムはさっきとは別のボタンを押した。まもなく、外の廊下に通じるドアが開いて、白髪頭の中年男性が現われた。

マーカムが急いで指示を出す。「ベン、今スワッカーが下へ連れていく女を尾行しろ。彼女を見張っていてほしい。見失わないように。街から出ていかせるんじゃないぞ――いいか？

トレイシーが見つけ出してきた、セント・クレアという女だ」

その男が出ていくと、マーカムはヴァンスに向き直って、立ったままにらみつけた。

「さあ、きみが無実だと言う若い娘、どう思う？」と、勝ち誇ったように挑戦的な態度で訊いた。

「おもしろい娘だ――なあ？」と、ヴァンスは感情を表わさずに答えた。「並はずれた自制心だ。そして、職業軍人と結婚しようとしている！　けっこうじゃないか。〝趣味嗜好について《デー・グスティブス・ノーン・エス》は議論する能わず《ト・ディスプタンドゥム》〟とね。……ねえ、一瞬、ほんとうに手錠を持ってこさせるのかとはらはらしたよ。もしそうしたら、マーカム、きみは死ぬまで後悔することになっていただろうがね」

マーカムはしばらく相手をじっと見ていた。ヴァンスのいかにも確信しているような態度には、たんなる気まぐれではない何かが隠されている。それがわかっているからこそ、あの女性をいざ勾留しようという段になって思いとどまった。

「まるっきり、無実を信じてもらおうとする態度なんかじゃなかったぞ。演技はやけにうまかったがね。だが、やましいところのある女だったら、あれくらいの演技はしてのけるもんだよ」

「するときみは、彼女は疑われようがどうしようが少しもかまいやしないんだとは、思ってもみなかったってわけか?」とヴァンス。「——実際、きみが帰らせてくれたときには、ちょっとがっかりしていたほどなのに?」

「あの状況をそんなふうには考えられないね」と、マーカムは言い返す。「やましいところがあろうがなかろうが、普通、逮捕されたがるやつなんかいない」

「それはそうと、アルヴィンが死んだ時刻、その幸せ者の恋人はどこにいたんだい?」とヴァンス。

「その点をわれわれが確かめなかったとでも思うのか?」と、マーカムは尊大な口調になった。

「リーコック大尉はあの晩、八時からずっと自分の部屋にいた」

「ほんとかね?」ヴァンスは愉快そうに切り返す。「なんて模範的な若者なんだ!」

マーカムがまたも、鋭い視線を投げる。「今日のきみの頭の中じゃ、どんなすばらしい説があばれているのか教えてほしいね。ぼくはあのご婦人をとりあえず帰してしまったんだよ——どうやらきみのお望みどおり——分別を捨ててまで。どうしてはっきり種明かしをしてくれないんだ?」

「〝種明かし〟だって? 趣味のよくない比喩だなあ! ぼくが手品師かなんかのように聞こえるじゃないか」

ヴァンスがそういう答え方をするときは決まって、まともな返事を避けたいというしるしなのだった。マーカムはその話題をやめにした。

「ともかく、予言のようにぼくが恥をかくところを見られなくて、おあいにくさまだったな」

ヴァンスは目を上げて、驚いてみせた。「はて、そうだったかな？」そして、悲しそうに付け加えるのだった。「人生ってのは、がっかりすることだらけだねえ」

8　ヴァンス、挑戦を受けて立つ

六月十五日（土曜日）午後四時

マーカムがヒースに電話して事情聴取の詳細を知らせると、私たちはスタイヴェサント・クラブへ引き返した。いつもの土曜日なら地方検事局は一時に閉まるのだが、今日はミス・セント・クレアを迎えるという重要な件のために終業時間が延長されていた。

マーカムはすっかり内にこもって、クラブの談話室の、いつもの奥まった一角にまた腰を落ち着けるまで、黙り込んでいた。その彼が腹立たしげに言う。

「くそ！　あの女を帰すんじゃなかった。……どう考えても怪しい気がする」

ヴァンスが、それをまともに受け止めたような態度を決め込んで、とうとうしゃべり出した。

「へえ、そうなのか？　きっときみはすごく霊感《サイキック》があるんだねえ。さぞかしこれまでもずっとそんなふうだったんだろう。見た夢が正夢になるってことが、たびたびありはしなかったかい？　誰かのことを考えていると、その相手から電話がかかってくるなんてことも、きっとしょっちゅうなんだろうね。うらやましい才能だ。手相も見るのかい？……星占いであのご婦人の運勢を見てみりゃいいじゃないか」

「まだ納得がいかないんだ」とマーカム。「彼女は無実だというきみの考えが、ただの印象じゃない、もっと実質的な根拠に基づいたものだってことが」

「ふむ、だけどそうなんだよ」と、ヴァンスは言い切る。「無実だって**わかっている**んだ。それに、あんな撃ち方をしたのは女じゃないはずだってことも」

「女に四五口径軍用コルトは扱えないなんていう、間違ったことは考えないでくれよ」

「ああ、そういうことか？」と、ヴァンスは肩をすくめておしまいにした。「事件の物的な証拠なんか計算に入れていないさ——そんなものはいっさい、きみたち法律家と腕っぷし自慢の連中に任せる。ぼくは別の、もっと確かな方法で結論を出すよ。だからこそ、ベンスンを撃ち殺した犯人として誰か女を逮捕すると、とんでもなく恥ずかしい大失態だぞと言ったんだ」

マーカムが憤慨して、うなるように言う。「そうは言っても、真相に至るかもしれない推理の過程を、きみはいっさい否定してかかってるようじゃないか。まさかきみ、人間の頭の働きをまるっきり信用しないことにしたのか？」

「ああ、神に愛される偉大な庶民の声だ！」とヴァンス。「典型的な考え方だな、マーカム。自分の知らないことは知識じゃないっていう頭で考えているだろう。だから、自分に理解できないことがあれば、説明がつかないじゃないかってことになる。楽な考え方だよな。そうしていれば何の苦労も疑いもない。この世はすごく楽しい、すばらしい場所だって思ってるんじゃないか？」

マーカムは我慢して愛想よくしていた。「確か昼食のあとに言っていたね、犯罪を捜査する絶対確実な方法のことを。その深遠にして貴重なる極意を、一介の地方検事にも伝授してはもらえまいか？」

ヴァンスは、特別丁重に大げさなお辞儀をしてみせた(1)。

「もちろん、喜んで。ぼくが言ったのは、個人の性格の科学的研究と人間の性質を見抜く心理学のことだ。誰にでも、おのおのの気質によってそれぞれに独特なやり方があるだろう。大小にかかわらず、人間のどんな行動にも、人格がまともに表われ、必ずその人物の性質が特徴づけられているものなんだ。そこで、音楽家は、一枚の楽譜を見ただけでそれを作曲したのが、たとえばベートーヴェンなのかシューベルトか、ドビュッシーかショパンか、すぐさま見分ける。そして美術家は、一枚の絵を見ただけで、その絵はコローかアルピニーか、レンブラントなのか、それともフランツ・ハルスなのか、ただちにわかる。そして、まったく同じ顔をした人間が二人とはいないように、まったく同じ性質の人間はいない。人格をつくりあげている成分の組み合わせは、各人それぞれに異なっている。だからこそ、たとえば二十人の画家がまったく同じ対象の絵を描くとしても、ひとりひとり解釈の仕方も描き方も違ってくるんだ。できあがった絵はどれも、それを描いた画家の人格を間違えようのないくらいはっきりと表わしている。……じつのところ、かなり単純な話だろう」

「きみの説はきっと、芸術家にならよくわかるんだろうな」と、マーカムがやんわりと皮肉をこめた口調で言う。「だが、そういう抽象の極致のような理論は、どうも、ぼくみたいな教養のない俗人にはとうてい理解できないよ」

「誤れるものに心を寄する者は正しき路を拒否する、か」と、ヴァンスはつぶやいて、ため息をついた。

「芸術と犯罪にはいささか違いがある」とマーカム。

「心理のうえでは何の違いもないよ」と、ヴァンスは落ち着きはらっている。「犯罪には、芸術作品と同じ基本的要素がすべてそろっているよ——アプローチ、構想、技巧《テクニック》、創作力《イマジネーション》、表現方法、手法、構成。それに、犯罪にも芸術作品と同じだけたっぷりと、流儀や様相、総合的な性質に多様性がある。そう、綿密に計画された犯罪というのは、たとえば絵画と同じように、ひとりの人間を直接的に表わしているんだ。そこにだよ、犯人をさぐり出す大きな可能性があるのは。美学の専門家が絵を分析してそれを描いた画家を教えてくれるのと同じように、心理学の専門家が犯罪を分析してその犯人を教えてくれる——つまり、それがたまたま知っている人物だった場合はね——もしくは、まるで数学の計算のように正確に、犯人の性質や人柄を説明してくれるというわけだ。……そして、ねえマーカム、それが人間の有罪を決定するのに確実で納得のゆく唯一の方法なんだ。それ以外の方法はみな、たんなる当て推量だよ。非科学的で不確実で——危険だ」

この間ずっと、ヴァンスは肩肘張らずに説明していたのだが、まさにその落ち着いた自信たっぷりの態度が、不思議と彼の言葉に信頼感を与えるのだった。マーカムはおもしろそうに聞いていたが、ヴァンスの理論づけを真剣に受け止めているようには見えない。

「その方式だと動機がすっぽり抜け落ちる」と反論した。

「当然だ」とヴァンス。「ほとんどの犯罪では関連性のない要素なんだから。いいかい、誰にだって、少なくともざっと二十人ばかりの人間に対して、殺してやりたいという、実際に百件中九十九件の犯罪を引き起こした動機に匹敵するくらいりっぱな動機があるもんだよ。それに、誰かが殺された場合、実際に殺した人間に負けないくらい強い動機をもった、無実の人間が十人ばかりはいるもんだ。そう、動機があるってことは、犯人だという証拠になんかならない――そういう動機は人間なら誰だってもっているものだからね。動機があるからその人物が殺人犯じゃないかと疑うなんて、足が二本あるからその男が人妻とのかけおち相手じゃないかと言うようなものだよ。なぜ人を殺す人間もいれば殺さない人間もいるのかというと、それは気性の問題――個人個人の心理の問題だ。すべてはそこに帰する。……それと、もうひとつ。ほんものの動機を――強大で抗しがたい動機をほんとうにかかえている人間は、それを人にさとられないように、用心深く隠し、内緒にしておくものじゃないか？　長年かけて準備しながら動機を隠し通すことだってありそうだし、十数年も昔の事実を思いがけず発見したことから、にわかに動機が生まれて五分とたたず事件に至ることもあるだろう。……ということはだよ、事件を起こすほどの動機など見当たらないほうが、動機があるよりも怪しくはないだろうかね」

「お次の難問は、犯罪の考察から誰が得するか《クイ・ボーノー》という考え方を排除することだな」

「そうだろうねえ」とヴァンス。「クイ・ボーノーって考え方はやはりばかげているからこそぬぐい去るのが難しい。それでも、だいたい誰が死んでも、得をする人間は大勢いるものだよ。サムナーを殺してみろ、その説でいけば、著作権者連盟の会員を全員逮捕することになるぞ（サムナーは、一九一五年、セオドア・ドライサーの作品を発禁にした）」

マーカムがくいさがる。「ともかく機会は、犯罪では無視できない要素だよ――ここで機会というのは、ある人物がある罪を犯す可能性があった、実行が可能だった、犯行がしやすかった状況や条件に合致するという意味だがね」

「これまた関連性のない要素だね」と、ヴァンスは断言する。「考えてもごらんよ、気にくわない連中を殺す機会なんか、毎日のようにあるんだよ！　ついこのあいだの夜も、うちの夕食に十人ばかり我慢のならない退屈な客があったんだ――社交上の義理《ドゥヴォワール》ってやつでね。だけどぼくは、ポンテ・カネに砒素を混入するのは――本音を言うと、ずいぶん努力が必要だったんだが――やめておいたよ。それもまあ、ボルジア家（じゃま者を次々と毒殺して権勢をきわめた十五―十六世紀のイタリアの貴族）の人々とは心理的に異なる部類にぼくが属しているというだけのことだ。逆に言えば、ぼくが人を殺すことを決意したなら、ぼくなりの機会を考案することになるだろう――あの機略縦横の十六世紀《チンケチエント》の貴族《パトリシャン》みたいにね。……そして、それが問題なのだ――機会をつくることもできれば、にせのアリバイほかさまざまなトリックで機会があったのを隠すこともできる。覚えているだろう、相手を殺す前に、様子がおかしいと警察を呼んで家に押し入り、中に入ると階段をのぼる警官たちに先んじて相手の男を刺し殺したという事件があったことを(2)」

「じゃあ、実際に現場のすぐ近くや犯行の場にいたというのは——ある人物が犯罪があった時刻に現場にいたという証拠はどうなんだ？」

「それもまた誤解のもとだ」とヴァンス。「無実の人間が居合わせて、実際にはそこにいなかった真犯人の隠れ蓑《みの》にされるっていうのもよくある手だよ。巧妙な犯人なら、離れたところからその場にいる者を代理人にして犯罪を行なうこともできる。また、巧妙な犯人なら、アリバイを用意しておき、変装して自分だと見破られないように現場へ行くことだってできる。まだ、現場にいたけれども人にはいなかったと思わせるうまい方法はいくらでもある——その《ヴァイス》逆《・ヴァーサ》もしかりだ。……だが、自分の個性や本性からは決して離れることができないんだ。だからなんだよ、あらゆる犯罪が必然的に人間心理に帰するというのは——それこそが、推理の基盤として不動のもの、ごまかしのきかないものなんだ」

「不思議だな」とマーカム。「きみがそういう考えなら、警察の人員を九割ほど削減して、新聞の日曜増刊号でもてはやされている例の心理学装置を二、三百台ばかり導入しろって提唱すりゃいいじゃないか」

ヴァンスは、しばらく考えにふけるように煙草を吸った。

「ぼくも読んだよ。おもしろいおもちゃだな。そりゃ、被験者がドクター・フランク・クレインのごりっぱな決まり文句のあとで球面三角法問題なんかに注意を移したら、感情的な緊張《ストレス》が増大したことをその機械が示すのは間違いない。真空管やら検流計やら、電磁石、ガラス板、真鍮《しんちゅう》のつまみなんかがごちゃごちゃついたあの装置に、罪のない人間がつながれて、最近起きた犯罪について質問を受けたりしたら、被験者側の純然たる神経性パニックの結果として、メーターの針がロシア舞踊みたいに跳ね回ることだろうね」

マーカムがいたわるような笑顔になった。

「そして、罪のある人間がつながると針はずっと動かない、だろ?」

「いや、とんでもない」と、ヴァンスの口調は冷静だ。「針が上下に跳ね回るのはまったく同じだよ——ただし、罪があるからという理由でじゃない。たとえばその人間が愚かなら、針が跳ね上がる理由は、新手のひどい拷問にでもかけられるような気がして憤慨するからだ。そして利口なやつならば、そんな愚にもつかないことに一生懸命な法律家のおとなげなさがおかしくてたまらないのを我慢するから、やっぱり針は跳ね上がる」

「なんとも感動的な話だ」とマーカム。「ぼくの頭はタービンみたいにきりきり舞いしているよ。だけど、罪を犯すのは脳に欠陥があるからだと思い込んでいる、ぼくらのような哀れな俗人がいるんだよ」

「それはそうなんだよ」と、ヴァンスはすぐに同意した。「だけど、残念ながら全人類にその欠陥があるんだな。高潔な人物ってのは、いわば自分の欠陥をさらけ出す勇気がない人間のことだ。……しかし、きみの言うのが犯罪者型《クリミナル・タイプ》のことだとしたら、ああ! そこでぼくらの意見はまっぷたつに割れてしまうね。生来的犯罪者説をぶちあげたのは、イエロー・ジャーナリズム(低俗、扇情的で不正確な報道)の寵児《ちょうじ》、ロンブローゾ(犯罪人類学を創始したイタリアの精神病学者)だよ。デュボイス、カール・ピアスン、ゴーリングといったまっとうな科学者たちは、とんでもない彼の説を批判している[3]」

「きみの博学には脱帽だ」と言いながら、マーカムは通りかかったボーイに葉巻をもう一本頼んだ。「しかしね、概して殺人はいずれ露顕するものだということで、ぼくはみずからを慰めるよ」

黙って煙草を吸っているヴァンスが、思いにふけるように窓の外のかすんだ六月の空を見上げた。

その彼が、しばらくして口を開く。「マーカム、犯罪にまつわる根拠のない考え方がいまだに掃いて捨てるほどあるのは、まったく驚きだよ。まともな頭の持ち主がどうして、〝殺人はばれるもの〟なんていう古めかしい幻想を好んだりするのか、ぼくには理解できない。ほんとうは〝ばれる〟ことなどめったにないんだよ。それに、ほんとに〝ばれる〟としたら、どうして殺人課なんかがある？　ひとつ死体が見つかるたび、今回のように警察が踊り狂うダルウィーシュ（激しい踊りや祈禱で法悦状態に入る、イスラム神秘主義教団の修道者）みたいな騒ぎになるのはなぜだ？……こんな異常事態になるのは、詩人たちがいけないんだな。チョーサーが〝殺人は露顕する《モルドウレ・ウオル・オウト》〟と言ったのがたぶん火付け役で、シェイクスピアが殺人には舌の代わりにしゃべる不思議な器官がつきものとしたことで火に油を注いだんだ（『ハムレット』第二幕二場）。殺した張本人を見ると死体が血を流すなんて奇想天外なことを思いついたのも、確か、どこかの詩人だった。……きみ、忠実な市民の偉大なる保護者として、警察はオフィスなりクラブなり、気に入りの美容サロンなりで――警官がひと休みするようなところならどこでもいいから――〝悪事が露顕する〟までおとなしく待ってろって言ってやったらどうだい？　たいへんだよ！――きみを共犯者《パーティセプス・クリミニス》(4)として拘留するか、精神鑑定《デー・ルーナーティコー・インクウィレンドー》にかけるかしてくれって、知事に要求されてしまうね」

マーカムがお愛想代わりにうなり声をあげる。葉巻の端を切って、火をつけるのに気をとられていたのだ。

「きみたちはもうひとつ、犯罪にまつわる幻想をもっているだろう」とヴァンス。「ほら、犯罪者は必ず犯罪現場に舞い戻る、ってやつだ。この不思議な考えには、誰も知らない漠然とした心理学的根拠みたいなものがあるとさえ言われている。だが、言っておくがね、そんな途方もない学説なんか、心理学は教えちゃいない。自分のした失態をごまかす以外のなんらかの理由で、犯罪者が犠牲者の死体のそばに戻ることがあったら、そいつはブロードムア（イングランド南部にある精神異常の犯罪者収容施設を指す）行き――いや、ブルーミングデール（ニュージャージー州の町。精神異常の犯罪者収容施設がある）行きだよ。……この奇抜な考えがほんとうのことだったら、警察はどんなに楽だろう！　犯罪現場に座り込んで、ベジーク（二人または四人が六十四枚の札でする、トランプのゲーム）でもマージャンでもしてるうちに犯人が戻ってくるから、そこで牢獄《バスティーユ》にお連れすりゃいいだけだろ？　正しい心理学で言うと、罰せられるようなことをしでかした人間は誰でも、本能的にその現場からできるだけ遠く、できることなら世界の果てまでも逃げていこうとするものだ(5)」

マーカムが話を引き戻す。「ともかく目下の事件じゃ、殺人がばれるのを手をこまぬいて待っているわけでも、犯人がのこのこ戻ってくるのを信じてベンスンのうちの居間に座り込んでいるわけでもないぞ」

「どっちのやり方でも、今のようなやり方をしているのと、成果があがる早さに変わりはないだろうけどね」とヴァンス。

「きみのように非凡な洞察力に恵まれているわけじゃないんだから、未熟ながらも人間の推理のプロセスをたどっていくほかないじゃないか」とマーカム。

「さもありなん」と、ヴァンスが同情する。「そして、きみたちのそういう活動ぶりから、ひとにぎりの法理論の心得さえあれば、ありきたりの常識でどんなにしつこく果敢に立ち向かわれてもびくともすることはないんだなと、つくづく思うよ」

マーカムはむっとした。「まだセント・クレアって女の無実にこだわっているんだな？　だがね、彼女以外の人間を指すはっきりした証拠がただのひとつもないことを考えると、ぼくにはほかにどうしようもなかったことは認めてくれるだろう」

「ぼくはその種のことを何も認めないね」とヴァンス。「だって、いいかい、彼女以外の人間を指す証拠がいくらでもあるんだから。きみが見落としているだけだ」

ヴァンスが自信たっぷりにさらりと言ってのけたものだから、マーカムはとうとう平静さをかなぐり捨てた。「ああ、そうかい！　けっこう。そういうことなら、こっちはごりっぱなきみの説を断固否定させてもらうことにするよ。そしてきみに挑戦する。きみがあると言うその証拠を、ひとかけらでもいいから出してみろ」

彼はそのせりふを語気も荒く投げつけると、自分に関するかぎりこの話題は打ち切りだというしるしに、指を広げた手をぶっきらぼうに強く振ってみせた。

ヴァンスのほうも少々かちんときたのではないだろうか。

「なあ、マーカム、ぼくは何も肉親のあだ討ちをしようというんでも、社会的体面を取り戻そうというんでもないんだよ。そんな役割はごめんだ」

マーカムは勝ち誇ったような笑みを浮かべたが、返事はしなかった。

ヴァンスは煙草を吸いながら、しばし考え込んだ。そして、驚いたことに、静かにゆっくりとマーカムのほうへ向き直ると、穏やかな声で淡々とこう言うのだった。「挑戦を受けて立とう。ぼくの趣味にはちょっとそぐわないんだがね。でも、この問題はかなりおもしろい。『田園音楽会』(6)の一件と同じようなものだ——あのときのように、生みの親《オーサーシップ》は誰かを論じる問題なんだから」

葉巻を口もとに持っていきかけたマーカムが、はたと手を止めた。本気で挑戦を突きつけたつもりではなく、どちらかというと口先だけの強がりのようなものだったのだ。耳を疑う思いで、ヴァンスの顔色をうかがう。自分が不用意に冗談半分で持ち出した挑戦を相手が思いがけず受けて立ったことが、まさかニューヨークの犯罪史をまるっきり塗り替えてしまうことになろうとは、このときの彼には知るよしもなかった。

「どこから手をつけるつもりだ?」とマーカム。

ヴァンスは無造作に片手を振る。「ナポレオン流に、まずとりかかり、それから見る《ジュ・マンガージュ・エ・ピュイ・ジュ・ヴォワ》。だが、きみに約束しておいてもらわなくてはね。あらゆる力添えをしてほしい。それに、ややこしい法律を持ち出してじゃまするのはいっさいやめてほしい」

マーカムは唇をすぼめた。自分の挑戦的態度に思いがけずヴァンスが応じたことに、すっかりめんくらっていたのだ。しかし、すぐに、どうせ深刻なことにはならないとでもいうように、のんきな笑い声をあげた。

「よし、いいとも。約束する。……それで？」

ちょっと間をおいてから、ヴァンスは新しい煙草に火をつけ、ものうげに立ち上がった。

「まず、犯人の正確な身長を決定しよう。そういうことだったらきっと、犯人を示す証拠の部類に入るだろ？」

マーカムは彼の顔をけげんそうに見た。

「いったいどうやって？」

「きみがいじらしいまでに厚い信頼をおく、原始的な推理の手法でだよ」と、彼はあっさり答えた。「さて、それじゃ、もう一度犯罪現場へおもむくとしようか」

彼がドアのほうへ向かうと、わけがわからずいらだっているマーカムもしぶしぶあとに続いた。「だけど、死体はもう運び出したんだぞ。今ごろは部屋もすっかり片づいているはずだし」

「それはありがたい！」と、ヴァンスはつぶやいた。「特に死体が好きだってわけじゃないからね。それに、片づいていない部屋はぞっとするほど嫌いだ」

マディソン・アヴェニューへ出て、ヴァンスはドアマンに合図してタクシーを一台回させると、黙ったまま私たちをせきたてて乗らせた。

「ばかげてる」と、アップタウンへ向かう車の中で、マーカムが不機嫌そうに言った。「今ごろになって手がかりなんか見つかると思うのか？　もう何もかもあとかたもなく消えているころだぜ」

「まあまあ、マーカム」と、ヴァンスがわざとらしく気づかうような口調でなだめる。「かわいそうに、きみには哲学的なところが足りないねえ！　どんなに微小なものだろうと、あとかたもなく消してしまえるものなら、この世界は存在しなくなってしまうじゃないか――宇宙の謎は解かれて、空虚となった天空いっぱいに造物主がQ.E.D.（「証明終わり」）と書きつけることになる。人生《ライフ》というこの幻想を続けていけるのもひとえに、意識が微小な小数点のようなものだというところにあるんだよ。子供のころ、三分の一を完全な小数で表わそうとして、三という数字で紙を埋め尽くしたことがあるだろう？　いつまでたっても三分の一があまってしまったんじゃないかね。三を一万個も並べていったあとの最小の三分の一でも無視できれば、その問題はおしまいになるのにね。人生だってそれと同じ。あとかたもなく消してしまえるものなど何ひとつないからこそ、ぼくらは存在しつづける」

彼は指をちょいと動かして、自分の話にきっちりとピリオドでも打つようにすると、窓の外の真っ赤に染まった空をうっとりと見上げた。

マーカムは隅の席に深くもたれて、むっつりと葉巻をかみしめていた。勢いに任せて挑戦など突きつけてしまったことで、内心ふつふつと怒りがたぎっているようだ。しかし、今さらあと戻りはできない。あとで聞いたところによると、彼はこのとき、ぬくぬくと座っていた椅子からひきずり出されて、ばかげているとわかりきっていることに無駄足を踏まされると信じて疑わなかったそうだ。

9　犯人の身長

六月十五日（土曜日）午後五時

私たちがベンスン邸に到着すると、通路の鉄柵にもたれて眠たそうにしていた巡査が、ぱっと気をつけの姿勢をとって敬礼した。期待するような目でヴァンスと私を見たのは、地方検事が尋問のため犯罪現場へ連れてきた容疑者だとでも思ったにちがいない。事件当日の朝の家宅捜索に加わっていた殺人課の刑事が、私たちを中に入れてくれた。

マーカムは刑事に会釈を返した。

「異状はないようだな？」

「はい。おばあちゃんは猫みたいにおとなしくしてます――料理じょうずですし」

「しばらくはずしてもらえないか、スニッフィン」と、居間へ向かいながらマーカムが言った。

「あの食いしん坊の名前はスニトキン。スニッフィンじゃないよ」ドアが後ろで閉まると、ヴァンスが訂正した。

「すごい記憶力だな」と、マーカムがへそを曲げた。

「それがぼくの欠点でね」とヴァンス。「きみは、人の顔は決して忘れないが名前だけは思い出せないっていう、珍しい人種なんだろう?」

だが、マーカムはおとなしくからかわれている気分ではなかった。「さあ、ぼくをここまで引っぱってきておいて、これからどうするんだ?」おざなりに手を振ると、彼はやる気のなさそうな態度で、椅子に深々と座り込んでしまった。

居間の様子は前回見たときとさして変わりがなかったが、きちんと片づいてはいた。シェードは上がっていて、午後も遅くの日射しがたっぷり降り注いでいる。この部屋の調度が照り映えて、いっそう華美に思えた。

ヴァンスが自分のまわりをさっと見回して、ぶるっと身震いした。「引き返したくなってくるね」と、ものうげに言う。「室内装飾家が怒りのあまり殺したとしてもうなずける」

マーカムがいらいらとせきたてにかかった。「頼むから、美学者の芸術的偏見はおいといて、問題のほうにとりかかってくれないか。……もっとも」と、意地悪い笑みを浮かべて付け加える。「結果が出るのが不安だというなら、まだ撤回してもかまわないよ。そうすれば、きみのすてきな説も今の清らかな状態のままにしておける」

「そうして、きみが無実の乙女を電気椅子に送るのを許してしまうっていうのか!」と、ヴァンスがいかにも憤慨したふうに声をあげる。「だめ《ファイ》、だめ《ファイ》! 礼儀上《ラ・ポリテス》だけでも、撤回は許されない。ヘンリー王子みたいに、『恥ずかしいことに、騎士道にもとるわが身』(『ヘンリー四世』第五幕第一場のせりふ)なんて嘆くはめにはなりたくないね」

マーカムは歯をくいしばり、ヴァンスに向かって獰猛な顔をしてみせた。「今になって、誰にでも人を殺したくなる動機があるもんだというきみの説に、一理あるような気がしてきた」

ヴァンスがうれしそうに答える。「そうか、きみもぼくみたいな考え方になってきたってことなら、ミスター・スニトキンにおつかいをしてもらってもかまわないかな？」

マーカムはまわりに聞こえるほど大きなため息をついて、肩をすくめた。「その滑稽歌劇《オペラ・ブーフ》の上演中、きみの演技にさしさわりがないなら、ぼくは葉巻を吸わせてもらうよ」

ヴァンスが部屋の入り口へ行って、スニトキンを呼んだ。

「ねえ、ミセス・プラッツのところで、長めの巻尺と紐をひと巻き借りてきてくれないかな。……地方検事のご要望で」と付け加えながら、マーカムにへりくだってお辞儀をしてみせた。

「まさか、首でも吊ろうっていうんじゃあるまいな？」とマーカム。ヴァンスは彼をとがめるようににらんだ。「ちょっと失礼」と、にこやかに言う。「オセロのイアーゴのせりふでも思い出してもらおうか。

『忍耐心を知らぬ連中は気の毒なものだ！　およそ傷と名のつくものですぐ治るものはあるまい？』（『オセロ』第二幕第三場）

あるいは――詩人から平凡な人間に説き及ぶ――ロングフェローの五歩格詩《ペンタミター》をきみのために捧げよう。『あらゆるものは、ただひたすらに待つ人のもとにのみ訪れる』もちろん嘘なんだが、慰めにはなる。ミルトンが、『それもまた役に立つ《ゼイ・オールソー・サーヴ》――』の中でもっとうまいこと言っているよ。だが、何といってもセルヴァンテスがいちばんだな。『我慢しろ、そしてカードをシャッフルせよ』信頼できる助言だよ、マーカム――それに、いい助言ってのはどれもそうだけど、しゃれた言い回しじゃないか。……まったくね、最後に頼りになるのは忍耐――ほかにどうしようもないとき、とるべき手段は忍耐だ。善行と同じように、忍耐が報いられることもある。まあ、たいていの場合――これまた善行と同じなんだが――無益だってことも認めるけれどね。つまり、忍耐はそれ自体がほうびになるんだ。しかし、さまざまに言葉の衣をまとってきたものだ。忍耐は〝悲しみの奴隷〟であり、〝形を変えた苦悩への特効薬〟でも、〝偉大な勇者の唯一の受難〟でもある。ルソーは、『忍耐は苦いが、その実は甘い《ラ・パシアンス・エ・タメール・メ・ソン・フリュイ・エ・ドゥ》』と書いている。だが、きみたち法律家の趣味にはラテン語が合うかもしれないな。ヴェルギリウスいわく、『すべての不運は耐え忍ぶことによって克服される《スペランダ・オムニス・フォルトゥナ・フェレンド・エスト》』。ホラティウスもこの主題で言ってるな。『難しいが、訂正の不可能なものは耐え忍ぶことによって容易になる《ドウラムセド・レヴィウス・フィト・パチエンティア》』――」

「スニトキンはまだか?」と、マーカムがうめくように言った。

ほぼ同時にドアが開いて、刑事がヴァンスに巻尺と紐を渡してくれた。

「ほら、マーカム、忍耐のごほうびだ!」

ラグの上にかがみ込むようにして、ヴァンスは大型の籐椅子を、ベンスンが撃たれたときにあったのとぴったり同じ位置に動かした。その位置はすぐわかった。厚い起毛のラグに椅子の脚輪の跡が、目に見えてくっきり残っていたのだ。それから、椅子の背にある弾丸の貫通孔に紐を通し、腰羽目に弾が当たった場所でその紐の端を押さえておくよう私に指示した。次に、巻尺を取り上げて、穴に通した紐をぴんと引っぱりながら、その長さを測る。椅子に座っていたベンスンの額の位置から五フィート六インチ。測った長さをしるす結び目をつくると、また紐をぴんと引っぱり、腰羽目の弾痕から椅子の背の穴を通ってベンスンの頭の前方五フィート・六インチの点まで一直線にしてみせた。

「この紐の結び目が、ベンスンの生涯を終わらせた銃の、銃口があった位置を正確に示している」と、彼が説明する。「この証明の仕方はわかるだろう？　弾道上の二点があって――つまり、椅子にあいた穴と腰羽目の弾痕だよ――そして、被害者の頭蓋から五フィートないし六フィートの直線上に推定される発射点があることもわかっている。あとはただ、弾道の直線をその直線に沿って延ばしていけば、銃弾が発射された正確な点が決められる」

「理論上はたいへんみごとだ」とマーカム。「だが、なんでまたそこまでして、わざわざ空間の一点をつきとめなくちゃならんのか、さっぱりわからん。……それが大事というわけじゃないが、弾に方向偏差があったかもしれないってことを見落としているぞ」

ヴァンスは微笑を浮かべた。「あいにくだが、きのうの朝、ヘージドーン警部にかなり詳しく訊いて、弾の方向偏差はなかったと教えてもらってある。ぼくらが来る前に、ヘージドーンは銃創を調べていたんだ。その点は確信していたよ。第一に、弾丸は前頭骨に、もっと口径の小さい拳銃でも方向偏差が事実上つきようもない角度で当たっていた。第二に、ベンスンを撃ったのはあんなに口径の大きい拳銃だった――四五口径だ――それに、初速がものすごくて、被害者の額からもっと遠いところに構えていたとしても、弾丸は直線コースをとったことだろう」

「で、初速がどのくらいか、ヘージドーンにはどうやってわかったんだ？」とマーカム。

「その点はぼくも根掘り葉掘り聞き出した」とヴァンス。「説明してもらったところ、弾丸のサイズと特徴、それに排出された薬莢《やっきょう》から、何もかもわかるらしい。そうしてわかったのが、その拳銃は軍用のコルト・オートマチックで――彼は確か〝U・S・ガヴァメント・コルト〟と言ったな――普通のコルト・オートマチックとは違うということだ。その二つの拳銃では、弾丸の重さに少しばかり差がある。通常のコルトの弾丸は重さが二百グレーンのところ、軍用コルトの弾丸は二百三十グレーンなんだ。ヘージドーンは触覚がずば抜けて敏感だから、すぐに区別がついたんじゃないだろうか。いや、彼の生理的な才能のことまで聞き出したわけじゃないけどね――ほら、ぼくは無口なほうだから。……とにかく、彼はそれが四五口径軍用コルト・オートマチックの弾丸だと見分けたわけだ。その場合、初速は八百九フィート、運動エネルギーは三百二十九――二十五ヤードの距離にある厚さ六インチのストローブマツ材を貫通する力があるそうだ。……驚くべき人間だね、ヘージドーンというのは。ひとりの人間の頭に、そんなすばらしい知識がたっぷり詰まっているなんて！　なぜ一生の仕事にベース奏者を選ぶ男がいるのかとか、なくしたピンはいつもどこへ行ってしまうんだろうとか、昔から不思議に思っていたが、そんなもの、彼みたいに弾丸の特異性に何年も身を捧げる人間がなぜいるのかという謎に比べたら、子供のなぞなぞみたいなものだ」

「あまり楽しそうなテーマじゃないな」と、マーカムはうんざりしたように言った。「じゃあ、話を進めるために、銃の発射点が正確にわかったとしよう。それでどうなる？」

「ぼくが紐をまっすぐに引っぱっているから、すまないけど、床から紐の結び目までの距離を正確に測ってくれないか」と、ヴァンスが指示する。「そうしたら、ぼくの秘密を教えてあげよう」

「このゲームも楽しくないぞ」とマーカム。「まだ〝ロンドン橋が落ちる〟で遊ぶほうがましだ」

そう言いながらも、彼は計測した。

「四フィートと八・五インチ」と、どうでもよさそうに発表する。

ヴァンスは結び目のすぐ下の地点でラグの上に煙草を一本置いた。

「これで、銃が発射されたときにそれがあった高さを、正確に知ることができたわけだ……この結論に達した過程はきみにもわかったと思うがね」

「わかりきったことじゃないか」とマーカム。

ヴァンスはまた入り口のほうへ行って、スニトキンに声をかけた。

「地方検事が、拳銃をちょっと貸してほしいとのことだ。ひとつ実験をしてみたいとかでね」

スニトキンはマーカムのところへ行って、けげんそうな顔で拳銃を差し出した。

「安全装置がかかっています。はずしましょうか？」

マーカムがその武器を受け取るまいとしかけたとき、ヴァンスが割って入った。

「そのままでけっこう。ミスター・マーカムは撃つつもりじゃないので——撃たないでほしいね」

刑事が出ていくと、ヴァンスは籐椅子に腰かけて、頭を弾丸の貫通孔に重ねるようにした。

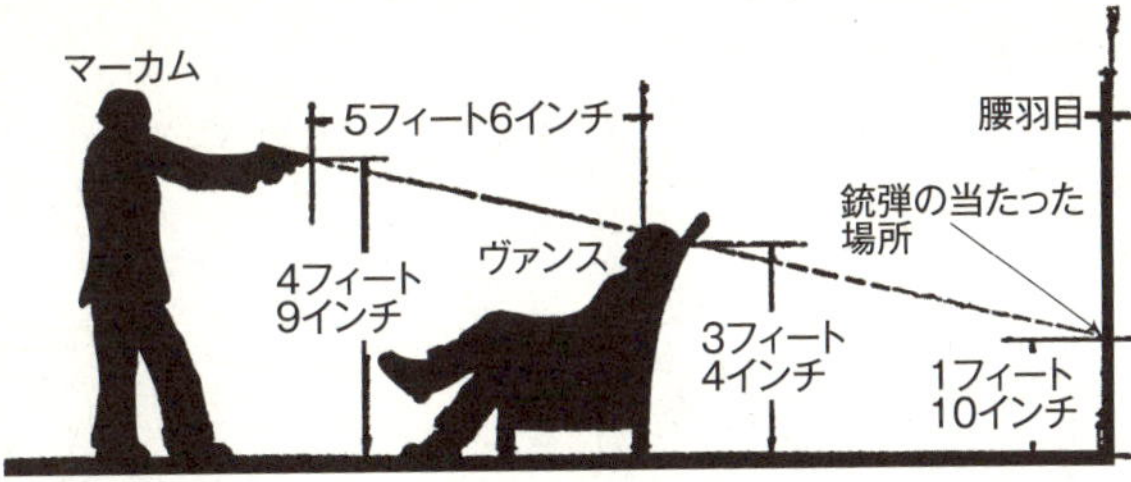

射撃の見取図

「さあ、マーカム、犯人が立っていた地点に立って、拳銃を床に置いた煙草の真上になるように構えたら、ぼくの左こめかみをしっかりと狙ってみてくれないか。……気をつけてくれよ」と、愛敬《あいきょう》のある笑顔で注意した。「引き金を引かないように。さもないと、誰がベンスンを殺したのかわからずじまいになる」

マーカムはしぶしぶ従った。彼が狙いを定めると、ヴァンスが私に、床から銃口までの高さを測ってくれと頼む。

銃口の高さは四フィート九インチだった。

「そんなところだろうな」と言いながら、ヴァンスは立ち上がった。「なあ、マーカム、きみの身長は五フィート十一インチだから、ベンスンを撃ったやつはきみとほとんど身長が同じということだ——五フィート十以下じゃないのは確かだね。これまた、かなり明白だろう?」

この実験は単純明快だった。マーカムはまぎれもなく感心し、態度が改まった。考え込むように眉根を寄せてヴァンスを眺めていたが、ややあって口を開く。「おみごと。だが、発砲したやつは、ぼくよりやや高めに拳銃を構えたのかもしれん」

「それはないね」とヴァンス。「ぼくも射撃はずいぶんやったから、知らないわけじゃない。熟練者が拳銃で慎重に小さな的を狙うときには、片腕を固定して肩をわずかに上げ、自分の目と狙う目標とを結ぶ直線上に照準を合わせるようにする。そういう条件下では、拳銃を構える高さからかなり正確に身長が決定できるよ」

「それは、ベンスンを殺したのは射撃の熟練者で、小さな的を慎重に狙ったという仮定に基づいた議論だな？」

「仮定なんかじゃない、事実だ」とヴァンス。「考えてごらんよ、熟練者じゃなかったら、撃つときに――五、六フィートの距離からだよ――額なんかよりもっと大きい的を狙うだろう――つまり、胸をだ。そして、額を狙うからには、このうえなく慎重に狙いを定めるはずだろ？　さらに熟練者ではなく、慎重に狙い定めもしないで胸に銃を向けたんだとしたら、どう考えても一発撃っただけではすまなかっただろう」

マーカムは考え込んだ。「そうだな、このことについてはきみの説が妥当のようだ」と、ようやく認めた。「その反対に、犯人の身長は五フィート十以上ならどんなに高くてもありうる。自分の好きなだけ体をかがめて、それでも慎重に狙いをつける者だって、いかにもいそうじゃないか」

「まったくだ」とヴァンス。「しかしね、今回の場合、犯人はまったく無理のない体勢だったってことを見落としてはいけない。そうでなければベンスンが気づいて、不意をつくことにならなかっただろう。ベンスンがだしぬけに撃たれたんだってことは、あの姿勢からわかる。もちろん、殺し屋がベンスンに上を向かせないように、少しばかり身をかがめたってことはあるかもしれないよ。……それじゃあ、犯人の身長は五フィート十から六フィート二のあいだということにしよう。それならお気に召すかい？」

マーカムは黙っていた。

「あのすてきなミス・セント・クレアは、せいぜい五フィート五、六しかないね」と、ヴァンスはおどけた微笑を浮かべた。

マーカムはうなるような声を出し、ぼんやりと葉巻をふかしつづけた。

「リーコック大尉は六フィートを超える身長なんだな？」

マーカムが目を細めた。「なぜそう思う？」

「きみが教えてくれたじゃないか」

「ぼくが教えたって！」

「いちいち言葉にしてはいなかったがね」とヴァンス。「ぼくが犯人のだいたいの身長を示して、きみが容疑をかけたあの若い女性にはまるきりあてはまらないとなると、活発なきみの頭は別の容疑者候補をせっせと物色していたようだね。きみの視野にある別の候補者にはあの女性の恋人《イナモラート》しかいないんだから、そりゃあ、大尉のことに思いをめぐらせているんだなと考えるさ。そこで、大尉の身長が条件にぴったりだったら、きみは何も言わないだろうが、犯人は体をかがめて撃ったかもしれないなんて言い出したから、大尉はすごく背が高いってことになる。……そういうわけで、きみがかもし出す意味深長な沈黙の中、きみの心がみごとぼくに通じて、その男は六フィートを下らない長身なんだと教えてくれたのさ」

「きみには読心術の才能まであるんだな」とマーカム。「今度は石板の割れ目占いでもやってみせてくれるのかね」

腹立たしそうな口調だったが、それは自分の考えが変化するのをしぶしぶ認めることへの腹立ちだった。ヴァンスに手綱《たづな》を預けて主導されそうな気がしつつも、彼はまだそれまでの自分の考え方にしぶとくしがみついていた。

「犯人の身長が立証されたことに疑問はないはずだな？」と、ヴァンスのなめらかな声。

「まったくないわけじゃないが」とマーカム。「十分もっともらしく思える。……しかし、そんなに単純な話なら、どうしてヘージドーンがその計算をしなかったんだろう？」

「アナクサゴラス（ギリシャの哲学者）いわく、ランプが必要になることがあるなら油を入れておけ、だよ。至言だね、マーカム――単純そうに見えて、実は偉大な真理を含んでいる名言のひとつだ。油の切れたランプは役に立たない。警察にはいつもランプがどっさりある――それもあらゆる種類のものがね――でも、いわば油が切れているんだな。だからだよ、真っ昼間でもなけりゃ何ひとつ見つけられないのは」

もう別の方向へ忙しく頭を働かせているマーカムは、椅子を立ってうろうろ歩き回り出した。

「今の今まで、リーコック大尉を犯罪の実行者として考えてみたことがなかった」

「それはなぜだい？　きみのところの刑事が、あの晩の彼はうちでいい子にしていたと言ったから？」

「まあな」と、マーカムは相変わらず考え込んでいる。と、やおらくるりと向き直った。「いや、それだけでもない。状況証拠がどっさりあって、セント・クレアって女が怪しかったからだ。……そうだ、ヴァンス、ここでこうして実験したところで、彼女に不利なそっちの証拠のほうはちっとも片づいてないじゃないか。十二時から一時までのあいだ、あの女はどこにいた？　なぜベンスンと食事に行った？　ハンドバッグはどうしてここにあった？　あの女の煙草の吸い殻がここの暖炉にあったのはどういうことだ？——どうにもじゃまでしかたがないよ、あの吸い殻は。だから、きみの実験でも何から何まで納得したというわけにいかないんだ——実験でわかったこと自体には説得力があるとしても——それに対抗するあの吸い殻という証拠があるかぎりは。そっちの証拠にだって説得力があるんだから」

「やれやれ！」と、ヴァンスはため息をついた。「きみは苦境にまったく身動きがとれなくなっているんだな。だがまあ、気にかかってしようがないその吸い殻の件は、解決できなくもないだろう」

もう一度入り口まで行くと、彼はスニトキンを呼んで拳銃を返した。

「地方検事がありがとう、と。それで、すまないが、ちょっとミセス・プラッツをお連れしてくれないか。話したいことがあるんでね」

部屋へ戻りながら、彼はマーカムににっこりと笑いかけた。「今度は、もしさしつかえなかったら、ぼくにあのご婦人と話をさせてほしいんだが。ミセス・プラッツには、きのうきみが話を聞いたときにはまったく表に出なかった隠しごとがあるよ」

マーカムは、半信半疑ながら興味をもった。「きみに発言権をやろう」

10　容疑をひとつ晴らす

六月十五日土曜日、午後五時三十分

部屋に入ってきたときの家政婦は、前日マーカムが事情聴取したときよりもずっと落ち着いているようだった。不機嫌な中にも、どことなく負けん気を感じさせる態度で、かすかに挑戦的な目つきを私に向けた。マーカムは彼女にうなずいてみせただけで、ヴァンスが立ち上がって、暖炉のそばにおもての窓のほうへ向いて置かれた、低めの房飾り付きモリス式安楽椅子を勧めた。彼女はその椅子の縁に浅く腰かけて、両肘をゆったりした肘掛けにのせた。

「二、三、お訊きしたいことがあります、プラッツさん」と、ヴァンスは鋭く相手を見つめて切り出した。「ほんとうのことを何もかも話してくださるのが、誰にとってもいちばんですよ。おわかりいただけますね？」

さっきまでマーカムを相手にしていたときの、気安い、気まぐれ半分の態度は鳴りをひそめていた。いかめしい、無慈悲な顔つきで家政婦の前に立ちふさがる格好だ。

それを聞いて、彼女が顔を上げた。顔色は青白いが、口を強情そうに引き結んでいる。鬱屈をかかえたように見える目は不安を抑えているしるしだ。

ヴァンスはしばらく待ってから、ひとことずつはっきり区切るような話し方で続けた。

「ミスター・ベンスンが殺された日、あのご婦人は何時ごろ訪ねてきましたか？」

家政婦の凝視の目はたじろがなかったが、瞳孔《どうこう》が広がった。

「どなたもいらっしゃいませんでした」

「おっと、いいや、いらっしゃったはずですよ、プラッツさん」と、ヴァンスの口調は自信ありげだ。「あの人は何時に訪ねてきましたか？」

「どなたもいらっしゃいませんでしたと申しあげております」と、彼女も言い張る。

ヴァンスはじっと彼女に目を向けたまま、かぎりなくゆっくりと構えて煙草に火をつけた。彼が満足そうに煙草を吸っているうちに、相手は目を伏せた。そこで相手に近づいていくと、きっぱりと言い渡す。「ほんとうのことを言ってくれれば、あなたに迷惑はかからない。だが、何も話そうとしないなら、困ったことになりますよ。証拠を隠匿するのは罪になりますからね、法律は手加減してくれやしない」

彼はこっそりと、おもしろそうになりゆきを見守っているマーカムに顔をしかめてみせた。

家政婦が動揺する気配を見せはじめた。肘をひっこめ、息づかいが速くなった。「神かけて誓います！――どなたもいらっしゃいませんでした」ちょっとかれた声が内心を物語っている。

「神にすがるのはやめておきましょう」と、ヴァンスはさらりと言ってのけた。「あのご婦人は何時ごろ訪ねてきましたか？」

家政婦はかたくなに唇を閉じて、たっぷり一分ほど部屋に沈黙がたれこめた。ヴァンスは静かに煙草を吸っていたが、マーカムは待ちかまえるような姿勢で、葉巻を親指と人さし指にはさんだまま身動きもしない。

もう一度、ヴァンスが平然とした声で訊く。「あの人は何時ごろ訪ねてきましたか？」

女は発作でも起こしたように両手を握り締め、顔をぐいと前に出した。

「申しあげていますとおり――ほんとうに――」

ヴァンスは片手をひと振りして制すると、冷ややかな笑みを浮かべた。「そうはいきませんよ。ばかげたことをなさってますね。ぼくらはほんとうのことが知りたい――ほんとうのことを教えてもらいましょうか」

「ほんとうのことを申しあげています」

「こちらにおいでの地方検事に、あなたの勾留を命じてもらわなくてはならないかな？」

「ほんとうのことを申しあげています」と、彼女は繰り返す。

ヴァンスは意を決したように、テーブルの上の灰皿で煙草を勢いよくもみ消した。

「いいでしょう、プラッツさん。あの日の午後、ここを訪ねてきた若い女性のことをどうしても話してくださらないのなら、ぼくのほうからお話ししましょう」

ヴァンスのくつろいでいながら意地悪そうな態度を、女はいぶかしげに見守った。

「あなたの雇い主が撃たれた日、午後遅くに玄関の呼び鈴が鳴った。ひょっとして、ミスター・ベンスンから、客があるはずだと知らされていたんじゃありませんか？　とにかく、あなたは玄関に出て、魅力的な若いご婦人をお通しした。この部屋へご案内して……そこで――どうです、マダム！――ご婦人が座ったのは、今いかにも居心地悪そうにかけていらっしゃるその椅子だった」

そこでひと息つくと、彼は気をもたせるような笑みを浮かべた。

「それから、あなたはその若いご婦人とミスター・ベンスンにお茶をお出しした。しばらくすると客が帰り、ミスター・ベンスンは部屋へ上がって、夕食のために着替えをした。……ね、プラッツさん、ぼくはたまたま知っているんですよ」

彼はもう一本煙草に火をつけた。

「その若いご婦人がどんな人だったか、よくご覧になりましたか？　覚えていらっしゃらないなら、教えてさしあげましょう。背は低いほうで——言うならば小柄《ペティート》だな。濃い色の髪の毛に濃い色の目、そして地味な服装だった」

家政婦に変化が現われた。目が見開かれ、頬が土気色になり、息づかいがまわりに聞こえるほど激しくなった。

「さてプラッツさん、何かおっしゃりたいことは？」と、ヴァンスが刺すように言う。

彼女は深く息を吸い込んだ。「お客なんかなかったんです」と、まだがんばっている。感心させられると言ってもいいくらいの頑固さだった。

ヴァンスはしばらく考えていた。マーカムが口を出しかけたが思い直し、女の様子をそのままじっと見守った。

「そういう態度になるのも、わからないでもないな」と、ヴァンスがやっと口を開いた。「その若いご婦人はもちろんよく知っている相手だから、個人的な理由から、その人がここへ来たことを知られたくないんですね」

その言葉に、彼女が居ずまいを正した。顔に恐怖の表情を浮かべている。「会ったこともない人です！」と声をあげてから、はっと口をつぐんだ。

「おや！」と、ヴァンスがおもしろそうに、意地の悪い目を向ける。「その若いご婦人には、それまで会ったことがないんですね？……それはそうかもしれませんねえ。まあ、それはどうでもいいことです。でも、すてきな娘さんですよね――あなたの雇い主のうちで、彼と二人きりでお茶を飲んだとしても」

「彼女が、ここへ来たと言ったんですか？」と、力ない声。必死で強情を張り通した反動で、家政婦は気が抜けてしまっていた。

「そういうわけでもないんだがね」とヴァンス。「彼女から聞くまでもなかった。教えてもらわなくてもわかったんだ。……で、いつごろ来たんです、プラッツさん？」

家政婦はついに、否定もはぐらかしもいっさいやめてしまった。「ミスター・ベンスンがオフィスから帰られてから、三十分ほどたったころです。ですが、お客さまの予定があったわけではありません――つまり、あの人がおみえになるとはうかがっていませんでした。お茶をお出しするよう言いつかったのも、あの人がおみえになってからでした」

マーカムが身を乗り出した。「きのうの朝話を聞いたときには、どうしてその女がここに来たことを言わなかったんだ？」

女は不安そうな目で部屋を見回した。

ヴァンスが愛想よくとりなしにかかる。「そりゃそうさ、ミセス・プラッツは、きみがあの若いご婦人に不当な疑いをかけるんじゃないかと心配したんだ」

彼女はヴァンスのその言葉に必死ですがりつく。「そうなのです――それだけのことでございます。あの人が――なさったと、そんなふうにでもお考えになってはいけないと。あんなにおとなしそうな、おやさしそうな娘さんなのに。……それだけです」

ヴァンスが慰めるように言う。「そうだろうとも。ところで、そのおとなしそうな、やさしそうな若い娘が煙草を吸うので、びっくりしませんでしたか？」

彼女の表情が不安から驚きに変わった。「あら――はい、びっくりいたしました。……でも、あの娘さんが悪いというわけじゃありません――悪い人じゃないのはわかりました。このごろの若い女の子はたいてい煙草を吸います。昔みたいにたいそうなこととは思わないんです」

「まったくだ」とヴァンス。「それにしても、若い娘がタイル張りのガス式暖炉に吸い殻を捨てるのは、いただけないと思いませんか？」

女はいぶかしそうに彼を見た。からかわれているのではなかろうかと思ったのだ。「あの人がそんなことを？」身を乗り出して暖炉をのぞき込む。「今朝見たときは吸い殻なんかありませんでしたけれど」

「ええ、なかったはずですよ」とヴァンス。「地方検事局の刑事がね、きのう、あなたの代わりにすっかり片づけてしまったんですから」

彼女がさっとマーカムのほうをさぐるような目で見た。ヴァンスの言葉をまじめに受け取ったものか、自信がなかったのだ。だが、彼のくだけた態度や耳に快い声が、彼女の気持ちをほぐしていった。

「さて、お互いわかり合えたところで、プラッツさん、そのほかに、あの若い娘さんが来たときのことで特に気づいた点はありませんでしたか？　あなたが話してくだされば、それがあの人のためになるんですよ。だって、地方検事にもぼくにも、あの人は無実だってちゃんとわかっているんですから」

家政婦は相手が正直に言っているのかどうか見抜こうとしているかのように、ヴァンスをまじまじと見ていた。よくよく見たところでどうやら満足のいく結論が出たらしく、間違いなく嘘いつわりのない返事が返ってきた。

「お役に立つかどうかわかりませんけれども、トーストを運んでまいりましたとき、ミスター・ベンスンはあの人とお話し中でした。あの人は何かこの先のことがご心配らしく、自分がした約束をなかったことにしてほしいと頼んでいらっしゃいました。お部屋にはちょっとのあいだしかいませんでしたので、お話はあまり耳にしていません。でも、ちょうどお部屋を出るところへミスター・ベンスンの笑い声が聞こえ、ちょっと脅してみただけのことで、何も起こりはしないとおっしゃいました」

彼女はそこで言葉を切ると、心配そうに反応をうかがった。自分のおしゃべりがやっぱり、あの娘のためにはならず、中傷することになったのではないかと気にしているようだ。

「それだけですか？」ヴァンスの口調は、それはたいしたことではないと言っているようだった。

女はむっとした。

「聞いたことはそれだけです。ただ……小さな青い宝石箱がありました」

「へえ！――宝石箱が！　誰のものだろう？」

「存じません。あの娘さんがお持ちになったものではありませんし、このお宅で見かけたこともありません」

「どうして宝石が入っているとわかったんです？」

「ミスター・ベンスンが二階へお召し替えにいらしたとき、お茶のあと片づけにまいりましたら、テーブルの上にそのままになっていたんです」

ヴァンスがにっこりした。「パンドラの箱を開けて、のぞいてしまったんですね？　そういうもんです――ぼくだってのぞいただろうな」

彼は後ろに下がって丁重なお辞儀をした。

「以上でおしまいです、プラッツさん。……あの若い娘さんのことはご心配なく。あの人の身には何ごとも起こりませんから」

家政婦が出ていくと、マーカムが身を乗り出し、ヴァンスに向かって葉巻を振った。「事件のことでぼくの知らない情報をつかんでいながら、どうして教えてくれなかったんだ？」

「何だって！」ヴァンスが心外そうに眉を吊り上げた。「いったい何のことだい？」

「あのセント・クレアって女があの日の午後ここに来たことを、どうやって知った？」

「知らなかったよ。来たんじゃないかとは思っていたがね。彼女の煙草の吸い殻が暖炉に捨ててあった。ベンスンが撃たれた晩、彼女はここにいなかったとわかっているんだから、その日、もっと早い時間に来たんだろうと考えた。ベンスンがオフィスから帰宅したのが四時ごろということは、彼女が訪ねてきたのは四時からベンスンが食事に出かけた時間までのあいだである。……初歩的な三段論法だろ?」

「彼女があの晩ここにいなかったと、どうしてわかった?」

「事件の心理的解釈からすると、疑問の余地はない。言ったじゃないか、女性の犯行ではないって――また抽象的な仮説になってしまったが、気にしないでくれ。……それにね、きのうの朝、犯人が立っていた地点にぼくも立って、ベンスンの頭と腰羽目の弾痕を照準点にして、目視で弾道をたどってみたんだ。それだけでもう、寸法を測るまでもなく、撃ったのはかなり背の高いやつだってことは明らかだった」

「よかろう。……しかし、彼女があの日の午後、ベンスンより先にここを出ていったと、どうしてわかる?」マーカムはしつこく問いただした。

「先に出ないと、夜会服に着替えられないじゃないか。だってほら、女の人は昼間から肩が出《デコ》る《ル》ような服《テ》で出歩いたりはしないものだよ」

「じゃあ、ベンスン自身があの晩、彼女の手袋とハンドバッグをうちに持ち帰ったというのか?」

「誰かがここへ持ってきた――だがミス・セント・クレアでないことは確かだ」

「わかったよ」と、マーカムが引き下がった。「で、その安楽椅子のことは?――彼女がそれに座ったと、どうしてわかった？」

「座ったままで煙草を暖炉に投げ捨てられるような椅子が、ほかにあるかい？　女ってのはものを投げるのがへたなものだよ、部屋の向こう側から煙草を投げることなんてできやしない」

「その推理はやけに単純だな」とマーカム。「だけど、彼女がここでお茶を飲んだとどうしてわかるのか、教えてもらおうか？　内々にそれを知っていたなら話はちがうが」

「それを説明するのはお恥ずかしいかぎりなんだがね。面目ないけれども実は、あそこにあるサモワールの状態から推論した。きのう、あれが使ったまま、お湯を抜いてもいない、水気を拭いてもいないことに気がついたんだ」

　マーカムが得意満面にうなずいてみせた。

「きみも、あんなにさげすんでいた物的手がかりという法律レベルにまでおちぶれたようだな」

「だから、猛烈に恥じ入っているんじゃないか。……心理的推理だけで確定するのは存在《イン・エッセ》としての事実ではなくて、可能性《イン・パッシ》としての事実だけなんだ。当然ながら、その他の条件も考慮しなくてはならないわけだ。今回の場合、サモワールが表わしていたことはただ、仮定あるいは推測をするための根拠となっただけで、それをもとに家政婦から話を聞き出したということだ」

「ふむ、何もきみがうまくやってのけたのを否定するつもりはないさ」とマーカム。「それにしても、あの娘と個人的関係があるんじゃないかと家政婦を追及したのは、どういう考えだったのか教えてもらいたいね。あれはどう考えても、あらかじめ何か知っていたとしか思えない」

ヴァンスは真剣な表情になった。

「マーカム、ほんとうに、ぼくは何も知らなかったんだよ。あんなふうに追及したのは、悪いとは思いながら、彼女に否定させてやろうという計略だった。すると、まんまとひっかかった。それにしても――まさかね！――ぼくはまさに図星を指してしまったらしいね？　彼女があんなにぎょっとしたわけは、さっぱりわからない。まあ、それはどうでもいいことだが」

「おそらくね」と同意しながらも、マーカムの口調は半信半疑だった。「宝石の入った箱と、ベンスンとあの娘の言い争いのことは、どう思う？」

「まだなんとも言えないが、どうもしっくりしないだろう？」

彼はふと黙り込んだ。口を開いたときには、いつになく真剣な口調になっていた。「マーカム、ぼくの忠告をいれて、そういう付随的な問題にはかまうなよ。重要なのは、あの娘は殺人に関与していないということだ。あの娘をかまわずにおけ――そうすれば幸せな老後を迎えられる」

マーカムは顔をしかめ、目をぼんやりさせて座っている。「さぞかしきみは、自分には大事なことがわかっていると思うんだろうさ」

「われ思う《コギト》ゆえに《エルゴ》われあり《スム》」と、ヴァンスはつぶやいた。「ねえ、デカルトの自然主義哲学をつねづね大いに気に入っているんだがね。いっさいを疑うところから出発して、自意識の中に明証的知識を探求するものだよ。スピノザの汎神論やバークリーの観念論は、先輩お得意の省略三段論法のすごさをちっともわかっちゃいない。デカルトは間違っているところでさえすばらしいのに。彼がとった推論の手法は、科学的には不正確にもかかわらず、分析する者にまったく新しい重要なシンボルをもたらしたんだ。つまるところ、頭脳が効果的に機能するには、自然科学の厳密な正確さを、天文学のようなどこまでも推測にすぎないものと結びつけなくてはならないんだからね。たとえば、デカルトの渦巻運動説なんか——」

「おい、黙れよ」と、マーカムがうなる。「きみのありがたい知識をひけらかしてくれとは頼んでいない。何だってまた、十七世紀哲学の論考なんかでぼくを苦しめなくちゃならないんだ?」

ヴァンスがさらりと訊き返す。「とにかく、気になってしようがなかった煙草の吸い殻の疑問が晴れたってことは、ぼくはミス・セント・クレアの容疑を晴らしたんだと、きみも認めるね?」

マーカムはすぐには返事をしなかった。最前の状況の展開に彼がはっきりと感銘を受けたのは間違いない。執拗に抵抗はするものの、彼はヴァンスを見くびってはいないし、軽薄そうにみえてもヴァンスが基本的にまじめな人間なのを知っていた。さらに、マーカムはすぐれてりっぱな正義感の持ち主でもある。ときどき強情をはることはあっても偏狭ではないし、どんなに自分自身の利益に反するとしても、真相追究の可能性をあえて考えてみようとしないことなどついぞなかった。だから、しばらくして顔を上げたマーカムがいさぎよく降参するような笑顔だったことは、ちっとも意外ではなかった。

「まいったよ。きみの意見を謙虚に受け入れる。大いに感謝するよ」

ヴァンスはさりげなく窓際へ行くと、外を眺めた。「人間だったら否定できそうにないような証拠を、きみにも受け入れてもらえるとはうれしいね」

いつものことだが、この二人の間柄では、どちらかが寛大ともとれそうな発言をすると必ず、もうひとりが心を動かされたところを見せまいとするような身も蓋もない態度で応じる。まるで、互いに好意をもっている親密な面を、世間には隠しておきたがっているかのように。

だから、マーカムはヴァンスの憎まれ口を受け流した。「ときに、容疑を否定するほうの意見じゃなくて、ベンスン殺害の犯人を教えてくれるような意見はないのか?」

「そりゃあね！　意見だったらいくらでもある」とヴァンス。

「よさそうなやつをみつくろって、ひとつ分けちゃもらえまいか?」と、マーカムが相手のおどけた口調をまねた。

ヴァンスは思案しているようだった。「うーむ、手始めとして、かなり長身で冷静な、銃の扱いに慣れた射撃の達人、そして故人のことをかなりよく知っていた男――ベンスンがミス・セント・クレアと食事に行くことを知っていた、あるいは食事に行くと推測できた男をさがしてはどうだろう」

マーカムはしばらくのあいだ、ヴァンスをじっと見つめた。

「わかったような気がする。……それも悪くない意見だ。うん、さっそくヒースに、事件の晩のリーコック大尉の行動をもっと徹底的に調べるよう伝えておこう」

「ああ、ぜひそうしてくれ」と、ヴァンスはのんきにそう言うと、ピアノのほうへ向かった。

マーカムは、何か訊きたそうなけげんな表情で彼を見ている。口を開こうとしたそのとき、ヴァンスがフランスのカフェではやっている陽気な歌を弾きはじめた。確か、歌の始まりはこうだった。「葡萄畑に酔っぱらったスズメがいるよ《イル・ソン・ダン・レ・ヴィーニュ・レ・モワノー》」

六月十六日（日曜日）午後

11　動機と脅し

翌日は日曜だったが、私たちはスタイヴェサント・クラブでマーカムと昼食をともにした。前夜、ヴァンスが会おうと言い出したのだ。私への説明によると、リアンダー・ファイフがロングアイランドから出てくるのなら立ち会いたいということだった。

彼がかつてこう言ったことがある。「なんておもしろいんだろうね。人間というやつは、ごくごくありふれたことでも、わざわざ複雑にしてしまう。単純で直接的なことが大嫌いなんだ。現代の商業システムなんかこれすべて、できるだけ込み入ったまわりくどいやり方をするための巨大なメカニズムでしかない。当節、デパートで十セントの買い物でもしてごらんよ、その取引履歴がきっちりと三枚複写で作成され、フロアマネージャーやら事務員やら十人あまりがそれを確認して、署名したり承認したり、数え切れないほどの台帳にいろんな色のインクで記帳されたあげく、スチールのファイリングキャビネットに念入りにしまい込まれるんだぜ。そして、こんなに無駄だらけの煩雑さ《シノワズリー》でも飽き足らない実業家たちときたら、もっぱらこのシステムをもっと複雑にして混乱させるだけの能率専門家の大群を、金をかけてまで生み出してきたんだからね。……現代の生活じゃ、何もかもがそれと同じだ。ゴルフ熱という不治の病なんかもそうだ。あれは、ボールをクラブでたたいて穴に入れるだけのことだよ。それを、あの遊びに熱中する連中ときたら、プレー専用に独特の服装をつくり出して。正しい足の角度だとかクラブの適切な握り方だとかに、二十年も全力で取り組むんだからね。おまけに、その複雑ぶったばかばかしいスポーツを論じるために、奇怪で英語学者にさえ意味不明なゴルフ用語まで発明してしまった」

そんな彼が、山と積まれた日曜日の新聞をうんざりしたように指さした。

「ほら、ベンスン殺人事件でこのざまだ——単純で瑣末なことなのに。法律という機構《マシーナリー》をあげて大車輪で動いているものだから、街じゅうで湯気が猛烈な勢いで噴き出している。大騒ぎなんかしないでちょっと理性的に考えてみれば、ものの五分で片がつくことかもしれないというのに」

しかし、昼食の席では事件のことに触れなかった。まるで暗黙のうちに示し合わせたかのように、その話題は避けられていた。ダイニング・ルームへ向かいがてらマーカムが、もう少ししたらヒースが来ることになっているとさりげなく口にしただけだった。

一服しに談話室へ引き揚げると、部長刑事が待っていた。おもしろくないなりゆきだということがありありとわかる表情だ。

私たちの席へやってくると、彼が切り出した。「やっぱりですよ、ミスター・マーカム、この事件は手ごわい。……セント・クレアって女から何か糸口がつかめましたか？」

マーカムは首を振った。

「彼女ははずれだ」そう言うと、前日午後の、ベンスン邸でのいきさつをざっと話して聞かせた。

ヒースはどことなく腑に落ちない様子だ。「うーむ、検事が納得なさったんだとしたら、私もそれでけっこうですがね。しかし、リーコック大尉はどうなんです？」

「そのことを話し合おうと思って、来てもらったんだ」とマーカム。「あの男を疑う直接の証拠があるわけではないが、事件に結びつきそうな怪しいところがいくつかある。身長は条件に合っているようだし、ベンスンはまさにリーコックが所持していそうな銃で撃たれたということも見過ごしにできない。あの娘と婚約していて、ベンスンが彼女にご執心だったというあたりに動機が見つかりそうだしな」

「こないだの戦争で大暴れして以来、軍人連中は人を撃つのも平気になっていますし。相手の血に慣れてしまったんですな」と、ヒースが付け加えた。

「ひとつだけひっかかることがある」とマーカム。「調べにあたったフェルプスの報告によると、あの晩、大尉は八時から自宅にいたということだ。もちろん、どこかに抜け穴があったのかもしれない。きみのほうで誰かひとりに、洗いざらい調べてほんとうのところを確認してもらってはどうかと思ってね。フェルプスは警備員《ホール・ボーイ》のひとりから情報を聞き出している。その警備員をもう一度つかまえて、ちょっとばかり圧力をかけてみるといいんじゃないだろうか。

リーコックがあの晩、十二時半ごろは自宅にいなかったなら、それがきみの欲しがっている糸口になるかもしれない」

「私が自分でやりましょう」とヒース。「今夜にでも行って、その警備員が何か知っているとしたら、あんまり手間ひまかけずに口を割らせてみせますよ」

なおしばらく話をしているところへ、制服の案内係が地方検事のそばでうやうやしくお辞儀をして、ミスター・ファイフの来訪を告げた。

マーカムは客を談話室へ通すよう頼むと、ヒースに言い添えた。「きみもいてくれたほうがいい。どんな話が出るか聞いておいてくれ」

リアンダー・ファイフは一分のすきもないみごとな風采で現われた。ひとりよがりのきざな足どりでやってくる。膝が心もち内向きに見える、非常に長くてほっそりした脚が、寸詰まりのふくれた胴体を支え、胸はたっぷりと弓形にせり出して、ムネタカバトのようだ。顔は丸々と太って、下顎の肉が二つの彎曲線状にたるみ、きつすぎて苦しそうなカラーにかぶさっている。まばらな金髪をきれいに後ろへなでつけ、ちょっぴりしかない絹のような口ひげの先をワックスで針先のようにぴんと固めていた。薄いグレーのフランネル地の夏ものスーツに、シャツは淡いターコイズ・グリーンの絹。タイは鮮やかな薄絹、足もとはグレーのスエードのオクスフォード・シューズだった。胸ポケットに入念にあしらったバチスト（薄手で軽い平織りの布）のハンカチーフから、東洋風の香水のきついにおいが漂う。

彼はマーカムに向かってねっとりと上品に挨拶し、紹介された私たちには鷹揚なお辞儀をした。案内係が彼のために用意してくれた椅子に落ち着くと、飾り紐で下げていた金縁の眼鏡を磨きはじめ、もの悲しい目つきでマーカムをじっと見た。

「このたびは、まったくとんだことになって」と、ため息をつく。「ミスター・ベンスンとおつきあいのあったあなたに、今回のようなことでご協力願わねばならないとは遺憾ですが。ともあれ、今日はこの街までおいでいただきまして、どうもありがとうございます」

ファイフは念入りに手入れされた指を、ちょっと謙遜するように動かしてみせた。自己満足にどっぷりとひたった様子で語ったところによると、それはもう喜んで社会のために働く人々に協力する、自分の手間などちっともいとわないという。確かに、こんなことが必要なのは痛ましいことだと言いながらも、いかにも、高い身分に伴う義務《ノーブレス・オブリージュ》なる金言に言うところの責務はよくよく承知のうえで、喜んでその責務を果たそうではないかという態度だった。

彼はすっかりご満悦の体《てい》でマーカムを見ている。眉が「ご用は？」と問う形になってはいるものの、唇のほうは動かなかった。

マーカムが切り出した。「アンソニー・ベンスン少佐にうかがいましたが、被害者である少佐の弟さんとたいへん親しくなさっていたとか。そこで、あの方の個人的な事情や私的な交友関係など、捜査の参考になるようなことを教えていただけるのではないかと思いまして」

ファイフは悲しそうに目を伏せた。「ええ、そうです。アルヴィンとはたいへん親しくしていました——そう、誰よりも親しい友人でした。とてもわかってはいただけないでしょうね、大事な友人が非業の死を遂げたと聞いて、私がどんなにうちのめされたか」まるで二人は現代のアイネイアースとアカーテース（ヴェルギリウスの叙事詩の主人公であるトロイアの王子と、その誠実な部下であり友人）かという言い方だった。「すぐさまニューヨークへ駆けつけて、私を必要とする方々のお役に立てればよかったのですが、なんとも心苦しくてなりません」

「確かに、そうしてくださっていれば、ほかのご友人方は心強かったことでしょう」と、ヴァンスが品よく冷ややかに言ってのけた。「しかし、状況が状況でしたから、きっとお許しくださいますよ」

ファイフはくやしそうに目をしばたたいた。「ああ、それでも自分で自分を許せません——全面的に非難に値するとも思えないのではありますけれども。事件のつい前日に、キャッツキル（ニューヨーク州東部の、高級別荘地がある山地）へ出かけたところだったんですよ。アルヴィンも誘ったんですけれどね。忙しくて一緒に行けませんでした」ファイフは、はかりしれない皮肉なめぐり合わせを嘆くかのように首を振ってみせた。「そうすればよかったのに——もし一緒に行っていれば——ああ、どんなにかよかっただろうに——」

「すぐに帰ってこられたんですね」と、マーカムが口をはさむ。ほうっておくと、とかくこの世は思うようにならないという繰り言が続きそうだった。

ファイフが鷹揚に認める。「そうなんですよ。なんとも運の悪いことに、事故にあいまして」彼はしばらく眼鏡を磨いていた。「車をだめにしてしまったので、引き返すほかなかったのです」

「どういうルートで行かれました?」とヒース。

ファイフは扱いにくそうに眼鏡をかけ直すと、うんざりした様子を漂わせながら部長刑事を眺めた。

「言わせていただければ、ミスター——ええと——スニード——」

「ヒースです」と、相手がぶっきらぼうに訂正する。

「ああ、そうでした——ヒースね……ミスター・ヒース、キャッツキル方面に車でお出かけになろうとお考えなら、全米自動車クラブから道路地図をとりよせられることをお勧めしますよ。私の立てた旅程ではあなたのお気に召しそうにありませんから」

そして、いかにも互角の相手と話すほうがいいといったふうに、地方検事に向き直った。

マーカムが訊ねる。「ところでミスター・ファイフ、ミスター・ベンスンには敵となる人物がいたでしょうか?」

相手はしばらく考え込んでいるようだった。「いいえ。ひとりもいなかったと思いますよ、ほんとうに殺してしまおうというほど彼を恨んでいる敵は」

「それほどでもない敵はいたわけですね。もう少し詳しく教えていただけないでしょうか?」

ファイフは、金色の口ひげの先を優雅な手つきでなでると、人さし指をぐずぐずと頬に当てたまま、どうしたものかと考え込むようにしていた。

いかにも言いにくそうに、しぶしぶ口を開く。「そうお訊ねされますと、ミスター・マーカム、私としては持ち出したくない話題になってしまいます。しかし、あなたに打ち明けるのがいちばんなんでしょうね——お互いに紳士ということで、信頼させていただいて。りっぱな男にはよくあることですが、アルヴィンにも——何と申しましょうか——弱点とでもいいますか——女性に目がないところがありました」

下品な事実を如才《じょさい》なくみごとに婉曲表現してみせたのがわかってもらえたかどうか、彼はマーカムの反応をうかがう。

相手が好意的にうなずいたのを受けて、話を続けた。「そう、アルヴィンは女たちが寄ってくるような魅力的な男というわけではありませんでした」私の印象では、そういうファイフは、その点自分はベンスンとは根本的に違うとうぬぼれているようだった。「身体的な欠点を自覚していたアルヴィンは、その結果——わかっていただけますよね、こんな情けないことを口にするのがどんなにしのびないか——でも、その結果、アルヴィンはある種の——彼なりの方法で女性と交際していました。あなたや私にはとうていできないことです。とんでもないことに——こんなことを申しあげるのはいやなんですが——ずるい手で女性をだまして誘うことがよくありました。いわば、陰険なつきあい方をしていたわけです」

彼はそこで黙り込んだ。友人の憎むべき欠点にも、自分が友人を裏切って暴露せざるをえなかったことにも、衝撃を受けたように。

「そういうふうにベンスンがだました女性のひとりですか、さきほど考えていらっしゃったのは？」とマーカム。

「いや——女性本人ではなく、彼女の関係者なんですが」とファイフ。「実は、その男がアルヴィンを殺してやると言って脅したことがあって。お話しするのは気が進まないのをわかっていただきたいのですが、弁解させていただくと、まったく公然たる脅しでした。私のほかに何人もが耳にしたのです」

「それならもちろん、事実上はなんら信義にもとることになりませんね」とマーカム。

ファイフはちょっと頭を下げて、理解ある相手に感謝した。

「ちょっとしたパーティの席ででした。運悪く、私がもてなし役の」と、遠慮がちに打ち明ける。

「その男は誰なのですか?」マーカムの口調は丁重ながら有無を言わせなかった。

「お察しください、申しあげにくくて……」と言いはじめてから、りっぱに腹を割ってみせようという態度になったファイフは、身を乗り出すようにした。「その男の名前を言わずにおいては、アルヴィンに不公平となるかもしれませんね。……フィリップ・リーコック大尉です」

彼は思いのたけを吐き出すようなため息をついた。

「お願いですから、ご婦人のほうの名前はご勘弁ください」

「必要ないでしょう」とマーカム。「ただ、そのときの出来事をもう少し詳しく教えていただけるとありがたい」

ファイフは、しかたなくあきらめようといった表情で応じた。

「アルヴィンは問題のご婦人をことのほかお気に入りで、何かと心づかいを見せていましたが、どうもいやがられていたと認めざるをえません。リーコック大尉はそのおせっかいに憤慨していました。そして、私が大尉とアルヴィンを招いたそのささやかな集まりの場で、二人のあいだに不愉快な、聞き苦しいと言わざるをえないような言葉がやりとりされたのです。ワインを飲んだ勢いも手伝ったのかもしれない。いつものアルヴィンはきちんと礼儀を守りましたから――いや、それどころか、ツボを心得た社交上手な男でしたよ。それで、かっとした大尉がアルヴィンに、この先そのご婦人に少しでもちょっかいを出すようなら、命はないものと思えと口走りましてね。大尉は、ポケットからリヴォルヴァーを引っぱり出しかけたくらいでした」

「リヴォルヴァーだったんですか？　オートマチックではなくて？」とヒース。

ファイフは、かすかにいらだたしげな笑顔を地方検事に向け、部長刑事には一瞥《いちべつ》もくれようとしなかった。

「言い間違えましたね、すみません。リヴォルヴァーではありません。確か、オートマチックの軍用拳銃でした――ただ、ほら、すっかり見えたわけではありませんから」

「ほかの人たちも、そのいさかいの場に居合わせたんですね？」

「客が何人かそのへんにいました」とファイフ。「ですが、ほんとうのところ、誰だったのか覚えていないのです。実は、あの脅し文句などちっとも本気にしていませんでした――それどころか、きれいさっぱり忘れていたくらいだったところへ、かわいそうなアルヴィンが死んだという記事を読みまして。それで、にわかにあの嘆かわしい出来事を思い出して、内心で考えました。地方検事にお話ししたものか……？」

「息づく思いに燃えたつ言葉」話のあいだじゅういかにも退屈そうに座っていたヴァンスが、

そっとつぶやいた。

ファイフはもう一度眼鏡をかけ直すと、ヴァンスをきっとにらみつけた。

「何とおっしゃいました？」

ヴァンスは屈託のない笑顔を見せた。「ちょっとグレイを引用してみただけです（英国の詩人トマス・グレイ）。ある気分になると、詩がふと口をついて出てしまうものですからね。……そうそう、ひょっとしてオストランダー大佐をご存じではありませんか？」

ファイフは彼に冷淡な目を向けたが、その視線は無表情な顔に受け止められただけだ。「その方なら存じあげていますよ」と、彼は横柄に答えた。

「あなたのところのその楽しいちょっとしたお集まりに、オストランダー大佐もいらしてましたか？」ヴァンスの口調は無邪気そのものだった。

「そういえば、いらしていたようですが」ファイフはけげんそうに眉を吊り上げた。

しかし、ヴァンスはまた無関心な様子で窓の外を眺めていた。

話の腰を折られてむっとしたマーカムが、もっとわかりやすい、役に立ちそうな話題に戻そうとした。だが、ファイフは饒舌《じょうぜつ》ではあっても、それ以上たいしたことは知らなかった。ふたことめにはリーコック大尉のことに話をもっていき、表向きには否定しながらも、どうやら言外に彼の脅しを重要に思わせたがっているふしがある。マーカムがたっぷり一時間はかけて話を聞いたわりに、ほかに参考になりそうなことは何ひとつ出てこなかった。

ファイフが辞去しようと腰をあげたところへ、外の世界を静観していたヴァンスが振り返り、にこやかに会釈をして、いかにも他意はないといった目で相手を見た。

「ミスター・ファイフ、せっかくニューヨークにいらっしゃったことですし、もっと早く駆けつけられなかったことをひどく残念にお思いなんですから、きっと捜査がすむまではご滞在なさいますね」

それまでずっと冷静をとりつくろっていたファイフが、おもねるような驚きの表情を見せた。

「そんなつもりではありませんでしたが」

「ぜひともそうしていただきたいですね、できることなら」と、マーカムも勧めた。ただし、ヴァンスが言い出すまでは、頼むつもりもなかったはずだ。

ためらっていたファイフが、品のいいあきらめのしぐさをしてみせた。「いいですとも、残っていましょう。何かご用がありましたら、私はアンソニアにいますから」

彼は悠然と偉そうなしゃべり方をし、別れ際にはマーカムに笑顔で度量の深さを見せつけた。しかし、それは内側からにじみ出す笑みではない。目には見えない彫刻家の手で刻まれたかのようなもので、口のまわりの筋肉しか動いていなかった。

彼が立ち去ると、ヴァンスがおかしさをこらえるような目でマーカムを見た。

「上品でなめらか、すばらしき韻律（シェイクスピア『恋の骨折り損』第四幕二場ホロファーネスのせりふ）。……しかし、詩なんか信じちゃいけないよ。キケロばりに典雅で雄弁なあのご仁、何から何までごまかしで固めているね」

「あの男が平然と嘘をついているというんでしたら、私は同意しかねます。大尉が脅し文句を吐いたっていうのは確かな話だと思いますね」とヒース。

「ああ、そうでした！　もちろん、それはほんとうのことです。……それにしても、ねえ、マーカム、義侠心あふれるミスター・ファイフときたら、きみがミス・セント・クレアの名前をしつこく聞き出そうとしなかったもんだから、ひどくがっかりしていたねえ[1]。こちらのレアンドロスは、女性のためにヘレスポントスを泳ぎ渡ったりはしないと思うがね」

「あの男が泳ぐかどうかはいざしらず、よりどころになりそうなことを教えてはくれましたよ」ヒースはもどかしげだった。

マーカムもやはり、ファイフの話でリーコックに不利な材料が付け加えられたと考えていた。

「明日、大尉を呼び出して、事情聴取することにしよう」

直後にベンスン少佐が部屋に入ってきたので、マーカムが同席を勧めた。

「今、ファイフがタクシーに乗り込むのを見かけましたが」と、彼は腰をおろしながら言った。

「アルヴィンのことを聞き出していらっしゃったんでしょうね。……お役に立ちましたか？」

「われわれみんなのために、そう願いたいですね」と、マーカムは心をこめて言葉を返す。

「ところで、少佐、フィリップ・リーコック大尉のことをご存じですか？」

ベンスン少佐は驚いたように目を上げてマーカムを見た。「ご存じなかったですか？　リーコックは私の連隊にいた大尉ですよ――すばらしい男です。アルヴィンのこともよく知っていたと思います。でも、私の見たところ、あんまりそりが合うようでもありませんでしたが。……まさか、彼を今度の事件に結びつけようとなさっているんじゃないでしょうね？」

マーカムはその質問を聞き流した。「ひょっとして、リーコック大尉が弟さんを脅したという晩のファイフ邸でのパーティに、ご出席でしたか?」

「ファイフのパーティには一、二度出た覚えがあります。普段はそういう集まりには出ないことにしているんですが、アルヴィンから仕事のためになると口説かれましてね」

少佐は顔を上げ、眉を寄せて宙をにらみ、つかまえどころのない記憶をさぐっているようだった。

「ですが、覚えがありませんね——いや、待てよ! そうだ、確か。……しかし、私が思い出したことがあなたのおっしゃった件だとしたら、問題になさることはない。あの晩はみんな、ちょっとばかり飲みすぎていましたからね」

「銃をご覧になりましたか?」と、ヒースが訊いた。

少佐は唇をすぼめた。「そういえば、そんなそぶりをしていたような気もします」

「銃をご覧になったんですか?」ヒースはくいさがる。

「いや、見たとまでは言えない」

マーカムが質問を変えた。「リーコック大尉は人を殺せるような人物だとお思いですか?」

「まさか」ベンスン少佐は力をこめて答えた。「リーコックは冷酷なことはしない。あのいさかいのもとになった女性のほうがまだ、そういうことをしそうなくらいだ」

その後の短い沈黙を、ヴァンスが破った。

「少佐、あの流行の眼鏡にしゃれた格好のファイフですが、どの程度のお知り合いなんですか？　めったにお目にかかれないような人物ですね。わけありなんでしょうか、それとも、あの風采が人生を表わしているんでしょうか？」

「リアンダー・ファイフね」と少佐。「あれは、今どきの若いなまけ者ってやつの典型的な見本ですよ――若いといっても、もうかれこれ四十でしょうが。甘やかされて育った――欲しいものは何でも手に入ったんでしょう。だが、満足するということを知らず、一時の気まぐれからあれこれ熱中しては飽きてしまう。二年ばかり南アフリカで猛獣狩りをして、確か、そのときの冒険譚を本にしたんじゃなかったかな。それ以来、私の知るところでは何もしていませんね。何年か前に、いいところの娘で口やかましい女と結婚しました――財産目当てでしょう。だけど、相手の父親が財布の紐をしっかり握っていて、こづかいをはずんではもらえないらしい。……ファイフは浪費家で役立たずですが、アルヴィンはあの男にもいいところがあると思っていたようです」

どうでもいい問題を話しているかのような少佐の言葉には、無頓着な調子で含むところなどなさそうだった。それでいて、聞いていた者はみな、彼はファイフという人間が大嫌いなのだという印象を受けたのではないだろうか。

「心を奪われるような人柄ではないということですね？」とヴァンス。「それに、気取りすぎだ」

ヒースが悩んでいるように眉をしかめて口をはさんだ。「それにしても、猛獣狩りをするような図太い神経の持ち主ねえ。……そう、神経といえば、少佐、弟さんを撃ったのは、非常に冷静なやつだと思っていたんですよ。しっかり目を覚ましている相手を、上には使用人がいるっていうのに、真正面から撃っているんですから。たいした神経だ」

「部長刑事、さすがにご慧眼《けいがん》だ！」ヴァンスがうれしそうな声をあげた。

12 四五口径コルトの所持者

六月十七日（月曜日）午前

翌朝、ヴァンスと私が地方検事局に着いたのは九時をちょっと回ったころだったが、大尉はもう二十分も前から待っていた。マーカムはスワッカーに、すぐ大尉を呼んでこさせた。

フィリップ・リーコック大尉は、いかにも陸軍将校らしく、たいへん背が高く——たっぷり六フィート二インチはあった——ひげをきれいに剃った顔で、背すじのまっすぐ伸びた、すらりとした体つきをしていた。厳粛で感情を抑えた顔つきで、地方検事の前に、上官からの命令を待ち受ける兵士のようにぴしっと気をつけの姿勢で立っている。

「おかけください、大尉」マーカムが堅苦しく会釈して言った。「ご足労願ったのは、ご承知でしょうが、ミスター・アルヴィン・ベンスンのことでいくつかうかがいたいことがあるからです。ミスター・ベンスンとのご関係について、ご説明いただきたいことがいくつかありましてね」

「私は、事件に関わったと疑われているのでしょうか？」リーコックにはかすかに南部のなまりがあった。

「まだわかりません。その点をはっきりさせるために質問させてもらいたいのですから」マーカムは冷静に告げた。

相手は椅子にかけた体を硬くして待っていた。

マーカムが彼の顔をまっすぐに見つめる。

「先日、ミスター・アルヴィン・ベンスンを殺してやると脅したそうですね」

リーコックはぎくりとして、膝の上で指をこわばらせた。彼が答えられずにいるうちに、マーカムが話を続けた。「どこで脅したのかも教えてさしあげられますよ――ミスター・リアンダー・ファイフのお宅のパーティででしたね」

リーコックは口ごもっていたが、やがて顎をぐっと突き出した。「いいでしょう。認めますとも、脅したことは。ベンスンは卑劣漢でした――撃たれてもおかしくないようなことをしていた。……あの晩は、いつにもましていやなやつだった。飲みすぎてもいました――いや、飲みすぎたのは私もですが」

彼は顔をゆがめて笑うと、落ち着かなげな目を地方検事を通り越して窓の外へ向けた。

「しかし、私は撃っていません。翌日の新聞を読むまでは、撃たれたことも知りませんでした」

「軍用コルトで撃たれていました。あなた方が戦争に使ったような」マーカムはそう言いながら、相手から視線をはずさなかった。

「知っています。新聞にそう書いてありました」とリーコック。

「同じような銃をお持ちですよね、大尉？」

大尉は再び口ごもる。「いいえ」かろうじて聞き取れるほどの声だった。

「どうなさったのです？」

相手はちらっとマーカムを見て、すぐに目をそらせた。「その——なくしました……フランスで」

マーカムがかすかな笑いを浮かべる。

「では、どういうことでしょう？　ミスター・ファイフが、あなたが脅し文句を口走った晩、銃を見たというのは」

「銃を見た？」大尉はうつろな表情で地方検事を見ている。

「そう、彼は見たと言っています。しかも軍用拳銃だったと」マーカムは淡々と続けた。「それに、ベンスン少佐も、銃を抜くようなあなたのそぶりを見かけています」

リーコックは深く息を吸って、口をきっと引き結んだ。

「ほんとうです、銃は持っていません。……フランスでなくしました」

「なくしたのではないかもしれませんね、大尉。ひょっとして、誰かに預けたのでは」

「違います！」と、大尉の唇から言葉が飛び出した。

「ちょっと考えてみてください、大尉。……誰かに預けたのではありませんか？」

「いいえ——預けてはいません！」

「訪ねていったではありませんか――三日前のことです――リヴァーサイド・ドライヴを。……ひょっとして、銃をお持ちだったのでは」

ヴァンスはしっかり聞き入っていた。「じつにうまいぞ！」と、私の耳もとでささやく。

リーコック大尉はそわそわしている。よく日に焼けているというのに顔色が青ざめて見えた。相手の執拗な視線を避けられないかと、テーブルの上に注意を向けるものをさがしている。口を開くと、それまで挑戦的だった声が不安の色を帯びていた。

「持っていきませんでした。……誰にも預けたりはしていません」

マーカムは机の上に身を乗り出し、怒りを表現した彫像さながらに、顎を片手にのせた。

「あの日の朝よりも前に、誰かに預けたのかもしれない」

「前……？」リーコックがぱっと顔を上げ、相手の言葉を分析するかのように黙り込んだ。

すかさずマーカムが、彼が戸惑っているところをつく。

「フランスから戻られて以来、誰かに銃を預けたことがありますか？」

「いいえ、預けたことはありません――」と言いかけて、急に言葉をのみ込み、顔を赤らめた。あわてて言葉を継ぐ。「預けられるわけないじゃありませんか？　さっき申しあげたように――」

「もうけっこう！」と、マーカムがさえぎった。「では、銃はお持ちだったんですね、大尉？……今もお持ちですか？」

リーコックは何か言おうとして口を開けたものの、またしっかりと閉じてしまった。

マーカムは力を抜いて、椅子に深くもたれかかった。

「もちろんお気づきだったのでしょうね、ベンスンがミス・セント・クレアにうるさくつきまとっていたことに？」

その娘の名前が出ると、大尉はますます体を硬くした。顔色が鈍い赤に変わり、地方検事を威嚇するような目でにらむ。ゆっくりと深く息を吸い込んだ末に、くいしばった歯からしぼり出すように言った。

「この件ではミス・セント・クレアを除外してはどうでしょう」マーカムにつかみかかっていきそうな顔つきだった。

「残念ながら、そうはいきません」マーカムの言葉は同情的ながらきっぱりしていた。「あの人を事件に結びつけるような事実が多すぎます。たとえば、あの人のハンドバッグが、事件の翌朝、ベンスン邸の居間にあった」

「この嘘つきめ！」

その無礼な言葉を、マーカムは無視した。

「ミス・セント・クレアご本人もそれを認めているんですよ」相手が言い返そうとするのを、片手を上げて制する。「この事実を持ち出したからといって、誤解なさらないように。ミス・セント・クレアが事件に関わったと告発しているわけではありません。あなた自身の事件との関係をはっきりさせようとしているだけなんですから」

マーカムをじっと見ていた大尉の表情は、気休めのようなその言葉を明らかに疑っている。

やがて、口もとをこわばらせ、決意をこめてこう言った。「この件に関して申しあげることはもう何もありません」

「ご存じなのでしょうね」とマーカム。「ミス・セント・クレアがベンスンの撃たれた晩に、あの人とマルセイユで一緒に食事をしたことは？」

「それが何だというのです？」と、リーコックは不機嫌に言い返す。

「ご存じでしょうね、お二人はレストランを十二時ごろに出たものの、ミス・セント・クレアが帰宅したのは一時過ぎてからだったことを？」

相手の男は異様な目つきになった。首すじをこわばらせ、決然と深く息を吸い込む。だが、彼は地方検事を見ようとはせず、口もきかなかった。

「ご存じですね、もちろん」マーカムの淡々とした声が追い討ちをかける。「ベンスンが撃たれたのは十二時半ごろだと？」マーカムが返事を待つあいだ、たっぷり一分間ほど部屋が静まり返った。

「おっしゃることはもう何もないんですか、大尉？」と、とうとうマーカムが念を押した。

「これ以上のご説明はしてくださらないと？」

リーコックは答えない。腹を据えた様子でじっと前方を見つめていた。当面は唇を固く閉じていることにしたようだ。

マーカムが立ち上がる。

「そういうことでしたら、面談はおしまいということにしましょう」

リーコック大尉が出ていくやいなや、マーカムは呼び鈴を鳴らして事務官を呼んだ。

「ベンに、誰かに命じて今の男をつけるように言ってくれ。どこに行って何をするか見届けるようにと。報告は今夜、スタイヴェサント・クラブで頼む」

私たちだけしかいなくなると、ヴァンスがマーカムに冷やかし半分の感嘆の目を向けた。

「巧妙だ、狡猾《こうかつ》とまでは言わずとも。……だけど、ねえ、あの女性についての質問はお粗末だったな」

「確かにな」と、マーカムも認める。「だが、妥当な線が見つかったようじゃないか。リーコックは疑う余地もないほど潔白という印象でもなかった」

「そうかな?」とヴァンス。「罪を疑う余地のあるそぶりでもあったのかい?」

「銃のことを訊いたら、真っ青になっただろう。不安にぴりぴりしていた――心底おびえていたじゃないか」

ヴァンスはため息をついた。「まったくありきたりの意見しかないんだなあ、マーカム! 罪のない人間が疑いをかけられると、罪のある人間よりもっと不安になりがちだって知らないのかい? 罪のあるやつってのはそもそも罪を犯すほど度胸があるうえに、不安な様子を見せればきみたち法律家に有罪だと思われると心得ているんだからね。『私の力は十人ぶんの力、私の心は清らかだから』(アルフレッド・テニスン「サー・ガラハッド」)っていうのは、日曜学校のお題目にすぎない。誰でもいいから罪のない人間の肩に手をかけて『逮捕する』と言ってみてごらんよ、たいていの者の瞳孔《どうこう》が開く。そして冷や汗をたらし、顔から血の気を引かせて身震いし、呼吸困難に陥る。ヒステリー症や心臓神経症がある者だったら、間違いなくぶっ倒れるね。そんなふうに声をかけられて、死ぬほど驚いたように眉を吊り上げ、『まさか、ご冗談でしょう——さあ、葉巻でもどうぞ』って言うやつこそ、罪のある人間だよ」

「筋金入りの犯罪者なら、きみの言うような行動に出るかもしれないがね」とマーカム。「だが、やましいところのない正直な人間は、告発されたとしたって取り乱したりはしないね」

ヴァンスは、どうしようもないというふうに首を振った。「やれやれ、クライル（ジョージ・ワシントン・クライル、アメリカの外科医）やヴォロノフ（セルゲイ・ヴォロノフ、ロシアの外科医）の一生も、きみたちみんなにかかっては無駄になりかねない。恐怖が現われるのは内分泌の結果なんだよ——それ以外の何ものでもない。恐怖が証明するのは、その人間の甲状腺が未発達か副腎の機能が劣っているということだけ。犯人だと言われたり犯行に使われた血なまぐさい凶器を見せられたりした人間が、平然と笑おうが悲鳴をあげようが、ヒステリーを起こしたり気を失ったり、あるいは無関心に見えたりしようが、それはその人間のホルモン次第で、罪のあるなしには関係ない。誰もがみな各種の内分泌物を同じ量だけ分泌するというのなら、きみの理論でまったく正しいんだろうがね。ところが、そうじゃないんだ。……いやいや、ホルモンが足りないからってだけで電気椅子送りにはできないだろう。フェアじゃないよ」

マーカムが言い返そうとしたところ、スワッカーが戸口に現われて、ヒースが来たと知らせた。

満足げに顔を輝かせた部長刑事が、まさに飛び込んできた。このときばかりは、握手することも忘れていた。「やれやれ、ものになりそうな糸口がつかめたようですよ。昨夜、例のリーコック大尉のアパートへ行ってみたんですがね、真相はこうです――リーコックは十三日の夜、確かに自宅にいました。ただし、真夜中をちょっと過ぎたころ出かけて、西のほうへ向かった――そうなんです！――戻ってきたのは一時十五分ごろだったんですよ！」

「警備員《ホール・ボーイ》のもともとの話は？」とマーカム。

「それですよ、ひどいのは。リーコックがその警備員を買収していたんです。金をやって、あの晩は外出しなかったと証言させた。どう思われます、ミスター・マーカム？　へたな小細工だ――ねえ？……あの若造、あれはおまえのやった仕事だってことで川上（ハドソン川岸にあるシンシン刑務所のこと）送りにしてやろうかと言ったら、口を割りましたよ」ヒースは不愉快な笑い声をあげた。

「リーコックにもらしたりすることもないでしょう」

マーカムはゆっくりとうなずく。

「部長、今の話は、今朝私がリーコック大尉と話してみて達した結論を裏づけるものだ。大尉がここを出ていったとき、ベンが部下に尾行させた。夜になったら報告が入ることになっている。この件、明日にはひととおり見通しがつきそうだな。朝のうちに連絡するよ。何かすべきだってことになれば、きみに指揮してもらうんだからね」

ヒースがいなくなると、マーカムは頭の後ろに両手を組んで、満足そうに反り返った。

「答えが出たようだな。あの娘がベンスンと食事をしたあと、一緒に彼の自宅へ戻る。そんなことじゃないかと思っていた大尉が出かけていくと、やっぱり彼女がいた。そして、大尉はべンスンを撃つ。それなら、彼女の手袋やハンドバッグばかりか、マルセイユから帰宅するまでにかかった時間のことにも説明がつく。それに、彼女が土曜日にここで見せた態度や、銃のことで大尉がついた嘘にも。……よし。真相がわかったような気がする。大尉のアリバイがくずれたことで、決着がついた」

「ああ、まったく。『勝利の翼に乗って希望は嬉々として湧き出ずる』（英国の詩人ロバート・バーンズのThe Cotter's Saturday Night）か」ヴァンスが陽気に言った。

　マーカムはそんな彼をしばらく眺めていた。「ひとつの結論に達する手段としての人間の推理力を、きみはきっぱりと否定するのか？　公然たる脅迫、動機、時間、場所、機会、方法、犯人《クリミナル・エージェント》と、みんな出そろっているんだぞ」

「妙に耳に心地よい言葉だねえ」と、ヴァンスが顔をほころばせる。「ほとんどの言葉が、あの若い女性にもあてはまってはいなかったかい？……それに、犯人《クリミナル・エージェント》は実際にはまだつかまえていないんじゃないか。まあ、この街のどこかでふらふらしているにはちがいないが。しかし、それも細かいことにすぎない」

「まだ押さえてはいないかもしれないがね」と、マーカムが言い返す。「だけど、優秀な部下に常時見張らせているんだ、リーコックには凶器を処理する機会なんかたいしてありゃしない」

　ヴァンスは、どうでもよさそうに肩をすくめた。

「いずれにせよ、力を入れすぎないがいいよ」とさとす。「私見によれば、きみはある陰謀をあばいただけなんだ」

「陰謀？……そりゃまた！　どんな陰謀だ？」

「事情による陰謀ってやつだよ」

「よかった、ともかく国際政治に関係はないんだな」マーカムは愛想よく言い返した。

彼は時計をちらっと見た。「仕事をさせてもらってかまわないかな？　片づけなくちゃならんことが十あまりもあるし、委員会にも二つばかり顔を出さなくちゃならん。……きみたちは廊下の向こうの部屋でベン・ハンロンとおしゃべりして、十二時半に戻ってくるっていうことでどうだ？　銀行家クラブで昼食を一緒にしよう。ベンは海外逃亡犯をつかまえる第一人者で、人生の大半を、法の手を逃れようとするやつらを世界を股にかけて追い回してきた男だ。おもしろい話を聞かせてくれるだろう」

「なんとすばらしい！」ヴァンスがあくびまじりに声をあげた。ところが、その提案に飛びつく代わりに窓のほうへ歩いていくと、煙草に火をつけた。しばらく煙草をふかしながら、指でつまんだ煙草をひねくり回したり、あら探しでもするようにしげしげ眺めたりしている。

「ねえ、マーカム、近ごろじゃあ、何でもかんでもおちぶれてしまったね。つまらない民主主義ってやつかな。高貴なものまでが堕落しようとしている。ほら、このレジー煙草。とんでもなく質が落ちてしまった。自尊心のある大物だったらこんな粗悪な煙草なんか吸わないって時代もあったがね」

マーカムが顔をほころばせた。「頼みごとは何だ？」

「頼みごと？　ヨーロッパ貴族の堕落と、どんな関係があるんだ？」

「気づいているよ、礼儀上どうかと思うような頼みごとをしたいとき、きみは決まって特権階級をこきおろすところから始めるんだ」

「鋭いやつだなあ」と、ヴァンスはあっさりと言ってのけた。それから、彼も顔をほころばせる。「オストランダー大佐を昼食に呼んでもかまわないかい？」

マーカムが鋭い視線をよこした。「ビグズビー・オストランダーか？……この二日間、きみがみんなに訊ねていた、わけのありそうな大佐のことなのか？」

「その男のことだよ。尊大なばか者とかなんとかいうたぐいの人物だがね。それでも、少しばかりためになるかもしれない。いうなればベンスンの仲間うちのパパなんだ。連中の全員を知っている。昔からずっといる噂好き《スキャンダルモンガー》でね」

「ぜひとも連れてこい」とマーカム。それから受話器を取り上げた。「ベンに、きみたちが一時間ばかりおじゃまするると言っておくからな」

13　グレーのキャデラック

六月十七日（月曜日）午後十二時三十分

十二時半にマーカム、ヴァンスと私がエクィタブル・ビルにある銀行家クラブのグリルへ入っていくと、オストランダー大佐がもうバーにいて、チャーリーのつくった禁酒法対応のハマグリスープ・ウースターソース・カクテルをひっかけていた。ヴァンスが地方検事局を出てすぐ電話で、このクラブで会ってほしいと頼んでおいたのだが、大佐は大喜びで応じたらしい。

「こちらはニューヨーク一の遊び人」と、ヴァンスが大佐をマーカムに紹介した（私は以前に会ったことがある）。「遊蕩《ゆうとう》にうつつを抜かす快楽主義者なんだ。昼まで寝ているから、昼食前には予定を入れない。それをぼくがたたき起こし、きみの職務上の威光を笠に着て、こんなに早い時間にダウンタウンまで引っぱり出したというわけだ」

「何かお役に立てるならうれしいかぎりですよ」大佐はマーカムに向かって、大げさに請け合ってみせた。「ひどい事件だ！　とんでもない！　新聞記事を読んで、信じられませんでしたよ。だが、実を言うと――言わせてもらいますが――この件についちゃ、いくつか考えがある。よっぽど私のほうからお電話しようかと思っていたんですよ」

テーブルにつくと、ヴァンスが前置きもなしに質問を始めた。「ベンスンの仲間をみんなご存じですよね、大佐。リーコック大尉のことを教えてください。どんな男ですか？」

「おや！　じゃあ、あの色男の大尉に目をつけているんですか？」

オストランダー大佐はもったいぶって、白い口ひげを引っぱった。血色のいい大きな顔に、濃いまつげと小さな青い目。見た目もふるまいも、オペレッタによく出てくる気取った将軍そっくりだ。

「悪くない考え方だな。いかにもありそうなことだ。激しやすい男だから。ミス・セント・クレアに首ったけだし――すばらしい娘ですよ、ミュリエルは。そしてベンスンも首ったけだった。この私だって、あと二十も若けりゃ——」

「今のままでもご婦人方にはもてすぎでいらっしゃるくせに、大佐」と、ヴァンスがさえぎる。

「それより、大尉のことを教えてください」

「ああ、そうそう——大尉ね。もとはジョージア州の出身です。戦争に行って——何か勲章ももらっている。ベンスンには関心がなかった——というか、彼を嫌っていました。短気で、融通がきかない人種ですね。嫉妬深いところもある。ほら、例のタイプ——メーソン‐ディクソン線(1)より南の連中の気風が生んだような。女を崇《あが》め奉《たてまつ》る——いや、崇めるなと言ってるんじゃありませんぞ、まあまあ！　だけど、あの男はご婦人の名誉のためなら刑務所へも行きかねませんからな。ご婦人の庇護者ってわけだ。騎士道精神あふれる、感情的なやつ。いかにも恋《こい》敵《がたき》の脳みそをふっ飛ばしそうだ——問答無用——ズドン！——それでおしまい、ってね。ちょっかいを出しては危険な相手です。ベンスンはとんでもないばかですよ、あの娘がリーコックと婚約しているとわかっててつきまとうなんて。危ない火遊びだ。いやね、注意してやりたかったんですが。しかし、そいつはおせっかいってものだし——私は口出しするような柄でもない。趣味がよろしくないからね」

「リーコック大尉はベンスンのことをどの程度知っていたんでしょうか？　つまり、二人はどのくらい親しかったんでしょう？」とヴァンス。

「ちっとも親しくありませんでしたよ」

そう答えて大佐は大げさな否定の身振りをし、付け加えた。「ちっとも！　うわべだけのつきあいでしたね、それどころか。あちこちでたびたび顔を合わせてはいましたけれど。私は二人ともよく知った仲なので、うちのささやかなパーティにはよく二人とも呼んでいました」

「リーコック大尉はギャンブラーとして腕のいいほうではないんでしょうね——冷静な頭の持ち主とか、そういったところはどうでしょう?」

「ギャンブラー——とんでもない!」大佐はひどくばかにしたような言い方をした。「あんなにへたなやつは見たこともない。ポーカーで女にだって負けるんですよ。あまりにも激しやすい——感情を抑えられないんです。要するに、むこうみずすぎるんですな」

やや間をおいてから、続ける。「ははあ! 何を狙っていらっしゃるのか、わかりましたぞ。……どんぴしゃりですよ。ちょうどあんなふうにむこうみずな若造ですな、気に入らない人間を撃ち殺して回るのは」

「思うに、そういうあたりで大尉は、ご友人のリアンダー・ファイフとえらい違いがありますね」とヴァンス。

大佐は考え込んでいるようだった。「そうだとも、そうでないとも言えます。ファイフはりっぱなギャンブラーだ——そりゃもう、間違いなく。ひところはロングアイランド界隈で、ひそかに私設の賭博場を開いていたくらいです——ルーレット、モンテ(スペイン起源のトランプ賭博の一種)、バカラといったたぐいのね。かと思えば、しばらくアフリカでヒョウやイノシシを狩っていた。しかし、ファイフには感情的な面もある。やぶれかぶれで自分に不利な賭けばかりにつぎ込んだりするんですよ。ほんとうの意味でいいギャンブラーじゃないんだな。ひどく衝動的と言えばわかってもらえるだろうか。それでも、人を撃って五分もすればきれいさっぱり忘れてしまえるような男だと、認めるにやぶさかではありません。ただし、相当挑発されなくてはそんなことにはならないでしょうが。……あの男のしわざかもしれない――なんとも言えませんな」

「ファイフとベンスンはかなり親しかったんでしょうね？」

「そりゃもう――たいへん親しかった。ファイフがニューヨークに来ているときは、いつも二人一緒にいましたね。互いに知り合って何年にもなる。昔だったら愉快な仲間《ブーン・コンパニオン》とか言ったやつですな。それどころか、ファイフが結婚する前は、二人で一緒に住んでいたんですが。ファイフの奥さんというのがうるさい女でね。やつはすっかり尻に敷かれちまってるんです。だが、金づるではある」

「女性といえば、ベンスンとミス・セント・クレアはどういう関係だったんです？」

「さあ、どうでしょうね？」と、大佐は気取った言い方をした。「ミュリエルはベンスンに好感をもってはいませんでしたよ――それは確かです。とはいえ……女というのは不思議なもので――」

「ええ、果てしもなく不思議ですよね」と、ヴァンスがいささか辟易したように同調した。「しかしですね、その女性がベンスンと個人的にどういう関係だったかに立ち入ろうというのではないんです。ベンスンに関してあの女性がどんな気持ちでいたか、ご存じかと思ったんですが」

「ああ――なるほど。つまり、あの娘が思い切った手段に訴えそうか、ということですな？

……いやはや！　それも考えられるな！」

大佐は考え込んだ。

「さて、ミュリエルは芯の強い娘だ。一生懸命に芸を磨いている。あの娘は歌手なんですがね、いや、じつにすばらしい歌手ですよ。底の知れないところもある——えらくわかりにくい娘です。ともあれ、有能だ。臆することなくチャンスをものにする。独立心旺盛。私だったら、たとえ誘いをかけられたって、あの娘の通り道に立ち入るようなことはしませんな。平気で何をしかけてくるやら」

大佐は賢人ぶってうなずいてみせた。

「女というのはおかしなものだ。驚かされることばかり。価値観というのがないんですな。えらくおとなしそうな女がいきなり、平然と男を撃ったり——」

彼がはたと姿勢を正した。小さな青い目が陶器のように光る。「おっと！」叫び声が口をついて出た。「ミュリエルは、ベンスンが撃たれた晩、彼と二人きりで食事をしていたぞ——まさにあの晩だ。二人がマルセイユにいるのを、私はこの目で見ましたよ」

「おや、なんとね！」ヴァンスは気がなさそうに小声で返した。「まあ、誰だって食事はしなくちゃならないでしょうから。……それはそうと、あなたご自身は、ベンスンとどの程度のお知り合いだったんでしょう？」

大佐はぎくりとしたようだったが、他意のなさそうなヴァンスの表情に気をとり直したようだ。

「私ですか？　いいやつだった！　アルヴィン・ベンスンとは十五年来の知り合いでした。少なくとも十五年——もっと長いつきあいだったかもしれない。規制が敷かれる前には、この古い街をあちこち見せてやった。あのころの街には活気がありましたねえ。すごく開放的で、やりたい放題だった。まったく——すごい時代でした！　ひところのヘイマーケット（ロンドン、ウェストエンドの、繁華をきわめた劇場街）もかくやという日々でしたからな。朝食どきまで、家に帰ろうなんて思いもよらなかった——」

ヴァンスがまたもや、脱線しはじめた大佐の話をさえぎる。

「ベンスン少佐とも親しくしていらっしゃるんですか？」

「少佐ですか？……それはまた別の話です。少佐と私では、つきあう仲間が違いますからな。趣味が違うんですよ。仲よくなりっこない。顔を合わせることもめったにありません」

なんらかの説明が必要だと思ったのか、ヴァンスがまた口をはさむより先に大佐はうなずいてみせた。「そう、少佐は、われわれが言うところの遊び友《ボーイズ》だちにならないんですよ。浮かれ騒ぐのをよしとしない人だ。われわれのちょっとしたつきあいには加わってきませんでしたね。私やアルヴィンのことは、軽薄にすぎると思っていました。まじめひとすじの男で」

ヴァンスはしばらく黙々と食事をしていたが、やおら無造作に質問を持ち出した。「ベンスン・アンド・ベンスン証券会社を通じてたくさん投資なさっているんですか？」

初めて、大佐が答えるのをためらう様子を見せた。これ見よがしにナプキンで口もとをぬぐう。

「ええ——ちょっとばかりですが」と、しばらくしてから大佐は快活な調子で答えた。「ですが、あまりついていませんでね。……仲間うちじゃみんなが、ベンスンのところでちょいちょい運命の女神とたわむれているんです」

昼食のあいだ、ヴァンスはずっとそんなふうに大佐を相手に質問を繰り出しつづけたが、一時間ばかりたっても、初めよりはっきりしてきたことはなきに等しかった。オストランダー大佐はすらすらとよくしゃべるのに、よどみなく流れるその話はあいまいかつ支離滅裂なのだ。余談にばかり走り、とりとめのない意見をやたらと開陳するので、そこに含まれているわずかな情報ですらうまく見つけられないほどだった。

それでも、ヴァンスにがっかりした様子はうかがえない。リーコック大尉の人柄について長長と聞き出し、大尉とベンスンの個人的関係には特に関心を示した。ファイフのギャンブルの傾向にもじっくり耳を傾け、ロングアイランドで彼が開いていた賭博場や南アフリカでの狩猟経験のことも、大佐がとりとめもなくいやになるくらい延々と話すに任せた。ベンスンのその他の友人たちについてもさんざん質問したが、答えのほうにはちっとも注意を払っていなかった。

総じて大佐の話は無意味だという印象を受けた私は、ヴァンスはいったい何を知ろうとしているのか不思議に思えてしかたがなかった。マーカムも同じく途方に暮れていたはずだ。大佐がとんでもなくだらだらと長広舌をふるっているあいだ、体裁をとりつくろって、いかにもしっかり聞いているふうにうなずいてみせたりしているものの、ときどき視線があらぬかたにさまよい、何度もヴァンスのほうへ非難がましい詰問の目を向けていた。しかし、確かにオストランダー大佐は自分の仲間たちのことをよく知っていた。

そのおしゃべりな客と地下鉄の入り口で別れて地方検事局へ戻ると、ヴァンスは満足した様子で安楽椅子に体を投げ出した。

「じつにおもしろかったなあ？　容疑者を排除していく役割に、あの大佐はうってつけだよ」

「容疑者を排除するだと！」と、マーカムはくってかかる。「あの男が警察関係者でなくて幸いだ。もしそうだったら、ベンスンを撃ったというんで街の住民の半数ばかりを刑務所送りにさせてるところだぞ」

「確かに、少しばかり血に飢えてはいる」とヴァンス。「今度の事件で、誰かを刑務所送りにしなくちゃ気がすまないんだな」

「あの古つわものの話じゃ、ベンスンの仲間ってのは射撃の名人《ガンマン》ぞろいの不正秘密結社《カモラ》だったらしい——女のメンバーもちゃんといるがね。あの話を聞いてると、ベンスンがとっくの昔に弾丸で蜂の巣にされずにいたのは奇跡的な幸運だったたって気がしてならなかったよ」

「どうやら、大佐がとどろかせる雷鳴のあいまに意味深い稲妻が閃《ひらめ》くのを、きみは見落としたらしいね」とヴァンス。

「意味なんかあったかね？」とマーカム。「まあともかく、ぼくの目がくらむようなまぶしい稲妻は見えなかったね」

「じゃあ、大佐の話は何の慰めにもならなかったのかい？」

「慰めになったのは、ありがたい別れの挨拶だけだったよ。別れに胸が張り裂けそうにはならなかった。……まあ、リーコックについてあの老人が言ったことは、確証となる意見となるかもしれないが。大尉に不利な証拠を裏づけてくれる――裏づけが必要だとしたらだがね」

ヴァンスは皮肉な笑いを浮かべた。「ああ、確かにね。そして、ミス・セント・クレアについて大佐が言ったことだって、彼女に不利な証拠を裏づけてくれたことだろうさ――このあいだの土曜日の午前だったら。それに、ファイフについて言ったことは、あのしゃれ者剣士《ボー・サブルール》に不利な証拠を裏づけてくれたことだろう。きみがあの男に容疑をかけてでもいたらね――だろ？」

ヴァンスの言葉が終わるか終わらないかというところへスワッカーが入ってきて、ヒースのよこした殺人課のエメリが、できれば地方検事に会いたいとのことだと知らせた。

入ってきたのは、ベンスン邸の暖炉で煙草の吸い殻を見つけた刑事だと、ひと目でわかった。刑事はヴァンスと私にすばやく一瞥《いちべつ》をくれて、まっすぐにマーカムのところへ行った。「グレーのキャデラックを発見しました。ヒース部長刑事が、あなたにすぐお知らせしたほうがよかろうとのことで。アムステルダム・アヴェニュー近くの七十四丁目にある、小さな個人経営の修理工場に、三日前から入っていたのです。六十八丁目署の者が見つけて、本部に電話してきましたので、私がすぐ確認に駆けつけました。間違いありません――釣り道具一式、釣竿以外はそろっていますので、セントラル・パークで見つかった釣竿は、やはりこの車にあったものなのでしょう。落ちてしまったのかもしれません。……先週の金曜日、昼ごろ車を工場に入れたやつが、そこの修理工に二十ドル握らせて口止めしたようです。修理工はイタリア系の男で、新聞は読んでいないと言うんですよ。ともかく、締め上げてやりましたところ、ただちに白状《フロント》しました」

刑事は小さな手帳を取り出した。

「車のナンバーを調べました。……リアンダー・ファイフ名義で登録されています。ロングアイランド、ポート・ワシントン、エルム・ブールヴァード二十四番地ですね」

意外な情報を受け取ったマーカムは、困惑ぎみに眉を寄せた。そっけないと言っていいほどすぐにエメリを帰してしまうと、座って考え込みながら机をこつこつとたたいていた。

ヴァンスはそんな彼を、おもしろがっているような笑みを浮かべて見守っている。

「そんなに混乱しなくたって、ねえ」と、彼は慰めの言葉をかけた。「ほら、これで大佐の話がいくらか気分を晴らしてくれるってもんじゃないか？　ベンスンがあの世に送られた時間に、リアンダーもあのあたりをうろついてたってわかったからには」

「老いぼれ大佐が何だっていうんだ！」とマーカム。「今ぼくの頭にあるのは、この新たな展開を状況にどうあてはめたらいいのかってことなんだぞ」

「みごとにあてはまるじゃないか」とヴァンス。「モザイク画が仕上がっていく、という感じだね。……あの謎の車の持ち主がファイフだったとわかって、ほんとうにめんくらっているのかい？」

「きみみたいに千里眼に恵まれてはいないんでね、しょうがないことに、当惑しているさ」

マーカムが葉巻に火をつける——悩んでいるしるしだ。「きみはもちろん、エメリがここにやってくる前から、あれがファイフの車だってご存じだったんだろうがね」と、皮肉っぽく付け加えた。

「知らなかったよ」とヴァンス。「そんなことじゃないかとは思っていたがね。キャッツキルで車が故障したって話のときに、ファイフの嘆き方が大げさだったから。それに、ヒースがルートを訊ねたときの、ひどいあわてようときたら。あの芝居がかった尊大ぶりはあんまりだろう」

「きみのあと知恵ときたら、じつに重宝だねえ！」

マーカムはしばらく黙って葉巻をふかしていた。

「この件を調べあげてみよう」

彼は呼び鈴を鳴らしてスワッカーを呼んだ。「アンソニア・ホテルに電話を入れてくれ」と、腹立たしげに指示した。「リアンダー・ファイフをつかまえて、六時にスタイヴェサント・クラブで会いたいと伝えるんだ。必ず来るようにとな」

スワッカーが出ていくと、マーカムは言った。「思いついたんだが、この車の話、結局は役に立つことになるかもしれんな。ファイフはあの晩、どうやらニューヨークにいて、なんらかの理由でそのことを知られたくなかった。なぜだろう？　リーコックがベンスンを脅したってことをこっそり知らせて、その男を追及したほうがいいとはっきりほのめかしたよな。もちろん、リーコックがミス・セント・クレアを友人から奪ったのがしゃくにさわって、ちょっと意趣返しにあんな手に出たのかもしれん。一方で、ファイフが事件当夜、ベンスン宅にいたなら、ほんとうのことを何かしら知っているかもしれない。車のことがわかったとなれば、彼も知っていることを話すんじゃないだろうか」

「いずれにせよ話すだろうよ。あの男はどうしようもない嘘つきタイプで、自分が不愉快な目にあわないかぎり、誰にでもどんなことでも話すさ」とヴァンス。

「きみや、キュメアのシビュレ（非凡な予言能力をもつ、古代の巫女）だったかな、きみたちだったら、あの男が何を話してくれるか、前もって教えてくれるんじゃないのか」

ヴァンスはあっさりと言葉を返した。「キュメアのシビュレはどうだか知らないがね、ぼく自身について言うなら、彼はあの晩にベンスン宅で例の直情的な大尉を見かけたと話すような気がしているよ」

マーカムが笑い声をたてた。「そう願うよ。きみも居合わせて話を聞きたいだろう」

「ぜひとも聞きのがしたくないものだ」

とっくに戸口のところで帰りじたくをしていたヴァンスが、もう一度マーカムを振り返った。

「もうひとつ、ちょっとした頼みがある。ファイフについての一件書類《ドスィエ》をつくっておくれよ――いい子だから。きみんところにぞろぞろいるドグベリー（シェイクスピア『から騒ぎ』の無学で鈍感な警吏）のうちのひとりをポート・ワシントンにやって、あの紳士の行状やら交友関係を調べさせるんだ。密偵には、女性問題を重点的に調べるよう言い含めてね。……約束する、後悔はさせないから」

この頼みごとにマーカムが当惑し、もう少しで断ろうとしたのがわかった。しかし、しばらく考えてから、彼は笑顔で机のボタンを押していた。

「きみのお気に召すなら、なんなりとしよう。さっそくひとり派遣しようじゃないか」

14　鎖の環《わ》

六月十七日（月曜日）午後六時

その日の午後、ヴァンスと私はアンダースン・ギャラリーで一時間ばかり、翌日オークションに出品されるタペストリーを見て回ったあと、シェリーズでお茶を飲んだ。六時少し前にはスタイヴェサント・クラブにいた。まもなくマーカムとファイフがやってきて、私たちはすぐに談話室のひとつへ向かった。

ファイフは、初めて会ったときと同じように優雅で尊大だった。狩り装束《ラットキャッチャー》風のスーツに無漂白リネンのニューマーケット・ゲートルという装《よそお》いで、香水のにおいをさせている。

「こんなに早く再会することになろうとは、望外の喜びです」と、彼は私たちに福音でも授けるかのような挨拶をした。

マーカムは愛想も何もなく、ぶっきらぼうと言っていいくらいの会釈をしただけだった。ヴァンスはちょっとうなずいてみせただけで、ファイフを、まるで自分が同席する口実をさがしているが、それがどうにも見つからずにいるとでもいったふうに、ものうげに眺めている。

マーカムは単刀直入に始めた。「ミスター・ファイフ、金曜日の昼ごろ修理工場に車を預け、二十ドルで口止めをなさいましたね」

ファイフは、感情を害したような表情で顔を上げた。「それはあんまりだ」と、情けなさそうに言う。「あの男には五十ドル渡したのに」

「事実をすんなり認めていただけてうれしいですよ」とマーカム。「もちろん、新聞記事でご存じでしたね、事件の晩、ベンスン邸の外であなたの車が目撃されていることは」

「でなければ、気前よく金を払ってまで、あれがニューヨークにあることを隠すはずがないでしょう?」相手の鈍感さを苦々しく思っているような口調だった。

「でしたら、どうしてこの街で隠したんです? ロングアイランドまで乗って帰ればいいじゃありませんか」とマーカム。

ファイフはわかってないなとあわれむような目つきで、悲しそうに首を振った。そして、せいぜい我慢してやろうといった様子で身を乗り出す――出来のよくない子供に接する甘い教師のように、頭の鈍い地方検事をやさしく励まして、混迷状態から救い出してやろうとでもいうのか。

「私は妻帯者なのですよ、ミスター・マーカム」それが何か特別な美徳でもあるかのような言い方だった。「キャッツキルへの旅に出たのは木曜日の夕食のあとですが、一日だけニューヨークに立ち寄って、ここに住んでいるある人に別れの挨拶をしていくつもりでした。到着したのはかなり遅い時間で――真夜中過ぎでした――アルヴィンを訪ねることにしたのです。ところが、車をつけてみると、家に明かりがついていない。そこで、呼び鈴を鳴らしてみもしないで、寝酒でも一杯と思って四十三丁目のピエトロの店まで歩いていきました——その店に、ヘイグのボトルをキープしてありますのでね——ところが、残念！　店は閉まっていました。私はぶらぶらと車へ引き返しましたよ。……考えてみると、私があそこを離れたあいだにアルヴィンが撃たれたんだな！」

ファイフは言葉を切って、眼鏡を磨いた。

「皮肉なものだ！……大事な友人の身に何かあったなどと思いも寄らず——考えられるわけもないでしょう？　事件のことなどまるで知らないまま車を出して、その晩はトルコ風蒸し風呂の店にずっといました。翌朝、新聞で事件を知りました。あとのほうの版には、私の車のことが書かれていた。そのときですよ、私が——何と申しましょうか、心配になったのは。いや、違う。〝心配になった〟という言葉では誤解を招いてしまいます。むしろ、そう、気がついたんですよ、あの車からつきとめられたら、私はまずい立場に立たされてしまうかもしれないと。それで、車をあの修理工場に預け、金をやってこのことは口外しないようにと言いました。車が見つかって、アルヴィンの死をめぐる事情をかえって混乱させてはならないと思いましてね」

その口調と、マーカムに向ける独善的な目つきからすると、彼が修理工を買収したのもすべては地方検事局や警察のことを慮《おもんぱか》ってのことだったということらしい。

「どうしてそのまま旅を続けなかったんですか？」とマーカム。「そうすれば車ももっと見つかりにくかったでしょうに」

ファイフはことさらに驚いてみせた。

「親友がひどい殺され方をしたというのに？　そんな悲しい思いでいるときに、遊びにいこうという気になど、どうしてなれましょうか？……家に引き返して、妻には車が故障したと言いましたよ」

「ご自分の車でお帰りになってもよかったのではありませんかねえ」とマーカム。

ファイフは、相手のさぐるような視線にどこまでも耐え忍ぶといった顔つきで、深いため息をついた。自分には世間の無能を改善することまではできないが、ともかく理解力のなさを嘆くことはできる、といったところだろうか。

「妻が信じているとおりキャッツキルにいたら、世間の出来事など知るすべがないんですよ。アルヴィンが死んだことも、おそらく何日もあとになってからしかわからないはずじゃありませんか。その、具合のよくないことに、妻にはニューヨークに立ち寄るとは言ってなかった。実はですね、ミスター・マーカム、わけあって、この街にいたことを妻には知られたくなかったんです。ですから、すぐに車で引き返したら、お恥ずかしいことですが、旅行をとりやめたことを妻に疑われてしまいます。そこで、いちばん簡単そうな道を選びました」

相手の男がとうとう偽善を並べたてるのに、マーカムは腹を立てはじめている。短い沈黙があったあとで、唐突にこう質問した。「あなたは、どうやらリーコック大尉を事件に結びつけたがっていらした。それは、あの晩、あなたの車がベンスン邸にあったことに関係しているのでは？」

ファイフは心外だというふうに驚いて眉を吊り上げ、丁重な抗議の身振りをした。「そんな！」不当ないいがかりをつけられて、深く憤《いきどお》っている声だった。「きのうの私の言葉の裏に、リーコック大尉への疑いがかぎとれたとしたら、それはあの晩、アルヴィンのうちに車をつけたとき、家の前に大尉がいるのをこの目で見たという事実があったからにほかならない」

マーカムは奇妙な目でヴァンスをさっと見やり、それからファイフにこう言った。「確かにリーコックでしたか？」

「はっきりと見ました。きのう、私自身がそこにいたことを暗黙のうちに白状することにならなければ、申しあげたところですが」

「白状することになったら、どうだったというんです？」と、マーカムが責める。「きわめて重要な情報ですよ。今朝、リーコックの事情聴取に役立ったはずなのに。法の求める正義よりも保身のほうが大事なんですね。そういう態度では、あの晩のあなた自身がとったとおっしゃる行動も疑わしくなります」

「ここぞとばかりに手きびしいことをおっしゃる」と、ファイフはしょげかえった。「しかし、やっかいな立場になったのもみずからが招いたこと、非難されてもしかたがありません」

マーカムがたたみかける。「よろしいですか、あなたのやり方を知り、あなたがなさったような扱いをされたら、たいていの地方検事はあなたを容疑者として逮捕しているところですよ」

「では、私は取り調べ相手にたいへん恵まれたわけですね」と、ご機嫌をとるような返事が返ってきた。

マーカムは立ち上がった。

「今日のところはこれで、ミスター・ファイフ。ただし、帰宅を許可するまではニューヨークに残っていただきます。さもないと、重要参考人として拘束しますよ」

ファイフはショックを受けたような身振りで辛辣《しんらつ》な言葉に抗議してみせてから、堅苦しい別れの挨拶をした。

私たちだけしかいなくなると、マーカムが真剣な顔つきでヴァンスを見た。「きみの予言どおりになった。そんな都合のいい話があるわけないと思っていたのに。ファイフの証言で、大尉の容疑という鎖の最後の環《わ》がつながった」

ヴァンスはものうげに煙草をふかしている。

「この事件についてきみが立てた説は、まことにけっこうなものだと認めよう。だが、しかし！　残念ながら、心理的にはまだ異論があるよ。あらゆることがぴったり合っているが、大尉だけは例外だ。大尉はまるであてはまらない。……ばかばかしいたとえだとは思うが、あえて言おう。大尉にベンスン殺害の犯人役をふるのは、野性味たっぷりのテトラッツィーニ（イタリアのソプラノ歌手、ルイーザ・テトラッツィーニ[1]のこと）に肺結核を患ったミミ（プッチーニの歌劇『ラ・ボエーム』のヒロイン）をやらせるようなおかどちがいだよ」

「状況がもう少し違っていれば、きみのすてきな説にうやうやしく従うかもしれないがね」とマーカム。「しかし、リーコックに不利な状況証拠や推定証拠がこうまでそろっていては、並の頭しかない法律家のぼくには『髪の毛を真ん中で分けているし、カラーにナプキンをはさむから、あの男が犯人であるはずがない』とかいうのはまるっきりナンセンスだという気がするね。それを否定する理屈のほうが圧倒的多数だよ」

「きみの理屈に反駁《はんばく》できないのは認める――いや、理屈というのは何でもそうなんだがね。さぞかし、有罪であるという理屈だけで、たくさんの無実の人間を有罪にしてきたんだろうな」

ヴァンスがうんざりしたように伸びをした。

「屋上で軽く食事するってのはどうだろう？　まったく、ファイフのおかげで疲れたよ」

スタイヴェサント・クラブ屋上の夏用ダイニング・ルームで、ベンスン少佐がひとりでいるのを見つけ、マーカムが同席を頼んだ。

「いいお知らせがあります、少佐」注文をすませると、マーカムが言った。「犯人がはっきりしたような気がします。その男に間違いなさそうです。明日には決着をつけられると思いますよ」

少佐は、疑わしそうに眉を寄せてマーカムを見た。「どういうことでしょう。先日のお話では、女性が関係しているように思いましたが」

マーカムは気恥ずかしそうな笑顔で、ヴァンスの視線を避けた。「あれからいろいろありましてね。私があのとき考えていた女性は、調べてみてすぐ容疑からはずれました。しかし、その調査の過程である男に行きついたのです。犯人にほぼ間違いありません。今日の午前中にはかなりはっきり確信していたんですが、たった今、銃が発射された時刻の前後に弟さんの家の前でその男を見たと、信頼すべき証人から聞かされましてね」

「さしつかえなければ、その男とは誰のことなのか教えていただけますか？」少佐はまだ眉を寄せたままだった。

「さしつかえなどありません。明日になれば、きっと街じゅうの人間の知るところとなる。……リーコック大尉です」

ベンスン少佐は耳を疑うかのように相手を見た。「まさか！　とうてい信じられない。あの若者とは海の向こうで三年間一緒でしたから、私は彼のことをよく知っています。何かの間違いだとしか思えない……」急いで言い添える。「警察が間違っているのでは」

「警察が調べたのではありません。大尉が浮かび上がったのは、この私が調べた結果なのです」とマーカム。

少佐はそれには答えなかったが、沈黙が疑っているしるしだった。

「あの、大尉のことではぼくもあなたと同じような気持ちなんですよ、少佐」と、ヴァンスが口をはさんだ。「大尉を昔からご存じの方にぼくの印象を裏づけていただいて、たいへんうれしく思いますね」

「じゃあ、あの晩、あの家の前で、リーコックは何をしていたというんだ？」と、マーカムが手きびしい言い方をした。

「ベンスンのうちの窓の下でキャロルでも歌っていたとか」とヴァンス。

マーカムが言い返そうとしたところへ、ボーイ長から一枚の名刺を手渡された。それに目をやった彼は、満足そうに鼻を鳴らし、訪ねてきた人物をすぐ通してくれるように頼んだ。そして、私たちのほうに向き直る。「もっとはっきりさせられそうだぞ。このヒッギンボサムという男を待っていたんだ。今朝、地方検事局からリーコックを尾行していった刑事だよ」

ヒッギンボサムは、青白い顔に生気のない目をした、針金のように細い若者で、態度にはこそこそしたところがあった。うつむきかげんにテーブルに近づいてくると、ためらいがちに地方検事の前に立った。

「座って報告してくれ、ヒッギンボサム」とマーカム。「こちらのみなさんは、この事件の捜査に協力してくれている方々だ」

刑事は、マーカムに抜け目のなさそうな目を向けながら切り出した。「あの男がエレベーターを待っているあいだに追いつきました。やつは地下鉄で、七十九丁目とブロードウェイの交差点まで行きました。八十丁目を通ってリヴァーサイド・ドライヴを歩き、九十四番地の例のアパートに入りました。ボーイに名乗りもしないで――そのままエレベーターに乗り込みました。上階の部屋に二時間ばかりいて、一時二十分に下りてくると、タクシーに飛び乗りましたので、私もタクシーを拾ってあとを追いました。リヴァーサイド・ドライヴを七十二丁目まで南下、セントラル・パークを抜けて、五十九丁目を東へ向かいました。アヴェニューA（現在のヨーク・プレイス）で車を降りると、歩いてクイーンズボロー橋を渡ります。橋を半分ほど渡って、ブラックウェルズ島（現在のルーズベルト島）のあたりまで行ったところで、欄干に身を乗り出すようにして五、六分立っていました。それから、ポケットから小さな包みを取り出すと、川に落としました」

「どのくらいの大きさの包みだった？」はやる心を抑えるようにして、マーカムが訊いた。

ヒッギンボサムが両手で大きさを示す。

「厚みは？」

「一インチそこそこでしょうか」

マーカムが身を乗り出す。

「銃ではなかっただろうか――コルト・オートマチックでは？」

「はあ、そうだったかもしれません。ちょうどそのくらいの大きさです。重みもありましたね――扱い方や、水に落ちたときの様子からすると」

「よし。ほかに何か？」マーカムは満足そうだ。

「いいえ、以上です。銃を捨てたあとは、自宅に帰って、出かけませんでした。私もそこで引き揚げました」

ヒッギンボサムが行ってしまうと、マーカムは高揚しつつも憂鬱そうに、ヴァンスに向かってうなずいてみせた。

「ほら、犯人だろう。……まだ不満があるかい？」

「ああ、たっぷりとね」ヴァンスはものうげに言った。

ベンスン少佐が悩ましげに顔を上げた。

「まったくわけがわからない。なぜまたリーコックはリヴァーサイド・ドライヴなんかに、自分の銃をとりにいかなくちゃならなかったんでしょう?」

「事件の翌日にミス・セント・クレアのもとへ持参したものと考えられるふしがあります――おそらく、保管してもらうために」とマーカム。「自宅で発見されたくなかったんでしょう」

「事件の前にミス・セント・クレアのところへ持っていったのでは?」

「おっしゃりたいことはわかりますが」とマーカム(私も、前日に少佐が、大尉よりもミス・セント・クレアのほうが弟を撃ちかねないと言ったことを思い出した)。「私も同じことを考えていましたから。でも、証拠となる事実がいくつかあって、彼女の容疑は晴れたのです」

「どうやら確信なさっているようですね」と言いながらも、少佐の口調は半信半疑だった。

「それでも、リーコックがアルヴィンを殺したとはどうしても思えません」

少佐は言葉を切ると、片手を地方検事の腕にかけた。「さしでがましいまねはしたくないし、あなたに文句をつけるつもりもまったくないんだが、あの若者を犯人と決めつけるのは、ほんとうにちょっと待っていただきたい。どんなに慎重に細心の注意を払っても、間違いというのはあるものです。事実でさえもひどい嘘をつくことがありますからね。この件では、そういう事実というやつがあなたをだましていると思えてならない」

マーカムが古くからの友人の頼みに心を動かされたのはよくわかったが、職務に対する天性の誠実さにあと押しされて、彼は相手の訴えに抵抗した。

「私は自分の信念に基づいて行動しなくてはならないのですよ、少佐」きっぱりとした、しかしたいへんやさしい言い方だった。

15 「ファイフ――私物」　六月十八日（火曜日）午前九時

翌日は――捜査は五日めになっていた――アルヴィン・ベンスン殺人事件が提起した問題を解決するのに重要な、ある意味ではきわめて重大な日となる。確かなことは何ひとつ明らかにならないまでも、事件に新たな要素が飛び込んできた。そして、この新しい要素こそが、最終的には犯人に導いてくれたのだった。

ベンスン少佐をまじえた夕食のあと、マーカムとの別れ際にヴァンスは、翌朝も地方検事局を訪ねる許可を求めた。彼が珍しく熱心なことをいぶかしみながらもその熱意に押されて、マーカムは求めに応じた。だが本心では、それを不本意とするじゃまな相手のいないところで、リーコック大尉を逮捕する手はずにしたかったのではないだろうか。ヒッギンボサムの報告を受けて、マーカムが大尉を拘置し、大陪審に備えて調書を準備することに決めたのは明らかだった。

ヴァンスと私が地方検事局に着いたのは九時だったが、マーカムはとっくに来ていた。私たちが部屋に入っていくと、受話器を手にしてヒース部長刑事を電話に出してくれるよう頼んでいるところだった。

そのとき、ヴァンスが驚くようなことをやってのけた。すっと地方検事の机へ近づくや、マーカムの手から受話器を取り上げ、ガチャンとフックにかけたのだ。そして、電話機を脇に押しやって、両手を相手の肩に置いた。

マーカムは驚きのあまり、あきれて抗議もできずにいる。彼がわれに返るより先に、ヴァンスは低いながらも断固とした声で、穏やかだからこその迫力をこめてこう言ったのだった。

「リーコックを刑務所送りにはさせない――今朝はそのために来た。ぼくがここにいて、なんとしても阻止するかぎり、きみがあの男の逮捕命令を出すことにはならないよ。きみが愚行としか言いようのない行動に出ようとするなら、方法はひとつだけ。警官を呼んで、ぼくをここから無理やり追い出すんだね。忠告しておくが、相当数を動員するがいいよ。ぼくはあくまでも大暴れして抵抗するつもりだから」

信じられないような脅し文句をヴァンスは本気で口にしており、マーカムにもその本気は伝わっていた。

ヴァンスが続けて言う。「部下たちを呼んだら、一週間としないうちにきみはこの街の笑いものになる。そのころには、ベンスンを撃った真犯人がわかっているだろうからね。そうしたら、ぼくはみんなの英雄にして殉教者ってことになる――驚くべきお手柄だ！――地方検事をものともせず、愛すべき自由を真実とか正義とかそんなふうなものの祭壇に捧げたんだからね……」

電話が鳴って、ヴァンスが受話器をとった。

「もういい」と言ってさっさと切ってしまうと、一歩後ろに下がって腕を組んだ。

短い沈黙のあと、マーカムが口を開いた。声が怒りに震えている。「すぐに出ていくんだ、ヴァンス。ぼくのやり方でやらせてくれないというのなら、やむをえず警官を呼ぶことにするぞ」

ヴァンスが顔をほころばせた。マーカムはそういう極端な手段に出る男ではない。つまるところ、この友人どうし二人のあいだにあるのは知的な論争なのだ。ヴァンスのとった行動が、それをひととき肉体的な争いにしてしまったが、いつまでも続く危険はない。

マーカムの挑戦的な目つきが、徐々に深い当惑のまなざしに変わっていく。「いったいどうしてリーコックのことがそんなにも気にかかる?」と、ぶっきらぼうに訊いた。「こんな無理をしてまで、あの男がつかまらないようにするのはなぜだ?」

「きみときたら、ほんとうに言いようのないばかだなあ!」ヴァンスは、声に温もりがいっさいまじらないようにつとめていた。「ぼくが南部出身の陸軍大尉の身の上を特別気にかけていると思うのか? リーコックみたいなやつはざらにいるんだよ――いかつい肩にいかつい顎をして、服装はがちがち、野蛮な騎士道を後生大事に崇《あが》め奉《たてまつ》ってるような。母親ででもなきゃ、見分けなんかつくもんか。……気になるのはきみのことだよ。きみが過ちを犯して、リーコックがこうむるよりも深い痛手を負うのを見たくない」

マーカムの目から険しさが消えた。真意を理解し、ヴァンスを許したのだ。それでも、大尉が犯人だという考えは揺るがない。彼はしばらく思い悩んでいた。それから、何ごとか決心したらしく、呼び鈴を鳴らしてスワッカーを呼ぶと、フェルプスをよこすように頼んだ。

「この事件を、動かしようもないくらいはっきりさせる方法を思いついた。ヴァンス、きみにだって反論のしようがない証拠がはっきりするぞ」

フェルプスが入ってきて、マーカムは指示を出した。

「今すぐミス・セント・クレアに会いに行ってくれ。なんとしても彼女をつかまえて、きのうリーコック大尉が彼女のアパートから持ち出して、イースト・リヴァーに投げ捨てた包みに何が入っていたのか聞き出すんだ」彼は、昨夜のヒッギンボサムの報告をかいつまんで伝えた。「問い詰めて、中身はベンスンを撃った銃だったのではないかとほのめかすんだ。答えようとしないで追い出しにかかるかもしれん。そうしたら、階下におりてなりゆきを見守ってくれ。彼女が電話をかけたら、交換台のところで話を聞くんだ。ひょっとして誰かに手紙をことづけるようなら、横取りしろ。自分で出かけていったら――そんなことはないと思うが――あとをつけて、できるだけ調べてくれ。何かわかったらすぐに知らせてほしい」

「了解いたしました」フェルプスはこの任務が気に入ったらしく、いそいそと出ていった。

「そんな住居侵入や盗み聞きみたいなやり方、きみたちのような博識な職業人は倫理に適っていると思うのかね?」とヴァンス。「そういう行為は、きみがもっているほかの資質とどうにもちぐはぐに思えるなあ」

マーカムは体を反らせてシャンデリアを見上げる。「個人の倫理はさしはさまない。いや、さしはさんだところで、もっと大きくてより重大な要因に押しやられてしまう――いちだんと高いところにある正義の要求にね。社会を守らなくてはならないんだ。この郡の住民たちは、犯罪者や悪人がはびこらないよう、ぼくが防護することを期待している。そういう職務を遂行するにあたっては、ときとしてぼく個人の性向と相容れない行動をとらざるをえないこともあるのさ。ぼくには、一個人にとって倫理的義務だと思われることのために社会全体を危険にさらす権利はない。……きみにはもちろんわかっているだろうが、こういう倫理にもとる手段で入手した情報は、相手の犯罪行為を示すものでないかぎり、利用するつもりはないよ。しかし犯罪を示している場合は、公共の利益のために利用する権利が十分にある」

「きみが正しいんだろうよ」と、ヴァンスがあくびをしながら言う。「だけど、ぼくには社会なんてどうでもいい。ごりっぱな正義なんかよりもお行儀よくしているほうが、はるかに好みに合うね」

彼がそう言ってのけたところへ、スワッカーが、ベンスン少佐がすぐにマーカムに会いたがっていると伝えにきた。

少佐は、きれいな若い女性を連れていた。二十二歳ぐらいだろうか、黄褐色の髪の毛をショートカットにして、趣味のいいあっさりした淡いブルーのクレープデシン（やわらかく薄い縮み地）の服を着ている。いかにも若くて元気いっぱいな外見にもかかわらず、態度には控えめで有能そうなところがあって、誰もがすぐに信頼感をいだきそうだ。

ベンスン少佐が彼女を自分の秘書だと紹介し、マーカムは自分の机に向かい合った椅子を彼女に勧めた。

「ミス・ホフマンからつい先ほど、みなさんのお耳に入れておくべきじゃないかと思う話を聞かされまして、当人を連れてまいりました」と少佐。

異様に深刻そうな少佐の目には、期待と疑念がこもごも宿っていた。

「ミスター・マーカムにも、私にしてくれたとおりの話をお聞かせなさい、ミス・ホフマン」

その娘は行儀よく顔を上げて、しっかりした耳に心地よい声で話を始めた。

「一週間ほど前のことです――水曜日だったと思いますが――ミスター・ファイフが、ミスター・アルヴィン・ベンスンの個室オフィスに入っていかれました。私はタイプライターの置いてある、その隣の部屋にいました。二つの部屋のあいだにはガラスの仕切りがあるだけで、ミスター・ベンスンのオフィスで大声で話す方がいらっしゃると、私にも聞こえてしまいます。五分ばかりして、ミスター・ファイフとミスター・ベンスンの口論が始まりました。仲のいい友人どうしでいらっしゃるのに、おかしいなとは思いましたが、たいして気にもかけずにタイプ仕事を続けていました。ですが、お二人がすごく大きな声を出されたので、いくつか言葉が聞き取れました。ベンスン少佐に今朝、どんな言葉が聞こえたのかと訊かれましたけれど、ここでもそれをお話しすればよろしいんでしょうね。その、ずっと手形のことをおっしゃっていました。一、二度、小切手という言葉も出てきましたね。義父という言葉が何回か聞き取れましたし、ミスター・ベンスンが『お断りだね』とおっしゃったこともありました。……そのあと、ミスター・ベンスンからお部屋に呼ばれて、金庫のあの方専用の引き出しから『ファイフ――私物』と書いてある封筒を取ってくるよう言いつかったんです。それをお届けしましたけれど、すぐに簿記係に用事を頼まれたものですから、そのあとのことはわかりません。十五分くらいしてミスター・ファイフが帰られたあと、ミスター・ベンスンに、封筒をもとのところへ戻しておくようにと呼ばれました。ミスター・ファイフがまた訪ねてきても、自分がいるときでなければ、個室オフィスにはどんなことがあっても通してはいけないとおっしゃいました。それに、その封筒は誰にも――たとえ書面で指示されたとしても――渡してはいけないとも。……お話は以上です、ミスター・マーカム」

この話のあいだ、彼女の話していることに負けず劣らず私の関心をひいたのは、ヴァンスのふるまいだった。彼女が部屋に入ってきたときにはまずなにげなくちらっと見たヴァンスの目つきが、たちまち活気を帯びて注意深くなり、じっくりと彼女をさぐっていったのだ。マーカムが椅子を勧めたとき、彼は立ち上がって、彼女のそばのテーブルにあった本に手を伸ばした。そのとき、必要以上に体をかがめて、近くから彼女の横顔を観察した――というよりも、観察したように見えた。話しているあいだも観察を続け、彼女の姿がよく見えるように、ときどき少しずつ左右に首をかしげていた。奇妙な行動には思えたが、何ごとか真剣に思うところあって調べているはずだった。

彼女の話が終わると、ベンスン少佐がポケットに手を伸ばし、マーカムの目の前の机に細長いマニラ紙の封筒をぽんと置いた。

「それです。その話を聞いてすぐ、ミス・ホフマンに持ってきてもらいました」

マーカムは、中身をあらためる権利があるかどうか迷っているかのように、おずおずと封筒を取り上げた。

「ご覧になったほうがいい」と、少佐が進言する。「その封筒は、今度の事件に重要な意味をもつものかもしれません」

マーカムはゴムバンドをはずし、封筒の中身を目の前に広げた。封筒に入っていたものは三つ――リアンダー・ファイフ宛にアルヴィン・ベンスンが署名した一万ドルの支払い済み小切手、アルヴィン・ベンスン宛にファイフが署名した一万ドルの手形、これまたファイフの署名入りでくだんの小切手が偽造である旨を記した短い供述書。小切手の日付は、今年の三月二十二日になっている。供述書と手形はその二日後の日付だ。手形は――九十日期限だった――六月二十一日金曜日、つまり、あとわずか三日で満期になる。

たっぷり五分間というもの、マーカムは黙ってこの書類を調べていた。降って湧いたような話に、煙《けむ》に巻かれたようだった。やっとのことで書類を封筒に戻したときも、困惑した顔のままだった。

彼は秘書に念入りに質問し、いくつかの箇所では話を繰り返させた。しかし、彼女からそれ以上のことは聞き出せなかった。そこでとうとう、少佐のほうを向いた。

「よろしければ、この封筒をしばらくお預かりしたい。さしあたっては意味がよくわからないのですが、よく考えてみたいので」

ベンスン少佐とその秘書が行ってしまうと、ヴァンスは立ち上がって脚を伸ばした。

「やれやれ！《ア・ラ・ファン》『あらゆるものが旅ゆく――太陽に月、あした、ひる、ゆうべ、夜も夜の星々も』（ジョージ・エリオットの劇詩『スペインのジプシー』より）。すなわち――ぼくらも先に進み出す」

「いったい何を言ってるんだ?」ファイフのちょっとした過ちの発覚で事態がさらに複雑になり、マーカムは心穏やかでなかった。

「おもしろい娘だね、ミス・ホフマンってのは――ねえ?」ヴァンスは答えをはぐらかした。「死んだベンスンのことがあまり好きじゃなかったんだな。香水くさいファイフのことも相当嫌っているね。妻に自分のことをわかってもらえないとかなんとか言って、あの娘を食事に誘ったんじゃないかな」

「ああ、確かにきれいな娘だ。ベンスンだって言い寄ったかもしれん――それで彼女が嫌っているのさ」と、マーカムはどうでもよさそうに言う。

「そう、きっとそれだ」ヴァンスはちょっと考え込んだ。「きれいな娘――そうだな。だが、惑わされちゃいけない。野心がある娘だよ、有能でもあるし――やるべきことを心得ている。ふわふわしたかわいこちゃんなんかじゃない。堅くてまっすぐな芯が通っている――チュートン人（古代ゲルマン民族の一派）の血が流れているんじゃないかな」そこで言葉を切ると、また考え込む。「なあ、マーカム、あのかわいいミス・カティンカ（一九一五年、オペレッタ『カティンカ』が上演されていた）からは、またきみにお声がかかるんじゃないだろうかね」

「水晶玉のお告げかい?」マーカムがぼそっと言った。

「いや、とんでもない!」ヴァンスは、窓の外をぼんやり眺めやっている。「それを言うなら、沈黙の行《ぎょう》に教えられてだよ。ぼくはひたすら頭蓋学的《クレイニオロジカル》なことを黙考していたんだ」

「どうりであの娘をじろじろ見てたわけだな」とマーカム。「だけど、髪の毛は短く切りそろえているし、帽子をかぶっていたんだぞ、頭相《バンプ》なんかどうやって分析できるっていうんだ？　――骨相学者《フリノロジスト》がバンプっていう言葉を使うのかどうか知らないが」

「ゴールドスミスの説教者（オリヴァー・ゴールドスミスの詩より）のことを忘れちゃいけないよ」と、ヴァンスがたしなめる。「『その唇よりいでし真理は世に広まり、あざけりし人々は』とかなんとかってね。……そもそも、ぼくは骨相学者じゃない。だけど、時代や人種、遺伝によって頭蓋骨に変化があるとは考えている。そういう意味じゃ、ただの古風なダーウィン説信奉者だな。ピルトダウン人の頭蓋骨[1]がクロマニョン人（旧石器時代後期の、長身長頭の原始人）のものと違うのは、子供だって知ってるんだ。法律家だって、アーリア人とウラル‐アルタイ人、マライ人とネグリロ（ピグミーなど、アフリカの中央部に住む身長の低い黒色人種）の頭は見分けられるんじゃないかな。そして、メンデルの法則に詳しければ、遺伝的によく似た頭を見つけることもできるさ。……だけど、こんなふうに博学を披露していてはいけないんだろうな。あの娘の帽子や髪の毛にもかかわらず、頭の形や顔の骨格はちゃんとわかったとだけ言っておけばいいかな。耳だってちらっと見せてもらったんだぞ」

「そこから、彼女がもう一度連絡してくるって推理になるのかね」マーカムがさげすむように言う。

「間接的には――そういうことだな」ヴァンスはそう言って、ちょっと間をおいた。「なあ、ミス・ホフマンのもたらした新事実を考えてみると、きのうのオストランダー大佐の噂話がにわかに燐光《りんこう》を放ちはじめたんじゃないかね」

マーカムが業を煮やしたように言う。「おい！　そういうもってまわった言い方はやめて、はっきりしろ」

窓を向いていたヴァンスがゆっくりと振り向いて、もの思わしげに彼を眺めた。「マーカム――理論上の質問をするがね――ファイフの偽造小切手、それに関する供述書と期日の迫っている手形とくれば、ベンスンを亡きものにするかなり強力な動機にならないかい？」

マーカムがはっと姿勢を正した。「ファイフが犯人だと考えているのか――ええ？」

「ううむ、そう考えたくもなるような状況じゃないか。どうやらファイフは、ベンスンの名前で小切手にサインし、そのことを彼に伝えた。ところがびっくり、その古くからの親友は、九十日期限の手形でその小切手を弁済しろと言い、あまつさえ確実に支払わせる担保として供述書まで書かせる。……さて、その後どうなったか――第一に、一週間ほど前にファイフはベンスンを訪ね、口論になった。このとき、小切手が話題になっている――おそらく、ダモンがピュティアスに手形の期限延長を嘆願して、『お断りだね』とつきはなされたんだな。[ii] 第二に、ベンスンはその翌日に撃ち殺された。手形の期限が切れるまで一週間足らずだ。第三に、ベンスンが撃たれた時間に、ファイフは彼のうちまで来ていた。そして、自分がいた場所についてきみに嘘をついたばかりか、車のことを口外しないよう修理工場の主《あるじ》に金を握らせさえしていた。第四に、嘘がばれてから、へイグを飲みにいったが空振りに終わったと説明した。どうひいき目に見ても、いささか苦しい言い訳だ。大自然の寂寥《せきりよう》を求めてキャッツキルへひとり旅という、最初の話だって忘れちゃいけない――誰だか匿名の人物に別れの祝福を授けるべくニューヨークに立ち寄ったとかいう、謎めいた話もだ――ちっとも納得のいくようなものじゃないよ。第五に、彼は衝動的なギャンブラーで、いちかばちかに賭ける傾向がある。南アフリカでの体験からして、銃の扱いには慣れているだろう。第六に、彼はなんとかしてリーコックを巻き込もうと、そのためにちょっとばかり卑劣な話をしてみせ、事件の起きた時間に現場で大尉を見かけたとまで言った。第七に——おや、何をそんなにうんざりする？　きみがあんなに大事だと言っていた要素を並べてやっているのにさ——どこまで言ったっけ？——動機、時間、場所、機会、方法、かな？　残るは犯人《クリミナル・エージェント》だけ。ところでだ、大尉の銃はイースト・リヴァーの底に沈んでいるんだったな。それじゃあ、あんまりそっちを放っておくわけにもいかないか？」

ヴァンスの梗概に一心に耳を傾けていたマーカムは今、魂が抜けたかのように黙って机に目を落としていた。

「大尉に対して決定的な措置をとるのは、ファイフとちょっとおしゃべりしてみてからにしちゃどうだね」とヴァンス。

熟考すること数分間、マーカムはおもむろに「きみの忠告に従おう」と答えた。そして、受話器を取り上げる。「今ごろはホテルにいるだろうか」

「ああ、いるさ。油断なく待ちかまえているに決まってる」とヴァンス。

ファイフはホテルにいた。マーカムは、すぐに地方検事局へ来るよう要請した。

電話が終わると、ヴァンスが言った。「もうひとつ、ぼくのためにしてほしいことがあるんだ。実は、ベンスンが死んだ時間帯に——つまり、十三日の夜、十二時から午前一時まで、学者ぶって言うなら十四日の朝ってことになるんだろうが——ひとりひとりが何をしていたのかどうしても知りたいんだがね」

マーカムが驚きの目でヴァンスを見た。

ヴァンスは楽しそうに先を続ける。「ばかばかしく思えるかな？　だけど、きみだってアリバイをえらく信奉してるじゃないか——ときどきそれに裏切られることもあるくせに、ね？　ほら、リーコックがそうだった。あそこの警備員がヒースをてこずらせたあげくスミレの花束を売りつけたからって、きみが大尉をひどい目にあわせていいわけない。わかるだろう、きみは信用しすぎているんだよ。……全員がどこにいたのか調べればいいじゃないか？　ファイフと大尉はベンスン邸にいた。きみが居場所を調べたのは、この二人だけだと言っていい。ほかにも、あの晩アルヴィンのまわりをうろついていた者がいたかもしれない。友人やら知り合いやらが近くにひしめき合っていたのかもしれないよ——りっぱな夜会《ソワレ》っていうくらいにね。……だから、全員をもう一度調べ直すことにすれば、しょげている部長刑事にも仕事ができて、悲嘆をまぎらすことができるじゃないか」

マーカムは、もちろん私もだが、真剣に考えてのことでなければヴァンスがこういった提案をするはずがないとわかっていた。彼はしばらくのあいだ、意外な頼みごとを持ち出したわけを読み取ろうとでもするかのように、相手の顔をしげしげと見ていた。

「全員というのは誰のことか、名前を挙げてくれ」鉛筆を取り上げて、紙の上に構えた。

「ひとり残らずだよ」とヴァンス。「ミス・セント・クレア——リーコック大尉——少佐——

ファイフ――ミス・ホフマン――」

「ミス・ホフマンまで！」

「全員さ！……ミス・ホフマンは書いたかい？　お次は、オストランダー大佐――」

「やれやれ！」と、マーカムがこぼす。

「――あとひとりか二人、あとで頼むかもしれない。だけど、手始めとしてはそんなところだろう」

マーカムがなおも抗議しようとしたところへ、スワッカーが入ってきて、ヒースが外で待っていると知らせた。

「リーコックのやつはどうしました？」というのが、部長刑事の開口一番に言ったことだった。

「一日かそこら保留することにした。ファイフともう一度話をしてから、はっきりさせたい」とマーカム。そして、ベンスン少佐とミス・ホフマンが訪ねてきた話をした。

ヒースは封筒とその中身に目を通してから、また地方検事の手に返した。

「たいしたことには思えませんね。ベンスンとそのファイフってやつの、私的な取引のようじゃありませんか。リーコックが犯人ですよ。早いとこつかまえてしまえばそれだけ、私も気が楽ってもんです」

「明日にはそうなるだろうさ」マーカムが元気づけるように言う。「このくらいの遅れで、そうしおれることはないじゃないか。……大尉には見張りをつけてあるんだろう？」

「もちろんですとも」ヒースがにやりとする。

ヴァンスがマーカムを振り向いた。「部長のためにつくった人名表はどうした？　確か、アリバイがどうとか言ってたじゃないか」と、さらりと訊ねる。

マーカムは躊躇《ちゆうちよ》して、顔をしかめた。それから、ヴァンスに言われるまま名前を書きとめた紙をヒースに手渡す。気難しげな声が出た。「念のためなんだがね、部長、事件のあった晩の、この全員のアリバイを調べてほしい。何か役に立つことが出てくるかもしれない。ファイフなど、すでにアリバイがわかっている者についても確認してほしい。できるだけ早く報告を頼む」

ヒースが出ていくと、マーカムは怒りに煮えくり返る目をヴァンスに向けた。

「まったくトラブルメーカーってやつは――」

だがそれを、ヴァンスが穏やかにさえぎった。

「恩知らずだなあ！　わかってもらえたらいいのに、マーカム、ぼくはきみの守り神なんだよ。きみのデウス・エクス・マキナ（戯曲などで、困難な場面で突然現われて強引な解決をもたらす人物）、きみを助ける妖精なんだ」

16　告白と隠蔽

六月十八日（火曜日）午後

一時間ほどすると、マーカムがリヴァーサイド・ドライヴ九十四番地へ捜査にさしむけたフェルプスが、達成感に顔を輝かせて入ってきた。

「お望みの情報を手に入れたように思います、チーフ」しわがれた声に得意そうな響きがにじむ。「セント・クレアの部屋のある階まで行って、ベルを鳴らしました。本人が戸口に現われましたので、玄関に入り込んで質問したんです。やはり答えようとはしませんでした。あの包みにベンスンを撃った銃が入っていたことはわかっていると知らせてやりますと、ただ笑っただけで、ぐいっとドアを開けました。『出ていきなさい、けがらわしい』と言ってね」

刑事はにやりと笑った。

「急いで階下へおりて交換台に駆けつけるが早いか、彼女の部屋の信号ランプが点滅するじゃありませんか。ボーイに相手の番号へつながせておいてから、そのすぐそばに立って聞き耳を立てました。……電話の相手はリーコックでしたよ。彼女はいきなり、『きのう、うちから銃を持ち出して川に捨てたってことを知られているわ』と言いましたね。そのひとことがこたえたにちがいありません、彼のほうは長いあいだ何も言いませんでしたから。やっと答えたときには、すっかり落ち着いた、甘ったるいような声を出しましたね。『心配ないよ、ミュリエル。今日いっぱいは、誰にも何も言わないでいておくれ。午前中に何とかするよ』と。明日まで黙っているように約束させると電話を切りました」

マーカムは、その話の意味をじっと考えていた。

「その通話から、どんな印象を受けた？」

「そうですねえ、チーフ、九割がた、リーコックが犯人であの娘もそれとわかっている、ってところでしょうか」

マーカムはねぎらいの言葉をかけて、刑事を下がらせた。

「ポトマック以南（ポトマック川より南の、リーコックの出身地ジョージア州を含む南部諸州のこと）の騎士道精神ってやつは、なんともやっかいだねえ。……ところで、そろそろあのお上品ぶったリアンダーと優雅におしゃべりする時間なんじゃないかい？」とヴァンス。

そう言っているあいだにも、その当人が通されてきた。いつもながらの上品なものごしで部屋に入ってきたが、どんなに人当たりよくふるまってはいても内心の不安を隠しきれずにいる。マーカムが無愛想に指示する。「おかけください、ミスター・ファイフ。もう少し説明していただくことがあるようです」

彼はマニラ紙の封筒を取り出すと、相手に見えるよう机の上にその中身を広げた。

「これについて教えていただけますね？」

「喜んで」とファイフ。しかし、その声からはあつかましさが消えていた。落ち着きもいくぶん失われ、言葉を切って煙草に火をつけようと、金のマッチ入れをいじる手つきにいささかそわそわしたところがあった。

「ほんとうならもっと早くにお話ししておくべきだったのですが」いかにも取るに足りないことだというふうに、書類のほうへ片手をひらひら振ってみせながら切り出す。

片ひじをついて身を乗り出し、内緒話をするような姿勢をとると、くわえた煙草をひょいひょい上下させながらしゃべる。

「この問題についてお話しするのはまことにつらいものがあるのですが、真実を明かすためなのですから、文句を言ってはいられませんね。……私の――その――家庭の内情は、あまり思うようにはいっていません。妻の父親というのが、まったくどうしたことか、理不尽に私のことを嫌っていましてね。ほんのお情け程度の財政援助しかしてくれず、しかもそれを喜んでいるしまつで。私に渡そうとしないでいる金というのは、実際には妻のものなのにですよ。数カ月前のこと、私はある程度の資金を使いました——金額にして一万ドルです——それが、あとになってわかったのですが、私が使っていい金ではなかった。この失態が義父の知るところとなって、妻とのあいだに誤解が生じるのを避けるためには、全額を返済せざるをえなくなりました——誤解が起きれば、妻がこのうえなく不幸になってしまいますから。恥ずかしながら、小切手にアルヴィンの名前を使わせてもらいました。でも、彼にはすぐさま説明をしましてね、手形と、誠意を証明するものとしてちょっとした供述書を差し出しました。……それだけのことなのです、ミスター・マーカム」

「先週のけんかはこのせいだったのですか?」

思いも寄らない質問に、ファイフは彼に不満げな目を向けた。「ほう、あの間の悪い出来事《コントルタン》のことをお聞き及びで?……ええ——わずかながら意見がくいちがいまして——取引条件のことでとでも申しましょうか」

「ベンスンが期限どおりの手形決済を迫ったのですか?」

「いや——そういうわけでもないのです」ファイフの口ぶりに熱がこもる。「お願いですから、アルヴィンとのちょっとした会話については、問い詰めないでおいてください。ほんとうに、今度の事件とはまったく関係ありませんから。実際には、二人だけのごくごく内輪の話だったのです」彼はおもねるような笑いを浮かべた。「ですが、アルヴィンが撃たれたあの晩、その小切手のことで話をするつもりであそこに行ったのは認めます。でも、もうお話ししましたように、家の中が暗かったので、その晩はトルコ風呂で過ごしました」

「失礼ですが、ミスター・ファイフ」――口を出したのはヴァンスだ――「ミスター・ベンスンは手形を担保なしで受け取られたんですか?」

「もちろん!」ファイフの口調は非難まじりだった。「アルヴィンと私は、ご説明申しあげたとおり、親友どうしでしたからね」

ヴァンスがくいさがる。「しかし、いくら友人といえども、それほどの金額には担保を求めそうなものですが。あなたに返済能力があることが、どうしてベンスンにわかるというんです?」

「ただわかっていたとしか言えませんね」と、相手は我慢強く慎重な口ぶりで答えた。

ヴァンスはまだ納得しない。「供述書を渡したからでしょうかね」

ファイフが、わが意を得たりといった目で相手を見返した。「事情をよくわかっていらっしゃるじゃありませんか」

ヴァンスは会話からはずれ、マーカムが三十分近くファイフに質問をしたものの、それ以上のことは明らかにならなかった。ファイフは終始同じ話を繰り返すばかりで、のらりくらりとベンスンとの口論については深入りしようとせず、事件とは無関係だと言い張った。そしてとうとう、帰ることを許されたのだった。

「ろくろく役立ちゃしない」とマーカム。「ピースの言ったとおりだという気がしてきた。ファイフのとんでもない金銭取引の話は、見かけ倒しだったじゃないか」

「きみときたら、どこまでいっても人を信じやすい甘さが抜けないんだなあ」ヴァンスは嘆かわしそうに言った。「ファイフのやつが、初めてまともな捜査の線《ノータ・ビーニ》を提供してくれたっていうのに、ろくろく役立ちゃしないなんて！……いいかい、注意して聞くんだ。一万ドルについてファイフが話したことは、間違いなく事実だ。金を着服して、その穴埋めの小切手にベンスンの名前をかたった。しかし、供述書以外に担保はなしだったというのは、これっぽっちも信じられないね。ベンスンてのは、あれだけの額の金を無担保で貸すような男じゃない――友人だろうがなかろうが。金を返してもらいたいのであって、相手を刑務所に入れたいわけじゃないからね。だから、ぼくがくちばしをつっこんで担保のことを訊いたんだよ。もちろんファイフは否定したが、手形が支払われるとどうしてベンスンにわかるのかと追及したら、雲の中にひきこもってしまった。しかたなく、供述書があったからかもしれないと、もちかけてみた。つまり、彼の頭には何か別のことがあったんだ――何か言いたくないことがね。もちかけた説明に飛びついてきたところからして、ぼくの説は当たりだね」

「へえ、だとするとどうなんだ？」マーカムがせっつく。

「彼は供述してるのさ！」と、ヴァンスはうなるように言った。「わからないかい、背後に誰かいる――その担保につながる何者かがいるってことが？　そうにちがいない。でなければ、ファイフは自分の嫌疑を晴らせるものならばと、けんかのことを洗いざらい話したはずだ。なのに、やっかいな立場にあることを承知のうえで、あの日、オフィスで自分とベンスンのあいだに起きたことを明かそうとはしなかった。……ファイフは誰かをかばっている――そして、彼は騎士道精神などもちあわせちゃいないよ。だから不思議なのさ。なぜだろう？」

彼はのけぞって天井を見上げた。

「ある考えがあって、脳内に竜巻が起きそうなくらいだ。その担保を見つけることができたら、犯人も見つかることだろう」

そのとき電話が鳴って、電話に出たマーカムの目に好奇と驚きの色が浮かんだ。電話の相手と、午後五時半に会う約束をする。そして受話器を置くと、ヴァンスのほうを見ておおっぴらに笑った。

「きみの予言が適中したぞ。今、ミス・ホフマンが外からこっそり電話してきて、今朝の話に付け加えたいことがあるとさ。五時半にここへ来てもらうことにした」

ヴァンスはたいして得意そうなふうでもない。「きっと昼食どきに電話してくるだろうと思っていたよ」

マーカムがまた、いつものさぐるような目でじっと彼を見た。「何か知らないが、やけに妙なことばかり起こるなあ」

「まったくだ」と、ヴァンスが無造作に言葉を返す。「きみの思いも寄らないような妙なことが起きているんだよ」

十五分か二十分も、マーカムはなんとか彼から聞き出してやろうとしていたが、ヴァンスはどんなに退屈なことでも立て板に水で話す能力をいきなりなくしてしまったようだった。とうとうマーカムはむかっ腹を立てた。

「手っとり早く結論を出すことにするぞ。きみがベンスン殺害事件に一枚かんでいたんだな。でなけりゃ、きみはとんでもないあてずっぽうの名人だ」

「別の結論だってあるだろうに」とヴァンス。「きみが美学的仮説とか形而上的推理とか呼ぶ、ぼくの手法がうまくいっているのかもしれない——だろ？」

もう少ししたら昼食に出かけようかというときに、スワッカーが、ロングアイランドからトレイシーが報告しに戻ってきたと知らせてくれた。

「ファイフの情事《アフェール・ド・クール》を調べにやった男のことかい？」ヴァンスがマーカムに訊いた。「そうだったらわくわくするんだが」

「その男だよ。……呼んでくれ、スワッカー」

トレイシーは晴れ晴れした笑顔で入ってきた。片手に黒い手帳、もう一方の手に鼻眼鏡を持っている。

「ファイフのことを調べるには手数がかかりませんでしたよ。ポート・ワシントンじゃよく知られていて——ちょっとした有名人です——ゴシップがすぐに手に入りました」

彼は眼鏡をていねいに調整すると、手帳を参照した。「一九一〇年にミス・ホーソーンと結婚。金持ちの娘ですが、父親が財布の紐を握っているもんですから、ファイフはあまり恩恵を受けていません——」

「ミスター・トレイシー、ちょっと」と、ヴァンスが口をはさんだ。「旧姓ホーソーンという奥方や娘を溺愛するパパの話はけっこうだ――ミスター・ファイフが不本意な結婚生活のことを打ち明けてくれたからね。できたら、ミスター・ファイフの結婚相手以外とのつきあいのことを話してほしい。妻以外の女性がいたかな?」

トレイシーは地方検事の顔をうかがった。ヴァンスが認められた立場《ローカス・スタンディ》の人間なのか不審に思ったのだ。マーカムがうなずいたので、手帳のページをめくって、話を続けた。

「そういう女性がひとりいました。ニューヨーク在住で、ファイフ宅近くのドラッグストアによく電話しては彼への伝言を残しています。彼のほうもその店の電話を使って彼女に連絡していますね。もちろん、店の経営者にはなにがしかの見返りをして。でも、女性の電話番号は聞き出せましたよ。こちらへ戻るとすぐに、電話局で名前と住所を調べて、いくつか質問してきました。……ミセス・ポーラ・バニング、未亡人です。ちょっと奔放な感じでした。西七十五丁目二百六十八のアパートに住んでいます」

トレイシーの情報はそこまでだった。彼が出ていくと、マーカムはヴァンスに満面の笑みを見せた。

「たいして燃料を仕込んでもらえなかったな」

「おやおや!　信じられないくらいうまくやってくれたと思うね。ぼくらが欲しかったまさにその情報をさぐり出してくれたじゃないか」とヴァンス。

「ぼくらが欲しかった?」と、マーカムがおうむ返しに言った。「ぼくには、ファイフの情事《アムール》なんかよりよっぽど大事な考えごとがあるんだぞ」

「だけどねえ、ファイフのこのアムールこそが、ベンスン殺人事件の謎を解いてくれるんだよ」ヴァンスはそう言い返すと、それ以上何も言わなかった。

ほかの仕事がたまっていて、午後には約束もどっさりあるマーカムは、オフィスに昼食を運んでもらうという。そこで、ヴァンスと私は辞去することにした。

私たちはエリゼで昼食にし、クネードラー画廊に立ち寄ってフランス印象派の点描画展を見てから、アイオリアン・ホールへ行った。サンフランシスコの弦楽四重奏団がモーツァルトを演奏していた。五時半少し前に、もうマーカムしか人のいなくなった地方検事局へ舞い戻った。私たちのすぐあとにミス・ホフマンが入ってきて、言い残していたことを単刀直入にてきぱきと話した。

「午前中、全部のことをお話ししたわけではありません。今も、内密にしてくださるというのでなければ、お話ししたくありません。これをお話しすれば、職を失いかねませんから」

「約束しましょう。あなたの秘密を全面的に尊重します」とマーカム。

しばらくためらったあと、彼女は話を続けた。「ベンスン少佐に今朝、ミスター・ファイフと弟さんのことをお話ししたとき、少佐はすぐ、地方検事局へ一緒に行こう、地方検事にも知らせるべきだとおっしゃいました。ですが、こちらへ来る途中、話の一部を省いたほうがいいともおっしゃるんです。はっきりと言うなとおっしゃったわけではありませんが、事件には無関係だし、かえって混乱させてしまうだけだろうと。私は少佐のご忠告に従いました。でも、オフィスへ戻ってから、よくよく考えてみました。ミスター・ベンスンが亡くなったのはとんでもなく重大なことですから、やはりお耳に入れておこうと決心したのです。この件が実は事件になんらかの関わりがあったとしたら、隠し立てをしたという立場になるのもいやです」

自分の決心が賢明だったかどうか、彼女は若干不安に感じているようだった。

「ばかなことをしたのでなければいいのですが。実は、ミスター・ファイフとけんかをなさったあの日、ミスター・ベンスンが私に金庫から持ってくるよう頼まれたのは、あの封筒だけではありませんでした。もうひとつお持ちしたのは、四角いずっしりした包みで、やはり封筒と同じように『ファイフ——私物』と書いてありました。そして、ミスター・ベンスンとミスター・ファイフはどうやら、この包みのことでけんかなさっていたようなのです」

「今朝、少佐に言われて封筒を取りにいったとき、その包みは金庫にありましたか?」とヴァンス。

「いいえ、ありませんでした。先週、ミスター・ファイフが帰られたあとで、私は封筒と一緒に金庫に戻しておきました。でも、ミスター・ベンスンが先週の木曜日——事件のあった日のことです——自宅に持ち帰られたんです」

この話にあまり興味をもたなかったマーカムがそろそろ切り上げようとしたとき、ヴァンスが口を出した。

「わざわざその包みのことを話しに来てくださって、ほんとうにありがとうございました、ミス・ホフマン。せっかくおいでいただいたので、ついでにひとつ二つうかがってみたいのですが。……ミスター・アルヴィン・ベンスンと少佐のあいだはうまくいっていたんでしょうか?」

彼女は、妙な笑いをかすかに浮かべてヴァンスを見た。

「あまりうまくいってはいませんでした。あまりにも違うお二人なんですもの。ミスター・アルヴィン・ベンスンは、あんまり気持ちのいい方でもあんまりりっぱな方でもなかったと思います。あのお二人が兄弟だとは、とうてい思えないくらいです。仕事のことで言い争いをするのはしょっちゅうでした。それに、お互いにひどく疑《うたぐ》り合っていらして」

「無理もない」とヴァンス。「ああまで気性が合わないのであればね。……ところで、疑り合うというのは、どんなふうに?」

「そうですねえ、たとえば、こっそりさぐり合ったりなさることがありましたね。ほら、オフィスが隣り合っているものですから、ドア越しによく盗み聞きをしたりして。私はお二人ともの秘書の仕事をしていましたから、盗み聞きする姿をたびたび見かけました。私から相手のことを聞き出そうとなさったことも、何度もありました」

ヴァンスは、よくわかるというふうに笑みを浮かべた。

「あんまり気分のいい立場じゃありませんね」

「あら、別に気になりませんでした」彼女が笑みを返す。「おもしろくて」

「どちらかが盗み聞きしているのを最後に見かけたのはいつでした?」

娘がたちまち真顔になった。「ミスター・アルヴィン・ベンスンの生前最後の日、少佐がドアのところに立ってらっしゃいました。ミスター・ベンスンにお客があって——女の方でした

——少佐は興味津々のご様子でした。午後のことでしたね。その日、ミスター・ベンスンは早めに帰宅なさいました——女のお客さまが帰られてからほんの三十分ほどして。そのお客さまが、のちほどまた訪ねてこられたんですけれど、もちろんあの方はいらっしゃいませんでしたので、もう帰られましたと伝えました」

「その女性はどういう人物なのかご存じですか？」とヴァンス。

「いいえ、存じません。お名前もおっしゃいませんでしたし」

ヴァンスがもういくつか質問したのち、私たちはミス・ホフマンと一緒に地下鉄でアップタウンへ向かい、二十三丁目で彼女と別れた。

移動中のマーカムは、むっつりと考えごとにふけっていた。ヴァンスも何も意見めいたことを口にしないまま、私たちはスタイヴェサント・クラブの談話室で安楽椅子にくつろいだのだった。それから、ものうげに煙草に火をつけながら、ヴァンスが口を開いた。「ミス・ホフマンがもう一度やってくると予言するに至った、緻密な知的プロセスをわかってもらえただろう——ねえ、マーカム？　ほら、あのアルヴィンが担保もなしに偽造小切手の支払いなんかするはずないことはわかっていたし、あのいさかいはその担保をめぐってのことにちがいないこともわかっていたんだよ。だって、あのファイフが、無二の親友に刑務所送りにされる心配なんかちっともしていなかったからね。そうじゃなくて、ファイフは手形の決済前に担保を返してもらおうとして『お断りだね』と言われたんじゃないかな。……さらに、かわいい金髪娘《ゴルディロックス》は、そりゃあいい子かもしれないが、あんな放蕩者《ほうとうもの》二人がやりあっている隣の部屋にいて、女というやつが耳をそばだてないはずなんかない。そのあいだタイプを打っていたという意味を読み解くまでもないよ。話してくれた以上のことをきっと聞いているはずだと思った。そして、ぼくは自問してみたね。なぜ話を省略したんだろう？　合理的な答えはひとつしかない。少佐が勧めたからだ。あの親切《グネーディゲス》なフロイラインは率直なるドイツ人で、自分本位で行動するし、用心深さからも生まれつき正直なところがあるから、後見人の善意の支配圏を離れたらすぐに、あとからことが発覚しても難を逃れられるよう、残りの話を聞かせてくれるだろうと、思い切って予言したわけだ。……こうして説明されてみると、それほど謎めいてもいないだろう？」

「そこまではたいへんけっこうだ」マーカムが不機嫌そうに認めた。「だが、それでどうなるっていうんだ？」

「先行きがまったく不透明だなんて言わないよ」

ヴァンスは、しばらくは平然と煙草を吸っていた。「きっときみも気づいたんだろう、あの謎の包みに入っていたのが担保だということに」

「そういうことになるんだろうな」とマーカム。「しかし、だからといって驚きはしないね——ぼくが驚くだろうと楽しみにしていたんだとしたら」

ヴァンスはあっさりと先を続ける。「そして、もちろん、推論の技術に長けている法律家の頭には、ミセス・プラッツが事件があった日の午後、ベンスンの居間のテーブルで見かけた宝石箱がそれだったってことを、もう見抜いているね」

マーカムがはっと居ずまいを正し、それから肩をすぼめて椅子にもたれかかった。

「だからといって、それが何になるというんだ。少佐だって、その包みが事件とは関係ないとわかっていなければ、秘書にその話を省略するように勧めたりはしなかっただろうに」

「ああ！　だけど、少佐にその包みは事件と無関係だとわかるってことは、少佐には事件のことも何かわかっているはずだね――そうだろ？　でなけりゃ、何が事件に関係あって何が関係ないか、判断できるわけがない。……彼は自分で認めている以上のことを知っているんじゃないかと、ずっとそんな気がしていたんだよ。ほら、少佐がファイフという手がかりをくれたんだったし、リーコック大尉は無実だって確信していたのも彼だったじゃないか」

マーカムはしばらくのあいだ考えていた。

「きみの言おうとしていることがわかりはじめてきた」と、彼はゆっくりと言った。「結局のところ、あの宝石がこの事件に重要な意味をもつのかもしれないな。……少佐と話をしてみよう」

その晩、クラブで夕食をすませてまもなく、私たちが談話室へ引き揚げて煙草を吸っているところへベンスン少佐が入ってきた。マーカムがすかさず声をかけた。

「少佐、弟さんの死の真相解明に、もう少しだけご協力いただけませんか？」

相手はさぐるような目で彼を見つめた。苦しそうなマーカムの声が、その問いかけのさりげなさにそぐわない印象だったのだ。

「お仕事の妨害をするつもりはちっともありませんよ」と、少佐はひとことずつ慎重に考えながら口にした。「喜んでできるだけご協力いたしますとも。しかし、今回は、ひとつ二つお話しできないこともあります。……自分のことだけ考えていればよいのであれば、話も違ってくるんですが」

「どなたかを疑っていらっしゃるということですか?」とヴァンス。

「ある意味では——そうです。いつか偶然、アルヴィンのオフィスでの会話が聞こえたことがあるんですが、死んだあとになって、あれが重要なことだったように思えてきましてね」

「礼節にこだわっている場合ではありません」とマーカム。「それが根拠のない疑いだったとしても、ほんとうのことはきっとはっきりするわけですから」

「だが、知りもしないことについて憶測なんかを口にすべきじゃない」と、少佐はきっぱり言った。「私にかまわずこの問題を解決していただくのがいちばんでしょう」

マーカムがしつこく頼んでも、彼はそれ以上話そうとはせず、まもなくいとま乞いをして行ってしまった。

すっかりいらだったマーカムは、しきりに葉巻をふかしながら、椅子の肘掛けを指でこつこつたたいている。

「やあ、きみ、いささかお困りですな?」とヴァンス。

「何がそんなにおかしいんだ」とマーカム。「誰もかれも、警察やら地方検事局やらよりよっぽど事件のことをよくご存じらしい」

「そのよくご存じの方々の口がこうまで重くなけりゃ、めんどうにはならないのにねえ」と、ヴァンスが愉快そうに付け足した。「それにしても感動的なのは、誰もがみんなほかの誰かをかばおうとしてだんまりを決め込んでいるってことだな。最初はミセス・プラッツ。ベンスンのお茶の相手を巻き込みたくないばっかりに、あの日の午後には来客などなかったと嘘をついた。ミス・セント・クレアは、どう見ても別の人間に嫌疑がかかるのを嫌って、あからさまに何も話そうとしなかった。大尉は、未来の花嫁が巻き込まれているという話が出たとたんに押し黙ってしまった。リアンダーまでが、別の人物を巻き添えにしないよう、きわどい立場から抜け出そうとせずにいる。そうして今度は少佐だ！……なんともじれったいね。考えようによっちゃあ、うるわしいねえ——意気が上がるとは言わないが——こういう崇高なる自己犠牲の精神の持ち主とばかりおつきあいしていると思うと」

「ちくしょう！」マーカムは葉巻を置いて立ち上がった。「この事件、神経にさわる。ひと晩寝て考えて、朝になったら取り組むことにしよう」

「昔からある考え方だけど、問題を寝て考えるっていうのは、間違っているよ」私たちがマディソン・アヴェニューに出ていくとき、ヴァンスが言った。「——はっきりと考えることができない者の、いわば弁明《アポロージア》だな。詩的な考え方ではあるがね。詩人はみんなそう考える——いつくしみ深い乳母、苦悩に効く鎮痛剤、子供時代のマンドラゴラ（ナス科の有毒植物、マンドレーク。二叉に分かれた太根が人体に似ている。かつて、媚薬、麻薬、下剤などとされていた）、疲れに効く甘い回復薬、とか何とか。ばかげた考えだね。緊張して活気のあるときのほうが、眠くて活動が停滞しているときよりずっと、頭はよく働くものだよ。眠り《スランバー》ってのは鎮静剤だ——刺激剤にはならないね」

「じゃあ、きみは起きてて考えるがいい」マーカムが意地悪く言った。

「そうするとも」ヴァンスは楽しげに言い返した。「考えることはベンスンの事件じゃないがね。事件のことをどうするかは、四日前に考え尽くしてしまったから」

17　偽造小切手

六月十九日（水曜日）午前

翌朝、私たちはマーカムと一緒にダウンタウンへ向かった。地方検事局には九時前に着いたが、もうヒースがオフィスで待っていた。いらいらしている様子で、口を開くと、地方検事への不満が隠しきれない声色になった。

「リーコックのことをどうするんです、ミスター・マーカム？　さっさとつかまえちまったほうがいいと思いますがねえ。きっちり尾行してはいますが、何だかおかしななりゆきです。きのうの朝は銀行に行って、会計主任のオフィスに三十分もいたんですよ。そのあとは弁護士を訪ねて、一時間以上そこにいました。それからまた銀行に引き返し、またまた三十分ばかり。昼食どきにはアスター・グリルに立ち寄りましたが、何か食べるでもなし――座ってテーブルをにらんでる。二時ごろには、住まいのあるビルを管理している不動産屋を訪ねました。あの男が出ていったあとで確かめたら、明日から自分のアパートをまた貸ししたいって言ってきたというじゃありませんか。そのあとに六人ばかり友人を訪ねてからご帰宅ですよ。夕食のあと、部下が誰《ミスター・フージッツ》だかを訪ねてきたふりをして彼の部屋のベルを鳴らしてみました――リーコックのやつ、荷づくりの最中だったんですよ！……逃亡犯みたいじゃないですか」

マーカムは顔をしかめた。ヒースの話を聞いて心配になったのだ。しかし、答えようとした矢先、ヴァンスが口を開いた。「何をそんなにうろたえているんです、部長？　大尉を見張っているんでしょう。あなた方の警戒の手を逃れられるはずなんか絶対にありませんよ」

マーカムはしばらくヴァンスを眺めてから、ヒースのほうを向いた。「ほうっておけ。ただし、リーコックが街を出ていこうとしたら、ひっとらえるんだ」

ヒースは不機嫌そうに引き揚げていった。

「ところで、マーカム」とヴァンス。「今日の十二時半には予定を入れないでくれよ。きみにはもう約束がひとつあるんだからね。それも、相手はご婦人だ」

マーカムが手にしたペンを置いて、目をみはった。「これまたとんでもないたわごとだな？」

「きみに代わって話をしておいたんだ。今朝、その女性に電話をしてね。どうやらたたき起こしてしまったらしいが」

怒ったマーカムが、抗議の言葉をぶちまけようとして咳き込んだ。

ヴァンスがなだめるように片手を上げた。

「きみは約束を守ってくれさえすればいいんだ。きみが話をしたことになっているんだから。行かないのはあんまりにも失礼ってもんだろう。……だいじょうぶ、会って損はない。昨夜はいろいろあって、ひどく混乱したみたいだったろう――きみがあんなに困っているのを見ているにしのびなかったんだ。そこで、ほら、ファイフのエロイーズ、ミセス・ポーラ・バニングと会う手はずを、きみに代わって整えたのさ。きみのまわりにたちこめる深い憂鬱を、彼女がきっと晴らしてくれる」

「おい、ヴァンス！」マーカムがどなった。「ここを仕切ってるのはぼくなんだぞ――」そこで、はたと口をつぐんだ。平然としたこの相手には、いくらつっかかっていっても無駄だとさとったのだ。そのうえ、ミセス・ポーラ・バニングと会えるというのも、あながち悪くないと思えたのだろう。憤懣《ふんまん》が次第におさまっていき、もう一度口を開いたときには、声の調子がほぼ冷静になっていた。

「ぼくが行くことにされているんだから、会うよ。だが、ファイフがこんなに近いところにいるんじゃなければよかったな。ひょっこり訪ねてきそうじゃないか――知っていながら何くわぬ顔で」

「不思議だねえ」とヴァンス。「ぼくもそいつを考えた。……だから、昨夜、彼にロングアイランドへ帰っていいと電話しておいたよ」

「電話しただと！」

「たいへん申し訳ないと言うしかない」と、ヴァンスが詫びた。「だけど、きみはやすんでいるだろうし。心配ごとですりきれて、ほつれてしまったきみの袖口《スリーヴ》を、眠り《スリープ》が編みつくろっているころだった。きみの眠りを妨げるにしのびなかったんだ。……ファイフも大喜びだったよ。すごくいじらしくてね。妻も喜ぶだろう、ってさ。情けないくらいに奥さんのことを思いやっているんだねえ。だけど、気の毒に、家を留守にしていた言い訳には、猫なで声でありったけの弁論能力を発揮しなくちゃならんだろう」

「ほかにはどのあたりに、いもしないぼくを引っぱり出してくれたんだ？」マーカムが辛辣《しんらつ》な訊き方をした。

「それだけだ」と答えて、ヴァンスは立ち上がり、ふらっと窓のほうへ行った。

彼は外を眺めながら、煙草をふかして考え込んだ。部屋に向き直ったときには、ふざけた様子が消えていた。マーカムに向き合って腰をおろす。

「少佐が、今回の事件について話してくれた以上のことを知っていると、事実上認めた。ああいうりっぱな態度をとられては、きみはもちろん、その点を追及することができない。それでも、少佐自身が口に出すのでないかぎり、きみが彼の知っていることをさぐり出すぶんには了解する——というのが、昨夜、少佐のとった立場であることに間違いない。そこで、彼の正義に逆らってまで力を借りなくても、きみにはさぐり出す方法があるんじゃないかと思うんだ。……ミス・ホフマンが教えてくれた盗み聞きの話を覚えてるだろう。それに、彼が耳にした会話が、弟が殺されたことを考えてみると、にわかに重要なことだったように思えてきたって話も、覚えているね。つまり、少佐が知っていることというのはきっと、あの会社の仕事に関係があるか、ともかくも会社の顧客に関係がある何かだと思われる」

ヴァンスは、もう一本の煙草にゆっくりと火をつけた。

「ぼくの提案はこうだ。少佐に電話して、使いをやるから、会社の会計原簿と取引台帳にちょっと目を通させてほしいと頼む。顧客のひとりの取引について調べたいと言えばいい。たとえば、ミス・セント・クレア――それとも、ファイフだっていい。まるで神のお告げのような、不思議な感触があるんだ、そうしたら少佐がかばっている人物をつきとめられそうだというね。それに、きみが原簿に関心を示すのを少佐が歓迎するような予感もしてならない」

マーカムには、この案が実行できそうにも成果があがりそうにも思えなかった。ベンスン少佐にそんな頼みごとをするのは、気が進まないようでもあった。しかし、ヴァンスがあくまできっぱりした態度で、熱心に説き伏せるものだから、ついにはマーカムも不本意ながら従ったのだった。

「使いをやるのを快諾してくれたよ」受話器を置きながら、マーカムは言った。「それどころか、どんな協力も惜しまないといったふうだった」

「この提案をありがたがると思ったよ」とヴァンス。「だって、少佐が疑っている人物をきみが自分で見つけてくれたら、告げ口をしたっていう汚名を着なくてすむじゃないか」

マーカムは呼び鈴を鳴らしてスワッカーを呼んだ。「スティットに電話して、昼までにここで会いたいと伝えてくれ――急ぎの仕事があるとな」

マーカムはヴァンスに説明する。「スティットというのは、ニューヨーク・ライフ・ビルにある公認会計士事務所の所長でね。こういう仕事をよく頼むんだ」

十二時少し前にスティットがやってきた。早々と老成してしまったような若者で、抜け目のなさそうな鋭い顔をしきりとしかめている。地方検事に仕事をもらってうれしそうだ。

マーカムは用件をかいつまんで説明すると、仕事の手引となる程度に事件のことを明かした。

すぐに事情を把握したその男は、使いふるした封筒の裏にいくつかメモをしていた。

仕事が指示されているあいだに、ヴァンスも、紙きれに何やらメモを走り書きしていた。

マーカムが立ち上がって、帽子を手にした。

「さて、きみがとりつけちまった約束を守らなくちゃな」と、ヴァンスに向かって不平をこぼす。それから、もうひとりに声をかけた。「さあ、スティット、判事の専用エレベーターで下まで送るよ」

ヴァンスが割って入った。「せっかくだけど、ミスター・スティットとぼくは、その栄誉をご辞退申しあげて、庶民にまじって一般用リフト（エレベーターの英国式呼び名）に乗るさ。下で会おう」

彼は会計士の腕をとって、メインの待合室を通り抜けていった。ところが、下で私たちと合流するまでに十分もかかった。

地下鉄で七十二丁目まで行き、ミセス・ポーラ・バニングの住所までウェストエンド・アヴェニューを歩く。住まいは、七十五丁目との交差点あたりの小さなアパートメント・ハウスだった。玄関先で呼び鈴への返事を待っていると、きつい中国風の香《こう》のにおいが漂ってきた。ヴァンスが鼻をひくつかせる。「ふうん！　これは好都合。線香をたくようなご婦人というのは、決まって情にもろいからね」

ミセス・バニングは、背が高くてややぽっちゃりした年齢不詳の女性だった。淡黄色の髪の毛に、肌の色はピンクと白。落ち着いた顔つきには、あどけない、ぼんやりとした無邪気なところがあったが、それはうわべだけの表情だった。ごくごく淡いブルーの目には、なかなか眼光鋭いところがあるのだ。頬骨のあたりと顎の下がふくれぎみで、長年の怠惰で気ままな暮らしぶりがうかがえる。けれども、はつらつとしてあでやかな様子に魅力がないわけでもなかった。ロココ様式の家具をしつらえた居間へ私たちを通してくれたときの彼女のものごしには、のんきで人づきあいのよいところも感じられた。

私たちが腰をおろし、マーカムがおじゃまをしたことに詫びを言うと、さっそくヴァンスが話の聞き手役を引き受けた。皮切りとして説明じみた話をするあいだ、欲しい情報を引き出すにはどういうアプローチのしかたがいちばんいいかさぐっているかのように、相手の女性を注意深く観察していた。

しばらく言葉でさぐりを入れたあと、彼は煙草を吸ってもかまわないかと訊ね、ミセス・バニングにも自分の煙草を一本勧めたところ、彼女はそれを受け取った。すると、ヴァンスは心から感謝しているという気持ちをこめた笑顔を相手に向け、気持ちよさそうに椅子に体をくつろげた。その様子が、彼女がどんな話をしようとも喜んで真摯に耳を傾けようという印象を与えた。

「今回の件で、ミスター・ファイフはあなたにいっさい累が及ばないように、ずいぶんとご苦労なさいました」とヴァンス。「あの方のお心づかいを、私たちも十分に理解しています。しかしですね、ミスター・ベンスンの死に関連しているある事情からして、あなたもこの事件に偶然巻き込まれてしまったんですよ。私たちにとってもあなたご自身にとっても——それに、特にミスター・ファイフにとっても——私たちの知りたいことをあなたが話してくださるのがいちばん助けになる。もちろん秘密は守りますし、ご事情は酌みますので、ご安心ください」

彼がファイフの名前に意味ありげな抑揚をつけて、そこを強調したので、女性は落ち着かなさそうに目を伏せた。明らかに不安そうに、顔を上げるとヴァンスの目をのぞき込む。どの程度のことを知られているのかしら？ そう声に出したも同然のわかりやすさだった。

「何を話してほしいとおっしゃるのか、見当もつきませんけど」と、つとめて驚いたふりをした。「ご存じでしょう、アンディはあの晩、ニューヨークにはいなかったんですよ」（あのお上品ぶった傲慢なファイフを〝アンディ〟などと呼ぶのは、不敬罪《レーズ・マジエステ》と言ってもいいような気がした）「あの人が街に出てきたのは、翌朝の九時近くになってからですもの」

「あの晩、ベンスン邸の前にグレーのキャデラックが止まっていたという記事を、新聞でご覧になりませんでしたか？」そう質問するヴァンスも、彼女をまねして驚いてみせた。

彼女は自信たっぷりににっこりしてみせた。「あれはアンディの車じゃありません。あの人は、翌朝八時の列車でニューヨークに出てきました。前の晩、ミスター・ベンスンのお宅にそっくりな車があったと知って、列車で来てよかったと言っていましたもの」

心からそう信じて、本気で言っている口ぶりだった。ファイフは、どうやらこの点で彼女に嘘をついたらしい。

ヴァンスは、彼女の誤解を解いてやろうとはしなかった。それどころか、相手の話をそのまま受け入れ、その結果、事件当夜にファイフはニューヨークにいたという考えを捨てたと思わせた。

「あなたとミスター・ファイフが事件に巻き込まれたと申しあげたのは、それとは若干違うつながりを考えてのことだったんです。あなたとミスター・ベンスンの個人的なご関係を言ったつもりでした」

彼女はそっけなく笑ってみせる。

「これまたあてはずれのようですわね」浮かれた話し方だった。「ミスター・ベンスンとはお友だちでも何でもありませんもの。ええ、ほとんど存じあげないくらいです」

否定の仕方に力がこもりすぎていた——信じてほしい思いが先走ったのか、必死な感じがにじんだために、思ったようなあくまでもさりげない言葉とはならなかった。

「仕事のうえでの関係にだって個人的な面があるかもしれませんよ」ヴァンスが念を押す。「とりわけ、取引相手双方の親しい友人があいだに立っている場合は」

彼女はぱっと彼の顔を見て、目をそらした。「何のことをおっしゃっているのやら」無邪気そうだった顔つきが、ふっと打算的になった。「まさか、私がミスター・ベンスンと仕事のうえで取引をしていたとおっしゃっているんじゃないでしょうね?」

「直接的にはなかったでしょう」とヴァンス。「しかし、ミスター・ファイフがいろいろ取引をなさっていたのは確かだ。そして一度は、あなたをかなりのところまで引き込んでしまいましたね」

「私を引き込んだ?」彼女はばかにしたような笑い声をあげたが、わざとらしい笑い方だった。「いささか不本意な取引だったのではないでしょうか」とヴァンス。「——ミスター・ファイフは不本意ながらミスター・ベンスンと取引せざるをえなかったし、それにそう、あなたをそれにひきずり込むことになったのは二重に不本意だった」

ゆったりとして自信たっぷりな彼の態度に、どんなにじょうずにとりつくろおうとも、嘲弄《ちょうろう》しようとも軽蔑しようとも動じないということを相手は感じ取った。そこで、信じられないけれども寛容にもおもしろがっているという態度に出た。

「いったいどこでそんなことをお聞きになったの?」と、茶目っ気たっぷりに訊ねる。

「ああ! 聞いたわけではないんですよ」ヴァンスは、相手に調子を合わせた。「だからこそ、ほら、こうしておじゃまして、楽しいひとときを過ごしているんじゃありませんか。何も知らない愚かなぼくをあわれんで、あなたが教えてくださるだろうと思ったんです」

「でも、私にはそんなことをするつもりはございません。万一、あなたのおっしゃるような謎の取引がほんとうにあったとしても」

「やれやれ!」ヴァンスはため息をついた。「それはまことに、残念。……うーん、それではですね。ぼくの知っているなけなしのことをお話しして、あなたのご同情にすがって詳しく教えていただくほかないようですね」

そのせりふには不穏な意味がひそんでいるにもかかわらず、彼のさらりとした言い方が鎮静剤のように彼女の不安をやわらげていた。どの程度のことを知っているのかはともかく、彼女にはヴァンスが好意的な相手に感じられたのだ。

「ミスター・ファイフがミスター・ベンスンの名前をかたって一万ドルの小切手にサインした、

これはあなたには初耳ですか?」

彼女は、自分の答えがどういう結果をもたらすか考えて口ごもっていた。「いいえ、初耳じゃありません。アンディは私に、何でも話してくれます」

「では、それを知らされたミスター・ベンスンがひどく怒ったことも、ご存じでしたか?——それどころか、小切手を弁済するための手形と、署名入りの供述書を要求したことを?」

女性の目が怒りに燃えた。

「ええ、知っていました。結局、アンディはあの男の要求どおりにしたんです! もし世の中に撃ち殺されてもしかたのない人間なんてものがいるとしたら、それはアルヴィン・ベンスンみたいな男のことだわ。あの男は卑劣漢《ドッグ》よ。アンディの親友みたいなふりをしていたくせに。ちょっと考えてもみてくださいな——供述書を書かなければアンディにお金を貸さないなんて!……仕事の取引なんて言えないんじゃありませんか? 私に言わせれば、あんなもの、下劣な、見下げ果てた、後ろ暗いペテンだわ」

彼女はご立腹だった。たしなみも人づきあいのよさもどこへやら、言葉づかいも顧みずにベンスンへの毒舌をあふれさせた。普段なら、よく知らない相手との会話で心がけるようなつつしみが、すっかり抜け落ちた話し方だった。

ヴァンスは、相手が熱弁をふるっているあいだ、慰めるようにうなずいていた。

「いやあ、ほんとうにあなたのおっしゃることも、ごもっともですねえ」彼のその口調で、親《ラプ》善《ローシュマン》がさらに深まったようだった。

ちょっと間をおくと、彼は親しげににっこりしてみせた。「しかし、供述書を握ってはいても、そんなベンスンをまだ大目に見られたかもしれませんねえ、担保まで要求してこなければ」

「担保って？」

彼女の口調が変化したのを、ヴァンスはすばやく感じ取った。彼女の怒りにつけこみ、防御の構えがはずれた隙に、担保のことを持ち出したのだった。彼女のおびえたような、うっかり口をすべらせたような問いかけが、好機の訪れを告げている。ヴァンスは、彼女が平静を取り戻したり、一時的な恐怖を払いのけたりするより早く、わざとやさしく話しかけた。

「殺された日、ミスター・ベンスンは小さな青い宝石箱を自宅に持ち帰っていました」

彼女ははっと息をのんだが、それ以外に内心を外には表わさなかった。「盗んだとお考えですの？」

その質問を口にしたとたん、彼女は打つ手を間違えたことに気づいた。並の相手だったら、いっときはぐらかされてしまったかもしれない。だが、ヴァンスの笑顔から、彼女は自分が語るに落ちてしまったことをさとった。

「ごりっぱなことをなさいましたねえ、手形を保証するためミスター・ファイフに宝石を貸してさしあげるなんて」

それを聞いて、彼女はさっと顔を上げた。その顔からは血の気が引き、頬にはまだらに不自然な斑点となって赤みがさしていた。

「私がアンディに宝石を貸したですって！　絶対にそんなこと――」

ヴァンスは、片手をわずかに動かし、すべてお見通しだという一瞥《クー・ドウィユ》で、彼女の否定の言葉を押しとどめた。自分を救おうとしていると、彼女はさとった。ぬきさしならないことを口走ってしまえば、あとになって恥ずかしい思いをするだけだ。その意図が通じ、敵対する立場ながらその思いやりのあるふるまいに、彼女はヴァンスへの信頼を深めた。

椅子に深くもたれかかって、彼女は両手の力を抜いた。

「どうして、私がアンディに宝石を貸したとお考えになったの？」

煮え切らない声だったが、ヴァンスには質問の意味がよくわかった。だまし合いが終わったのだ。そのあとに続く沈黙は、それまでのことを大目に見るというしるし――双方がそう了解していた。次に出てくる言葉が真実を語ることになる。

「アンディはあれを持っていくしかありませんでした。さもないと、ベンスンはあの人を刑務所送りにしたでしょう」ろくでなしのファイフを思う、不思議な自己犠牲の感じられる言葉だった。「ベンスンがそうしなかったとしても、あの小切手を引き受けることを断っただけで、義理のお父さんがあの人を刑務所送りにすることになったわ。……アンディったら、それは分別がなくて軽率なんだから。結果がどうなるか考えもせずに、ゆきあたりばったり。いつだって私が手綱《たづな》を引き締める役回りなんです。……でも、今度のことはあの人にはいい薬になりました――きっと」

もしファイフにつける薬というものが世の中にあるとすれば、この女性の盲目的な誠実さこそそれだろう。

「先週の水曜日に、ミスター・ベンスンのオフィスでけんかになったのは、どういうことだったのかご存じですか?」とヴァンス。

「あれは、みんな私が悪かったんです」彼女はため息をついた。「手形の期日はどんどん迫ってくるのに、アンディにそんなお金なんかないのはよくわかっていました。それで、ベンスンのところへ行って、あるだけのお金を差し出して、宝石を返してもらえないかやってみてほしいって頼んだんです。……だけど、断られてしまいました――そんなことだろうとは思いましたけれどね」

ヴァンスは、しばらく相手に同情するような目を向けていた。

「できることなら、これ以上あなたを苦しめたくはないのですが、つい先ほど、ベンスンに対してあんなに腹を立てていらっしゃった、ほんとうの原因を教えていただけますか?」

彼女は感心したようにうなずいてみせた。「お見通しなんですね――わけあってあの男を憎んでいました」彼女は不愉快そうに目を細めた。「アンディに宝石を返すのを断った翌日、あの男は私に電話をよこしました――午後のことでした――次の日の朝食にうちに来ないかって。自宅から電話している、宝石は手もとにあるってことでした。そして、言うんです――いえ、ほのめかしたんです、わかっていただけるかしら――話によっては――宝石を返してやってもいい、って。けだものみたいなやつ!……ポート・ワシントンのアンディに電話してその話をしたら、あの人、翌朝ニューヨークに来るって。九時ごろここにやってきて、新聞を見たら、ベンスンがその晩に撃たれたって記事が出てたんです」

ヴァンスは長いあいだ黙っていた。それから、立ち上がって、彼女に礼を言った。

「ご協力ありがとうございました。ミスター・マーカムはベンスン少佐の友人です。小切手と供述書は私たちの手もとにありますから、彼から少佐に話をして、破棄する許可をもらえるよう頼みますよ——大至急」

18 自白

六月十九日（水曜日）午後一時

再び外に出たとき、マーカムが訊ねた。「いったいどうして、彼女がファイフを救おうとして宝石を用立てたなんてわかったんだ？」

「そりゃ、例のすてきな形而上的推理でだよ」とヴァンス。「言ったじゃないか、ベンスンは、担保もなしに金を貸すような気前のいい、心の広いやつじゃないって。そして、金のないファイフが、一万ドルの担保になるようなものをもってるはずなんかない。でなけりゃ、小切手を偽造したりするもんか。ゆえに《エルゴ》、誰かが彼に担保を貸した。では、それほどの金額の担保を貸すほど、ファイフを信用しそうな者がいるかといえば、あきれるようなあの男の欠点も目に入らないくらい情にほだされた女しか考えられないだろう？　ほら、彼が誰だかにしばしの別れ《オー・ルヴォアール》をささやこうとニューヨークへ立ち寄ったって話をしたとき、このオデュッセウス《ユリシーズ》の人生にもカリユプソがいるんだなって（水難にあったオデュッセウスは島にひとりで住むカリユプソに救われ、甘美な七年間を過ごす）、ぼくはちょっと勘ぐっていたからね。ファイフみたいな男が相手の性別を明言しない場合は、女性のことなんだと思ってまず間違いない。そこで、ポール・プライ（ジョン・F・プールの喜劇に登場する執拗に穿鑿する人物）をポート・ワシントンにやって、彼の結婚生活外活動を調べてみるよう提案したんだ。きっと愛人《ボンヌ・アミ》が見つかると思った。それから、どうやら担保とおぼしき謎の包みとは、穿鑿《せんさく》好きな家政婦が見た宝石箱のことと思えたから、考えたね。『ははあ！　リアンダーの迷えるドルシネア（ドン・キホーテの思い姫）が、足もとで口を開けている地下牢に今にも落ちそうな男を救おうとして、見栄えのする装身具を貸し与えたんだな』ってね。小切手のことを釈明するにあたって、あの男が誰かをかばっていることも見逃しはしなかったよ。だからこそ、トレイシーがその女性の名前と住所をつきとめてくるとすぐに、きみのために約束をとりつけた……」

　私たちは、ウェストエンド・アヴェニューからリヴァーサイド・ドライヴまで七十三丁目いっぱいに広がるゴシック風、ルネサンス風、シュワブ風の住宅を通り過ぎるところだった。ヴァンスは立ち止まって、しばらくそれを眺めていた。

　マーカムは辛抱強く待っていた。やっと、ヴァンスが歩き出す。

「……それでね、ミセス・バニングに会ったとたん、ぼくの出した結論は正しいとわかった。彼女は情にもろい。やさしく《アモローソ》してくれる男に宝石を渡したりしそうな、もてあそばれるタイプの女だよ。それに、ぼくたちが訪ねたとき、彼女の手もとに宝石はなかった——ああいう性格の女性なら、他人に自分を印象づけたいとき、決まって宝石を身につける。もっと言えば、彼女みたいな女は、たとえ食料品庫はからっぽだろうと宝石を手放さないね。ということで、あとはただしゃべってもらえさえすればよかった」

「総じて、上出来だったよ」とマーカム。

ヴァンスは腰をかがめてお辞儀をした。「サー・ヒューバートからお言葉をいただけるとはありがたい。だけど、どうだい、ぼくがあの女性とちょっとおしゃべりしたおかげで、きみの心の暗闇にもひとすじの光がさしたんじゃないかい？」

「当然だ」とマーカム。「ぼくだって、まるっきり鈍感なわけじゃないからね。彼女は、そうとは知らないでこちらの術中に落ちた。ファイフがニューヨークにやってきたのは事件の翌朝だったと思い込んでいたからね。だから、ベンスンが宝石を自宅に持ち帰っているって彼に教えたことも、あんなにあっさり話してくれたんだ。さて、事情はというと、ファイフは宝石がベンスンのところにあると知っていて、銃が発射された時間帯には彼自身がそこにいたということになる。さらには、宝石が見当たらなくなっている。ファイフはあの晩の自分の足どりをごまかそうとした」

ヴァンスはがっかりしたようにため息をついた。「マーカム、この事件には要するに木が多すぎるんだな。だからなんだろうね、きみには森が見えていない」

「きみのほうは、ある特定の一本を見るのにこだわるあまり、ほかの木をおろそかにしてるって可能性がなきにしもあらずじゃないか」

ヴァンスの顔を影がよぎった。「だといいんだがね」

そろそろ一時半になろうとしていたので、昼食にしようと、アンソニア・ホテルのファウンテン・ルームに立ち寄った。マーカムは、食事のあいだじゅううわの空で、食事をすませて地下鉄に乗り込むと、そわそわと時計を見た。

「ウォール街まで行って、ちょっとベンスン少佐を訪ねてからオフィスに戻ることにしよう。少佐がミス・ホフマンに包みのことを口止めしたのが、どうも腑に落ちないんだ。……やっぱり中身は宝石じゃなかったのかもしれないし」

ヴァンスが言い返す。「まさか、アルヴィンが少佐に、あの包みについてほんとうのことを教えていたと、ちらっとでも思うのか？　あんまり褒められた取引じゃなかったんだぞ。少佐なら文句のひとつもつけていそうなもんだ」

ベンスン少佐の説明は、ヴァンスが推測したとおりだった。マーカムはポーラ・バニングと会った話をして、少佐のほうから包みの話を口にしてくれることを期待しつつ、宝石のことを強調した。ミス・ホフマンとの約束があるため、相手が包みのことを知っているのを、マーカムは知らないことにしておかねばならないのだ。

とても驚いた様子で話を聞いていた少佐の目が、次第に怒りを帯びていった。「アルヴィンにだまされていたようだ」と言って、しばらくまっすぐ前方をにらみつけていたが、やがて顔つきをやわらげた。「とはいえ、もういなくなってしまったんだ、そんなことを考えたくない。ただ、実はですね、昨日の朝ミス・ホフマンから封筒の話を聞かされたときに、金庫のアルヴィン専用引き出しには小さな包みも入っていたということだったんです。あなたにお話しするときには、そのことは言わないでおくようにと、私から彼女に頼みました。包みの中身はミセス・バニングの宝石だと知っていたんですが、あなたにお知らせすれば混乱させてしまうだけだと思いまして。そう、アルヴィンは私に、ミセス・バニングには債務があるとかで、補足手続きを取られる前にファイフが宝石をここへ持ってきて、金庫に一時保管しておいてほしいと頼まれたのだと言っていたんです」

　刑事裁判所ビルへ戻りながら、マーカムはヴァンスの腕をとって笑顔を見せた。「いやあ、きみの当て推量ははずれないね」

「なかなかね！」とヴァンス。「死んだアルヴィンは、ウォレン・ヘースティングズ並みに、(i)死ぬまで嘘の堤防を築きつづける覚悟だったんだな。……輝かしく虚偽なる《スプレンディーディ・メンダークス》（ホラティウス『歌章』より）人生、ってやつかね？」

「ともかく、少佐は自分では気づかないうちに、ファイフに不利な鎖にもうひとつ環《わ》をつないでくれたわけだ」とマーカム。

「きみは鎖のコレクションをしているのか」と、ヴァンスがそっけなく言う。「ミス・セント・クレアとリーコック用にでっちあげた鎖はどうした？」

「そっちをすっかり放棄したわけじゃない――もしきみがそういうことを考えているんだとしたら」と、マーカムはおごそかに断言した。

　オフィスに着くと、ヒース部長刑事がいかにもうれしそうなにやにや顔で待ちかまえていた。

「決着がつきましたよ、ミスター・マーカム。昼ごろ、お出かけになったあとで、リーコックがあなたに会いにここへ来たんです。外出なさったとわかって、本部に電話してきましてね、私のところへつないでもらいましたよ。お目にかかりたい――非常に重要な話がある、と言うじゃありませんか。大急ぎで駆けつけてきましたよ。来てみると、待合室に座っていたあの男のほうから声をかけてきました。『自首しにまいりました。私がベンスンを殺しました』ってね。供述をスワッカーに筆記してもらいまして、やつはそれに署名しました。……これです」

彼はマーカムに、タイプした紙を手渡した。

マーカムはぐったりと椅子に座り込んだ。ここ何日かの緊張がこたえはじめていた。深々とため息をつく。「ありがたい！　これで苦労もおしまいだ」

ヴァンスはさも痛ましそうに彼を眺め、首を振った。

「どうかなあ、きみの苦労はまだ始まったばかりって気がするね」彼はゆっくりと言った。

マーカムは供述書に目を通し、それをヴァンスに手渡した。じっくり読んでいくヴァンスが、だんだんおもしろそうな表情になっていく。

「なあ、この文書、まるで適法になっていないよ。判事の名に値する者だったら、さっさと法廷から放り出すことだろう。あまりにも単純ではっきりしすぎてるよ。『前文』で始まっていない。『かかるがゆえに』も『上記に基づき』も『この結果』も、ただのひとつも入っていない。『自由意志』だの『健全なる精神状態』だの『記憶するところ』だのについても、ひとこともなし。大尉は自分のことを『第一の当事者』とは一度も言っていない。……まったく役に立たないよ、部長。ぼくだったら捨ててしまうところだね」

すっかり悦に入っているヒースは気にしていない。度量のあるところを見せて、寛大な笑顔を見せた。

「おかしいとお思いなんですか、ミスター・ヴァンス」

「部長、この供述書がとんでもなくおかしいとわかっておられれば、きっとヒステリー発作を起こされたことでしょうに」

ヴァンスはマーカムのほうを向いた。「いや、ほんとうに、ぼくだったらこんなものをあんまり信用しないね。だけど、真相への扉をこじ開ける、貴重なてこにはなるかもしれない。じつのところ、大尉が想像力を働かせた文学をこころざしてくれたのを、ぼくは大いに喜んでいる。この楽しい作り話が手に入ったんだから、少佐も良心のとがめを乗り越えて、知っていることを話してくれるんじゃないかな。ぼくが間違っているかもしれないけれども、試してみる価値はあるよ」

彼は地方検事の机に詰め寄り、身を乗り出して、言葉巧みにかきくどいた。

「ぼくはまだ、間違った方向へきみを導いたことはないよ。そこで、もうひとつ提案させてもらおう。少佐に電話して、すぐにここへ来てほしいと頼むんだ。自白を手に入れたと言ってね――ただし、誰の自白かはあえて言わずにおく。ミス・セント・クレアかファイフとでも思わせておくといい――ポンティウス・ピラト（キリストを処刑したローマのユダヤ総督）の自白だってかまわないさ。ただ、すぐ来てほしいと説得するんだ。起訴手続きの前に話し合いたいことがある、ってね」

「そんなことをする必要がどこにあるのかわからないね」マーカムが逆らう。「きっと今夜、クラブで会うだろうから、そのとき話せばいいじゃないか」

「それではうまくないんだ」と、ヴァンスはくいさがる。「少佐が何か光明をもたらしてくれるかもしれないから、ヒース部長刑事もその場にいて聞いてほしい」

「私には光明なんかいりませんよ」と、ヒースが口をはさんだ。

ヴァンスは、いかにも感心したように驚きの目を彼に向けた。

「たいした人だなあ！　ゲーテだってもっと光《メーア・リヒト》をと叫んだというのに、ここじゃ、光があり余ってるっていうのか！……驚きだ！」

「なあ、ヴァンス、どうして問題をわざわざ複雑にするんだ？　時間の無駄だという気がするだけじゃない。少佐を呼んでリーコックの自白のことを話し合うなんて、不当な要求でもあるぞ。どのみち、少佐の証言はもう必要ない」

ぶっきらぼうな声だったが、どことなく考え直しているふうでもある。妙な要求をしりぞけてしまいたいのはやまやまなのに、この数日間の経験から、ヴァンスが目的もなく提案しているわけではないことが身にしみているのだ。

ヴァンスは、相手のためらいを察知した。「なんとはなしにすぐ少佐の赤ら顔を拝みたくなったから頼んでいるわけじゃない。それ以上のわけがあるんだ。ぼくのなけなしの熱意をつぎ込んで言うよ、今ここに少佐が来てくれれば、たいへん助かるんだ」

マーカムは考え込んだ。なおしばらく言い争っていた。しかし、ヴァンスがあまりしつこいので、とうとう忠告に従うことを承服させられてしまった。ヒースは見るからに不服そうだったが、おとなしく座って、葉巻に慰めを求めるのだった。

ベンスン少佐は、びっくりするほどすぐにやってきた。マーカムが供述書を手渡そうとするときも、早く見たがっているのを隠そうともしなかった。ところが、それを読んだ彼の顔は曇り、その目には困惑の表情が浮かんだ。

やがて、眉を寄せた顔を上げた。

「どうにも理解できない。正直なところ、たいへん驚きました。リーコックがアルヴィンを撃ったなんて、信じられない。……とはいえ、もちろん、私が間違っているのかもしれませんが」

落胆した様子でマーカムの机に供述書を置くと、彼は椅子にもたれかかった。

「あなたは納得していらっしゃるんですか？」

「何とも言えませんね」とマーカム。「彼が犯人でないとしたら、なんでまた、のこのこ現われて自白なんかしなくちゃならないんです？　彼に不利な証拠がどっさりあるのも確かです。二日前にも、よっぽど逮捕しようかと思っていました」

「間違いなく犯人ですよ」と、ヒースが口をはさむ。「私は最初からあの男に目をつけていたんですから」

ベンスン少佐はすぐには答えなかった。次に言うことを組み立てているかのようだ。

「ひょっとしたら――つまり、可能性がないこともないって意味ですが――リーコックには秘めた動機があって自白したのかもしれない」

少佐がその言葉に含ませようとした考えには、誰もが思い当たるふしがあったのではないだろうか。マーカムが応じる。「実を言うと、私も最初、ミス・セント・クレアが犯人だと思って、リーコックにもそうほのめかしました。しかし、あとになって、彼女は直接関わっていないと納得がいったのです」

「リーコックはそれを知っているんでしょうか？」と、すかさず少佐が訊ねた。

マーカムはちょっと考えてみた。「いや、知らないんじゃないでしょうか。それどころか、今でも私が彼女を疑っていると思っているような気がします」

「ははあ！」少佐の嘆声は、思わず口をついて出たもののようだった。

「だけど、それがいったい何だってんです？」ヒースはいらいらしていた。「その女の名誉を守るために、自分は電気椅子送りになろうってんですか？——ばかな！　その手の話は、映画なんかじゃけっこうですがね、現実の世界にゃ、そんないかれた男はいやしません」

ヴァンスがものうげに口出しした。「それはどうでしょうか、部長。女というのは分別があって実際的ですからそんなばかなまねはしませんが、男ってものはねえ、果てしなく愚かしいことができるものですから」

彼は、ベンスン少佐に問いかけるような視線を向けた。

「どういうわけで、リーコックがサー・ガラハッド（アーサー王伝説の円卓の騎士。高潔な男の代名詞）を演じているとお考えなんでしょう？」

しかし、少佐は漠然と言葉をにごしてばかりいて、大尉がこういう行動に出た原因という、そもそも自分がほのめかした話を続けようとさえしなかった。ヴァンスはしばらくいさがっていたが、少佐の重い口を開かせることはできなかった。

じりじりしていたヒースが、とうとう遠慮をやめた。「リーコックが犯人だってことを論破するのは無理です、ミスター・ヴァンス。事実を見てくださいよ。あの男は、あの娘と一緒のところをまた見かけることでもあれば殺してやると、ベンスンを脅した。次にベンスンが彼女と出かけたときに、彼は射殺されて見つかった。すると、リーコックは銃を彼女のうちに隠し、事態がきわどくなってくると、持ち出して川に捨てる。警備員《ホール・ボーイ》を買収してアリバイをつくってもいる。そして、あの晩、十二時半にベンスンのうちにいたんですよ。事情聴取したって、何ひとつ説明できやしない。……これでも明白そのものの事件じゃないってんなら、私なんか偽警官てことになりますな」

「状況に説得力はあります」と、ベンスン少佐も認めた。「しかし、別の動機からということは考えられないでしょうか?」

ヒースは、その質問に答えようとはせずに、話を続ける。

「私の見るところでは、こうですね。疑いをつのらせたリーコックは、十二時ごろ、銃を持って出かける。ベンスンがあの娘と一緒のところを見て、中へ入っていき、脅していたとおり撃ち殺す。そりゃあ、二人とも関わりあいがありますよ。だけど、撃ったのはリーコックですね。こうして供述書も手に入った。……この国のどの陪審だって、あの男が有罪だって言うでしょう」

「誠実にして合法的な人種《プロビ・エ・レガレス・オミネス》ときたら――まったく！」と、ヴァンスがつぶやいた。

スワッカーが戸口に姿を現わした。「記者連中が騒ぎたてていますが」と、顔をしかめている。

「自供のことを知られたのか？」マーカムがヒースに訊いた。

「まだです。今のところは何も教えていませんから――だから騒いでいるんでしょう。でも、お許しがあれば、ひとこと言ってきましょう」

マーカムがうなずき、ヒースが出ていこうとした。ところが、ヴァンスがさっと立ちはだかる。

「明日まで伏せておくわけにはいかないか、マーカム？」

マーカムが困惑顔になった。「しようと思えば、できないこともない――ああ。しかし、何のために？」

「きみ自身のためにね。ほかには何もなくともね。きみの獲物は、しっかりとじこめてあるんだろ。見せびらかしたい気持ちは、二十四時間ほど抑えておくんだね。少佐もぼくも、リーコックが犯人じゃないことを知っている。明日の今ごろには、国じゅうの人が知るところとなるぞ」

もう一度議論が起きたが、それまでの議論と同じで、結果はわかりきっていた。もうマーカムにはわかっていたのだ。まだ明かしてくれようとはしないけれども、ヴァンスにはわけがあって何かを確信しているのだと。ヴァンスの頼みに応じないのも、おおかたはそれが何なのかを確かめようとしてのことだったのではないだろうか。前のめりになって、大尉の自白を公表したいと意固地に譲らぬ彼を見ていると、きっとそうなのだと思えてきた。

例によって、ヴァンスは何ひとつ明かさないよう用心していた。最後には、その彼の固い決意が勝利をおさめた。マーカムがヒースに、記者会見を翌日まで保留するよう頼んだ。少佐が軽くうなずいて、その決定に賛意を表わした。

がっかりしたヒースが、苦い顔つきで出ていった。

「せっかちなやつだなあ、あの部長刑事は――性急にすぎるよ！」

ヴァンスがもう一度供述書を取り上げ、熟読した。

「さて、マーカム、刑事被告人を呼び出してほしい――身柄提出令状とかなんとかいうやつでさ。窓のほうへ向いたあの椅子に座らせて、大物政治家向けに用意してある上等な葉巻を一本やってくれよ。そして、ぼくが行儀よく彼とおしゃべりするから、しっかり耳を傾けていてほしいんだ。……少佐、少佐もこのまま、中間判決におつきあいいただけますね」

「ともかくその頼みだったら、異議なく承諾するよ」マーカムは笑顔になった。「ぼくもリーコックと話してみようと思っていたからね」

彼がブザーを押すと、きびきびした赤ら顔の事務官が入ってきた。

「フィリップ・リーコック大尉の引渡し要求を《トゥームズ》」

書類が届くと、彼はそれに頭文字で署名した。「ベンに渡して、急ぐように言ってくれ」

事務官が廊下へ出るドアに姿を消す。十分ほどして、拘置所の保安官補が在監者とともに入ってきた。

19　ヴァンス、追及する　　　　六月十九日（水曜日）午後三時三十分

部屋に入ってくるリーコック大尉は、望みをなくしたなげやりな様子だった。肩を落とし、腕をだらんとたらしている。何日も眠っていないかのように、目つきがすさんでいる。ベンスン少佐の姿を見て、ちょっと姿勢を正すと、彼のほうへ進み出て片手を差し出した。アルヴィン・ベンスンをどんなに嫌っていたとしても、少佐には親しみをいだいているのがよくわかる。だが、はっと今の状況に気づいて、困ったように顔をそむけた。

少佐がさっと出ていって、彼の腕に手をかけた。「だいじょうぶだ、リーコック」と、やさしく声をかける。「きみがアルヴィンを撃ったなんて、考えられない」

大尉が気づかわしげな目を向けた。「確かに私が撃ったんです」力のない声だった。「そう予告してありました」

ヴァンスが進み出て、椅子を勧めた。

「おかけください、大尉。地方検事に、撃ったときの話をお聞かせください。よろしいですか、確証のない殺人の自白は、法律が認めませんから。今回の事件では、あなた以外の人たちも疑わしい状況にありますので、あなたの犯行を実証するために、いくつか質問に答えていただき

たい。さもないと、ほかの容疑者も追及しなくてはならなくなります」

リーコックに向き合って腰をおろすと、彼は供述書を取り上げた。

「これによると、ミスター・ベンスンがあなたに不当な仕打ちをしたので、あの晩、十二時半ごろ彼の自宅へ出向いた、ということですね。……不当な仕打ちというのは、あの人のミス・セント・クレアに対するふるまいのことですか？」

リーコックは、くってかかりそうな不機嫌な顔つきになった。

「なぜ撃ったかなんてどうでもいい。ミス・セント・クレアのことは除外しておいていただけませんか？」

「いいですとも」とヴァンス。「約束します、あの人は引き入れないようにしましょう。しかし、動機はすっかり教えていただかなくてはなりませんよ」

リーコックはしばらく黙り込んだ。「わかりました。それが動機です」

「ミス・セント・クレアがあの晩、ミスター・ベンスンと食事に行ったと、どうしてわかったのですか？」

「マルセイユまでつけていったのです」

「そのあとは自宅に帰ったんですか？」

「はい」

「なぜ、そのあとでミスター・ベンスンの家へ行ったんです？」

「ずっとそのことばかり考えてしまって、いてもたってもいられなくなったのです。ものすごく腹が立ってきて、とうとう、コルトをひっさげて、彼を殺す決意で出かけていきました」

口調に熱がこもった。嘘をついているとは思えない。

ヴァンスがまた供述書を持ち出す。

「こうありますね。『西四十八丁目八十七番地へ行って、玄関から家に入った』……呼び鈴を鳴らしましたか？　それとも、玄関扉は開いていたんでしょうか？」

リーコックは答えようとして口ごもった。どうやら、あの晩、呼び鈴は絶対に鳴らなかったという、新聞記事に出ていた家政婦の証言を思い出したらしい。

「どっちでもいいことじゃありませんか？」彼は時間をかせごうとしていた。

「知りたい――それだけのことです」とヴァンス。「しかし、急ぎはしませんよ」

「ええと、それがそんなに大事だとおっしゃるんでしたら。呼び鈴は鳴らしませんでした。扉の錠はかかっていなかったのです」ためらいはもうなくなっていた。「ちょうど私がその家に着いたとき、ベンスンがタクシーを乗りつけて――」

「ちょっと待ってください。ひょっとして、別の車が家の前に止まっていませんでしたか？グレーのキャデラックですが？」

「えーっと――ああ、いました」

「乗っているのは誰だかわかりましたか？」

また少し間があった。

「はっきりしません。ファイフという名前の男だったと思います」

「では、彼とミスター・ベンスンが、同時に家の外にいたわけですね？」

リーコックは顔をしかめた。「いや——同時にではありません。私が着いたときには誰もいなかった。……ファイフを見かけたのは、何分かあとになって家を出てからでした」

「あなたが中にいるあいだに彼が車でやってきた——そういうことですか？」

「そのはずです」

「わかりました。……では、ちょっと話を戻しましょう。ベンスンがタクシーを乗りつけた、と。そして？」

「彼のところへ行って、話があると声をかけました。中へ入れと言われ、一緒に入っていきました。彼が自分で玄関の鍵を開けました」

「では、大尉、あなたとミスター・ベンスンが家の中に入ったあと何があったかを教えてください」

「彼が帽子とステッキを帽子掛けに置いて、私たちは居間に入っていきました。彼がテーブルのそばに座り、私は立ったままで言いました——言うべきことを。それから銃を抜いて、彼を撃ちました」

ヴァンスは相手をじっと観察していた。マーカムは緊張して身を乗り出している。

「そのとき彼は本を読んでいたのに、どうしてそんなことになったんです？」

「私が話しているあいだに本を取り上げたのだと思います。……無関心なふりをしようとして、ではないでしょうか」

「では、思い出してください。あなたとミスター・ベンスンは、家に入ってすぐに、玄関ホールからそのまま居間へ入っていったんですね？」

「そうです」

「では、大尉、ミスター・ベンスンが撃たれたとき、スモーキング・ジャケットとスリッパという格好だったのは、どういうわけなんでしょう？」

リーコックは落ち着かなげに部屋を見回した。舌で唇を湿らせてから答える。

「今思い出しましたが、ベンスンはまず何分か上階にいたのでした。……頭に血がのぼっていたんでしょう」

「無理もありませんよ」と、ヴァンスが同情を見せた。「何もかもは思い出せません」と、必死で付け加える。「ですが、おりてきた彼の髪の毛を見て、ひょっとして何かへんだとお気づきになりませんでしたか？」

リーコックはぼんやりと顔を上げた。「髪の毛？　私には――何のことやら」

「つまり、髪の毛の色ですが。ミスター・ベンスンが目の前に座っていたのですから、テーブル・ランプの明かりで、髪の毛がどことなくへんに――何というか、さっきと違って――見えませんでしたか？」

男は、その場面を視覚化しようとつとめるように、目を閉じた。「いや――思い出せません」

「たいしたことではありません」と、ヴァンスはさりげなく言った。「おりてきたときの、ベンスンのしゃべり方はおかしくありませんでしたか――つまり、声がはっきりしないとか、何だかしゃべりにくそうな感じがするとかいったことは？」

リーコックは明らかに当惑している。

「おっしゃっていることがよくわかりません。いつもと変わらない話し方のように思えましたが」

「ひょっとして、テーブルの上に青い宝石箱がありませんでしたか?」

「気がつきませんでした」

ヴァンスはちょっとのあいだ、煙草をふかして考え込んだ。

「ミスター・ベンスンを撃ったあと、部屋を出るときに、当然ながら明かりを消しましたね?」

すぐには返事がなかったので、ヴァンスが助け船を出した。「消したはずですよ。ミスター・ファイフが車でやってきたとき、家は真っ暗だったとのことですから」

すると、リーコックは首を縦に振った。「そうです。ちょっと忘れていましたが」

「思い出されたんですね。では、どうやって消しましたか?」

「それは――」言いかけて、言葉に詰まり、それからようやくこう言った。「スイッチを切りました」

「どこにあったスイッチですか、大尉?」

「思い出せません」

「ちょっと考えてみてください。きっと思い出せますよ」

「玄関ホールへ出るドアのそばだったと思います」

「ドアのどちら側?」

「わかりません」情けなさそうな声だった。「あまりにも――神経質になっていて。……ドアの右側だったような気がしますが」

「部屋に入るとき、それとも部屋を出るとき、どちらの右側ですか?」

「出るときのです」

「書棚のあるほうですね?」

「はい」

ヴァンスは納得したようだった。

「さて、銃のことをお訊ねします。どうしてミス・セント・クレアのところへ持っていったんですか?」

「私は臆病者でした。自分のアパートで見つかるのが心配だったのです。彼女に疑いがかかろうなどとは、夢にも思いませんでした」

「彼女が疑われたので、すぐ銃を取りにいって、イースト・リヴァーに投げ込んだんですね?」

「はい」

「弾倉から弾薬がひとつなくなってもいたんでしょうね――それだけで疑わしく思われる状況だった」

「そう思いました。だから、銃を捨てたのです」

ヴァンスが眉を寄せる。「おかしいですね。銃は二挺あったにちがいない。川をさらってコルト・オートマチックを見つけたんですがね、弾倉はいっぱいでした。……確かなんですか、大尉、ミス・セント・クレアのところから持ち出して、橋の上から放ったのがあなたの銃だっていうのは？」

川から銃は見つかっていないはずだ。ヴァンスの狙いは何なのだろう。やはりあの娘を巻き込もうというのか？　マーカムも不審そうだった。

リーコックはしばらくのあいだ答えなかった。口を開いたときには、すっかりすねたような言い方になっていた。

「二挺もありゃしませんよ。見つかったのが私の銃です。……補充して、弾倉をいっぱいにしておいたんです」

「ははあ、なるほどね」ヴァンスはうれしそうに言って、安心させた。「あとひとつだけうかがいます、大尉。どうして、今日ここへ来て自白なんかしたんですか？」

リーコックは顎をぐっと突き出した。その目が初めて精彩を帯びた。「どうしてって？　私のとるべき名誉ある行動は、それしかありません。罪のない人物を不当に疑っていらっしゃったではありませんか。ほかの誰かに苦しんでほしくなかったのです」

そこで会見は終わった。マーカムは質問をしなかった。保安官補が大尉を連れて出ていった。

ドアが閉まると、奇妙な沈黙が訪れた。マーカムは猛然と煙草をふかしながら、頭の後ろに両手を組み合わせ、天井をじっとにらんでいる。少佐は椅子にもたれかかって、満足そうな賞賛の目でヴァンスを見つめている。ヴァンスは、唇にものうげな笑みを浮かべて、横目でマーカムを見守っていた。三者三様の表情と態度が、今の会見に対するそれぞれに異なる反応をそのまま表わしている――マーカムは悩み、少佐は喜び、ヴァンスは冷笑しているのだった。

沈黙を破ったのはヴァンスだった。気楽な、めんどくさそうなと言ってもいいくらいの話しぶりだ。「自白がどんなにばかげたものかわかっただろう？　あの純粋なのっぽの大尉は、お話にならないくらいお粗末なほらふき男爵《ミュンヒハウゼン》だよ。うまい嘘をつくように生まれつかなかった者でも、あれほどへたくそな嘘はつけないくらいだ。まさに、まねしようったってできないほどの愚行。あれで、ぼくらに自分が犯人だと思ってほしいってんだからね。かわいそうになってくるよ。自白をシャツの胸に貼り付けて、絞首台に送ってもらえるもんだとでも思ってたんじゃないか。気づいただろう、あの晩、ベンスンの家にどうやって入ったのかすら決めていなかったんだぜ。ファイフがあの家の外にいたことをみずから認めたら、殺すつもりの相手と手に手をとって《ブラ・ドスユ・ブラ・ドスー》中へ入ったっていう即興の説明が、あわや台なしだ。それに、ベンスンの半分寝間着みたいな服装も思い出せないときた。ぼくがそのことを持ち出したら、前言をひるがえして、ベンスンを駆け足で二階へ上がらせ、大急ぎで着替えをさせたがね。幸い、かつらのことは新聞記事に書かれていなかった。ベンスンが上着と靴を脱ぐついでに髪の毛を染めたようなことをにおわせても、大尉は何のことだか見当もつかなかったね。……ところで、少佐、弟さんは入れ歯をはずしているとき、話し声がはっきりしなかったでしょう？」

「すごく聞き取りにくくなりましたね」と少佐。「あの晩、アルヴィンが入れ歯をはずしていたなら――あなたのご質問からすると、どうやらはずしていたらしいが――リーコックは間違いなく気づいたはずです」

「ほかにも、彼が気づかなかったことがある」とヴァンス。「たとえば、宝石箱とか、電灯のスイッチの位置とか」

「あれは大はずれでしたね」と少佐。「アルヴィンの家は旧式で、あの部屋のシャンデリアには、ぶらさがっている紐しかスイッチはありません」

「そのとおり」とヴァンス。「それにしても、最悪の失言は、銃についてでしたね。あれで完全に馬脚を露した。銃を川に捨てた第一の理由は弾薬がなくなっていることだと言っておきながら、弾倉はいっぱいだったとぼくが言うと、詰め替えておいたんだと言う。見つかったのはほかの誰かの銃だと、ぼくに思わせないようにね。……問題ははっきりしているよ。あの男はミス・セント・クレアが犯人だと思っていて、その罪を引き受けるつもりなんだ」

「私にもそう思えた」とベンスン少佐。

「それにしても、大尉のあの様子にはちょっとひっかかるところがあるなあ」とヴァンス。「今回の事件に何か関わったのは間違いないよ。でなけりゃ、翌日、なんでまたミス・セント・クレアのアパートに銃を隠しにいったりする？　あれは、思慮の足りない色男ってやつだからなあ。自分の婚約者に下心ありと見た男を脅しつけておいて、何かあったらその脅しを実行に移すくらいしかねない。そして、心にやましいところがある——見るからに。何がやましいんだろう？　撃ち殺したことでは断じてない。この犯罪には計画性があるが、あの大尉は計画なんかしやしない。固定観念《イデー・フィークス》にとりつかれ、試練に対して身構え、結果を一身に負う覚悟で騎士道精神をまっとうすべく行動する男だからね。あの男にとっての騎士道は、まじりけなしのうるわしい行ない《ボー・ジェスト》。そんなものに邁進する者って、自分の勇気をみんなに知ってほしがるものだよ。それが女たらしの放蕩者《ドンファン》退治に乗り出したんだとしたら、必ず頭は冴えわたっている。たとえば大尉なら、うるわしの姫ぎみ《レディ・フェアー》の手袋とハンドバッグを見落とすはずがない。持ち去ったはずだ。事実上、彼がベンスンを撃ち殺してやろうとしていたことは、撃ち殺さなかったことと同じくらい確かなんだ。琥珀の中の甲虫化石《ザ・ビートル・イン・ジ・アンバー》だね。彼の犯行は心理的にありうるけれど、彼がああいうやり方をするのは心理的にありえない」

　彼は煙草に火をつけ、渦を巻いて漂う煙を見守った。

「あながち根拠がなくもないことを言うなら、彼が殺してやるつもりで出かけていったら、もう片づいたあとだった。どうせそんなところだろう。それなら、ファイフが彼を見かけたこととも、次の日にミス・セント・クレアのところへ銃を隠したこととも話が合うだろう」

　電話が鳴った。オストランダー大佐が地方検事と話したいのだという。早々に会話を切り上げたマーカムは、不機嫌な顔をヴァンスに向けた。

「血に飢えたご友人が、もう誰か逮捕したのか知りたいとさ。まだ犯人が誰だか決めかねているんだったら、貴重なご助言をもっと授けてくださるそうだ」

「何だか知らないけど、きみがくどくど礼を言っているのは聞こえたよ。……きみの精神状態をどう説明してやったんだい？」

「まだ何もわからないと言っておいた」

　マーカムは答えながら、憂鬱そうな疲れた笑いを浮かべた。彼なりに、リーコック大尉が犯人だという考えをすっかり捨ててしまったことを、ヴァンスに伝えているのだった。

少佐が彼のもとに行って、片手をさしのべた。

「お気持ち、お察しします。こういうことがあると、気持ちがくじけるものです。しかし、万一犯人をとり逃がしたとしても、罪のない人間が苦しめられるよりはまだましですよ。……あまりご無理をなさらず、これで力を落としてしまわないでください。今に正しい解決が見つかるでしょう。そのときには」——彼は顎をぐっと引き締めると、歯をくいしばってあとの言葉を押し出した——「私ももう遠慮はいたしません。事件を片づけるお手伝いをしましょう」

彼はマーカムに不敵な笑顔を見せると、帽子を手にした。

「ではこれで、オフィスに戻ります。ご用のときはいつなりと、お声をかけてください。お力になれると思います——では、のちほど」

ヴァンスに親しみと好感をこめたお辞儀をすると、少佐は出ていった。

マーカムは、しばらくのあいだ黙り込んでいた。

やがて、いまいましげにこぼす。「ちくしょう、ヴァンス！　この事件、時間がたつにつれてどんどん難しくなっていくぞ。ほとほとうんざりだ」

「そう深刻に考えることはない」ヴァンスは平然と言う。「些細なことを気に病むのは、割に合わないよ。

『何ごとも新しからず、何ごとも真実ならず、何ごとも取るに足りず』

戦争で何百万という男が殺されたが、だからといって、食細胞が血迷ったり脳細胞が炎症を起こしたりすることもなかっただろう。なのに、きみの管轄内で嫌われ者がひとり、ありがたいことに撃ち殺されたら、うなされて夜も眠れないって？　やれやれ！　ちっとも首尾一貫していない」

「愚かなる首尾一貫性は――」と、マーカムが言いかけたが、ヴァンスはそれをさえぎった。

「エマスン(i)の引用はよしてくれ。エラスムス（オランダの人文学者）のほうがはるかに好きだね。きみも『愚神礼賛』を読むといい。かぎりなく元気づけられるよ。あのヤギみたいなオランダ人老学者だったら、禿頭王《ル・ショーヴ》アルヴィンご崩御を身も世もなく悼《いた》んだりはしないだろうね」

「きみみたいなごくつぶし《フルーゲース・コンスーメレ・ナートウス》とは違う」マーカムがぴしゃっと言った。「ぼくは選出されてこの地位に――」

「ああ、そうだとも――『これにまさりて、たとうべきものなし』（リチャード・ラヴレースの詩より）とかなんとかいうやつだな」ヴァンスが調子をつけて唱えた。「まあ、そうぴりぴりせずに。大尉がへまで監獄からおっぽり出されることになったって、きみにはまだ少なくとも五つは可能性が残されているんだ。ミセス・プラッツだろ……ファイフだろ……それにオストランダー大佐……ミス・ホフマンも……そしてミセス・バニング。――そうだ！　ひとりずつ逮捕して、自白させてみちゃどうだい？　ヒースが泣いて喜ぶぞ」

マーカムはすっかり元気をなくし、こうひやかされても怒るような気分ではなかった。それどころか、ヴァンスの楽天的な言い方に気分がひきたったようだ。

「本音を言えば、まさにそうしてみたいと思ってたところだよ。ただ、誰を最初に逮捕したものか決めかねているから差し控えているだけでね」

「そりゃ頼もしいね！　じゃあ、大尉はどうするんだい？　釈放してやったら、あの男はさぞかし嘆くだろうなあ」

「どうしたって嘆くことになるだろうさ」マーカムは電話に手を伸ばした。「すぐに手続きをしよう」

「ちょっと待った！」ヴァンスが片手を突き出して制止した。「もうちょっと受難の身に酔わせておいてやれよ。もう一日くらい幸せにさせておいてやろうじゃないか。あの男を独房に隔離してシヨン（スイスの古城、もと政治犯の牢獄）の囚われ人気分にさせとけば、大いに役立つようなことを思いついた」

マーカムはひとことも言わずに受話器を置いた。どうやら、ヴァンスの指揮を次第に受け入れやすくなってきているようだ。それは彼の頭が収拾のつかないほど混乱していたためだけではなく、また不安もある程度影響したかもしれないけれども、ヴァンスが口には出そうとしないが、何かを知っているように思えるのも大きな原因となっていた。

「ファイフとあの恋人《タートルダヴ》が、この事件にどうはめ込まれているのか、考えてみたかい？」とヴァンス。

「ほかにも何千となくある謎とともにね——考えてみたさ」ただをこねるような答えだった。

「だけど、論証しようとすればするほど、何もかも謎が深まっていくばかりなんだ」

「だいたいにおいてね、マーカム、人間から生じる謎なんてないんだよ。あるのは問題だけだ。

ある人間から生じるどんな問題も、別の人間に解くことができる。ただ、人間心理を知り、その知識を人間の行動に応用すればいいだけのことなんだ。簡単だろ？」

　彼は壁の時計をちらっと見た。

「ミスター・スティットはベンスン・アンド・ベンスンの帳簿をどのくらい調べただろうね。期待に胸をわくわくさせて報告を待っているんだが」

　これを聞いて、マーカムはたまらなくなった。ヴァンスのほのめかしと、わかりにくいあてこすりにうんざりさせられたあげく、ついに堪忍袋の緒が切れてしまったのだ。前のめりになると、怒りにまかせて片手を机にたたきつけた。

「偉そうなその態度にはほとほとうんざりした。きみは何か知っているのか、それとも知らないのか。知らないんだったら、そんなふうに遠まわしに知識をちらつかせるのは頼むからやめてくれ。ほんとうに何か知っているんなら、教えてくれたっていいだろう。ベンスンが撃たれてからこっち、ああでもない、こうでもないと、きみにはひきずり回されてばかりだ。殺したやつに心当たりがあるんなら、教えてもらいたいね」

　彼は、ふんぞり返って葉巻を取り出した。一度も顔を上げずに、慎重に葉巻の端をカットして火をつける。ついかんしゃくを爆発させてしまったのが、少し恥ずかしかったのだろう。

　ヴァンスは、まくしたてられているあいだも、どこ吹く風とばかりに座っていた。やがて、脚を伸ばすと、マーカムを長々と見つめるのだった。

「なあ、マーカム、きみときたら。きみにやつあたりされたって、ぼくはちっともかまわないけどね。しゃくにさわることばかりだもんな。だけど、そろそろこの小喜劇《コミディエッタ》にも幕をおろすころあいじゃないかな。ぼくは断じてきみをからかってたんじゃないよ。それどころか、この問題については非常におもしろい考えがあるんだ」

彼は立ち上がって、あくびをした。

「いやになるくらい暑い日だが、やらねばならない――なあ？

『偉大さはわれらが塵の世にかくも近く
神は人間にかくも近し
義務の声、汝果たすべきとささやくとき
若人は答うなり、われ能《あた》うと』（ラルフ・エマスンの詩「自由意志」第三節より）

ぼくはその気高い若人というわけだ。そして、きみが義務の声――まあ、ほんとのところ、きみは低くささやいちゃいなかったけどね。……汝の務めはなんぞや《ヴァス・アーバー・イスト・ダイネ・プフリヒト》？　ゲーテ、答えていわく、時に応じての要請《ディー・フォルデルンク・デス・ターゲス》。それにしても――しまったなあ！――もっと涼しい日ならよかったのに」

彼はマーカムの帽子を取って、手渡した。

「さあ、ついてこい《ボスツーメ》。『天《あめ》が下のよろずには期あり。よろずの事務《わざ》には時あり』(1)今日はこれでオフィスを閉めてしまうんだね。スワッカーにそう言っておいたらどうだ？――いい子だから！　ご婦人にお目通りだ——誰あろう、ミス・セント・クレアに」

マーカムにはわかっていた。ヴァンスのふざけた態度は、ひどくまじめな目的を隠そうとしているだけなのだ。また、ヴァンスは自分にわかっていることや感づいていることを独特のやり方でしか教えてくれないし、それがどんなに遠まわしで理不尽なやり方に思えようとも、ヴァンスにはりっぱな理由があるのだ。そのうえ、リーコック大尉の自白がまるっきり作り話だったとあばいてからというものは、真相をつかめそうな望みがわずかでもあるなら、どんな提案にでも従おうという精神状態になっていた。そこで、彼はすぐにスワッカーを呼んで、その日はオフィスを引き揚げると伝えたのだった。

十分としないうちに、私たちは地下鉄でリヴァーサイド・ドライヴ九十四番地へ向かっていた。

20　ヴァンス、女性の口を開かせる　六月十九日（水曜日）午後四時三十分

「乗り出したばかりのこの探求の旅《クエスト》だが、少しばかりうんざりする道のりになるかもしれない」アップタウンへ向かいながら、ヴァンスは言った。「だけど、意志の力を働かせて、ぼくのすることを我慢してくれなくちゃならないよ。きみには思いも寄らないほど、微妙な手際の必要な仕事になるんだから。そのうえ、愉快なことでもない。感傷的になるにはまだ若いはず

のぼくなのに、犯人を見逃してもいいかって気がするくらいだ」

「なんでまたミス・セント・クレアを訪ねようというのか、教えちゃくれないのか?」マーカムがあきらめたように訊く。

ヴァンスが快く応じた。「とんでもない。それどころか、知っておいてもらうのがいちばんだと思う。あの女性に関しては、はっきりさせなくちゃならない点がいくつかあるだろ。まず、手袋とハンドバッグ。罌粟《けし》もマンドラゴラも、そなたがゆうべ味わいし甘き眠りに誘うことまたあらじ（シェイクスピア『オセロ』第三幕第三場のイアーゴーのせりふ）だよ、あの品物のことがわかるまでは——だろう? それから、ほら、ミス・ホフマンの話によると、事件当日、ベンスンを訪ねてきた女性があって、少佐が耳をそばだてていたらしい。その客がミス・セント・クレアだったんじゃないかと思う。あの日、オフィスで何があったのか、そのあとで彼女がまたやってきたのはなぜなのか、すごく興味があるね。さらに、あの日の午後、ベンスンのところへお茶を飲みにいったのはなぜだ? そのときのおしゃべりで、あの宝石はどういう役回りだったのか? ほかにも質問項目はいろいろあるよ。たとえば、大尉はなぜ、彼女のところへ銃を持ってきたのか? どういうわけで、大尉は彼女がベンスンを撃ったと考えたのか?——彼はすっかりそう思い込んでいるじゃないか。そして、彼女のほうは最初から大尉が犯人だと思っているが、それはなぜか?」

マーカムが疑わしげな顔をした。

「全部話してもらえると思うのか?」

「望みは高くもつことにしてるんでね」とヴァンス。「彼女のあくまでもやさしい騎士が人を殺したとみずから名乗り出て牢に入っているんだ、心の重荷をおろしたところで失うものは何もないだろう。……ただし、どやしつけたりなんかしちゃいけない。けんか腰で追及するっていう警察お得意のやり方じゃあ、絶対に、あの女性には何の効き目もありゃしない」

「どんなふうに情報を引き出すつもりなんだ?」

「画家の言葉で言うなら、繊細なタッチで。はるかに洗練された、紳士的なやり方でね」マーカムはしばらく考えていた。「ぼくはひっこんでいよう。ソクラテスばりの弁舌をふるうのは、全面的にきみに任せる」

「いつになくりっぱなことを言うじゃないか」とヴァンス。

アパートに着くと、マーカムが内線電話で、たいへん重要な用件で来た旨を伝え、私たちはミス・セント・クレアに滞りなく迎え入れてもらった。思うに、リーコック大尉がどうしているのか心配していたのだろう。

ハドソン川を見下ろす小さな客間で、私たちと向かい合って腰をおろした彼女の顔はすっかり青ざめ、両手は固く握り締めてはいたものの、小刻みに震えていた。冷静な自制心がすっかり失われて、間違いなく心配で眠れなかったしるしが目のまわりに表われている。

ヴァンスは単刀直入だった。軽薄に思えるほど軽やかなその口調が、その場の緊張をたちまちほぐし、私たちが些細な用件でやってきたかのような雰囲気をかもした。

「お気の毒ですが、たいへんばかばかしいことに、リーコック大尉がミスター・ベンスンを殺したと自白なさいました。ただし、われわれはその自白の真正性《ボーナ・ファイディーズ》をすっかり納得しているわけではありません。ああ！　スキュラとカリュブディス（いずれも海の渦巻を擬人化したもの。近づく船をのみ込む女怪）のあいだを漂っているわけですよ。大尉はいったい極悪人なのか、それとも怖れ知らずのけがれなき騎士《シュヴァリエ・サン・プール・エ・サン・ルプロッシュ》なのか、判断できないのです。どのようにあの凶行をやってのけたのかというあの人の話は、いささか不十分なものです。細部の重要欠くべからざるいくつかの点で、あいまいさが残る。それに――いかにもおかしいんですが――犯行後のベンスン邸の居間で、あの人が明かりを消したというのが、絶対に存在しないスイッチなんですからね。そこで、彼はこの大胆不敵な話をでっちあげたんじゃないかという疑いが、ぼくの頭にしのび込んできました。あの人が内心で犯人だと思い込んでいる、誰かをかばうためにね」

　彼は、マーカムのほうへわずかに片手を動かしてみせた。

「こちらの地方検事は、必ずしもぼくと同意見じゃありません。まあ、法律家なんていうのは信じられないくらい頭が固いし、いったんこうと思い込んだら最後、なかなか融通がきかないものですから。ほら、生前最後の晩にミスター・アルヴィン・ベンスンとご一緒だったからとかなんとか、ほかにも同じように無関係で些細な理由から、ミスター・マーカムときたら、あの人の死にはあなたが関わったものという結論を出してたこともあるんですからね」

　彼はマーカムにおどけながら非難するような笑顔を向けて、話を続けた。「セント・クレアさん、リーコック大尉がかくも雄々しくかばう相手は、あなたしかいらっしゃいませんし、ぼくはともかくあなたご自身の潔白を確信していますから、あなたとミスター・ベンスンの行動範囲が重なった部分でいくつか疑問の点をご説明いただけませんか？……それがはっきりすれば、大尉にもあなたにも不利益をもたらすはずはありませんし、大尉の潔白についてミスター・マーカムの頭にしつこくこびりついている疑いを、きっと晴らしてくれることになるでしょう」

ヴァンスの態度には、相手の不安をやわらげる効果があった。ただし、マーカムのほうは、ヴァンスに非難されて内心煮えくり返りながらも、口出しするのを控えているようだった。

ミス・セント・クレアは、しばらくのあいだヴァンスをじっと見つめていたが、やがて、平静な声でこう言った。

「あなたを信頼していいのか、その前に嘘じゃないと思っていいのかさえ、わかりませんけれど、リーコック大尉が自白なさったとなると——最後にお話ししたとき、こんなことになるんじゃないかと思いました——ご質問にお答えしない理由も見当たりません。……ほんとうに、あの人は無実だとお思いですか？」

思わず口をついて出た悲鳴のような質問だった。鬱積した感情が、冷静沈着の鎧を突き破ったのだ。

「ほんとうに思っていますよ」ヴァンスは真剣に明言した。「ミスター・マーカムにお訊きになるといい。オフィスを出る前に、ぼくはリーコック大尉を釈放するよう訴えたんですよ。こちらに来るよう地方検事を説き伏せたのも、あなたにご説明いただければ、釈放手続きをとったほうが賢明だと納得してもらえるだろうと思ってのことなんですから」

彼の口調や態度にある何かから、彼女は信頼する気になったようだ。

「どんなことをお訊きになりたいんですか？」

ヴァンスは、内心の憤《いきどお》りをかろうじて抑えているマーカムに、もう一度ちらっと非難の目を向けてから、女性のほうに向き直った。

「まずは、あなたの手袋とハンドバッグが、どうしてミスター・ベンスンのうちで見つかることとなったのか、説明していただけませんか？　あなたの持ちものがあそこにあったことが、何よりも地方検事の頭を悩ませていたんですよ」

彼女は、率直な目でまっすぐにマーカムを見た。

「一緒に食事をしたのは、ミスター・ベンスンのお招きででした。愉快なひとときとは言えなくて、家に帰ろうとするころには、あの方の態度に憤懣《ふんまん》がつのってきました。タイムズ・スクウェアまで来たところで、運転手に車を止めさせました――ひとりでうちに帰りたかったんです。怒っていたのとあわてて車を降りたのとで、手袋とハンドバッグを落としたにちがいありません。ミスター・ベンスンの乗った車が行ってしまったあとになって、なくしたことに気づきました。お金がないので、歩いて帰りました。ミスター・ベンスンのお宅にあったのでしたら、あの方が持ち帰ったんでしょうね」

「ぼくも、そんなところだろうと思っていましたよ」とヴァンス。「それは――いやはや！――歩くにはたいへんな道のりでしたね？」

彼はマーカムのほうを振り向いて、おもしろそうに笑ってみせる。

「ほらね、ミス・セント・クレアの帰宅時間が一時を過ぎてしまったわけだよ」

マーカムは、むっつりと顎を引き締めて、答えなかった。

ヴァンスが先を続ける。「では、どういう事情で夕食のお招きがあったのか、教えてくださ
い」

彼女の顔がふと翳《かげ》ったが、声は相変わらず平静だった。

「ミスター・ベンスンの会社を通して、私はずいぶんお金をなくしてしまったんですが、ふと直感が働いたんです。あの人はわざと私に損をさせるように仕向けて、その気になれば私に損を埋め合わせる力添えができるようにしていたんです」彼女は目を伏せた。「しばらく前から、あれこれおせっかいなことをなさるので迷惑していたんですが、卑劣なことをたくらまれては黙っていられません。オフィスへうかがって、私が疑っていることをはっきりと申しあげました。お返事はその晩に食事しながら、その件を話し合おうというものでした。あの人の狙いはわかっていましたが、私も必死だったものですから、やはり行くことにしました。頼めば聞き入れてもらえるかもしれないと思って」

「そのささやかなディナー・パーティがお開きになる時間を、はっきりとミスター・ベンスンにおっしゃることになったのは、どういうわけですか?」

彼女は驚いたようにヴァンスを見たが、躊躇《ちゅうちょ》なく答えた。「あの人が、楽しい夜にしようじゃないかとかなんとかおっしゃいましたので、申しあげたんです——すごくはっきりと——出かけるとしても、きっかり十二時には失礼します、どんなパーティでも必ずそうすることにしています、って。……ほら、すごく一生懸命に歌を勉強していますから、どんなことがあって

も十二時にはうちへ帰るっていうのが、歌に捧げる犠牲のひとつなんです――といいますか、自分自身に課している制約ですね」

「それはごりっぱ。たいへん賢明なことだ！」とヴァンス。「それは、お知り合いのあいだではよく知られていることなんでしょうか？」

「ええ、そうです。そこから、シンデレラってあだ名をもらっているくらいですもの」

「たとえば、オストランダー大佐やミスター・ファイフも、それをご存じでしたか？」

「ええ」

ヴァンスは考え込んだ。

「どうしてまた、事件があった日の午後、ミスター・ベンスンのお宅でお茶をよばれることになったんですか？　その晩、食事に行くことになっていたのに」

彼女の頬にぱっと赤みがさした。「どうってことでもなかったんです。ミスター・ベンスンのオフィスを出たあとになって、夕食に行くことにしたのが何だかいやになったものですから、それでお宅にうかがいました――まずオフィスにもう一度うかがったんですけど、もうお帰りだったので――最後のお願いをして、お約束を取り消してもらおうと思って。でも、お願いは笑い飛ばされてしまいました。引きとめられてお茶を飲んでから、夕食のために着替えをするようにとタクシーで送り帰されました。あの人は、七時半に迎えにいらっしゃいました」

「約束を取り消してほしいと頼むときに、リーコック大尉の脅しのことを持ち出してやりこめようとしたけれど、あんなのはただのこけおどしだとでも言われたんでしょう」

彼女の顔に、またもや驚きの表情が浮かんだ。「ええ」と、ささやくような声で言う。

ヴァンスはなだめるような笑顔を向けた。

「オストランダー大佐が、あなたとミスター・ベンスンがマルセイユにいるのを見かけたそうですよ」

「ええ、ほんとうに恥ずかしくて。あの方はミスター・ベンスンの正体をご存じで、何日か前、私に忠告してくださったばかりだったんです」

「オストランダー大佐とミスター・ベンスンは仲のいい友人どうしだと思っていましたが」

「一週間ほど前までは、そうでした。ですが、最近、ミスター・ベンスンの株の買占め工作で、大佐は私なんかよりももっとひどく損をなさって、ミスター・ベンスンが自分の利益のためにわざと間違ったことを勧めているんじゃないかと、かなりあからさまにおっしゃってました。あの晩、マルセイユでは、ミスター・ベンスンに声もおかけになりませんでした」

「ミスター・ベンスンとのお茶の席に添えられていた、高価で貴重な石は？」

「賄賂です」そう答えた彼女の軽蔑のにじむ微笑が、どんなに辛辣《しんらつ》な言葉で酷評するよりも雄弁に、ベンスンを非難していた。「あの方は、あれで私を振り向かせようとしたんです。夕食につけてくるようにって、真珠のネックレスを勧められましたけれど、お断りしました。すると、私にまともな見る目があれば――とかなんとか、うまいことをおっしゃって――それくらいの宝石は自分のものにできるのに、なんて言われたんですよ。まさにその宝石だって、二十一日になれば手に入るだろうって」

「なるほど——二十一日になれば、ね」ヴァンスがにやっとした。「マーカム、聞いたかい？二十一日にはリアンダーの手形の期限が来る。支払いがなくば、宝石は没収されるな」

ヴァンスは、もう一度ミス・セント・クレアに向かって話しかけた。

「ミスター・ベンスンは夕食の席にその宝石をお持ちでしたか？」

「あら、いいえ！　真珠のネックレスをお断りしたので、がっかりなさったんじゃないでしょうか」

ヴァンスはしばらく黙っていた。愛想よく、温かい目で彼女を見守る。

「では、どうか銃のことをお聞かせください——あなた自身の口から。あとであなたを陥れようとしている法律家のような言い方ですが」

しかし、彼女はそんな心配はしていないようだった。

「事件の翌日、リーコック大尉がいらっしゃって、ミスター・ベンスンを撃ち殺してやろうと思って、十二時半ごろ家に行ったとおっしゃいました。でも、ミスター・ファイフが家の外にいるのを見かけ、訪ねてこられたものと思ったので、あきらめてうちに帰ったそうです。私は、ミスター・ファイフも彼を見たのではないかと思って、銃をうちに持ってきておいたほうが安全だろうと申しました。もし訊ねられたら、フランスでなくしたと言えばいい、とも。……そうです、ほんとうはあの人がミスター・ベンスンを撃って——その、私の気持ちを思いやって、紳士らしい嘘をついているのだとばかり思ったものですから。そのあと、きれいさっぱり捨ててしまおうと、ここから銃を持っていかれて、ますますそうに違いないと思いました」

彼女はマーカムに向かってうっすら微笑んでみせた。

「それで、あなたのご質問に答えようとしなかったんです。私がやったのかもしれないとお考えになればいいと思って。リーコック大尉が疑われないように」

「でも、彼は嘘なんかついていなかった」とヴァンス。

「今わかりました。もっと早くわかったはずなのに。あの人が犯人だったら、私のところに銃を持ってきたりするはずもないのに」

彼女の目が曇った。

「そして――気の毒な人！――私が犯人だと思って、自白するなんて」

「まさに痛ましい事態です」ヴァンスはうなずいた。「それにしても、あなたがどこで銃を手に入れたと思ったんでしょうね？」

「軍人の知り合いは大勢いますから。あの人やベンスン少佐のお友だちで。それに、去年の夏、山のほうへ遊びにいったとき、射撃練習をずいぶんいたしましたし。ああ、私がやったと思われるのも無理ありません」

ヴァンスは立ち上がって、うやうやしくお辞儀をした。

「ほんとうにありがとうございました――たいへん助かりました。あのですね、ミスター・マーカムは、今回の事件でいろいろな仮説を立てました。第一が、あなたおひとりでマダム・ボルジアをやってのけたという説でしょう。第二が、あなたと大尉が共謀してやったという説――いわゆる四手連弾《ア・カトル・マン》ですね。第三が、大尉が無伴奏《アカペラ》で引き金を引いたという説。法律家の頭というのはじつに精妙に発達しているものですから、矛盾するいくつもの説を同時に信じることもできるんです。この事件で嘆かわしいのは、ミスター・マーカムが、単独犯だろうと共犯だろうと、あなた方お二人が犯人じゃないかという考えをまだ捨てられずにいることです。こちらに来る前に、ぼくから説得は試みたんですが、わかってもらえなくて。そこで、彼にあなたご自身のすてきな唇から事件のお話を聞かせてもらうことにこだわったんですよ」

彼は、唇を引き結んでにらみつけているマーカムのほうへ、にこやかに歩み寄った。

「なあ、ミス・セント・クレアかリーコック大尉のどちらかが犯人だって強迫観念には、もうとりつかれちゃいないよな？……ぼくがお願いしたように、大尉を不憫《ふびん》に思って釈放してやってくれないか？」

彼は両手を広げ、芝居っけたっぷりな懇願の身振りをした。

マーカムの怒りは今にも爆発しそうだったが、彼はゆっくり立ち上がると、女性のもとへ行って片手をさしのべた。「ミス・セント・クレア」と、彼はやさしく声をかけた――この男の度量には改めて感心させられる。「ご安心ください。ミスター・ヴァンスの言葉を借りれば、信じられないくらい固くて融通がきかない頭から、あなたが犯人という考えも、リーコック大尉が犯人という考えもしりぞけました。……そして、そういう彼のことも許します。あなたに、取り返しのつかない不当なことをするところだったのを、救ってくれたわけですからね。釈放のための書類に署名ができ次第、大尉はあなたのもとへお返ししましょう」

リヴァーサイド・ドライヴへ出ていくと、マーカムはヴァンスにくってかかった。

「へええ！　ぼくが彼女のいとしの大尉をとじこめて、きみが出してやってくれと頼んだんだって！　あの二人のどちらかが犯人だなんて、ぼくは思っちゃいなかったのを、よく知ってたくせに――この――この女ったらし！」

ヴァンスはため息をついた。「いやだなあ！　この事件で自分も役に立ちたいとは思わないのかい？」

「あの女の面前でぼくを愚弄して、何になる？」マーカムはいきり立って言う。「あんな道化芝居で、どれだけの収獲があったものかね」

「なんとまあ！」ヴァンスは、すっかり驚いたといった顔だ。「きみが今日聞いた証言は、犯人を特定するのにはかりしれないほど役に立つことになるよ。さらには、手袋とハンドバッグのこともわかったし、もっとわかったこともある。ベンスンのオフィスを訪ねた女性は誰だったのか、ミス・セント・クレアが十二時から一時までのあいだ何をしていたか、彼女がアルヴィンと二人きりで食事をしたのはなぜだったのか、彼とまずお茶を飲んだのはなぜだったのか、宝石があそこにあったのはどういいきさつだったのか、大尉が彼女に銃を預け、それから捨てたのはなぜだったのか、彼が自白したのはなぜだったのか。……ほら！　これだけの情報も慰めにならないのかい？　ずいぶんくず《デブリ》が取り除かれて、すっきりしたのに」

彼は足を止めて、煙草に火をつけた。

「あの女性の話でほんとうに重要なのは、彼女が夜間に出かけたとき、必ず十二時には帰っていくのが、仲間うちでよく知られていたってことだ。その点を見落としたり、軽く見たりしてはいけないんだよ。いちばん関係が深いことだからね。だいぶ前になるが、ぼくはきみに、ベンスンを撃ったやつは、あの晩彼女が一緒に食事することを知っていたんだと言っただろう」

「次に言おうとしているのは、誰が殺したかはわかってるってせりふだな」マーカムがまぜっかえした。

ヴァンスは、煙の輪をひとつ、空へ向かって吹き上げた。

「誰があのいやなやつを撃ったのかなら、初めからわかっている」

マーカムが、あざけるように鼻を鳴らした。

「さぞかしそうだろうとも！　そんな天啓がいつ閃《ひらめ》いたんだ？」

「ああ、あの最初の日の朝、ベンスンのうちへ入っていって五分とたたないうちにね」とヴァンス。

「ほう！　じゃあ、どうしてぼくに打ち明けて、こんなひどく骨の折れることをしなくてすむようにしてくれなかった？」

「それはできない相談だったたね」ヴァンスがおどけた調子で説明する。「出どころの怪しいぼくの情報を、きみは受け入れようとはしなかったさ。まずは、きみがいつまでもさまよっていようとした、いくつもの暗い森や沼地から、辛抱強く手をとって抜け出させてやらなくちゃならなかったんだ。きみときたら、あきれるほど想像力に欠けているんだからねえ」

タクシーが一台通りかかり、彼がそれを呼び止めた。

「西四十八丁目八十七番地へ」と行き先を告げる。

そして、打ち明け話でもするようにマーカムの腕をとった。「さあ、ちょっと、ミセス・プラッツとおしゃべりしよう。そのあとだ――あとで、ぼくが大事にとっておいた秘密をみんな、きみに耳打ちしてやろう」

21 かつらの意味

六月十九日（水曜日）午後五時三十分

家政婦は、その日の午後やってきた私たちを、ひどく不安そうに迎えた。大柄で力の強そうな女性だったが、なんとなく体から力が抜けてしまったように見え、長引く心配ごとをかかえているしるしが顔に出ている。家に入るときスニトキンが教えてくれたところによると、彼女は毎日、事件の進捗を報じる新聞記事をひとつ残らずていねいに読み、記事の内容について刑事に際限なく質問をしてくるらしい。

私たちがいることをあまり認めたくない様子で居間に入ってくると、彼女は恐ろしいけれども避けることのできない試練に身を任せるかのように、ヴァンスが勧めた椅子に腰をおろした。ヴァンスが鋭い目を向けると、おびえたようにちらっと彼を一瞥《いちべつ》しただけで、顔をそむけてしまった。まるで、目が合った瞬間に、油断なく守ってきた秘密を知られてしまったとさとったかのように。

ヴァンスは、前置きも導入部もなく質問を切り出した。

「プラッツさん、ミスター・ベンスンはかつらにだいぶこだわっていましたか――つまり、かつらをつけずに友人を迎えることがよくありましたか?」

相手はほっとしたようだった。「あら、いいえ――そんなことはありませんでした」

「思い出してみてください、プラッツさん。ミスター・ベンスンは、あなたがご存じのかぎり、かつらをつけずに誰かと一緒だったことは一度もなかったでしょうか?」

彼女は、しばらくのあいだ黙って、眉をしかめていた。

「一度、オストランダー大佐にかつらを脱いでみせてらっしゃったことがありました。以前、こちらへよく訪ねてみえていた、お年を召した紳士ですけれど。でも、オストランダー大佐は、古くからのお友だちでいらしたから。一緒に住んでいたこともあるとおっしゃってました」

「ほかには誰もいませんか?」

彼女はもう一度顔をしかめて考え込んだ。「いらっしゃいません」

「商人相手には?」

「格別に気をつかっていらっしゃいました。……それに、知らない方にも。暑い日にはよく、かつらをつけずにこの部屋で座っていらっしゃいましたけれど、窓のシェードは必ずおろしてありましたね」彼女は、玄関ホールにいちばん近い窓を指さした。「玄関の石段から、部屋の中が見えるんです」

「いいことを教えてもらった」とヴァンス。「じゃあ、石段のところに立てば、窓なり鉄格子なりをたたいて、部屋にいる者に合図することができるんですね?」

「ええ、そうですね——簡単です。私も一度、鍵を持たずにおつかいに出てしまったとき、そうしたことがあります」

「どうだろう、ミスター・ベンスンを撃った人間は、そうやって中に入れてもらったんじゃないでしょうか？」

「そうでしょうとも」彼女は、勢いよくその言葉に飛びついた。

「呼び鈴を鳴らさずに窓をたたいたとすると、ミスター・ベンスンをかなりよく知っている人物にちがいない。どう思います、プラッツさん？」

「ええ、そうですね」おぼつかなそうな口調だった。そこまではさすがに、彼女にはわからないだろう。

「窓をたたいたのが知らない人間だった場合、ミスター・ベンスンはかつらをつけずに中へ入れてやったでしょうか？」

「いいえ、そんなこと——知らない方を入れたりはなさいませんよ」

「あの晩、呼び鈴が鳴らなかったのは確かなんですね？」

「それはもう、絶対に」たいへんきっぱりとした答え方だった。

「玄関の石段には明かりがつきますか？」

「いいえ」

「たたく音がして、ミスター・ベンスンが窓からのぞいてみたら、夜でもそこに誰がいるのか見分けられたでしょうか？」

家政婦は口ごもった。「さあ、どうでしょう——見分けられないのではないでしょうか」

「玄関のドアを開けずに、外に誰がいるのか見る方法はあるでしょうか？」

「それは無理です。そんなことができたらいいのにって、ときどき思いますけれど」

「では、誰かが窓をたたいたとしたら、ミスター・ベンスンは声でそれが誰だかわかったんでしょうね？」

「そのように思えます」

「鍵がなくては、誰も中に入れないのは確かですね？」

「入れるはずがありません。玄関の扉は、閉めるとひとりでに鍵がかかるようになっていますし」

「普通のばね錠なんでしょう？」

「そうです」

「それじゃあ、止め《キャッチ》をはずしておけば、掛け金がかかっていても、扉のどちら側からでも開くようになるはずだが」

「以前は確かに止めがついていましたけれど、ミスター・ベンスンが固定なさったので、使えないようになっているんです。無用心だとおっしゃって——私が鍵をかけないまま出かけてしまうかもしれませんから」

ヴァンスが玄関ホールへ出ていった。玄関の扉を開けたり閉めたりする音がした。

「おっしゃるとおりですね、プラッツさん」戻ってきた彼が言った。「では、うかがいますが、誰も鍵を持っていないのは確かですか？」

「はい。私とミスター・ベンスンのほかは、どなたも鍵を持っていらっしゃいません」

　ヴァンスは、わかったというしるしにうなずいてみせた。

「ミスター・ベンスンが撃たれた晩、自室のドアを開けたままにしていたということでしたね。……開けたまま寝ることはよくあるんですか？」

「いいえ、たいていは閉めてやすみます。でも、あの晩はひどく蒸し暑かったものですから」

「では、開けたままだったのは、たまたまのことだったんですね？」

「そういうことになりますね」

「いつものようにドアが閉まっていたら、銃声が聞こえたと思いますか？」

「目が覚めていたら、聞こえたかもしれませんね。でも、眠っていたら、聞こえなかったと思います。こういう古い家には、ぶ厚いドアがついていますから」

「それに、美しいドアでもある」とヴァンス。

　廊下のほうへ開くようになっている、どっしりとしたマホガニーの両開きドアを、彼はほれぼれと眺めた。

「なあ、マーカム、いわゆる文明ってやつは、美しいものや永続するものをことごとく破壊することに終始して、安っぽい間に合わせのものを設計していくこと以外の何ものでもないね。きみも、オスヴァルト・シュペングラー(1)の『西洋の没落』を読んでごらんよ——たいへん洞察力に富んだ内容だから。われらが国の隠語《アルゴー》で末永く記憶にとどめてくれる、先進的な出版者がいてもいいようなもんだが。現代文明と称するこの頽廃の時代、その全貌が、木材工芸にも見てとれる。ほら、たとえば、あのりっぱな古いドア。面取りした鏡板に装飾繰形《くりかた》、そしてイオニア式の柱形に彫刻をほどこした楣《まぐさ》だよ。あれと比べたら、今そこらにざらにある、のっぺりして薄っぺらい、型にはまったような樹脂塗りの板切れなんてね。こうして移りゆく《シーク・トランシット》……（Sic transit gloria mundi. 世界の栄光はこうして移りいく）」

彼はしばらくドアをじっと見やっていた。そして、不安をつのらせながらも彼に好奇の目を向けていたミセス・プラッツを、いきなり振り返る。

「ミスター・ベンスンはあの宝石箱を、お出かけになるときどこへやったんでしょうね？」

「どこへも」家政婦はそわそわした。「テーブルの上に置いたままでした」

「あの人が出かけたあとも、そこにあったんですね？」

「はい。しまっておこうとしたんですけれど。でも、私がさわらないほうがいいと思いまして」

「そして、ミスター・ベンスンが出ていったあと、玄関にやってきたり家に入ったりした者は誰もいないんですね？」

「いません」

「確かですか？」

「確かです」

ヴァンスは、立ち上がって、ゆっくり歩きはじめた。家政婦のそばをちょうど通りかかるとき、ふと足を止めて、彼女と向き合った。

「旧姓はホフマンとおっしゃるんでしょう、プラッツさん?」

怖れていたことがついに訪れたのだ。彼女の顔が青ざめ、目は大きく見開かれて、下唇がちょっと下がった。

ヴァンスは立ったまま彼女をじっと見ていたが、薄情な目つきでもなかった。相手が平静を取り戻すのに先んじて、口を開く。「きのう、あなたの魅力的な娘さんにお目にかかりましたよ」

「娘さんって……?」口ごもりながら、ようやく出た言葉だった。

「ミス・ホフマンにね——金髪の、すてきなお嬢さんですねえ。ミスター・ベンスンの秘書をしていらっしゃる」

家政婦は背すじをぴんと立てて、歯をくいしばるようにして言った。「私の娘ではありません」

「こら、こら、プラッツさん!」ヴァンスは、子供でも相手にするようにたしなめた。「ばかげたごまかしはおよしなさい。ほら、ミスター・ベンスンとここでお茶を飲んだ女性を、あなたはよく知っているとぼくが問い詰めたら、ものすごく気をもんだでしょう? ぼくがお茶の相手はミス・ホフマンだと思うんじゃないかと、心配だったんですよね。……だけど、どうしてそんなに心配なんです、プラッツさん? すごくいい娘さんじゃありませんか。プラッツじゃなくホフマン姓を名乗っているからといって、文句があるわけでもありませんよね。プラッツというのはたいてい場所の意味だけど、崩壊とか爆発っていう意味もある。プラッツといえば丸パンや固形イーストということもあるしね。だけど、ホフマンなら官吏――固形イーストより、だいぶりっぱな響きじゃないかな？」

彼は愛想のいい笑顔を見せた。その態度が相手を落ち着かせた。

「違うんです」家政婦は彼を見上げて訴えかけるように言う。「私がそう名乗らせたんです。この国では、頭の切れる娘なら誰でも、チャンスさえあればまっとうなレディになれます。それで――」

「よくわかります」ヴァンスがにこやかに口をはさんだ。「ミス・ホフマンは頭がいい。母親が家政婦だと知れて、出世の妨げにでもなってはいけないと思ったんですね。そこで、娘さんの幸せのために、いわばご自分を消したわけだ。たいへんごりっぱだと思います。……娘さんはおひとり暮らしですか？」

「はい――モーニングサイド・ハイツに。毎週会っていますけれど」ようやく聞き取れるほどの声だった。

「当然ですね――できるだけたびたび会っていらっしゃるんでしょう、きっと。……ミスター・ベンスンのお宅で働くことにしたのは、娘さんがあの人の秘書だったからですか？」

顔を上げた彼女は、恨みがましい目をしていた。「ええ――そうです。どういう人なのか、娘から聞かされて。夜にこのうちで、娘に時間外の仕事をさせることもしょっちゅうでしたから」

「ここにいて、娘さんを守りたかったんですね？」

「はい——そのつもりでした」

「事件の翌朝、ミスター・マーカムがここで、ミスター・ベンスンはこのうちに銃を置いているか訊ねたとき、どうしてあんなにうろたえたんです？」

彼女ははっと目をそらせた。「私——うろたえたりしません」

「いや、うろたえましたよ、プラッツさん。ぼくの口からそのわけを言ってあげましょう。ぼくらが、ミス・ホフマンが撃ったと考えるんじゃないかと思ったからだ」

「いいえ、そんなことはありません！　娘はあの晩、このうちに来てもいません——ほんとうです！——ここには来ませんでした……」

彼女はすっかり気が動転していた。一週間ばかり張りつめていた緊張が、ぷっつり切れたのだ。彼女は力なくあたりを見回した。

「まあ、まあ、プラッツさん」と、ヴァンスがなだめた。「誰も、ミス・ホフマンがミスター・ベンスンの死に関わったなんて、これっぽっちも思っちゃいない」

家政婦は、ヴァンスの顔をさぐるようにじっと見た。最初は、信じられないようだった——長いあいだの不安に心をむしばまれてしまったらしい。ほんとうのことを言っているのだとヴァンスが彼女に納得させるのに、たっぷり十五分はかかった。私たちが引き揚げるころには、ようやく彼女もまずまず安心したようだった。

スタイヴェサント・クラブへ向かう道すがら、マーカムは黙って、考えごとにすっかり心を奪われていた。どうやら、ミセス・プラッツと話をして新たに出てきた事実に、相当悩まされているようだ。

ヴァンスは車内でのほほんと煙草をくゆらせながら、ときおり振り向いては、通り過ぎていく建物をじっと見ていた。四十八丁目を東へ向かい、ニューヨーク聖書協会会館にさしかかると、運転手に言って車を止めさせ、私たちにその美しい建物を鑑賞しろと言うのだった。

「キリスト教は、建築だけで価値を証明していると言ってもいいね。いくつか例外はあるが、この街で目ざわりにならない建物といったら、教会やそれに類するものだけだ。アメリカ人の美学的信条は、大きいものなら何でも美しい、なんだからねえ。そこらの摩天楼《スカイスクレイパー》とかいう、四角い穴がいくつもあいたばかでかい箱を、アメリカ人はただ巨大だからっていうだけで崇《あが》め奉《たてまつ》る。横並びの穴の列が四十段重なった箱なら、二十段の箱の二倍の美しさ、ってわけだな。単純な公式だねえ？……通りの向こうの、わずか五階建てのものをご覧よ。この街のどんな摩天楼より、はるかに美しい――それに、ずっと印象的でもある……」

クラブまでの車中で、ヴァンスは一度しか、それも間接的にしか、事件のことを口にしなかった。

「ねえ、マーカム、やさしさは宝冠にまさる、だね（英国の詩人アルフレッド・テニスンによる、貴婦人ヴィア・デ・ヴィアのことをうたった同名の詩）。今日はいいことをした。すごくりっぱな人物になったような気分がする。フラウ（ドイツ語のミセス）・プラッツも、今夜はぐっすり眠《シュラーフェン》るだろう。かわいいグレートヒェン（ゲーテ『ファウスト』でファウストに誘惑される娘）のことで、ずっと気をもんできたんだ。たいした人だよ、老いた慈母というか何というか。未来のレディ・ヴィア・デ・ヴィアに容疑がかかると思って、耐えられなかったんだな。……どうしてあれほど心配するのかね?」そう言って、彼はマーカムにいたずらっぽい目を向けた。

それ以上、屋上庭園で夕食をすませるまで、事件の話は出なかった。私たちは椅子を後ろにひいて、マディソン・スクウェアの緑を眺めやった。

ヴァンスが口を開く。「さて、マーカム、偏見をいっさい捨てて、思慮分別《ジュディシャスリー》をもって状況を考慮してごらんよ——きみたち法律家は遠まわしにそんな言い方をするんじゃなかったかい。……手始めに、ミセス・プラッツがきみから銃のことを訊かれてあんなにうろたえたわけと、ぼくにベンスンのお茶の相手を知っていると言われてあわてたわけは、もうわかった。つまり、二つの謎が解けたわけだ……」

「家政婦とあの娘の関係を、どうやってさぐり出した?」マーカムが口をはさんだ。

ヴァンスがとがめるような目を向ける。「じろじろ見てたかいがあってね。ミス・ホフマンに初めて会ったとき、ぼくはあの娘を〝品定め〟してたじゃないか——いや、きみがどう思おうと、もう勘弁してやるよ。……頭の特徴がうんぬんと、ひとしきり話したのを覚えていないかい? ぼくはひと目で気がついたんだ、ミス・ホフマンはベンスンの家政婦とそっくり同じ頭の形をしている。短頭《ブラキセファリック》でね。著しく発達した頬骨、直顎《オーソグネーサス》、浅く、扁平な頭頂骨《パーライタル》構造、中鼻《メソレイン》。……それから、耳もさぐったよ。ミセス・プラッツが、とがって耳たぶのない〝サテュロス〟（ヤギの角、耳、足をもつ、ギリシャ神話の牧神）ふうの耳をしていたからね——ダーウィン耳とか言われることもある、あれだ。こういう耳は家系に伝わる。ミス・ホフマンの耳が、多少の違いはあれど同じタイプだったから、きっと血縁関係があると確信を得た。だけど、ほかにも似ているところはあったよ――たとえば色素とか、身長もそうだな――二人とも長身だろう。それに、二人とも体の中心部が、周辺部に比べてすごく大きいんだ。肩幅が狭くて、手首や足首が細いのに、腰まわりがでんと張っている。……ホフマンというのがプラッツの旧姓というのは、ただのあてずっぽうだ。だけど、そんなことはどうでもよかった」

ヴァンスは、もっと座り心地がよくなるように体を動かした。

「そこで、きみの公正《ジュディシャル》な考慮のためにだが。……まず、十三日の夜、十二時半ちょっと前に、犯人《ヴィラン》がベンスン宅へやってきて、居間に明かりがついているので、窓をたたいて、すぐに中へ入れてもらったとしよう。……この仮定から、そのやってきた人物についてどんなことがわかる？」

「ベンスンの知ってるやつだってことだけだ」とマーカム。「だからといって、何の役にも立たん。あの男の知り合い全員に絞首刑を乱発するわけにはいかない」

「もっと詳しいことがわかるさ」とヴァンス。「ベンスンを殺したのが、ごくごく親しい仲間、あるいは、ともかくベンスンが見てくれなんかにかまわず会える人間だったのは間違いない。禿げ前に言ったけどね、かつらをつけていなかったってことが、何よりも重要なことなんだ。禿げ頭に悩む中年のだて男《ボー・ブランメル》にとって、かつらってのは身だしなみの必須条件《シニ・クワイ・ナン》なんだからね。ミセス・プラッツの話からもわかるだろう。食料雑貨店の御用聞きにさえ髪の毛が足りないことを隠すベンスンが、あんなふうに、頭に戴く自尊心を奪われた状態で、ただの知り合いを迎え入れるなんて、これっぽっちでも考えられるかい？　そんなあられもない姿だったうえ、歯もすっかりそろってはいなかった。さらに、カラーもタイもはずして、着古したスモーキング・ジャケットに寝室用スリッパという格好だ！　想像するだにかわいそうな光景じゃないか。……カラーをはずして、シャツバンドと金の鋲《びょう》をむきだしにしてる男なんて、ぞっとしないね。ご婦人だったら、髪にカールペーパーを巻きつけたままの格好に匹敵するよ。……そんな身だしなみもへったくれもない格好のベンスンが、差し向《テタテット》かいに腰をおろすような相手が、何人ぐらいいると思うかい？」

「三、四人ってところかな」とマーカム。「それにしても、その全員を逮捕するわけにはいかない」

「もしできたなら、きっと逮捕したくせに。だけど、そんな必要はないだろう」

ヴァンスは、ケースからまた一本煙草を抜き出し、話を続けた。「ほかにも、役に立つことがいくつもわかるよ。例を挙げると、犯人はベンスンの家の中の事情にかなりよく通じていた。家政婦が居間からずいぶん離れた部屋でやすむので、いつものように自室のドアが閉まっていれば、銃声で飛び起きたりすることはないと知っていたはずだ。また、あの時間には、あの家にはほかに誰もいないことを知っていたにちがいない。もうひとつ、犯人の声がベンスンには文句なしになじみだったことを忘れちゃいけない。常日ごろ押し込み強盗を警戒していたし、リーコック大尉に脅されたことも気になっていただろうから、声にほんのちょっとでも疑わしいところがあったら、ベンスンがうちに入れたはずがない」

「まっとうな仮説だな。……ほかには？」

「あの宝石だよ、マーカム――愛情を代弁するものさ。あの宝石のことを考えてみたかい？ ベンスンがあの晩帰宅したときには、センター・テーブルの上にあった。朝にはもうなくなっていた。すると、犯人が持ち去ったと考えるべきじゃないか――だろう？……あの晩、犯人があそこにやってきた理由も、ひとつはあの宝石だったんじゃないかな？ もしそうだとすると、ベンスンのごく親しいお気に入り《ペルソナ・グラータ》で、あの家にあの宝石があることを知っていたのは誰か？ そして、どうしてもそれが欲しかったのは誰か？」

「そのとおりだ、ヴァンス」マーカムはゆっくりとうなずいた。「それで当たりだな。ファイフのことは、ずっと気になってしかたがなかったんだ。今日だって、いよいよファイフの逮捕令状を出そうと思ったところへ、ヒースがリーコックが自白したと言ってきたんだった。そのあと、自白がぶちこわしになって、ぼくはまたあの男を疑うようになったんだ。午後じゅう何も言わずにいたのは、きみの考えがぼくをどこへ導いてくれるか知りたかったからなんだがね。きみの話で、ぼく自身の考えが完全に確かめられた。ファイフが犯人――」

宙に浮かしていた椅子の前の脚を、彼はいきなり床につけた。

「なのに、なんてこった、きみはあの男を逃がしてしまった！」

「気をもむことはないさ」とヴァンス。「ちゃんとミセス・ファイフのところにいるはずだよ。それに、いずれにせよ、きみのところのミスター・ベン・ハンロンが、逃亡犯を連れ戻すのはお手のものなんだし。……いじめられたリアンダーを、少しのあいだそっとしておいてやろうよ。今夜はいなくたっていいだろ――そして、明日になったら、もういてほしいとも思わなくなるさ」

マーカムがくるっと向き直った。

「何だ、それは！　いてほしいとも思わなくなるって？　どうしてなんだ、なあ？」

ヴァンスはめんどうくさそうに言った。「うーん、楽しいやつでも愛すべきやつでもないだろ？　まばゆいほどの美男子でもないし。ぼくは必要のないかぎり近くにいてほしくないけどね。……ちなみに、あの男は犯人じゃない」

マーカムは途方に暮れて、怒ることもできずにいた。さぐるような目で、たっぷり一分間はヴァンスを見ていた。

「わけがわからん。ファイフは無実だというなら、いったい誰が犯人だと思うんだ？」

ヴァンスは時計をちらっと見た。

「明日、うちへ朝食に来たまえ。ヒースに頼んでおいたアリバイ調べの結果を持ってね。そうすれば、誰がベンスンを撃ったのか教えよう」

その口調に、マーカムは感じるところがあった。ヴァンスは、守れる自信がないかぎり、そんなにはっきりした約束はしないはずだった。ヴァンスのことをよく知っている彼には、その発言を受け流すことも、あるいは見くびることさえもできない。

「今すぐ教えてくれればいいじゃないか」

「まことに申し訳ないんだが、今夜は交響楽団の〝特別公演〟を聴きにいく予定なんだ」とヴァンス。「セザール・フランク（ベルギー生まれのフランスで活躍した作曲家）のニ短調を演奏するんだ。ストランスキーの感性は、あの全音階的感傷の曲にすばらしくぴったりだよ。……一緒に来るといい。気分がやすまるんじゃないかな」

「やめとくよ！」マーカムは、うなるように言った。「ぼくに必要なのは、ブランデー・ソーダだ」

マーカムは、タクシーに乗る私たちについて下までおりてきた。

「では、明日の朝九時に」座席におさまると、ヴァンスが言った。「オフィスにはちょっとくらい遅れたっていいだろう。忘れずにヒースに電話して、アリバイのことを聞いておいてくれよ」

それから、発車まぎわになって、彼は窓から身を乗り出した。「そうそう、マーカム、ミセス・プラッツの身長はどのくらいだと思う？」

22　ヴァンス、仮説を述べる

六月二十日（木曜日）午前九時

次の朝マーカムは、九時きっかりにヴァンスのアパートメントへやってきた。機嫌は悪そうだ。

テーブルにつくなり切り出す。「なあ、ヴァンス、昨夜、別れ際に言った言葉はどういう意味なのか知りたい」

「まあ、メロンを召しあがれ」とヴァンス。「ブラジル北部の産で、すごくうまいんだ。ただし、胡椒や塩で風味をそこなっちゃいかん。あきれた習慣だよ、あれは。いや、メロンにアイスクリームを詰め込むほうが、もっとあきれるがね。アメリカ人のアイスクリームの使い方ときたら、あきれてものも言えないよ。パイに載せるわ、ソーダ水に浮かべるわ。固いチョコレートに包んでボンボンみたいにもするし、甘いビスケットにはさんで、アイスクリーム・サンドイッチなんて呼んだりもする。ホイップクリーム代わりにロシア風シャルロット（ババロア入りのスポンジケーキ）に添えることまであるし……」

「ぼくが知りたいのは——」と、マーカム。だが、ヴァンスはしまいまで言わせない。

「びっくりするよね、メロンもずいぶん誤解されててさ。マスクメロンとスイカ《ウォーターメロン》の二種類しかないんだよ。朝食に出てくるようなメロンは——カンタロープ、シトロンメロン、ナツメグ、カサバメロン、カンロメロンなんかだが——マスクメロンの変種なんだ。だけど、みんながカンタロープは属名だと思ってる。フィラデルフィアじゃ、どのメロンもみんなカンタロープって呼ぶし。ところが、この種のマスクメロンが最初に栽培されたのがイタリアのカンタルポで……」

「非常に興味深いね」マーカムは、いらだちを半分も隠しきれずにいた。「どういうつもりで、昨夜——」

「メロンを食べ終わったら、カーリがきみのために特別腕をふるった料理を用意してくれたからね。ぼくが生み出した味覚上の傑作《シエドウーヴル》だよ——もちろん、カーリとの合作だけど。何カ月もかけて考案したんだ——いわば、構図を決めてまとめあげたわけだよ。名前はまだつけていない。きみがぴったりの名前をつけてくれてもいい。……この料理をつくるには、まず、固ゆで卵を刻んで、おろした甘口の全乳チーズ《ポール・デュ・サリュ》とまぜ、タラゴン少々《スプソン》を加える。このペーストを、三枚におろしたホワイト・パーチ（スズキの類）の切り身で、クレープみたいに包む。それを絹糸でしばって、特製のアーモンド入りの衣をまぶして、スイート・バターで揚げる。もちろん、これは作業のほんの概略にすぎないよ。じつに精妙な細部をみんな省いてしまっている」

「うまそうだ」マーカムの口調には熱意が感じられない。「だけど、ぼくは料理の手ほどきをしてもらいに来てるわけじゃない」

「ねえ、どうもきみは、おなかを喜ばせることの大切さを過小評価しているね」ヴァンスはなおも言うのだった。「食べることが人間を確実に知的向上へ導いてくれるばかりか、食がいやおうなく個人の気質の尺度にもなるんだよ。粗野な人間は、料理の仕方も食べ方も粗野だ。人類の歴史の初期のころ、人間は至るところ大流行する胃痛《インダイジエスシヨン》にたたられていた。そこから、悪魔《デヴィル》だの悪霊《デーモン》だの地獄という観念だのが生まれたんだ。消化不良《ディスペプシア》の見せる悪夢だったのさ。その後、人間は料理の技術に熟達しはじめるとともに、洗練されていく。調理という技芸の最高峰に到達したときが、文化や知性という栄光の頂点をきわめるときでもある。食通《グルメ》という芸術が衰退すれば、人間も退化するんだ。規格化された無味乾燥なアメリカ料理なんか、典型的な堕落だね。ブレンド具合が完璧なスープはねえ、マーカム、ベートーヴェンの八短調交響曲（第五番 運命）よりも気高いんだよ……」

マーカムは、朝食のあいだじゅう、ヴァンスのおしゃべりをぼんやりと聞き流していた。何度も事件のことに話をもっていこうとしてみたものの、そのたびにヴァンスのなめらかな弁舌にあしらわれてしまった。カーリが食卓を片づけたあとになってやっと、マーカムがやってきた目的のことをヴァンスが口にしたのだった。

「アリバイの報告はもってきたかい？」というのが、最初の質問だった。

マーカムがうなずく。「昨夜、きみたちがいなくなったあと、二時間もかけてヒースをつかまえたんだぜ」

「気の毒だったな」ヴァンスはささやくように言った。

彼は机のところへ行って、仕切りの一画から、びっしりと書き込まれた二つ折りの筆記用紙を取ってきた。

「これにちょっと目を通して、学識あるきみの意見を聞かせてほしいんだが」と、彼はマーカムに用紙を手渡しながら言った。「昨夜、演奏会のあとで用意したんだよ」

私はのちにその文書をもらって、ベンスン殺人事件に関するほかのメモや書類と一緒にファイルしておいた。以下は、それを一字一句変えずに写したものだ。

仮定

ミセス・アンナ・プラッツが、六月十三日夜、アルヴィン・ベンスンを射殺した。

場所

彼女はベンスン邸に住み込んでいる。犯行時刻に在宅したことを認めている。

機会

邸内には、ベンスンと彼女しかいなかった。

窓にはすべて、内側からかんぬきか錠がかかっていた。玄関扉は施錠されていた。ほかに侵入の方法はない。

彼女が居間にいても不自然なところはない。ベンスンに家事について訊ねることがあるふりをして、入っていったのかもしれない。

彼女がすぐ目の前に立っても、必ずしも彼が顔を上げるとはかぎらない。したがって、彼は本を読む姿勢のままだった。

射殺する目的でいながら相手の注意を引くことなく、それほど接近できる者がほかにいるだろうか？

家政婦の前でどんな格好でいようと、彼は気にしなかっただろう。歯を入れずかつらもつけずに、寝間着姿でいるところを、家政婦に見られるのには慣れっこだった。

その家に住んでいる彼女は、犯行に好都合なときをいくらでも選ぶことができた。

時間

彼女は、彼の帰りを起きて待っていた。否定はしているが、彼は帰宅時間を彼女に教えていたのかもしれない。

彼がひとりで家に入ってきて、スモーキング・ジャケットに着替えたので、そのあと客を待っているのではないとわかった。

帰宅後まもなくの時間を選んだのは、彼が誰かと一緒に帰ってきて、その連れに殺されたように思わせるため。

手段

ベンスン所有の銃を使った。ベンスンはきっと、ほかにも銃を所持していたのだろう。彼なら、居間よりも寝室のほうに銃を置いていそうなものだ。居間にスミス・アンド・ウェッソンがあったということは、もう一挺の銃は寝室に置いてあったのではないだろうか。

家政婦なのだから、彼女は二階にも銃があることを知っていた。彼が階下におりていって居間で本を読みはじめると、彼女は銃を手に入れ、エプロンに隠して持ち出した。

犯行後、銃は遺棄あるいは隠匿した。処理する時間は朝まであった。

ベンスンは家に銃を置いているかと訊かれて彼女がぎょっとしたのは、寝室に銃があったことをわれわれに知られているかどうかよくわからなかったからだ。

動機

彼女が今の家政婦の職についたのは、自分の娘に対するベンスンの行状が気がかりだったからだ。娘が彼の自宅に夜間、仕事をしにやってくるときは、必ず注意していた。

最近、ベンスンが卑劣なことを企《くわだ》てていることを知り、娘に差し迫った危険があると思い込んだ。

彼女のように娘の将来のためにはわが身を顧みない母親は、娘を救うために人を殺すこともためらわないものだ。

そのうえ、宝石のこともある。宝石は隠して、娘の将来のために大事にとってある。ベンスンはほんとうに、宝石をテーブルの上に置きっぱなしで出かけたのだろうか？　もしもしまっておいたのだったら、家の中のことを知り尽くし、時間もたっぷりあった彼女以外に、見つけられる者がいただろうか？

犯行

セント・クレアがお茶にやってきたことについて嘘をついた彼女は、あとから、セント・クレアが事件に無関係だとわかっていたからだと弁解した。女の勘というものだったのか？　否。セント・クレアが無実だとわかったのは、たんに自分自身が犯人だからにすぎない。母性あふれる彼女は、無実の人間が疑われることを望まなかったのだ。

きのう、娘の名前が持ち出されたとき、彼女が著しくうろたえたのは、親子関係が見抜かれたことで自分がベンスンを撃った動機も発覚するのではないかと思ったからだ。

彼女は銃声を聞いたことを認めている。もし聞こえなかったと言えば、実験によって居間の銃声が彼女の自室まではっきり響くことが判明するかもしれず、それによって、疑われることになるからだ。普通、目が覚めたからといって、いちいち明かりをつけてきっちり時間を確かめるものだろうか？　それに、家の中で銃声らしき音が聞こえたなら、原因を調べてみるか、誰かに知らせるかするものではないだろうか？

最初の事情聴取の際に、彼女ははっきりとベンスンを嫌っている様子を見せた。

彼女は、何か訊かれるたびに、必ず不安そうにした。

彼女は実際的で抜け目のない、意志の強いドイツ人タイプ。こういう犯罪を、計画することも実行することもできそうだ。

身長

彼女の身長はおよそ五フィート十インチ——実証された犯人の身長に合う。


マーカムはこの要約《プレイシ》を何度も繰り返し読んだ——たっぷり十五分もかけて。読み終わると、今度は十分ばかり黙り込んだ。そしておもむろに立ち上がると、部屋をうろうろしはじめた。

「法律的な工夫を凝らした文書にはなっていないがね」とヴァンス。「大陪審でも理解はしてもらえるんじゃないかな。もちろん、きみが手を入れてうまいこと書き直してくれてもいい。無意味な言い回しやら難解な法律用語やらをやたらとちりばめてね」


マーカムはすぐには答えなかった。フランス窓のそばに足を止め、通りを見下ろしている。そしてやっと、口を開いた。「ああ、きみは事件に決着をつけたんだと思う。……すごいよ！ 初めから、きみは何を確かめようとしてるんだろうって、不思議でならなかったし、きのうのプラッツへの質問なんか無意味だって気がしていた。正直なところ、ぼくは彼女を疑ってみようなどと一度も思わなかったよ。ベンスンはよっぽど嫌われていたんだな」

彼は向きを変えると、頭《こうべ》を垂れ、両手を後ろに組んで、ゆっくりと私たちのほうへ戻ってきた。

「彼女を逮捕するのは気が進まない。……おかしなことだが、彼女を事件と結びつけてみたことなんかなかったものだから」

彼は、ヴァンスの前で足を止めた。

「それに、きみだって、最初は彼女のことなんか考えていなかったじゃないか。誰が犯人か、ベンスンのうちに行って五分とたたないうちにわかったとか、大きな口をたたいたくせに」

ヴァンスは愉快そうに顔をほころばせ、椅子に大の字によりかかった。

マーカムは憤慨した。「何だい！　先日きみは、どんな証拠が挙がろうと、女にはこんなことはできないって言って、芸術だの心理学だのわけのわからない大演説をぶったじゃないか」

「そのとおりだ」ヴァンスがまだ笑いながら、小声で言った。「女がやったんじゃない」

「女がやったんじゃないだと？」マーカムの怒りが喉もとまでこみあげる。

「そう、違うんだよ！」

彼はマーカムが手にしている紙を指さした。

「ちょっときみをかついでみただけなんだ。……かわいそうなミセス・プラッツ！――小羊のように潔白なのに」

マーカムはその紙をテーブルの上に放り出して、腰をおろした。これほど怒り狂った彼は見たことがない。だが、なんとかそれを抑えているのは見上げたものだった。

ヴァンスが、感情のこもらないゆっくりした口調で説明を始める。「ねえ、きみ、きみたちの言う状況証拠や物的証拠というものがいかにばかばかしいか、ぼくは実証してやりたくてうずうずしてたんだよ。ミセス・プラッツを告発するぼくの論拠は、われながらよくできていると思うんだがね。きっと、このまま彼女を有罪にすることもできるよ。ところが、きみたちの高尚な法律理論全体と同じで、こいつはまことしやかな間違いなんだ。……状況証拠ってやつはねえ、マーカム、まさに愚の骨頂だよ。その理屈は、今の民主主義と似ていなくもないがね。民主主義ってのは、選挙で無知な票をがっぽりかき集めれば英知が生まれるなんていう理屈なんだからね。状況証拠ってのも、弱い環《わ》でも十分な数だけかき集めれば強い鎖ができるって理屈じゃないか」

「今朝ぼくをここへ呼んだのは、法律論の講釈をたれるためか?」マーカムが冷ややかに言った。

「いやいや、違うさ」ヴァンスは楽しそうだ。「ただ、ぼくが明かすことを受け入れる準備をしてもらわなくちゃならなかっただけでね。なにしろ、真犯人に対する物的証拠も状況証拠も、ぼくはひとかけらももちあわせちゃいないんだ。それでも、マーカム、ぼくはその男が犯人だとわかっている。ちょうど、きみがその椅子に座って、どうやったらぼくをなぶり殺しにしても罰を受けずにすませられるだろうか考えているところだとわかっているようにね」

「証拠がないのに、どうやって結論に達した?」マーカムの口調は意地悪かった。

「もっぱら心理分析によって——個人の可能性を科学したと言ってもいいかもしれない。人間の心理の本性は、烙印のようにはっきりと読み取れるものなんだ。ヘスター・プリンの緋文字（ホーソーン作『緋文字』の主人公の罪の表徴）のように。……もっとも、ぼくはホーソーンを読んだことがないんだがね。ニューイングランド気質には我慢がならないから」

マーカムは歯をくいしばり、氷のように冷たく獰猛な目でヴァンスをにらんだ。

「きみがぼくに期待しているのは、きみがいけにえに選んだやつの腕をつかんで法廷にひきずり出し、判事に、『ここにいるのが、アルヴィン・ベンスンを撃ち殺した男です。証拠は何もありませんが、死刑を宣告していただきたい。才気縦横、聡明無比なる友人でスタッフド・パーチなる料理の考案者、ファイロ・ヴァンスが、この男の本性が邪悪だと申しますので』と言うことなんだろうな」

ヴァンスは、それとわからないほどそっと肩をすくめた。

「きみが犯人を逮捕しなくたって、ぼくは悲しみにくれたりはしないよ。だけど、誰が犯人か教えるのが人情だと思うだけだ。きみが罪のない連中を誰かれかまわず追い回すのを、やめさせるだけのためでも」

「よし――じゃあ、教えてもらおうか。さっさと仕事にかからせてくれ」

マーカムの頭の中にはもう、ヴァンスが現にベンスン殺人犯を知っているということを、疑う余地はないようだった。ただし、ヴァンスがなぜ何日も彼をやきもきさせておいたのか、そのわけをすっかり理解するに至ったのは、その日の朝もずっとあとになってからのことだ。そのわけを理解してようやく、彼はヴァンスを許した。だが、この時点では、今にも爆発しそうな怒りをかろうじて抑えていたのだった。

「その男の名前を明かす前に、ひとつか二つ、すませておかねばならないことがある」とヴァンス。「まず、そのアリバイ報告をちょっと見せてもらおうか」

マーカムは、ポケットからタイプした書類の束を取り出して、渡してよこした。

ヴァンスは片眼鏡を調整して、じっくりと見ていった。彼がふと部屋を出ていく。どうやら、電話をかけているようだった。戻ってきた彼は、報告を読み直した。報告のひとつを、可能性をさぐるかのように、いつまでも眺めていた。

「可能性はあるな」しばらくしてそうつぶやくと、決断がつきかねる様子で暖炉を眺めやった。もう一度、報告書に目を向ける。

「なあ、これによると、オストランダー大佐は十三日の晩、モリアーティという名のブロンクスの市会議員と一緒に、四十七丁目にあるピカデリー劇場に『ミッドナイト・フォリーズ』を見に行ったんだね。十二時ちょっと前に劇場に着いて、出し物をおしまいまで見ていた。劇場がはねたのが、午前二時半ごろか。……きみはこの議員と知り合いかい？」

マーカムが、鋭い視線で相手の顔を見上げた。「ミスター・モリアーティには会ったことがある。その男がどうかしたのか？」その声には抑えきれない興奮の響きが感じられた。

「ブロンクスの議員というのは、午前中の今ごろ、どこをうろついているものだろうね？」とヴァンス。

「自宅にいるんじゃないかな。ひょっとしたら、サマセット・クラブか。……市庁舎で仕事ということもあるな」

「へえ！——そんな、政治家に似つかわしくない行動をねえ！……よかったら、ミスター・モリアーティが自宅かクラブにいるかどうか、確かめてもらえないだろうか。さしつかえないようなら、彼とちょっと話がしたいんだが」

マーカムは、ヴァンスを突き刺すような目で見た。そして、ひとことも言わずに、書斎にある電話のほうへ行った。

「ミスター・モリアーティは自宅にいた。市庁舎に出かけるところだったよ」と、戻ってきた彼は言った。「ダウンタウンへ行く途中、ここへ寄ってくれと頼んでおいた」

「あてがはずれなければいいが」ヴァンスはため息をついた。「だが、やってみるだけのことはある」

「なぞかけの詩《シャレード》でもひねっているのか？」とマーカム。おもしろがっているようでも機嫌がよさそうでもない言い方だった。

「これはこれは。本筋の問題を紛糾させようとしているわけじゃないよ」とヴァンス。「きみがたっぷりともちあわせている、あの気取りのない誠実さを、少しばかり見せてくれ——そのほうがノルマン人の血気より好ましいよ。午前中のうちには犯人を教えるからさ。だけど、それをきみに確実に受け入れてもらえるようにしなくちゃならないんでね。ここに並んでいるアリバイが、ぼくの発言の大打撃《クー・ド・ブトワール》への道ならしに、大いに役立ってくれそうだ。……このあいだも言ったけれど、アリバイってやつは油断のならない物騒な代物で、深く疑ってかからなくちゃならん。そして、アリバイがないということには、まるっきり何の意味もない。たとえば、この報告で見ると、ミス・ホフマンには十三日の夜のアリバイがないね。映画館に行って、それからうちに帰ったことになっている。そのあいだのどの時点でも、彼女を見かけた者は誰もいない。ママに会いにベンスンのうちを訪ねて、夜遅くまでいたのかもしれないんだよ。怪しいじゃないか——な？　だけど、ほんとうはあの家にいたとしても、あの晩彼女の犯した罪悪は親に甘えたことだけだ。……かたや、ここには鉄壁《キャスト・アイアン》のアリバイってやつもある——ばかげた比喩だね、鋳鉄《キャスト・アイアン》はわけなく砕けるってのに。そして、ぼくはたまたま、そのうちのひとつは見せかけのアリバイだと知っている。だから、いい子だから、我慢しておくれ。どうしても、ここに並ぶアリバイを綿密に調べなくちゃならないんだから」

十五分ばかりすると、ミスター・モリアーティがやってきた。二十代後半だろうか、きまじめそうで端整な、きちんとした服装の若者だ——私の考えていた議員のイメージとはかけ離れていた。彼は、ブロンクスなまりのほとんどない、わかりやすく正確な英語をしゃべった。

マーカムが紹介役を務め、来てもらったわけを簡単に説明した。

「殺人課の人から、ついきのう、その件について訊かれましたよ」とモリアーティ。

「その報告はあるんですが、通りいっぺんのことしかわからないものですから」とヴァンス。「あの晩、オストランダー大佐と会ってからあとのことを、詳しく教えていただけないでしょうか？」

「大佐から、夕食と『フォリーズ』に誘っていただきましてね。マルセイユで十時に待ち合わせました。そこで夕食をすませてから、十二時ちょっと前にピカデリーに行きました。二時半ごろまで劇場にいましたね。大佐のアパートメントまで歩いてご一緒して、一杯ごちそうになりながらおしゃべりし、三時半ごろ地下鉄でうちに帰りました」

「きのう、刑事がうかがったところによると、劇場ではボックス席にいらっしゃったとか」

「そうです」

「あなたも大佐も、上演中はずっとそのボックス席にいらっしゃいましたか?」

「いや。第一幕のあと、私の友人がボックス席に立ち寄りまして、大佐はご遠慮なさって手洗いに立たれました。第二幕のあとには、大佐と私で外へ出て、路地で一服しましたし」

「第一幕が終わったのは何時ごろだったでしょう?」

「だいたい十二時半ごろでしょうか」

「それで、煙草を吸った路地というのは?　確か、劇場脇に沿って、おもて通りに出られる道がありましたね」

「それです」

「ボックス席のすぐ近くに出口がひとつあって、そこから路地に出られるんじゃありませんでしたか?」

「そうです。あの晩もその出口から外へ出ました」

「第一幕のあと、大佐はどのくらいのあいだ席をはずしていましたか?」

「数分間ですかね――正確には覚えていませんが」

「第二幕の幕が開いたときには、席に戻っていましたか?」

モリアーティは思い出そうとしていた。「まだ戻っていなかったような気がします。幕が上がってしばらくしてからお戻りだったと思いますね」

「十分くらいでしょうか?」

「わかりませんが、それ以上じゃなかったのは確かです」

「では、幕間が十分として、大佐は二十分ばかり席をはずしていたのかもしれませんね」

「ええ――そんなところかもしれません」

それで会見は終わった。モリアーティが出ていくと、ヴァンスは椅子にもたれかかって、煙草をふかしながら考え込んでいた。

「掘り出しものだな! ピカデリー劇場はねえ、ベンスン邸の目と鼻の先にあるよ。この状況にどういう可能性があるか、気づいたかい?……大佐が議員を『ミッドナイト・フォリーズ』に誘い、路地への出口に近いボックス席をとる。十二時半ちょっと前にボックス席を離れて、路地を通ってこっそりベンスンのうちへ行き、窓をたたいて中へ入れてもらい、相手を撃ち殺して、大急ぎで劇場に戻る。二十分あれば十分だろう」

マーカムは背すじをぴんと伸ばしたが、何も言わなかった。

ヴァンスが続ける。「それでは、表われている状況と裏づけとなる事実を見てみようか。……ミス・セント・クレアの話によると、大佐はベンスンの株の買占め工作で手痛い損をして、彼の不正を非難していたという。一週間ほどベンスンと口もきいていなかった。二人が反目し合っていたのは確かだ。大佐はマルセイユで、ミス・セント・クレアがベンスンと一緒のところを見ている。そして、彼女が必ず十二時には帰宅することを知っている。決行を十二時半に決める。当初は、もっと遅くまで、たとえば一時半か二時ごろまで待ってから、劇場をこっそり出ていくつもりだったんだがね。陸軍の将校なんだから、コルト四五口径は持っているはずだし、たぶん射撃の腕もいいんじゃないだろうか。大佐は、きみが早いとこ誰かを逮捕するよう、やけに気をもんでいたね――逮捕するのは誰でもいいみたいだった。きみに電話をかけてまで、さぐりを入れてきたし。ベンスンがあんな格好でも迎え入れるだろう、ごくわずかしかいない人物のひとりでもある。ベンスンとは十五年来の親しいつきあいで、ミセス・プラッツが以前、ベンスンがかつらを脱いだところを大佐に見せているのを目撃したこともあった。さらには、大佐はあのうちの中のことを知り尽くしているだろう。古くからの仲間に、すばらしいニューヨークのナイト・ライフを見せてやっていたころ、何度もあのうちに泊ったにちがいないからね。……どうだい？」

マーカムは立ち上がって、目をほとんど閉じたまま部屋をうろうろしはじめた。

「じゃあ、それでなのか、きみが大佐にあれほど関心を示したのは――誰かれとなく大佐のことを知っているか訊いたり、昼食に呼んだり……そもそも、大佐が犯人だっていうのは、どこから思いついたんだ？」

「犯人だって！」ヴァンスが声をあげた。「あの、このうえなくおばかな老人が犯人とは！まったく、マーカム、そんなことを考えるなんてばかげてるよ。あの晩、大佐が手洗いに立ったのは、きっと、眉毛をなでつけたりタイを整えたりしにいったんだと思うよ。だって、ボックス席に座ってると、ステージの女の子たちの目につくもんだからね」

マーカムは不意に足を止めた。頬がじわじわと険悪な色に変わり、怒りに目が燃えた。だが、彼が口を開くより早く、ヴァンスが相手の怒りなどおかまいなしに、落ち着きはらって先を続けた。

「あまりにも運がよかったのに乗じて、ふざけてみたんだよ。だけど、大佐は、手洗いに立ってダンディに磨きをかけようかっていうような、ただの時代がかった、めかし屋だ――そんなところだろうとは思っていたがね。……やあ！　今朝はびっくりするほどの進展があった。きみは気分を害しただろうけれど。これで、きみの候補者は五人になった。ちょっと法律家が工夫しさえすれば、どのひとりをとっても今度の事件で有罪にできる――ともかく起訴まではもっていけるよ」

彼は、考えにふけるように頭を後ろに傾けた。

「ひとりめはミス・セント・クレア。彼女の犯行だと、きみだってかなりの確信をもっていたし、少佐には彼女を今にも逮捕するつもりだと話していた。犯人の身長を割り出す実験は、理性的かつ決定的すぎるものだから、法廷では逆に役に立たないと言えばいい。きっと、判事だってこのことには同意するさ。二人めには、リーコック大尉を挙げよう。ぼくは、なんと実力行使までして、きみがあの男を刑務所に入れないようにしたんだがね。彼に不利な論拠なら、それこそりっぱなものがあるじゃないか――ほれぼれするような自白は言うまでもなく。もし困ったことに出くわしたって、彼のほうから助け船を出してくれるだろうし。有罪にしてもらうことにあこがれているんだからね。三人めに提起するのは、愉快なリアンダーだ。彼の立場は、ほかの誰よりも不利だ——文句なしの状況証拠がざくざくある——まさにあり余る豊かさ《アンバラ・ド・リシエス》。どこの陪審だって、大満足で有罪判決を出すことだろう。ぼくだって、あの男の服装を理由に有罪にしてやりたいくらいだ。四人めに、自信をもってミセス・プラッツを指摘する。これまた、状況から見て論拠に非の打ちどころなし。手がかり、推理、法的何やかやと、かなり盛りだくさんだよ。五人めが大佐だ。論拠は、たった今リハーサルしたばかり。もう少し時間をかければ、手のこんだ感動的なものにできたんだがね」

そこでひと息つくと、彼はマーカムに皮肉な愛想笑いを向けた。

「どうかよく考えてもらいたい。この五人組《クウィンテット》の誰もに、推定有罪の要件がそろっている。誰をとってみても、時間、場所、機会、手段、動機、犯行に関して、法的必要条件を満たすんだ。唯一の欠点はね、五人ともみんなまったく無実だってことさ。なんとも困ったことではあるが、しかたがない。……さあて、多少なりとも疑わしい人物がみんな無実だとすると、どうしたものかな？……悩んでしまうね？」

彼はアリバイの報告書を取り上げた。

「これはもう、このアリバイを調べ直していくよりほかしかたがない」

一見つながりのよくわからない脱線ぶりに、彼がどういう方向を目指そうとしているのか、私には見当もつかなかった。マーカムもきょとんとしている。しかし、私たちは二人とも、どんなに愚行と思えようとも、そこに彼なりの手法があることを一瞬たりとも疑わなかったのだ。

「さてと」ヴァンスが感慨をこめて言う。「お次は少佐の番だ。とりかかってみるかい？　そう時間はかからないはずだ——住まいはこの近くだから。アリバイは、彼のアパートメント・ハウスの夜勤ボーイの証言ひとつにかかっている。行こう！」彼は立ち上がった。

「そのボーイが今ごろいるもんかね？」とマーカム。

「さっき、電話して確かめておいた」

「しかし、てんで無意味じゃないか！」

ヴァンスはもう、マーカムの腕をとって、おどけながらドアのほうへひきずっていこうとしている。「いや、まったくそのとおりだねえ」とあいづちを打つ。「だけど、いつも言ってるように、きみは人生を深刻に考えすぎてるんだってば」

マーカムはさかんに抵抗し、あとずさりしては、相手につかまれた腕をふりほどこうとした。だが、ヴァンスの決意は固かった。激しい口論の末、マーカムが屈服した。

「こんな煙《けむ》にまかれるようなことは、もうごめんだ」彼は、タクシーに乗り込みながらうなるように言った。

「もうこれで終わりさ」とヴァンスが言った。

23　アリバイを確認する

六月二十日（木曜日）午前十時三十分

　ベンスン少佐が住んでいるチャタム・アームズは、五番街と六番街の中ほど、四十六丁目にある、こぢんまりした独身者用高級アパートメント・ハウスだった。簡素で品格のあるファサードにはめ込まれた玄関が通りに接していて、それは歩道から二段高くなっているだけだ。玄関扉が内側に開くと、そこは狭い玄関ホールで、左手が袋小路《キュドサツク》ふうの小さな応接スペースになっていた。奥のほうに見えるのはエレベーターらしい。そのそばに、エレベーター・シャフトを巻くようにのぼっていく狭い鉄階段の下に押し込めるようにして、電話交換台があった。

　私たちが着いたときには、制服姿の若者が二人勤務中で、ひとりはエレベーターの戸口によりかかり、もうひとりは電話交換台の前に座っていた。

　ヴァンスが、玄関付近でマーカムを引きとめた。

「電話で聞いたところ、あの二人のうちひとりが、十三日の夜勤についていたボーイだ。どちらがそうなのか確かめて、きみのりっぱな地位で、おそれいっておとなしくなるようにしてくれないか。あとはぼくに任せてくれればいい」

　マーカムはしぶしぶ玄関ホールの奥へ向かった。ボーイたちとちょっとやりとりしたあと、ひとりを応接スペースに連れてきて、偉そうな態度で用件を説明した。(1)

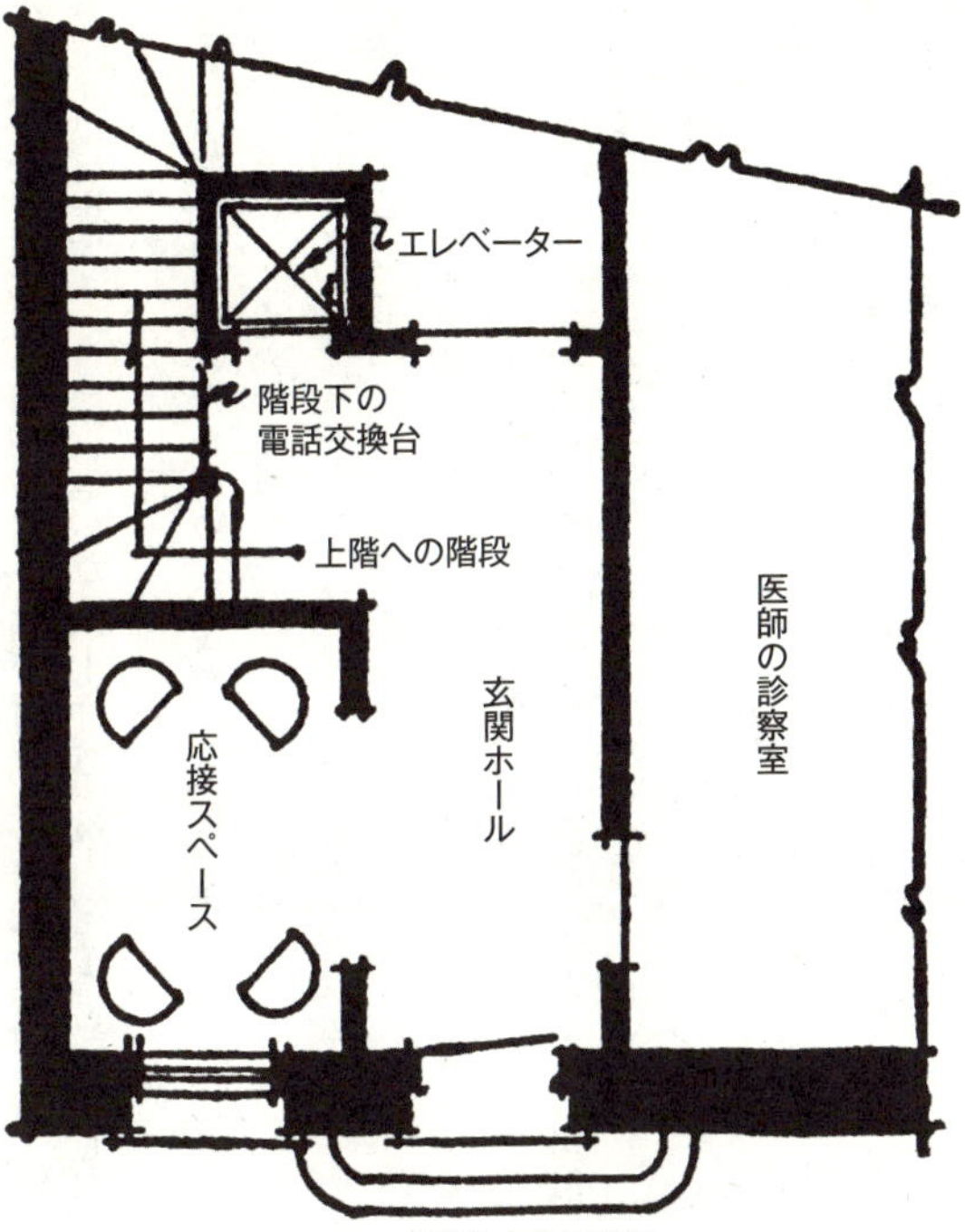

西 46 丁目

西 46 丁目のチャタム・アームズ・アパートメント 1 階

ヴァンスは、何だろうとお見通しだと言わんばかりの、自信たっぷりの態度で質問を始めた。
「ベンスン少佐は、弟さんが撃たれた晩、何時ごろ帰宅したのかね？」
ボーイは目を大きく見開いていた。「十一時ごろ入ってこられました――ショーがはねてすぐ」ちょっとためらっただけで、そう答えた。
（以下、紙幅を節約するため、あとの質問と答えを芝居の台本の形式にする）
ヴァンス：きみに声をかけたんだろう？
ボーイ：はい。劇場帰りだとおっしゃって。なんともお粗末なショーだったよ、って――ひどい頭痛がする、とおっしゃってました。
ヴァンス：一週間も前のことなのに、どうしてそんなによく覚えているんだ？
ボーイ：だって、少佐の弟さんが殺された晩のことだったから！
ヴァンス：じゃあ、あの事件があんなに大騒ぎになったんだから、当然、そのときのベンスン少佐につながりのあることは何でも思い出せるんだろうね？
ボーイ：もちろんです――殺された人のお兄さんなんですから。
ヴァンス：あの晩、入ってきたときに、何月何日とかいう話をしなかったかい？
ボーイ：別に、運悪くあんなくだらないショーを見てしまったのは、十三日だったせいだろうかとはおっしゃいましたが。
ヴァンス：ほかには？
ボーイ：（にんまりして）十三日をぼくのラッキー・デーにしてやろうって、ポケットの小銭を全部くださったんですよ——五セント《ニッケル》、十セント《ダイム》、十五セント《クォーター》のほかに、五十セント銀貨もひとつまじってました。
ヴァンス：全部でいくらになった？
ボーイ：三ドル四十五セントでしたね。
ヴァンス：それから部屋に上がっていったのかい？
ボーイ：はい——ぼくがエレベーターでお連れしました。三階にお住まいなので。
ヴァンス：そのあと、また出かけたかい？
ボーイ：いいえ。
ヴァンス：どうしてわかるんだ？
ボーイ：お見かけしませんでしたから。ひと晩じゅう、電話の交換台についてるか、エレベーターを動かすかしていたんです。お出かけになれば、必ずお見かけしたはずです。
ヴァンス：ひとりきりの勤務だったのかい？
ボーイ：十時以降はいつも、ボーイひとりだけになります。
ヴァンス：玄関以外には、この建物を出ていく方法はないんだね？
ボーイ：ありません。
ヴァンス：その次に、少佐を見かけたのはいつのことだ？
ボーイ：（しばし考えてから）呼び鈴で砕いた氷を頼まれて、お持ちしたときに。
ヴァンス：何時ごろ？

ボーイ：うーん——よくわかりません。……ああ、そうだ！　十二時半だった。
ヴァンス：（かすかに笑いながら）時間を訊かれたんだろう？
ボーイ：ええ、そうでした。居間の時計を見てくれって頼まれたんです。
ヴァンス：どうしてまた？
ボーイ：ええ、氷をお持ちしたら、少佐はもうベッドにいらっしゃって。氷は居間のピッチャーに入れてくれと頼まれました。氷を入れ替えていると、暖炉の上の時計を見て今何時か教えてほしいって声をかけられたんです。懐中時計が止まっているから、時間を合わせたいってことでした。
ヴァンス：それから？
ボーイ：あとは、たいして話していません。誰から電話があっても呼び出さないようにおっしゃいました。もう眠りたいから、起こしてほしくないって。
ヴァンス：特に念を押されたのかい？
ボーイ：はあ——そんな感じでしたね、そういえば。
ヴァンス：ほかには？
ボーイ：いいえ。おやすみっておっしゃっただけで、明かりを消されました。ぼくは下へ戻りました。
ヴァンス：消したっていうのは、どこの明かりだい？
ボーイ：寝室のです。

ヴァンス：居間から寝室は見えるのか？
ボーイ：いいえ。寝室の入り口は廊下側になっていますから。
ヴァンス：じゃあ、どうして明かりが消えたのがわかったんだ？
ボーイ：寝室のドアが開いていて、廊下に明かりがもれていたんです。
ヴァンス：出ていくときに、寝室の入り口を通ったわけだね？
ボーイ：そりゃそうです――通らずには出られません。
ヴァンス：ドアは開いたままだったのか？
ボーイ：はい。
ヴァンス：寝室のドアはそこだけか？
ボーイ：はい。
ヴァンス：部屋に入ったとき、少佐はどこにいた？
ボーイ：ベッドの中に。
ヴァンス：どうしてわかった？
ボーイ：（ややむっとして）見えたんですよ。
ヴァンス：（しばらく間をおいて）少佐がもう一度下におりてこなかったのは確かなんだね？
ボーイ：さっきも申しあげましたが、おりてこられたらお見かけしたはずです。
ヴァンス：きみがエレベーターで上にあがっているあいだに、きみに見られずに階段をおりたってことはないだろうか？

ボーイ：そりゃ、できないことはないでしょう。でも、少佐に氷をお持ちしてから、二時半ごろミスター・モンタギューが帰ってこられるまでは、エレベーターを動かしていないんです。
ヴァンス：では、少佐に氷を届けてから、ミスター・モンタギューがお帰りの二時半までのあいだ、エレベーターで上に行った者は誰もいないんだね？
ボーイ：誰もいません。
ヴァンス：そのあいだ、きみはこのホールを離れていないんだね？
ボーイ：離れていません。ずっとここに座っていました。
ヴァンス：では、少佐を最後に見たのは、十二時半にベッドにいるところなんだね？
ボーイ：はい――朝早くに、誰だかご婦人(2)からお電話があって、弟さんが殺されたと知らされるまでですが。十分ばかりでおりてこられて、お出かけになりました。
ヴァンス：（ボーイに一ドル渡しながら）もういいよ。ただし、われわれが来たことを誰にも口外してはいけない。さもないと、拘禁されることになるぞ――いいか？……では、仕事に戻りたまえ。

ボーイが行ってしまうと、ヴァンスはマーカムに訴えるような目を向けた。
「さて、社会を守り、正義の求めにどこまでも応えるため、そして最大多数の最大幸福のため、公共の利益《プロー・ボーノー・プーブリコー》のために、まだほかにもあるかもしれないそのたぐいのもののために、きみの生来の思想《プロンプティング》には――きみならどういう呼び方をするのか知らないがね――反する行動に、もう一度乗り出してもらわなくちゃならない。悪趣味な言い方をすれば、今すぐ少佐の部屋をのぞ《ス》き回《ヌーブ》ってみたいんだ」

「何のために？」マーカムは、激しい抗議口調で言った。「すっかり正気をなくしてしまったのか？　ボーイの証言に不審なところは何もなかったじゃないか。ぼくは低能かもしれないが、さっきみたいな証人がほんとうのことを言っているくらいはわかる」

「確かに、ボーイはほんとうのことを言っているよ」ヴァンスは穏やかに同意した。「だからこそ、部屋にあがってみたいんじゃないか。さあ、頼むよ、マーカム。少佐がこんな時間にひょっこり帰ってくることなんかないよ。……それに」――相手をまるめ込むような笑顔で――「あらゆる力添えをしてくれるって約束だったじゃないか」

マーカムはせいいっぱい抗議したものの、ヴァンスも負けず劣らずせいいっぱいにくいさがった。そして数分ののち、私たちは合鍵でベンスン少佐の部屋に不法侵入していたのだった。

部屋への入り口は共用廊下に面したドアがひとつきりで、そこから奥の居間まで、狭い廊下がまっすぐ前方に延びていた。廊下の右手、入り口近くに、寝室側に開くドアがある。

ヴァンスは、奥の居間へ直行した。右手の壁に暖炉があって、炉棚の上に古風なマホガニーの置時計があった。炉棚のそばの、いちばん奥の隅っこに小さなテーブルがあって、ピッチャーとゴブレット六客という、アイス・ウォーター・セットが載っている。

「例の重宝な時計がある。ボーイが氷を入れたピッチャーもある――まがいものの銀きせ銅板《シェフィールド・プレート》だな」

窓際に行くと、彼は二十五から三十フィート下の砂利を敷いた裏庭を見下ろした。

「少佐が窓から抜け出せたはずはないね」

彼は振り返って、しばらく廊下を眺めていた。

「なるほど、ドアが開いていれば、寝室の明かりが消えたと、ボーイにすぐわかったわけだ。廊下のつやつやした白い壁に反射する光は、かなりまぶしいだろうからね」

それから、来た道を引き返して、寝室へ入った。ドアに向き合うように天蓋付きの小さなベッド、そのそばに電気スタンドの載ったナイトテーブルがある。ベッドの端に座って、彼はまわりを見回し、ソケット・チェーンを引っぱって明かりをつけて、また消した。おもむろに、マーカムをじっと見据える。

「どうやって少佐が、ボーイに知られずに出かけたか、もうわかっただろう?」

「空中浮揚でもしたんだろうさ」とマーカム。

「まあ、それに似たようなもんだな」とヴァンス。「たいへんみごとな思いつきでもある。……いいかい、マーカム。——十二時半ごろ、少佐は電話で氷を頼んだ。届けにきたボーイが入ってくるとき、開いていた寝室のドアの向こうに、少佐がベッドにいるのが見えた。少佐はボーイに、居間のピッチャーに氷を入れてくれと言った。ボーイは廊下をつっきって、居間のいちばん奥の隅にあるテーブルのところまで行った。そして、少佐はボーイに声をかけ、炉棚の上の時計で時間を覚えさせた。ボーイが見た時間は、十二時半だった。少佐は、これでもう起こさないでくれと答え、おやすみを言って、このナイトテーブルの明かりを消してから、ベッドを飛び出したんだ——もちろん、服は着たままだった——そして、ボーイが氷をすっかり

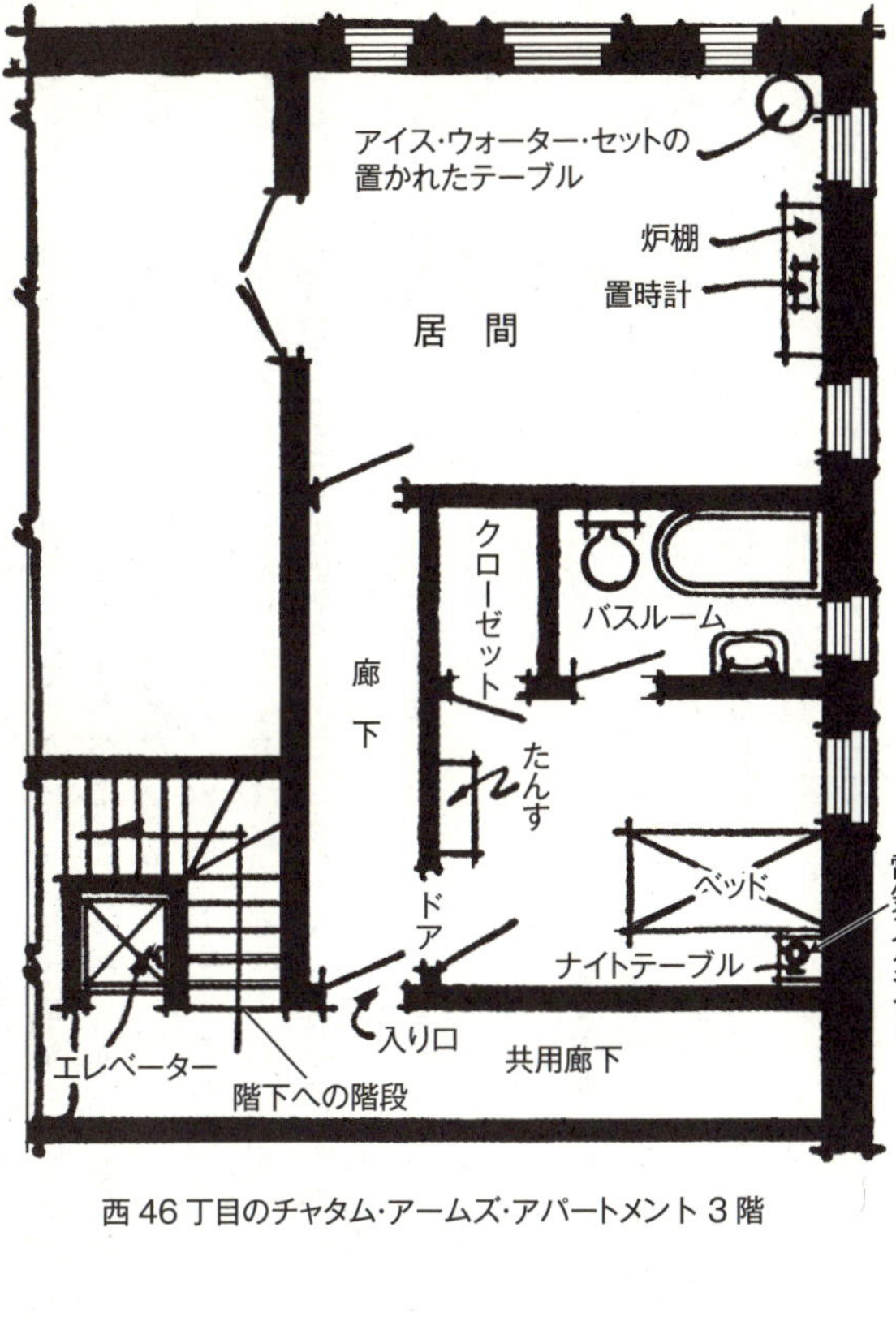

西46丁目のチャタム・アームズ・アパートメント3階

入れ替えて戻ってくる前に、急いで共用廊下に出た。少佐は階段を駆けおり、エレベーターがおりてくるより先に通りに出ていた。部屋を出ていくボーイが寝室のドアの前を通りかかったときには、もしのぞき込んだとしても、少佐がまだベッドにいるかどうかはわからなかっただろう。寝室は真っ暗になっていたんだから──巧妙だ、なあ?」

「もちろん、そんなことも可能だったかもしれんよ。しかし、まことしやかなその想像も、戻ってくるところでつじつまが合わなくなる」とマーカム。

「そんなことは、この計略中でいちばん簡単な部分さ。おそらく、通りの向かい側のどこかの戸口で、ほかの入居者の誰かが帰ってくるのを待っていたんだ。ボーイが、ミスター・モンタギューが二時半ごろ帰宅したと言っていた。少佐は、エレベーターがあがっていったのを確かめて、階段を歩いてのぼったのさ」

マーカムは、何も言わずに苦笑いした。

ヴァンスが続ける。「きみも気づいただろう、少佐はわざわざ日付や時間をはっきりさせて、ボーイの頭にそれをたたき込むよう苦心している。つまらないショー──頭痛──運の悪い日。どうして運が悪いのか? 十三日だ、ってところだね。だが、ボーイにはラッキーなことがあった。片手いっぱいのお金──全部小銭でね。おかしなチップのやり方じゃないか? だって、一ドル札じゃあ、忘れられてしまいかねないからね」

マーカムの顔が曇ったが、相変わらずどうでもよさそうな冷淡な声で言った。「ミセス・プラッツ説のほうが出来がいいと思うね」

「ははん。だが、ぼくの用はまだ終わっていないんでね」ヴァンスは立ち上がった。「凶器が見つかると思うんだよ」

マーカムは、今度はまさかそんなばかなといったおもしろそうな目で、彼をさぐるように見ていた。「凶器があれば、もちろん、大事な要素になる。……ほんとうに見つかると思うのか？」

「造作もなくね」ヴァンスは楽しそうに請け合った。

彼はたんす《シフォニア》のところへ行くと、引き出しを開けはじめた。「ただ今お留守のこの部屋の主《あるじ》は、アルヴィンの家には銃を残していない。そして、抜け目のないあの男が、銃を捨ててしまうはずはない。先の大戦で少佐だったんだから、そういう武器を持っているものと思われているし。それどころか、実際に所持していることを知っている人間が何人もいるだろう。それに、無実の人間が――彼はすっかりそう思われているつもりでいるよ――いつもの場所に銃を置いておかないわけないだろう？　銃がないほうが、あるよりももっと怪しいじゃないか。おまけに、きわめて興味深い心理的要因も関係してくるよ。犯人だと疑われることが心配な無実の人間は、銃を隠すか捨てるかするもんだ――いい例が、リーコック大尉だ。だが、無実を装《よそお》いたいと思っている犯人は、使ったあとでもとあった場所にきちんと戻しておくものだ」

彼はまだたんすの中をさがしていた。

「そこで、問題となるのはひとつだけ、少佐の銃の定位置を見つけることだ。……このたんすの中じゃない」彼は最後の引き出しを閉めながら言った。

彼はベッドの脚もとにあった背嚢《はいのう》を開け、中身をあらためた。「ここでもない」と、こだわりのない口ぶりでつぶやく。「あとそれらしい場所といえば、クローゼットくらいだな」

部屋を横切って、彼はクローゼットのドアを開けた。あわてるふうでもなく、明かりのスイッチを入れる。上段の棚のすぐ目につくところに、ふくらんだホルスター付きのアーミーベルトが置いてあった。

ヴァンスは細心の注意を払ってそれを持ち上げ、窓のそばのベッドの上に置いた。

「ほらね」ヴァンスはうれしそうに言いながら、おおいかぶさるように目を近づけた。「特に注意して見てほしいのは、ベルト全体とホルスターが――ホルスターのフラップだけは別だが――すっかりほこりをかぶっていることだ。フラップが比較的きれいなのは、最近開けたことがあるしるしだ。……断定はできないよ、もちろん。だけど、きみは手がかりが大好きだからね、マーカム」

彼は、ホルスターから銃を慎重に抜き出した。

「ほら、これも。銃そのものもほこりをかぶっていない。最近手入れしたんだと思うね」

彼は続いて、ハンカチの角を銃口につっこむという行動に出た。ハンカチを引っぱり出すと、掲げてみせた。

「ほうら――どうだい？　銃身の内側も汚れていない。……ぼくの秘蔵のセザンヌ全部と法学士の学位を賭けてもいいが、弾薬はひとつもなくなっていないよ」

彼は弾倉を抜き出して、弾薬をナイトテーブルに落とした。私たちの目の前にきれいに並んだ弾薬は、七発——この型の銃の弾倉にいっぱいになる数だった。

「ほら、マーカム、きみが崇《あが》めている手がかりってやつを、もうひとつ進呈するよ。弾倉に長いあいだ入れっぱなしだと、弾はわずかに変色していく。キャッチ・プレートが気密になっていないからね。だけど、未開封の箱入り弾薬は封がしっかりしてあるから、中身はずいぶん長いあいだ光沢を保つ」

彼は、最初に弾倉からころがり出た弾薬を指さした。

「この弾をよく見てごらんよ——最後に弾倉にこめたやつだ——ほかのよりもちょっとつやがあるだろう。そこから推論すると——きみは推論の名人だよね——それはほかのよりも新しい弾で、ごく最近弾倉にこめたものだ」

彼はまっすぐにマーカムの目をのぞき込んだ。「ヘージドーン警部が保管している弾と入れ替わりにこめられたんだ」

マーカムは、催眠術にかけようとする呪文を振り払おうとでもするかのように、ぐいと顔を上げた。笑顔を見せたが、それは無理やりだった。

「ぼくはまだ、ミセス・プラッツ説がきみの最高傑作だと思っている」

「少佐の肖像は、ほんの輪郭しかできていないからね」とヴァンス。「筆をふるって隠された部分まで明らかにするのは、これからだ。でも、まずは簡単に問答をしてみようか——少佐は、十三日の夜、弟のアルヴィンが十二時半にはうちにいることを、どうして知ったのか？——アルヴィンがミス・セント・クレアを夕食に誘っているのを耳にしたからだ——ミス・ホフマンがしてくれた、盗み聞きの話を覚えているね？――ミス・セント・クレアが必ず十二時には帰ると言うのも聞いた。きのう、ミス・セント・クレアのうちを出たあと、彼女の話してくれたことが犯人を告発する役に立つだろうと言ったのは、十二時には何があろうと切り上げるという発言のことだったんだよ。少佐はこうして、アルヴィンが十二時半ごろには帰っていることを知り、誰も一緒にはいないこともまず確実だと考えた。何かあれば、待っていればいい。……部屋着姿《アン・デザビエ》の弟に、すぐ会えるものだろうか？――もちろん会える。彼は窓をたたいた。何の疑いもなく、声で彼だとわかってもらえる。すぐに中に入れてもらえた。アルヴィンは兄の前で身だしなみを気にしたりはしないだろうから、歯も髪の毛もないまま彼を迎えた。……少佐の身長は？――ぴったりだ。このあいだきみのオフィスで、ぼくはわざとそばに並んでみたんだがね、彼は身長五フィート十インチ半と見てほぼ間違いない」

マーカムは座ったまま、はらわたを抜かれた銃を黙って見つめている。ヴァンスの声の調子は、それまでほかの人間を犯人とする仮説を繰り出していたときとはがらりと変わっていた。

マーカムはその変化に感づいている。

「さあ、今度は宝石だ」と、ヴァンスが言っている。「ほら、いつか、ファイフの手形の担保が見つかったら、それが犯人を押さえるときになるだろうって、言っておいただろう。そこで、ぼくは少佐が宝石を持っているものと思った。ミス・ホフマンから、彼が例の包みのことを話さないよう頼んだって聞いて、確信したたね。アルヴィンが十三日の午後、宝石を自宅に持ち帰ったことを、少佐は間違いなく知っていた。思うに、そのこともあって、彼はあの晩にアルヴインを葬ることにしたんじゃないかな。少佐はあの安ピカものが欲しかったんだよ、マーカム」

彼はさっと立ち上がると、ドアのほうへ向かった。

「さて、あとは見つけるだけ。……犯人があれを持ち去った。でなければ、あのうちからなくなるはずがないんだ。したがって、このアパートメントの中にある。少佐がオフィスに置いたら、誰かに見られないともかぎらない。貸し金庫に預けたら、銀行の行員に宝石のことを覚えている人間がいるかもしれない。さらに、銃のときと同じ心理が、宝石にもあてはまる。少佐は一貫して、自分は無実だという想定のもとに行動しているんだ。実際問題として、あの装身具はここに置いておくのが、ほかのどこよりも安全だしね。ほとぼりがさめてからでも、処理する時間は十分にある。……ちょっと一緒に来てくれよ、マーカム。つらいのはわかる。心臓が弱くて麻酔を打つわけにはいかないし」

マーカムは呆然自失といった状態で、彼のあとから廊下をついていった。私は大いに同情した。ヴァンスが真剣に少佐の有罪を実証してみせていると、間違いなく彼にはもうわかっている。実は、私はずっと、うすうす感じていたのだ。マーカムは、少佐のアリバイを調べてくれと頼むヴァンスの真意を疑っていたし、彼に抵抗したのも、ヴァンスのじれったいやり方にいらだっていたのと同じくらい結果を怖れていたせいだ。ベンスン少佐が彼の古くからの友人だからといって、ついにたどりついた真相を前にたじろいでいるわけではなく、彼は苦闘していた――私にもわかるように――とうてい避けられない状況と闘っているのだった。自分がヴァンスの言うことを誤解しているのであってほしい、展開ごとに力いっぱい争えば運命自体の姿を変えられるかもしれないと思いながら。

ヴァンスが先にたって居間へ入ると、さまざまな家具を五分ばかりじっと検分した。マーカムはといえば、入り口にとどまって、目を細め、両手をポケットに深くつっこんで彼を見守っていた。

「もちろん、専門の捜査員にしらみつぶしにさがしてもらってもいいんだがね」とヴァンス。「そうまですることもないだろう。少佐は大胆で狡猾《こうかつ》だ。広くて四角い額、眼光鋭く威圧的な丸い目、まっすぐな背骨、それにへこんだ腹部を見ればわかる。頭の働きに曲がったところはない。ポオのD大臣（「盗まれた手紙」より）のように、宝石をわざわざ人目につかないかたすみに隠しても無駄だとわかっていることだろう。いずれにせよ、隠さなくてはならない理由もないし。ただ人に見られる可能性のないところへ置いておきたいだけなんだ。当然、錠と鍵ってことになるだろうね？　寝室にはそういう隠し場所はなかった——だからこの部屋に来たんだが」

隅にある低い紫檀の机のほうへ行って、引き出しを全部開けてみた。鍵はかかっていない。次に、テーブルの引き出しを試す。これにも鍵がかかっていない。窓際の小ぶりなスペイン風キャビネットも、やはりあてはずれだった。

「マーカム、どうしても鍵のかかった引き出しを見つけなくちゃ」

彼がもう一度室内を見回して、寝室へ戻ろうとしたそのとき、ふと、センター・テーブル下の棚板に、雑誌の山に半分隠れてペルシアグルミ材の葉巻箱《ヒューミドール》が置いてあるのが目にとまった。

はっと足を止め、急いで箱のところへ行くと、蓋を開けようとした。鍵がかかっている。

「はて、少佐は何を吸うんだったかな？　ロメオ・イ・フリエータ・ペルフェッシオナードスだったな、確か――それにしても、しっかり鍵をかけてしまっておくほどの高級品じゃないぞ」

彼は、テーブルの上にあったブロンズ製の丈夫そうなペーパーナイフを取り上げて、箱の錠のすぐ上の隙間に刃先をつっこんだ。

「そんなことをしちゃいかん！」と、マーカムが声をあげた。非難だけでなく、同じくらい苦悶のまじった声だった。

しかし、彼の手がヴァンスに届くより先に、鋭くきしる音がして、蓋がぱっと開いた。中に、青いベルベットの宝石箱があった。

「ほら！『もの言わぬ宝石は言葉より雄弁なり』だな」と言って、ヴァンスは一歩しりぞいた。マーカムは沈痛なおももちで箱をじっとのぞき込んだ。そして、ゆっくりと目をそらして、椅子にどさっと座り込んでしまった。

「なんてこった！　何を信じたらいいんだ」

「その点、きみは、どんな哲学者も味わう、救いのない苦境に陥っているわけだ」とヴァンス。「だけどねえ、きみは、半ダースもの無実の人間を犯人だと信じるところだったんじゃないか。実際に犯人である少佐のことで、苦しまなくてもいいじゃないか？」

ばかにしたような口調だったが、その声とはうらはらに、奇妙で不可解な光がヴァンスの目には宿っている。私は改めて思った。この二人は固い友情で結ばれていながら、感情のこもった言葉や、ましてや同情の言葉が、二人のあいだでかわされることなどついぞなかったのだと。

マーカムは、前のめりになって膝に肘をつき、両手に顔をうずめるという、絶望の姿勢になっていた。

「だが、動機は！ ひとにぎりの宝石欲しさに、兄弟を撃ち殺すやつなんかいない」

「もっともだ」とヴァンス。「宝石はただの付録だったんだよ。ある重大な動機があった――ご安心を。あの敏腕会計士からの報告が届いたら、すっかり――少なくともかなりの部分は――明らかになるんじゃないかな」

「それで、帳簿を調べたがったのか？」

マーカムがすっくと立ち上がる。「よし。最後まで見届けてやる」

ヴァンスはすぐには動こうとしない。炉棚の上にある、東洋風デザインの小さなアンティークの燭台を熱心に見ていたのだ。

「ほほう！ とんでもなくみごとな模造品だな！」

24 逮捕

六月二十日（木曜日）正午

部屋を出ていくとき、マーカムは銃と宝石箱を持ち出した。六番街のかどのドラッグストアでヒースに、ヘージドーン警部も連れてこれからすぐオフィスに来てくれと電話した。公認会計士のスティットにも電話して、できるだけ早く報告してくれるよう頼んだ。

刑事裁判所ビルに向かうタクシーの中で、ヴァンスは言った。「わかってもらえただろう、ぼくの手法が、きみたちの手法よりずっとすぐれているって。最初から何者の犯行なのかがわかれば、見かけに道を誤らされはしないんだ。そういう先見なくしては、たとえば巧妙なアリバイなんかにだまされてしまいがちになる。……アリバイをしっかり調べてくれと頼んだのは、少佐が犯人だってわかっていたからだ。さぞかしりっぱなアリバイを用意しているだろうと思ってね」

「それにしても、なんでまた全員のアリバイを確かめろと？　オストランダー大佐のアリバイをくずそうとしてみたり、時間を無駄にしたのはなぜだ？」

「あんなふうに、ほかの名前を並べたリストにこっそりまぎれ込ませておきでもしなかったら、少佐のアリバイを確実につかむ見込みがあっただろうか？……それに、少佐のアリバイをまっ先に調べてくれと頼んだら、きみは拒否しただろうね。手始めに大佐のアリバイを選んだのは、抜け穴がありそうに思えたからだ――あれを選んでついてたよ。ほかのアリバイのうちどれかひとつをくずしてみせたら、きみも少佐のアリバイ調査に協力する気になるだろうと思ってね」

「だけど、きみの言うように、最初から少佐が犯人だってわかっていたんなら、いったいなぜぼくに教えてくれて、この一週間の気苦労から救ってくれなかったんだ？」

「なにを無邪気なことを言うんだい、きみったら」ヴァンスが言い返す。「最初から少佐の名前を挙げてたら、ぼくは名誉毀損《スカンダルム・マグナートウム》と犯罪的誹毀《ひき》行為で逮捕されてたね。少佐が犯人だということに関してはつねにきみをだまし、燻製ニシン《レッド・ヘリング》（人の注意をほかへそらすもの）の大群を行く先々で送り出して初めて、今日になってやっと、きみに事実を受け入れてもらえるようになったんじゃないか。それでも、ほんとうに一度たりとも、ぼくはきみに嘘をついていないよ。きみにみずから真相を見破ってほしいと思って、絶えずほのめかし、重要な事実を指摘してきた。なのに、きみはぼくがそれとなく言ったことをことごとく聞き流したり誤解したりしたんだよ。まったく強情だったらないね」

マーカムはしばらく黙り込んだ。「きみの言いたいことはわかる。だけど、あんなふうに次次とわら人形をこしらえてはぶち壊すようなまねをすることはなかっただろう？」

「きみは、身も心も状況証拠のとりこになっていた」と、ヴァンスが指摘する。「そんなきみにうまいこと少佐を押しつけるには、そんなものは何にもならないってわからせるしかなかったんだ。少佐に不利な証拠は何ひとつないんだからね——当然ながら、少佐はそれをわかっている。誰ひとり、少佐かもしれないと考えもしない。兄弟殺しなんて、思いも寄らないこととされてきたし——異形のもの《ルースス・ナートウーラエ》だよね——カイン（アダムとイヴの長子で、弟アベルをねたみから殺した）の時代以来。なんとかわかってもらおうとするぼくに、きみはいちいちつっかかり、ああでもないこうでもないと反対し、ありとあらゆる手を尽くして謙虚なぼくの努力をくじこうとしたんだよ。……いい子だから、認めちゃどうだい。ぼくがこんなに根気よくねばらなかったら、少佐は怪しまれることすらなかっただろうと」

マーカムがゆっくりとうなずいた。

「今でもまだわからないことがある。たとえば、ぼくが大尉を逮捕しようとするのに、少佐はどうしてあんなに一生懸命反対したんだろう？」

ヴァンスが首を振った。

「きみってやつは、なんて純朴なんだろう！　きみには犯罪なんか絶対にできないね、マーカム。即刻逮捕されちまうよ。ねえ、きみが誰を逮捕しようが関心がないように思わせれば――それどころか、きみが犠牲者を拘禁するのに反対しているように見えれば――少佐の立場がずっと安泰になるのがわからないのかい。わが身に降りかかるかもしれない疑いをきれいさっぱり消してしまうのに、それ以上いい方法があるだろうか？　そのうえ、自分が何を言おうと、きみが道を踏みはずすことなどありはしないと、よくわかっていた。きみはあくまで高潔な人物なんだからね」

「だけど、一、二度、少佐はミス・セント・クレアが犯人だと考えているような気がしたことがある」

「ははん！　それは、機会につけこんだ悪知恵だったんだよ。少佐は間違いなく、大尉に嫌疑がかかるように犯罪をたくらんでいた。大尉は、ミス・セント・クレアがらみで、弟を公然と脅したことがある。その女性が、アルヴィンと二人きりで食事に出かけようとしていた。朝になって、アルヴィンが軍用コルトで撃たれて死んでいれば、大尉以外の誰が疑われるっていうんだ？　少佐は、大尉がひとり暮らしで、アリバイを立証するのが難しいことも知っていた。ファイフを情報源として推薦したのも、どんなに巧妙だったか、もうわかるだろう？　ファイフに話を聞けば、例の脅しのことがきみの耳に入る。それに、ファイフの名前を持ち出すにも、さもあとになって思いついたように装《よそお》ったのも見落とせないよ。いかにもさりげなくしたかったんだ。──抜け目のないやり手だよね？」

マーカムは意気消沈しつつも、一心に耳を傾けていた。

「さっき機会につけこんだと言った、その機会のことだがね」ヴァンスが話を続ける。「きみがアルヴィンの夕食の相手を知っていると言ったものだから、少佐の目算ははずれてしまったが、彼女を起訴するにほぼ十分な証拠がそろっているという考えは、少佐の気に入ったんだ。騎士道精神あふれるこの街で、どんな証拠があろうと、魅力的な女性が殺人罪で有罪になるはずがない。スポーツマン精神は旺盛な少佐は、この事件で結局誰も罰を受ける者がいないことになるほうが好ましかった。そこで、きみがご婦人のほうへ容疑を切り換えるのを歓迎したんだ。そして、巧みな手並みで、彼女を巻き込むのはどうしても気が進まないというふうに見せかけた」

「だからなのか、彼の帳簿を調べてほしがったとき、自白のことで話をしたいからとオフィスに来てもらうのに、ミス・セント・クレアの自白だと思わせておけと言ったのは」

「そのとおり！」

「じゃ、少佐がかばっていた人物っていうのは──」

「少佐ご本人だ。彼は、きみにはミス・セント・クレアをかばっているように思ってほしがっていたけどね」

「少佐が犯人だっていう確信があったのに、どうしてオストランダー大佐を事件に引き入れたりしたんだ?」

「少佐の火葬用の薪に火をつける、焚きつけになってくれるんじゃないかと思ったんだ。大佐はアルヴィン・ベンスンとも彼の私設顧問団《カマリラ》全体とも親しくつきあっていたから。とんでもない穿鑿《せんさく》好きでもあるし、ベンスン少年団の中に反目でもあれば、そんな噂を聞きつけて、真相を勘ぐっていやしないかとも思ってね。それに、ファイフの情報もつかみたかった。わずかでも考えていることと反対の可能性が出てくれれば、きれいにつぶしておくために」

「ファイフのことなら、もうつかんでたじゃないか」

「ああ、具体的な手がかりって意味じゃない。ファイフの資質を教えてもらいたかった――彼の心理状態を――とりわけ、ギャンブラーとしての性格をね。ほら、この事件は、抜け目のない冷徹なギャンブラーのしわざだ。そういう特定のタイプの人間以外に、こんな犯罪ができるはずがない」

たった今のところマーカムは、ヴァンスの高説を聞きたい気分ではないらしい。

「少佐の、金庫にある宝石のことで弟に嘘を教えられていたって話を、信用したかい?」

「手練手管《てれんてくだ》に長けたアルヴィンは、アンソニーに宝石のことなんかひとことも話さなかったんじゃないかな」とヴァンス。「おおかた、ファイフがオフィスに来ているとき、戸口で耳をそばだてたってのが、少佐の情報源だろう。……少佐の盗み聞きといえば、そこからぼくは、犯罪の動機じゃないかと見込まれるものを思いついたんだ。きみんとこのスティットが、その点をはっきりさせてくれると思う」

「きみの説によると、ずいぶん急に思いついた犯罪なんだな」マーカムの発言は、実質的には質問だった。

「実行段階の細かい部分は、にわかに思いついたものだろうがね。少佐がしばらく前から弟を消してしまおうと思ってたのは間違いない。いつ、どうやってとまでは決めていなかっただけで。計画を練ってみては、やはり採用しないってことを繰り返してきたのかもしれん。そんなところへ、十三日になって絶好の機会が訪れた。あらゆる条件が、彼の目的に都合よく整ったんだ。ミス・セント・クレアが夕食に出かける約束をしているのを聞きつけた。ということは、アルヴィンはおそらく、十二時半ごろ、ひとりきりでうちにいることになる。そして、その時間に決行すれば、うまいことリーコック大尉に嫌疑がかかるだろう。彼は、アルヴィンが宝石を持ち帰るのを見た――これまた幸先がいい。待望のチャンスだ。あとは、しっかりしたアリバイをつくって、手口《モーダス・オペランディ》を考え出すことだけ。どういうふうにしたかは、ぼくがすでに解明したとおりだ」

マーカムはしばらく考え込んでいた。かなりたって顔を上げると、ようやく認めるのだった。

「少佐が犯人だと、どうやら納得したよ。だが、まいったなあ！　立証しなくちゃならん。実際の法律に適用できそうな、これといった証拠がないぞ」

ヴァンスは軽く肩をすぼめてみせた。

「ぼくは、きみたちのくだらない法廷や、証拠がいるっていうつまらないルールなんかには興味がないね。だが、きみを納得はさせたわけだから、難題を解決しなかったとは言わせないよ」

「言えないだろうな」マーカムが陰気に同意した。

彼の口もとの筋肉が、徐々に引き締まっていった。

「きみは自分の役割を果たしたよ、ヴァンス。この先はぼくが引き受ける」

ヒースとヘージドーン警部は、オフィスで私たちを待っていた。マーカムは、いつもと変わらない抑えた事務的な態度で二人に挨拶した。もういつもの調子を取り戻し、どんな任務を遂行するときとも変わらないもちまえのきまじめな力強さで、目前の仕事にとりかかるのだった。

「ついに真犯人をつきとめたと思うよ、部長。座ってくれ、すぐにひととおり説明するから。とりあえず見ておきたいことがひとつ二つあるんだ」

彼はベンスン少佐の銃を、銃器専門家に手渡した。

「この銃を見てくれ、警部。ベンスン事件の凶器と同定する方法があるかどうか、教えてほしい」

ヘージドーンは、ぎこちない足どりで窓際に移動した。窓枠に銃を置くと、たっぷりした上着のポケットから道具をいくつか取り出し、銃のそばに並べる。それから、宝石鑑定用の拡大鏡を片目につけて、銃をいじくり回しはじめた。その作業は次々と、果てしなく続くかに見えた。銃床のプレートを開け、逆鉤《シア》をはずして撃鉄を倒し、撃針を取り出す。スライドをはずし、バレル・リンクをゆるめて、リコイル・スプリングを抜き取る。銃をすっかり分解してしまうのかと思ったが、どうやら銃身の内側に光が入るようにしたいだけらしい。銃を窓に向けて掲げると、片目を銃口につけていた。彼は、五分近くも銃口をのぞき込んで、内部のさまざまな箇所に太陽の反射光が当たるように、銃を少しずつ前後に動かしていた。

やがて、無言のままゆっくりと、銃をもとに戻す作業を念入りにやり遂げた。そして、のそのそと席に戻り、しばらくのあいださかんに目をしばたたいていた。

顔を前に突き出し、鉄縁の眼鏡の上辺越しにマーカムをじっと見つめて口を開く。「そうですね、とりあえずは、この銃が凶器だといえるかもしれません。断言はできませんが。ただ、このあいだの朝、弾丸を調べたとき、ちょっと変わった施条痕があるのに気がつきました。この銃の施条が、あの弾丸の痕跡に合致しているように思えます。確実ではありませんが。この銃身をヘリクソメーター(1)で調べてみたいと思います」

「とはいえ、きみはそれが凶器だと思うんだな?」マーカムがもうひと押しした。

「言い切れませんが、そうだと思います。でも間違っているかもしれません」

「よし、警部。銃を持っていって、徹底的に調べてすぐに知らせてくれ」

ヘージドーンが出ていくと、ヒースが口を開いた。「あれが凶器ですよ、間違いなく。あいつのことならよく知っている。確信もなしにああまでのことは言いませんよ。……誰の銃なんですか?」

「すぐに教える」マーカムはまだ、真相を相手に悪あがきしていた――疑いの抜け穴がことごとくふさがってしまうまでは、少佐が犯人だという発表を自分自身の耳にも入れずにおこうというのだった。「スティットの報告を聞いてからにしたいんだ。ベンスン・アンド・ベンスンの帳簿を調べてもらっている。もう来るはずなんだが」

マーカムがせっせとほかの仕事をしつつ待つこと十五分、スティットがやってきた。きまじめな顔つきで、地方検事とヒースに挨拶をすると、ヴァンスを見つけてうれしそうに顔をほころばせた。

「ご助言をいただいて、ためになりました。当たりでしたよ。ベンスン少佐をもうちょっと長く引きとめておいてもらえれば、もっとよく調べられたんですがね。会社にいるあいだはずっと、私のすることにいちいち目を光らせていましたよ」

「できるだけのことはしたんだがね」ヴァンスはため息をついた。マーカムに向かって言う。「きのうは昼食のあいだじゅう、ミスター・スティットの調査中にどうやったら少佐をオフィスから追い出せるか、そればかり考えていたんだよ。そうしたら、リーコックが自白したっていうんで、どうしても欲しかった口実がちょうど手に入った。ほんとうは、少佐に来てほしかったわけじゃない――ミスター・スティットがじゃまされないようにしたかっただけなんだ」

「何か見つかったのか？」マーカムは会計士に訊いた。

「たっぷりと！」と、簡潔な答えが返ってきた。

会計士はポケットから一枚の紙を取り出して、机の上に置いた。

「簡単な報告書です。……ミスター・ヴァンスのご提案に従って、株の取引記録と予備の記録簿を見て、株の移転受領高をつきとめていきました。仕訳台帳を会計原簿に照合はせずに、もっぱら会社幹部の動きを調べましたよ。それでわかりましたが、ベンスン少佐は、いつも、きわどい取引の見返りとして自分名義に書き換えた有価証券を担保に、利益目当ての場外市場株に投機を繰り返してきています。ものすごく損失がかさんでいますね――金額はわかりませんが」

「アルヴィン・ベンスンのほうは？」とヴァンス。

「これまた似たような手口を使っていました。ただ、こちらは運がよかった。何週間か前にコロンバス・モーターズの共同投資で大儲けしていますから。その金は、帳面をごまかして自分の金庫にしまい込んだ――ともかく、秘書はそう言っていました」

「ベンスン少佐がその金庫の鍵を手に入れることになるんだったら、弟が撃ち殺されて彼には幸運ということだな」とヴァンス。

スティットが言葉を返す。「幸運なんてものじゃない。それで、州刑務所に入らずにすむんですからね」

会計士は帰っていった。マーカムは椅子の上で石像になってしまったように、正面の壁に視線を据えたままだった。少佐が犯人だというのを本能的に認めたくなくてわらにもすがる思いだったが、すがろうにも、またもや一本のわらが奪い去られたのだ。

電話が鳴った。彼はのろのろと受話器を取り上げた。耳を傾けている彼の目に、完全なあきらめの色が浮かぶ。精根尽き果てたように、椅子にもたれかかってしまった。

「ヘージドーンだ。あの銃が凶器だった」

そして、彼は体を引き起こすと、ヒースのほうを向いた。「部長、銃の持ち主は、ベンスン少佐だ」

ヒースは小さく口笛を鳴らし、驚きにちょっと目を丸くした。しかし、だんだんといつもの無神経そうな表情を取り戻した。「まあ、そう意外でもありませんな」

マーカムがスワッカーを呼んだ。

「ベンスン少佐に電話してくれ——犯人を逮捕するところだから、すぐおいで願えないだろうか、と」スワッカーに代理で電話をさせる気持ちは、私たちみんなにもよくわかった。

マーカムはヒースに、少佐への容疑をかいつまんで説明した。話し終わると、席を立って、机の前にあるテーブルの椅子を並べ替えた。

「部長、ベンスン少佐が来たら、この席についてもらうことにする」そう言って、彼は自分の席の真正面の椅子を指さした。「きみは、少佐の右側にかけてほしい。フェルプスを連れてきたほうがいいな——彼がいなければ、ほかの人間でもいい。少佐の左側に座らせてくれ。だが、私が合図するまでは手出ししないでもらいたい。私の合図で、逮捕だ」

ヒースがフェルプスを連れて戻り、それぞれの席につくと、ヴァンスが言った。「部長、用心なさったほうがいいですよ。逮捕されるのが自分だとわかったとたん、少佐はまっしぐらにつっかかっていきますすよ」

ヒースは、いかにも見下したようにせせら笑う。

「人を逮捕するのは初めてってわけじゃありませんからね、ミスター・ヴァンス――ご忠告はありがたいが。それに、少佐はそんな男じゃありませんよ、びくびくしてるんじゃないですかね」

「どうぞお好きなように」ヴァンスは、どうでもよさそうに答えた。「でも、ぼくは警告しておきましたからね。少佐は冷静だ。大きな危険を冒してなお、どたんばでも落ち着きはらっていることだろう。しかし、いよいよ追い詰められて最終的に負けをさとったら、これまでずっと抑えに抑えていたものに安全弁がついていないんだ、まさに爆発してしまうでしょうよ。情熱や感動や熱意といったものに無縁な生き方をしていると、ときにははけ口が必要になる。爆発する者もあれば自殺する者も出てきます――どちらも原理は同じだ。心理的反応という問題なんですから。少佐は自滅するタイプじゃない――だから、爆発するだろうと申しあげているんですよ」

ヒースは鼻を鳴らした。「われわれは心理学にうといかもしれませんがね、人間の本性はよく心得てますとも」

ヴァンスはあくびをかみ殺すようにして、無造作に煙草に火をつけた。しかし、テーブルの端に私と並んで座っている彼が、椅子をちょっと後ろにずらしたのがわかった。

フェルプスが耳ざわりな声を出した。「チーフ、もうすぐご苦労も終わりですねえ――リーコックってやつを逮捕するおつもりだとばかり思ってたんですが。……誰がベンスン少佐に目星をつけたんですか?」

「ヒース部長刑事と殺人課のお手柄さ」とマーカム。「残念ながら、フェルプス、地方検事局とその関係者は全員、いっさい口出ししないことになるよ」

「はあ、そうですか。何ごともめぐりあわせ、ですねえ」フェルプスは達観したようなことを言った。

われわれは張りつめた沈黙のうちに少佐の到着を待った。マーカムは放心状態で葉巻をくゆらしている。スティットの置いていった覚え書きに何度も目をやり、一度は冷水器の水を飲みに立った。ヴァンスはといえば、目の前にあった法律書のページをでたらめに開いて、ある贈収賄事件に西部の判事が下した判決に、笑顔を浮かべておもしろそうに目を通していた。待つことに慣れているヒースとフェルプスは、ほとんど身動きもしない。

ベンスン少佐が入ってくると、マーカムはせいいっぱいのさりげなさで迎え、そそくさと引き出しの書類をさがすふりをして握手を避けた。対してヒースは、陽気と言っていいくらいにふるまった。少佐に椅子を引いてやり、天候にかこつけてだらだらとつまらないことを口にする。ヴァンスは法律書を閉じ、投げ出していた脚を後ろに引いて、まっすぐ座り直した。

ベンスン少佐は、うちとけた中にも威厳のある態度でいた。すばやくマーカムのほうをうかがったが、何か不審をいだいたとしても、そんな気配は見せなかった。

「少佐、いくつかうかがいたいことがあります――さしつかえなければ」とマーカム。低いが、よく通る声だった。

「さしつかえなどありませんよ」相手は気安く応じた。

「軍用の銃をお持ちですね？」

「ええ――コルト・オートマチックを」けげんそうに眉を吊り上げている。

「最後に掃除して弾を詰め替えたのはいつですか？」

少佐は、顔の筋肉ひとつ、ぴくりとも動かさない。「はっきりとは覚えていませんね。掃除は何度もしました。しかし、海外から戻ってこのかた、弾の詰め替えはしていませんよ」

「どなたかに貸されたことは？」

「そんな記憶はありませんね」

マーカムはスティットの報告書を取り上げて、ちょっと眺めた。「急に顧客から予備の担保を引き揚げたいと言われたら、どうやって返すおつもりでしたか？」

少佐の上唇が吊り上がり、さげすむように歯をむきだした。

「そうか！　それでだったのか、友だちづらして、私の帳簿を調べに人をよこしたのは！」彼の首の後ろに赤く斑点が浮き上がり、耳のほうまで広がっていった。

「お言葉ですが、私はそんな目的であの男をやったのではありません」非難されて、マーカムは感情を害した。「しかし、今朝はお部屋を拝見しました」

「家宅侵入まで？」彼の顔はもう真っ赤になっていた。額に青すじを立てている。

「ミセス・バニングの宝石が見つかりました。……どうしてお宅にあったんです、少佐？」

「どうしてあそこにあろうが、きみの知ったことか」相変わらず冷ややかで淡々とした声だ。

「なぜ、ミス・ホフマンに口止めをなさったんです？」

「それも、きみの知ったことじゃない」

マーカムが穏やかに問いかける。「あなたの弟さんを殺した弾丸が、あなたの銃から発射されたものだったことも、私の知ったことではないんでしょうか？」

少佐は彼をじっと見据えた。口もとに冷笑が浮かぶ。

「きみのしていることは裏切り行為というやつだ！——私を逮捕するために呼びつけたくせに、疑われていることに気づかないうちに尋問して、罪に陥れようとするなんて。きみというやつは、なんて卑劣な！」

ヴァンスが体を乗り出した。「ばかな！」ごく低い声だが、鞭のように鋭い。「友人だからこそ、無実であってほしいと一縷《いちる》の望みをかけて、最後に質問しているんだと、おわかりにならないのですか？」

少佐が激しい勢いで彼を振り向いた。「ひっこんでいろ——このいくじなしめ！」

「ああ、まったくね」ヴァンスがつぶやく。

「そして、きみ」——彼は、震える指でマーカムを指さす——「今にほえづらかかせてやる！……」

罵詈雑言が少佐の口からどっとあふれた。鼻孔がふくらみ、目がぎらついている。どんな人間もこれほど怒ることはできないのではないか。激昂して発作を起こしたかのようだった——ゆがんだ顔に、嫌悪感が湧くほどの理性の失い方。

マーカムは、両手に顔をうずめ、目を閉じて耐えていた。ようやく、少佐の怒りが言葉にならなくなってくると、彼は顔を上げて、ヒースに向かってうなずいてみせた。刑事が今か今かと待ちかまえていた合図だ。

ところが、ヒースが動こうとしたとき、少佐はぱっと席を立った。立ち上がりざま、すばやく体をひねって、すさまじい勢いでヒースの顔にこぶしの一撃を見舞った。部長刑事は椅子に跳ね返されて、ぐらりと床に倒れてしまった。フェルプスが姿勢を低くして飛び出していく。だが、少佐は膝で彼の下腹を蹴り上げた。フェルプスも床にくずおれ、転げ回ってうめき声をあげた。

さらに少佐は、マーカムに向き直った。狂気の光に目をらんらんと輝かせ、唇を真一文字に結び、荒い息をするたび、鼻の穴がふくらむ。肩をいからせ、両腕を体から浮かせて、曲げた指をこわばらせている。すさまじい、制御不能の悪意そのものだった。

「次はおまえだ！」しわがれて毒気を含んだ、うなり声のような言葉だった。

そう言いながら、少佐が飛び出していく。

乱闘のあいだ、目を半眼にして、黙ってだらだら煙草をふかしていたヴァンスが、いきなりテーブルの端を回り込んだ。両腕を勢いよく前に突き出す。片手で少佐の右手首を握り、もう一方の手で肘をつかんだ。そして、すばやく軸回転するような動きで、後ろに引いたように見えた。つかんでいた少佐の腕が、肩甲骨の後ろまでねじり上げられた。苦痛の叫びがあがり、ヴァンスに腕をつかまれたまま、体が急にぐったりとなった。

そのころにはヒースが回復していた。よろめきながら立ち上がり、二人に駆け寄る。手錠がガチャッと音をたて、少佐はどさっと椅子に尻もちをついて、肩を前後に揺すりながらうめいた。

「たいしたことはありませんよ」と、ヴァンスは少佐に言った。「蒴状靭帯《さくじょうじんたい》がちょっぴり切れただけです。二、三日すればよくなりますよ」

ヒースが進み出てきて、黙ってヴァンスに片手を差し出した。謝ると同時に敬意を示す行為だった。これで、私はヒースのことが気に入った。

彼が被疑者を連れて出ていくと、フェルプスは支えられながら安楽椅子に座り、マーカムは片手をヴァンスの腕にかけた。

「行こう。もうへとへとだ」

25　ヴァンス、手法を解説する

六月二十日（木曜日）午後九時

その日の夜、トルコ風呂と夕食のあとで、暗い顔で疲れ果てたマーカムと、平気な顔で屈託のないヴァンス、そして私の三人は、スタイヴェサント・クラブの談話室の奥にある小部屋にいた。三十分あまり、私たちは黙ったまま座って紫煙をくゆらしていたが、ふとヴァンスが、ひとりごとでももらすかのような調子でこう言った。「やっぱり、ヒースみたいな強情で想像力の足りない連中が、犯罪者と社会とのあいだの堰《せき》になってるんだなあ！……悲しいかな」

「今の世にナポレオンはいやしないさ。もしいたとしても、たぶん刑事にはなっていない」とマーカム。

「だけど、ナポレオンがその職業にあこがれたとしたって、体格で不採用になるんだろうな」とヴァンス。「どうやら、きみのところの警官たちは、身長と体重で選ばれてるようじゃないか。体格について一定の基準に満たないといけないとは――まるで、取り組むことになる犯罪といえば暴動やらギャングの抗争やらばかりみたいだな。大きいこと――それが偉大なるアメリカの理想なんだ。美術でも建築でも、セットメニューの食事でも刑事でも。おそれいるね」

「ともかく、ヒースには寛大なところがあるよ」マーカムが弁解する。「きみのことを何でも大目に見てくれたんだからね」

ヴァンスがにっこりした。「夕刊であれだけ面目をほどこし、ほめちぎられたんだ、誰だっていい気分になるさ。少佐に殴られたことまで大目に見たんじゃないかな。巧妙な一撃だったね、あれは。回転力を利用してさ。ヒースはよっぽど頑丈にできてるんだな。でなけりゃ、あんなに早く回復するはずないよ。……それにしても、気の毒なフェルプス！　一生膝を怖れて暮らすことになるよ」

「きみは、少佐の反応をちゃんと推測していた」とマーカム。「結局のところ、きみのたわごとじみた心理学にはなかなか見どころがあるって、ぼくも認めるにやぶさかでないよ。きみの美学的推理が、正しい軌道に導いてくれたようなものだからな」

しばらく間をおいて、彼はヴァンスに穿鑿《せんさく》するような目を向けた。「どうしてなんだ？　きみが最初から、少佐が犯人だと確信していたのはなぜだ？」

　ヴァンスは椅子にもたれかかった。

「しばらく考えてみてごらんよ、この事件の性格を――顕著な特徴があっただろう。銃の引き金が引かれる寸前まで、ベンスンと犯人がおしゃべりだか言い合いだかをしていたのは間違いない。ひとりは座って、もうひとりは立っていた。そこで、ベンスンは本を読むふりをした。言うべきことは言ってしまったんだ。本を読むのは、話は終わったというジェスチャーだった。だって、人と話をしているときに、目的もなく本を読んだりはしないよ。見込みのない状況をさとり、思い切った対応を準備してきていた犯人は、銃を取り出し、ベンスンの額を狙って引き金を引く。そのあと、明かりを消して立ち去った。……現場からわかる実際の出来事は、そんなところだ」

　彼は煙草を二、三服した。

「では、分析してみよう。……前に指摘したとおり、犯人は胴体を狙わなかった。胴体のほうが命中する確率ははるかに高いが、確実に殺せる確率は低い。難易度も危険性も高い――また同時に、より確実で効果的な――道を選んだんだ。いわゆる技法というやつが、大胆不敵で単刀直入なんだ。神経が図太くて、ギャンブラーとしての勘が高度に発達した人間にしか、そんなに直截《ちょくせつ》で大それたやり方はできない。したがって、神経質な者、激しやすい者、衝動的な者、臆病な者はみな、自動的に容疑からはずれる。事件の手際がよくて事務的な面からすると、犯人の特定につながりかねないような物的証拠をいっさい残していないこととあいまって、たいへん自信たっぷりで危険を冒すことをものともしない人物が、前もって冷静かつ的確に計画を練っていたものであると見て間違いない。この犯罪には、難解さもなければ、わずかな想像力もないんだよ。あらゆる特徴が、攻撃的で直截な精神を指している——静的であると同時に決然として大胆で、事実や状況を直接的に、具体的に、明確に処理することに慣れた人物をね。……なあ、マーカム、きみだって、いろいろな徴候から人間の性質を判断することはできるだろ?」

「きみの推理の趣旨はわかっているつもりだが」相手はいささか頼りなげに認めた。

「よろしい、では」と、ヴァンスが先を続ける。「犯行の心理学的性質がはっきり特定できれば、あとは、所定の状況のもとでこの種の仕事をする場合に、いやおうなくそれとまったく同じやり方をするであろう精神と気質の持ち主を、関係者の中から見つけさえすればいい。たまたま、ぼくは少佐を昔からよく知っていた。だから、最初の日の朝、状況をひととおり見たとたんに、少佐がやったことだとはっきりわかったんだ。どう見ても、この事件には少佐の性格や精神構造が心理学的にあますところなく表われていたよ。だけど、彼のことを個人的に知らなくても——犯人の性格をあれほどはっきりと正確につかんでいたんだから——容疑者が何人いようとも、彼を割り出すことはできただろうね」

「しかし、少佐と同じタイプの別人が犯人だったら?」とマーカム。

「人の性質はみんな違うものだよ。ときとしてどんなによく似た人間がいるように思えたとしてもね」とヴァンス。「今回の事件の場合、少佐と同じタイプ、同じ気質の別人が犯人ということはほとんど考えられないが、蓋然性の法則というやつを考慮に入れなくてはならないからね。個性と天性がほぼ同じ人間がニューヨークに二人いたとしても、その二人ともがベンスンを殺す理由をもっているという可能性が、どのくらいあるだろうか？　まあ、それでも、可能性がきわめて少ないにもかかわらず、ファイフが事件に登場して、彼がギャンブラーでハンターだとわかったときには、いちおう彼の資質を調べてみたよ。個人的に知っているわけじゃないから、オストランダー大佐に情報を求めてね。大佐の話から、ファイフはすぐさま問題《オール・ド・プロ》外《ポ》とあいなった」

「だけど、あの男だって度胸があった。むこうみずな賭けに出るやつだし、間違いなくせっぱつまっていた」マーカムが異論を唱える。

「そうだよ！　だけど、むこうみずな賭けに出るやつと、少佐のような大胆で冷静なギャンブラーとのあいだには、大きな差がある——心理学的な深い溝がね。それどころか、あの二人を動かしている衝動は、正反対のものだ。ただむこうみずなだけのやつは不安や希望や欲求によって、冷徹なギャンブラーは打算と信念と判断によって動くんだ。一方は感情的、もう一方は理性的。ファイフと違って、少佐は生まれながらのギャンブラーで、どこまでも自信家だ。だけど、その自信というのは無謀と同じじゃないんだ。表面上、よく似たところがあるけどね。自分は絶対確実で安全だという本能的信念に根ざすものなんだよ。フロイト派の学者がインフエリオリティ・コンプレックスと呼んでいるものの逆——自己優越症《エゴマニア》の一種、誇大妄想《フォリ・ド・グランドゥール》の変種だな。少佐にはそれがあるが、ファイフの気質にはそれがない。この犯罪ではそれをもっているものがやったと示されていたから、ファイフは無実だとわかったんだ」

「漠然とながらのみ込めてきたよ」ひと区切りのあとで、マーカムはそう言った。

「だけど、ほかにも、心理的な徴候やその他の徴候があった」とヴァンス。「――部屋着姿の死体、寝室にあったかつらと入れ歯、犯人があの家の内情に通じていたらしいこと、ベンスン自身が犯人を迎え入れたこと、あの時間にベンスンがひとりで家にいるのを犯人が知っていたこと――どれもみな、少佐が犯人だと示している。もうひとつ――犯人の身長に、少佐の身長が合致する。まあ、これはあまり重要なことではないがね。ぼくの測定では少佐と符合しなかったとしたら、ぼくは弾丸が偏向していたって考えただろうね。世界中のヘージドーン警部が何と言おうとも」

「女がやったはずはないって、あれほど確信があったのはなぜなんだ?」

「そもそも、女の犯罪じゃない――つまり、女だったら、あんなやり方はしないよ。人の命を奪うというような根源的なことがらとなると、どんなに頭のおかしい女だって感情的になるものだ。女があんな犯罪を冷静に計画して、しかもてきぱきと効率よく実行するというのは――五、六フィートの距離から、相手の額を一発でねらい撃ちだよ――人間の性質についてわかっているあらゆる知識に反するじゃないか。もうひとつ、女は、座っている相手を前にして、立ったまま話をしたりしないものだ。どういうわけか、座っているほうが安全な気がするんだね。女は座っているほうが話しやすいが、男は立っているほうが話しやすい。それに、女がベンスンの前に立ったとしても、相手に気づかれずに銃を取り出して狙いをつけることはできない。男がポケットに手を伸ばすのなら、自然な動作だけどね。女にはポケットがない。ハンドバッグぐらいしか、銃を隠し持つ場所はないよ。そして、怒っている女が目の前でハンドバッグを開けたりしたら、男は必ず警戒する——女の態度が怪しいというだけで、男は相手の挙動を疑うんだからね。……だが——何はさておき——女が犯人という仮定をありえないものにしているのは、ベンスンの禿げ頭と寝室用スリッパだね」

「ついさっききみは、犯人があの晩、必要なら思い切った対応をとろうと準備してきたって言ったね。それでいて、殺人を綿密に計画していたというのか」とマーカム。

「そう。その二つの言い方は矛盾しないんだよ。殺人は計画されたものだ——間違いない。しかし、少佐は相手に、死なずにすむ最後のチャンスを喜んで与えるつもりだった。ぼくの説はこうだ。財政的にのっぴきならない苦境に陥って、あわや刑務所入りかという状態の少佐は、弟が自分を救ってくれるに十分な金を金庫にたくわえているものだから、あの犯罪をたくらみ、あの晩は決行する覚悟で出かけていった。それでも、まずは弟に自分の窮状を訴えて、金を出してくれるよう頼んだ。アルヴィンは兄に、くたばってしまえとでも言ったんだろうな。少佐は、弟を殺さずにすむように、もう少しくらいは頼み込んだかもしれない。ところが、文学好きなアルヴィンときたら、ぷいっと本を読みはじめるじゃないか。それ以上訴えても無駄だとさとった少佐は、恐ろしい仕事に乗り出した」

マーカムはしばらく葉巻をくゆらせた。

「きみの話を全部認めるとしても、まだよくわからないのは、今朝きみが言っていたように、少佐がわざとリーコック大尉に嫌疑がかかるように殺人を計画したって、どうしてわかったかだよ」

「造形と構成の原理を知り尽くしている彫刻家なら、彫像全体の一部をなす不可欠な部分が欠けていれば、それを補って正確に復元することができるものだ。それと同じで、人間の心理をよく理解している心理学者には、所定の人間の行動に欠けている要因があれば、それを補えるんだ。ついでに言えば、メロスのアプロディーテに――ほら、いわゆるミロのヴィーナスのことだ――欠けている腕について、いろいろ取り沙汰されているけどね、つまらないことで騒ぐもんだよ。美的構成の法則を心得ている有能な芸術家なら誰だって、あの腕をそっくりもとどおりに復元できるさ。その手の復元というのは、たんなる脈絡《コンテクスト》の問題だ――欠けている要素は、既存の状況に適合、調和していなくてはならないってだけなんだ」

ヴァンスには珍しく、そこで微妙に強調してみせるような身振りをしてみせた。

「さて、嫌疑がかからないようにするというのは、どんな計画的犯罪においてもゆるがせにできない細部《ディテール》だ。特に今回の犯罪の場合、全般的構想が積極的、決定的、具体的だから、その構想に沿って構成要素もそれぞれ積極的、決定的、具体的になるだろう。したがって、少佐が自分が疑われないように手配しておくだけでは、構想が消極的すぎて、犯行のその他の心理的様相としっくりこないんだ。それでは漠然としすぎているし、遠まわしすぎるし、明確でなさすぎる。こういう犯罪を思いつくようなきっちり考えるタイプなら、理屈からいって、容疑者として特定の具体的な対象を用意しておくだろう。結果的に、リーコック大尉に不利な証拠が積み上がっていって、少佐が彼の弁護に次第に熱心になっていったところで、大尉がえじきにされたんだとわかったね。正直なところ、最初は、少佐が犠牲者に選んだのはミス・セント・クレアじゃないかと思っていたんだがね。ベンスンのうちに彼女の手袋とハンドバッグがあったのはただの偶然だったと知って、それに、大尉の脅しのことをわれわれに教えてくれる役回りにファイフを差し出したのは少佐だったことを思い出して、この事件で彼女にはあらかじめ役がついていたわけじゃないと気づいたよ」

しばらくすると、マーカムは立ち上がって伸びをした。

「さてと、ヴァンス、きみの仕事は終わった。ぼくの仕事は始まったばかり。眠っておかなくちゃ」

一週間とたたないうちに、アンソニー・ベンスン少佐は弟を殺害したかどで起訴された。ルドルフ・ハンサッカー判事による裁判が全国に興奮を巻き起こしたのは、ご記憶のとおりだ。AP通信が毎日のように、加盟各紙にコラムを配信、何週間にもわたってその裁判の経過報告が、国じゅうの新聞の第一面をはなばなしく飾ったのだった。地方検事局が激しい論争を経てからくも原告勝訴をもぎとったこと、証拠が間接的なものだったため、陪審の評決は第二級殺人罪となったこと、控訴裁判所の再審のあと、アンソニー・ベンスンは二十年以上の刑を宣告されたこと――こういった事実はすべて、公式の公開記録に残されている。

マーカム個人が、検事として公式の場に出ることはなかった。被告とは長年の友人で、困った難しい立場にあったのだ。首席検事補のサリヴァンにこの事件を任せたことに対し、非難の意見は出なかった。ベンスン少佐は、刑事法廷ではまれに見るそうそうたる弁護団でまわりを固めた。被告側の弁護士の中には、ブラッシュフィールドもバウアーもいた——ブラッシュフィールドが英国で言う事務弁護士《ソリシター》役を引き受け、バウアーが法廷弁護士《アドヴォケート》として弁論にあたった。あらゆる法的かけひきを駆使して闘ったが、依頼人に不利な証拠の多さに、さしもの彼らにもいかんともしがたかった。

少佐が犯人だと確信するようになってから、マーカムはベンスン兄弟の事業を調べあげてみて、状況はスティットが最初の報告で指摘していたよりももっと悪かったことを知った。会社所有の有価証券を個人の投機に流用するということが、組織的に行なわれていたのだ。ただし、アルヴィン・ベンスンはうまく立ち回って大きな利益をあげている一方、少佐のほうは投資でほとんど無一文になっていた。少佐が流用した金額を返済して犯罪起訴手続きを免れる頼みの綱は、アルヴィン・ベンスンに今すぐ死んでもらうことしかなかったと、マーカムは示してみせた。また、少佐が事件当日に返済を固く約束していて、その約束を守るには弟の金庫に手をつけるほかなかったことも、法廷に持ち出された。しかも、返済を約束したうちには、弟の所持金額を明記したものがあった。また、四十八時間期限の手形の担保に、すでに抵当に入っている証券をあてている一件もあった——弟が生きていれば、いずれ露顕していたことだろう。

検察側には、ミス・ホフマンという有用で聡明な証人がいてくれた。ベンスン・アンド・ベンスン証券会社の内情をよく知っている彼女のおかげで、少佐を告発する論拠がかなり強化された。

ミセス・プラッツも、兄弟間の痛烈な口論を何度も耳にしたと証言した。事件の二週間足らず前に、少佐がアルヴィンから五万ドル借りようとして断られ、「おれとおまえのどちらかの命を選ばなくてはならないはめになったら、痛い目をみるのはおれのほうじゃない」と捨てぜりふを吐いたとも述べた。

シオドア・モンタギューという、チャタム・アームズのボーイの話によると、事件のあった晩、二時半ごろに帰宅した男も証言に立った。彼の乗ったタクシーがアパートメント・ハウスの前で向きを変えたとき、ヘッドライトの明かりで、通りの向かいにある商人の家の入り口に立っている男が見えたが、それがベンスン少佐にそっくりだったという。この証言だけではほとんど効果がなかったところだが、少佐が逮捕されたあとでファイフが出頭してきて、彼がヘイグを飲みにピエトロの店へ向かっているとき、四十六丁目で六番街を渡っている少佐を見かけたことを認めたために、決定的なものとなった。ファイフは、そのときは特に重要なこととは思わなかった、少佐はただブロードウェイのレストランかどこかから帰宅するところだとばかり思っていた、と陳述した。彼のほうは少佐に気づかれていなかった。

この証言とミスター・モンタギューの証言が結びついて、少佐が綿密にこしらえたアリバイも無に帰した。弁護側は証人は二人とも人違いをしていると強硬に主張したものの、陪審には証言の印象のほうが強かった。ヴァンスの指導を受けたサリヴァン首席検事補が、あの晩、少佐がどうやってボーイに姿を見られることなく出かけてまた戻ってきたのかを、図示しながらていねいに説明してみせたので、なおのことだった。

宝石を犯罪現場から持ち去ったのは、犯人でしかありえないことも示された。ヴァンスと私が呼ばれて、少佐の部屋で宝石が見つかったことを証言した。ヴァンスは法廷でも、犯人の身長を実証してみせたが、技術面で複雑な異論がさんざん出てきて紛糾したため、不思議と効果があがらなかった。弁護側が争うのに最難関となったのは、ヘージドーン警部が鑑定した銃だった。

公判は三週間にわたり、外聞のよくない証言もままあったが、マーカムの配慮で、不幸にしてこの出来事に関わってしまった罪のない人たちの私事はできるだけ明かさないように、サリヴァンは最大限の努力をした。なのに、オストランダー大佐ときては、マーカムが自分を証人として呼んでくれなかったというので、今でも恨みに思っている。

公判も終わりにさしかかった週、ミス・ミュリエル・セント・クレアが、ブロードウェイで大々的に上演されたオペレッタで主役をはった。興行は成功をおさめ、二年近いロングランとなった。その後、彼女は騎士道精神旺盛なリーコック大尉と結婚、二人は文句なしに幸せそうだ。

ファイフはまだ結婚生活を維持し、相変わらず優雅にやっている。〝なつかしいアルヴィン〟のいなくなったニューヨークを、彼はちょくちょく訪れている。たまに、ミセス・バニングと一緒の姿を見かけることがあった。私はなぜが、いつ見てもあの女性を好もしいと思う。ファイフは一万ドルを都合して――どうやってだかは知らない――彼女に宝石を取り戻してやった。

ちなみに、宝石の持ち主のことは裁判では明かされなかった。私はそれがとてもうれしかった。

少佐への評決が出た日の夜、ヴァンス、マーカム、私の三人は、スタイヴェサント・クラブにいた。一緒に食事をしたのだが、過去何週間かの出来事についてはひとことも話が出なかった。それが、ほどなくするとヴァンスの唇に、ゆっくりと皮肉な笑みが浮かび上がっていくのだった。

「なあ、マーカム、裁判っていうのは奇怪な見世物だねえ！　ほんものの証拠は、提出されもしない。ベンスンは全面的に、想像と推定と含意と推理に基づいて有罪となった。……ふとしたことで法律というライオンの檻に落ちる罪なきダニエル（ユダヤの預言者。転じて、賢明で公正な人物）は、かわいそうにねえ！」

驚いたことに、マーカムが大まじめにうなずいた。

「うん。だけど、サリヴァンがきみのいわゆる心理学理論で有罪判決を勝ち取ろうとしていたら、サリヴァンのほうが心神喪失を宣告されただろうよ」

「いかにも」ヴァンスがため息をついた。「きみたち法律家という哲人《イルミナーティ》たちときたら、理知的に仕事をしようとするとからきしだめなんだから」

ややあって、マーカムが言い返す。「理論上、きみの説はよくわかるよ。だが、ぼくは長いあいだ実質的なことばかり扱ってきたもんだから、今さらそれをやめて心理学や芸術に乗り換えられそうにない。……しかしね、今後、法的な証拠でうまくいかないようなことがあったら、きみに協力を頼んでもいいかい？」最後は、なにげなしに言い添えた言葉だった。

「いつでも喜んで。だけど、法的な証拠がいやおうなくきみの犠牲者につながるときこそ、ぼくの助けが最も必要なときなんじゃないかな?」

そして、ただ機嫌よくからかっただけのこの言葉に、不思議と予言めいたところがあったことが、のちに判明するのだ。

原注・訳注

（1）……は原注、（i）……は訳注である。

1

（1）実際、ヴァンスがそれぞれ二百五十ドル、三百ドルで手に入れた水彩画が、四年後には三倍の値に跳ね上がった。

（2）私が特に念頭に置いているのは、ロンドンのナショナル・ギャラリー所蔵のブロンツィーノ描くピエトロ・デ・メディチやコジモ・デ・メディチの肖像画、それにフィレンツェのヴェッキオ宮にあるヴァザーリ作ロレンツォ・デ・メディチの円形浮き彫り肖像である。

（3）ヴァンスは副鼻腔炎にかかって頭部エックス線写真を撮ったことがあるが、その写真に添付のカルテには「著しく長頭《ドリコセファリック》」、「不調和な北方人種型《ノルディック》」と書いてあった。そのほかにも、以下のようなデータがあった——頭長幅指数（頭幅に対する百分比）七五、鼻は指数四八の狭鼻《レプトライン》、顔面角八五度、頭頂指数七二、上部顔示数《がんしすう》（顔面の高さの幅に対する百分比）五四、瞳孔《どうこう》間幅六七、中顎の示数は一〇三で、頭蓋のトルコ鞍が異様に大きい。

（4）出会ってすぐのころ、ヴァンスが私に言ったことがある。「文化は多言語だからね。世界の知的業績、芸術的業績を理解するには、いろいろな言語を知ることが不可欠だよ。特に古典のギリシャ語とラテン語は、翻訳ではだめだな」この言葉をここに引用するのは、英語以外にもさまざまな言語で手当たり次第の読書をすることが、驚くほどの記憶力のよさとあいまって、彼の話し方に影響しがちだからだ。それをときとして衒学的《ペダンティック》に思う人もいるかもしれないが、この物語で私は、ありのままの彼の姿を描き出すべく、一貫して彼の言葉をなるべくそのまま引用するよう努めた。

(i)古代ギリシャの中東部ボイオティア地方にあった街タナグラの、周辺の墳墓から発見された、紀元前八—一世紀ごろのテラコッタ着色小彫像。

2

(1)その本はO・ヘンリーの短編集、『まじめな話』で、開いていたのは奇妙なことに「都市通信」という作品のページだった。

(2)モラン警視は(あとで知ったことだが)、もとは州北部の大銀行の頭取だった。その銀行は一九〇七年の恐慌で破産している。ゲイナー市長の時代には、彼を市警本部長の地位につけようと本気で考えられていた。

3

(i)ロバート・スマイス・ヒッチェンス。オスカー・ワイルドを冷やかした『緑のカーネーション』(一八九四年)が評判になった、英国の大衆作家。

（1）ヴァンスは両目でわずかに焦点がずれる。乱視ぎみの右目が一・二で、左目の視力は文句なしに正常だった。

5

（1）この数年後の、ベンスン殺人事件といろいろ似通ったところがある、あの有名なエルウェル殺人事件ですら、エルウェルのほうがベンスンより広く名を知られていたし、関係者は社会的にもっと著名な人々だったにもかかわらず、これほどの騒ぎにはならなかった。それどころか、エルウェル殺人事件の記事にはベンスン殺人事件が何度も引き合いに出された。ある反体制派の新聞などは、社説で、ジョン・F・X・マーカムがもうニューヨークの地方検事でないことを嘆いたものだ。

（2）英国暮らしの長かったヴァンスは、よく“ain't”（“am〔are, is〕not”の短縮形）と言う——アメリカよりも英国のほうで許容されている言い方だ。彼はまた、“ate”《エイト》（“eat”〔食べる〕の過去形）を、まるで“et”《エト》とつづるかのように発音した。それに、英国社会では禁句になっている“stomach”（腹）も“bug”（虫）も、彼が口にするのを聞いた覚えがない。

6

（i）英国の政治家・著述家フィリップ・ドーマー・スタンホープ・チェスターフィールド伯爵

（一六九四―一七七三）のことと思われる。ヴァンスはベンスンを、大使時代、家庭教師とのあいだに息子をつくった彼にみたてているのかもしれない。

8

（1）以下の、ヴァンスが犯罪を分析する心理的手法を説明するくだりは、もちろん、記憶に基づいて書いたものだ。しかし、この一節の校正刷りをヴァンスに送って、いかようにでも修正変更してほしいと依頼した。したがって、ここではヴァンスの説を事実上彼自身の言葉で伝えるものとなっている。

（2）ヴァンスがどの事件を指しているのかはわからないが、こういった趣向の事件は数例記録に残っているし、推理小説作家たちもしばしばこの手を使っている。最近の例としては、G・K・チェスタトン『ブラウン神父の童心』所収の、「狂った形」と題された短編がある。

（3）二十年ほど前に、英国で犯罪常習者を広範囲に調査して結果をまとめたのが、ピアスンとゴーリングだ。その結果によると、（一）犯罪に手を染めはじめるのはおおむね十六歳から二十一歳のあいだ、（二）犯罪者の九〇パーセント以上は正常な精神状態、（三）犯罪者の中には、犯罪者の父親よりも犯罪者の兄がいる者のほうが多い。

（4）ロンドン警視庁のもと副総監、バス勲爵士サー・ベイジル・トムスンが、この会話の数年後、『サタデー・イヴニング・ポスト』に次のように書いている。「たとえば、〝殺人はばれるもの〟という格言だが、見つからずにすんだ何千人もの殺人者たちのうちのひとりがたまたまうまい具合につかまると、この格言が必ず引き合いに出され、それが世間の興味をとらえる。殺人がばれないものだからこそ、ばれたときの痛快な驚きから、その現象を祭り上げる格言が欲しくなるのだ。法廷に立たされることになる毒殺者は、ほとんど例外なくそれまでにも何人かを殺している。それで疑われずにすむうちに、だんだん不注意になっていったのだ」

（5）一九二三年四月二十一日付『サタデー・イヴニング・ポスト』八ページ、「犯罪にまつわる世間の謬見《びゆうけん》」で、サー・ベイジル・トムスンもこの考え方を支持している。

（6）ルーヴル美術館所蔵の有名な『田園音楽会』の絵は長年、公式にティツィアーノの作品とされていた。しかし、ヴァンスが乗り出していって、ジョルジョーネ作だと館長のムッシュー・ルペルティエを説得した結果、今、その絵の作者はジョルジョーネとなっている。

11

（i）ヘレスポントスは現在のダーダネルス海峡。レアンドロスは塔に掲げられた灯を頼りにこの海峡を泳ぎ渡って密会していたが、ある夜、風が灯を消してしまって溺れ死んだ。

13

（i）メリーランド州とペンシルヴェニア州との境を決めるため、一七六三—六七年、チャールズ・メーソンとジェレマイア・ディクソンが部分的に踏査して確定した境界線。のちに南部と北部の境界として象徴的意味をもつようになる。

14

（1）一九〇八年、マンハッタン歌劇場で上演された『ラ・ボエーム』での、テトラッツィーニの演技のことを指しているらしい。

15

（i）英国イースト・サセックス州で一九一二年に発見され、有史以前のものとして話題になったが、一九五三年ににせものと判明した。

（ii）ダモンとピュティアスはギリシャのピタゴラス派の学徒で、無二の親友。紀元前四世紀ごろ、シラクサの僭主ディオニュシオス一世にピュティアスが死刑を宣告され、ダモンが身代わりに立つことで執行を猶予してもらう。執行の寸前にピュティアスが駆けつけ、友情にうたれた王は二人を赦免する。

18

（i）一七三二—一八一八年。英国の植民地行政官、初代ベンガル総督。辣腕家《らつわんか》で敵が多く、公判に付せられた際にはあらゆる権謀術数を尽くして闘った。

19

（1）「伝道の書」第三章第一節からの引用。ヴァンスがいつも旧約聖書を読んでいることを、私は改めて思い出した。彼はかつてこう言っていた。「職業作家の作品に飽きたときは、聖書の荘厳な韻文を読むと元気が出る。現代人がぜひとも文章を書かねばならない気持ちになったら、そういう人たちを一日に少なくとも二時間は聖書学者と過ごさせるといい」

（i）一八〇三—八二年。アメリカの思想家、詩人。「愚かなる首尾一貫性は、けちな政治家、哲学者、教師たちの狭い心が化けたものである」という言葉がある。

21

（1）この本は——あるいは、その一部は——確か、最近英語に翻訳されたはずだ。（日本ではGHQの出版統制リストに載っていたため第二次大戦後しばらくは翻訳刊行禁止だった）

23

（1）このボーイは、ケリー・ストリート六百二十一番地在住のジャック・プリスコといった。

（2）言うまでもなくミセス・プラッツであろう。

24

（1）あとで知ったが、ヘリクソメーターというのは、顕微鏡を通して銃身内部をくまなく調べることのできる装置のこと。

ファイロ・ヴァンス登場

戸川安宣

本書はS・S・ヴァン・ダインのデビュー長編 *The Benson Murder Case* (Charles Scribner's Sons, 1926) の最新訳である。

推理小説の創始者と言われるエドガー・アラン・ポオを生んだアメリカだが、このジャンルはポオの普及に多大な貢献を為したボードレールの国、フランスを経て、シャーロック・ホームズの生みの親アーサー・コナン・ドイルのイギリスで隆盛を極めた。それは当時の読書人にさまざまな形でエンターテインメントを提供していた雑誌を主媒体にし、短編が主流であった。そこに一九一三年、E・C・ベントリーが『トレント最後の事件』を著し、近代推理小説の夜明けを告げる。同時に世界は第一次大戦に突入し、ロシア革命などを経て新しい枠組みの時代へと移っていく。そして一九二〇年、『樽』でF・W・クロフツが、『スタイルズの怪事件』でアガサ・クリスティが登場し、推理小説の黄金期と言われる時代が幕を開ける。その後、A・A・ミルンの『赤い館の秘密』、イーデン・フィルポッツの『赤毛のレドメイン家』、A・E・

W・メースン『矢の家』、ロナルド・A・ノックス『陸橋殺人事件』など長編の名作が続々と刊行され、一九二六年、クリスティが『アクロイド殺害事件』を発表した年に、本書『ベンスン殺人事件』が上梓《じょうし》される。日本では大正が終わり、昭和が始まろうとしていた。当時の日本は、一九二三年に「毛皮の外套《がいとう》を着た男」の角田喜久雄、二三年に「二銭銅貨」の江戸川乱歩と「真珠塔の秘密」の甲賀三郎、二五年に「金口の巻煙草」の大下宇陀児《うだる》と「呪われの家」の小酒井不木が現れているくらいで、『ベンスン』と同じ二六年に「あやかしの鼓」の夢野久作が登場するという、推理小説の黎明期であった。

ファイロ・ヴァンスの横顔《プロフィール》 本書で初お目見えする名探偵ファイロ・ヴァンスだが、実はこの名前は実名ではない。

「その人物の法律顧問であり、友人でもあった」本書の語り手、ヴァン・ダインによると、「名前を明かすことは許可されていない」ので、「このいわば職業上《エクス・オフィシオ》の報告を行なううえで、彼をファイロ・ヴァンスという仮名にしてみた」というのだ。

「ファイロ・ヴァンス——あくまで個人的な評伝」"Philo Vance: An Impressionistic Biography" の著者、Y・B・ガーデン*も同じように言っている。どんな紳士録を調べても、ファイロ・ヴァンスの名前は出てこない。だが、ヴァンスの本名で検索すると、そこには次のような記述がある、と。

一八八七年ニューヨーク生まれ。故プレストン・ロウウェルとエルヴィナ（ウォーシントン)・Vの長男で一人っ子。一九〇三年英イートン校を振り出しに、一九〇六年カリフォルニア州ケンジントン・カレッジ、一九〇七年ジョーンズ・ホプキンズ、一九〇九年ハーヴァード、一九一一年オクスフォードで学ぶ。第一次大戦時には陸軍中尉として従軍し、ヨーロッパでの戦時勤務によりクロワ・ド・ゲール勲章を受ける。全米考古学協会、ニューヨーク・リサーチ協会、アメリカ自然史博物館、メトロポリタン美術館、ルーヴル美術館等々の会員。『ポロの技法』『エジプト象形文字の母音』『芸術と犯罪者』『明朝の陶器』等著書多数。……

ただし、この紳士録の記述の中に、「ジョン・F・X・マーカムがニューヨーク州の地方検《D・》事《A》として在任していた期間、非公式ながら精力的に犯罪捜査に従事」とあるのは、いささか勇み足ではないか。これではたとえ名前が異なっていても、ファイロ・ヴァンスのこととわかってしまうだろう。

それはともかく、彼は「今イタリアで生活しているが、自分が中心的役割を果たした事件の記録の公表は許可してくれたものの、実名を明かすことはいまだに強く拒否している」という。

ここで想起されるのが、三年後に刊行されるエラリー・クイーンのデビュー作『ローマ帽子の謎』だ。同書序文によると、クイーン父子も引退してイタリアに暮らしているというではないか! しかも、こちらの父子も仮名で、リチャード・クイーンもエラリーも、本名ではない、という。作家クイーンが、ヴァン・ダインの強い影響下に誕生したことの証左である。

さて、ファイロ・ヴァンスに戻ろう。「六フィートをわずかに下まわる身長」で、「並はずれて容姿端麗だが、口もとの禁欲的で冷淡なところが、メディチ家のある肖像画と共通している。

おまけに、眉の吊り上がり方にかすかに人を小馬鹿にするような尊大さがある。鷲のようないかつい目鼻だちにもかかわらず、感受性の鋭い顔つきなのだ。前頭が豊かに隆起していて、それは学者というより芸術家の額だ。冷淡な灰色の目と目のあいだは、広くあいている。ほっそりした鼻筋がまっすぐに通り、細いが突き出した顎には深い切れ込みがある」。アメリカの俳優ジョン・バリモアやイギリスの俳優フォーブス・ロバートソンを連想する顔だちだという。

ハーヴァードで「教授たちにけむたがられ、学友たちには敬遠されている、人とうちとけようとせず冷笑的で辛辣《しんらつ》な新入生」だったヴァンスは、「フェンシングの達人で、大学ではフェンシング・チームのキャプテンを務めた」。スポーツ万能で、「ゴルフのハンディはわずかに三。あるシーズンの選手権大会に出場したポロのチームに加わって、イングランドと対戦したこともある。そのくせ歩くことは無条件に嫌っていて、何でもいいから乗ることのできるものさえあればほんの百ヤードでも歩こうとはしないのだった」。

大学で受講したのは、「宗教史、ギリシャ古典文学、生物学、市政学、政治経済学、哲学、人類学、文学、理論心理学に実験心理学、古代から現代におよぶ言語。だが、彼にとって最もおもしろかったのは、ミュンスターベルヒとウィリアム・ジェームズの講座だった」。

一方、「法曹界に深く根をおろす家系に生まれた」ヴァン・ダインは、「大学進学予備校《プリパラトリー・スクール》の課程を終えると、ほとんど当然のようにハーヴァード大学へ行って法律を学んだ。ヴァンスとは、そこで出会ったのだ」。そして、「いわば引き立て役あるいは気の張らない相手として」格好の存在だったのか、ふたりは「何かというと行動をともにした」。ヴァン・ダインの司法修習期間中ヨーロッパで暮らしていたヴァンスが帰国したとき、おばのアガサが亡くなり、彼が遺産の受取人になったため、「相続した財産を所有するにあたって法的手続きを任せたいと」ヴァン・ダインを訪ねてきた。これがきっかけで、ヴァン・ダインは父の法律事務所のジュニア・パートナーの職を事実上放棄し、ファイロ・ヴァンスの金銭面の後見人兼全般的な代理人の仕事に専念することになる。

東三十八丁目、パーク街とマディソン街に挟まれたアパートメントで、「執事であり、従者、家令も兼ね、ときには本職の料理人も務める希代の老使用人、英国人のカーリ」に傅《かしず》かれながら暮らしているヴァンスは、「薄絹《シュラー》のドレッシング・ガウン姿でグレーのスエードのスリッパをはいて、膝の上にヴォラールのセザンヌ伝を広げている」と描写されている。まさにそれとぴったりの肖像画を、〈サタデイ・イヴニング・ポスト〉の表紙絵でお馴染みのE・M・ジャクソンが描いているので**、ここに掲げておこう。

「うんざりするほど傲慢」で、「自意識も眼識も非常に高い、人生の観察者」、「のんきで移り気、屈託がなくて、どんなにつらい現実に直面しようとも妙に冷笑的」な人物だ、とある。

「どことなく理想を求めすぎるような行動様式、かすかに英国風のアクセントとイントネーション（オクスフォード大学院時代のなごりだ）が、よく知らない人には気取っているような印象を与える。けれども、ほんとうのところ彼には、気取ったところがほとんどないのだ」

「服装にはつねに流行をとりいれつつも――細かいところまで至れり尽くせりの正確さで――流行に走りすぎはしなかった」

お気に入りのクラブは「スタイヴェサント」――「会員の大部分が政界や実業界の人間で、知的労力を要する議論に引き込まれずにすむからだという」。

「ときにはずっと現代的なオペラに行くこともあったが、常連となっているのは交響楽コンサートや室内楽リサイタルのほうだった」

さらには、「最高に読みのうまいポーカーの名手」で、「人間の心理的かけひきというポーカーに欠かせない科学的知識」を持っているという。

「人の心理を読む力には底知れないものがある。直感的に人間を正確に見抜く天分に恵まれた彼は、学問や読書によってその才能を驚くほど系統的で合理的なものに高めていた」

ベンスン殺人事件は「マーカムの捜査でヴァンスがいわば法廷助言者《アミカス・キューリエ》の役を演じてきた数々の事件の、最初のものだった」という。「ヴァンスが地方検事の捜査に一度同行してみたいと言い、マーカムは次の重大事件のときに連れていってやろうと約束したのだった」

ジョン・F・X・マーカムが「地方検事であった四年間における未解決重大犯罪の数が、それまでのどの前任者の時期よりもはるかに少ない」。というのも、「犯罪捜査においてあらゆる手法を地方検事局に導入した結果、警察が捜査に行きづまっていた数々の難事件を解決することができた」からだが、それには、「実際に事件を解決し、検察当局に証拠を提出したのは、市当局とは関係をもたず、これまでいっさい公の場に姿を現わしたことがない」人物が陰に存在したのだ。それが、誰あろうファイロ・ヴァンスであった。

ここで、マーカムが地方検事であった四年間の事件、と言い切っているため、ヴァンスの活躍を記録した十二の事件が、その中に収まり切らないという不具合が生じることになるのだが、それはそもそもは六作しか書かない、と公言しながら、その倍の作品を生み出さなくてはならなくなったことに起因する。

ヴァン・ダイン作品の特徴　ハーヴァードで出会ってすぐの頃、ヴァンスはヴァン・ダインにこう言っている。「文化は多言語だからね」この考え方が彼の話し方にも影響し、「ときとして衒学的《ペダンティック》に思う人もいるかもしれないが、この物語で私は、ありのままの彼の姿を描き出すべく、一貫して彼の言葉をなるべくそのまま引用するよう努めた」と記している。

ヴァン・ダインの小説の特徴は、まずなんといってもその高踏的な文体にある。

さらに、「そうしたほとばしるような報道合戦には、写真とか詳しい図解とかがつきものだった」とあるように、ファイロ・ヴァンス・シリーズには、犯行現場の見取り図や競馬レースの出馬表などが挿入され、犯罪実話の如《ごと》き仕立てになっている。それが物語のリアリティを高めているのだ。

そして最大の特色が、探偵ファイロ・ヴァンスの唱える心理的探偵法だ。

「真相を知るには、犯罪の心理的要因《ファクター》を分析して、それを人物に適用するしかないんだよ。唯一ほんとうの手がかりになるのは、心理的なものだ――物的なものじゃなくて」

ヴァンスは「犯罪を捜査する絶対確実な方法」として、以下のように理論を開陳する。「個人の性格の科学的研究と人間の性質を見抜く心理学のことだ」としてから、「大小にかかわらず、人間のどんな行動にも、人格がまともに表われ、必ずその人物の性質が特徴づけられているものなんだ。そこで、音楽家は、一枚の楽譜を見ただけでそれを作曲したのが、たとえばベートーヴェンなのかシューベルトか、ドビュッシーかショパンか、すぐさま見分ける。そして美術家は、一枚の絵を見ただけで、その絵はコローかアルピニーか、レンブラントなのか、それともフランツ・ハルスなのか、ただちにわかる。そして、まったく同じ顔をした人間が二人とはいないように、まったく同じ性質の人間はいない。人格をつくりあげている成分の組み合わせは、各人それぞれに異なっている。だからこそ、たとえば二十人の画家がまったく同じ対象の絵を描くとしても、ひとりひとり解釈の仕方も描き方も違ってくるんだ。できあがった絵はどれも、それを描いた画家の人格を間違えようのないくらいはっきりと表わしている」「犯罪には、芸術作品と同じ基本的要素がすべてそろっているよ――アプローチ、構想、技巧《テクニック》、創作力《イマジネーション》、表現方法、手法、構成。それに、犯罪にも芸術作品と同じだけたっぷりと、流儀や様相、総合的な性質に多様性がある。そう、綿密に計画された犯罪というのは、たとえば絵画と同じように、ひとりの人間を直接的に表わしているんだ。そこにだよ、犯人をさぐり出す大きな可能性があるのは。美学の専門家が絵を分析してそれを描いた画家を教えてくれるのと同じように、心理学の専門家が犯罪を分析してその犯人を教えてくれる――つまり、それがたまたま知っている人物だった場合はね――もしくは、まるで数学の計算のように正確に、犯人の性質や人柄を説明してくれるというわけだ。……そして、ねえマーカム、それが人間の有罪を決定するのに確実で納得のゆく唯一の方法なんだ。それ以外の方法はみな、たんなる当て推量だよ。非科学的で不確実で――危険だ」と述べている。

またこうも言う。「自分の個性や本性からは決して離れることができないんだ。だからなんだよ、あらゆる犯罪が必然的に人間心理に帰するというのは――それこそが、推理の基盤として不動のもの、ごまかしのきかないものなんだ」

これは現代の犯罪プロファイリングという考え方に近いのではないか。

その一方、ヴァンスの才能を際立たせるあまり、ヒースに代表される警察や、それを指揮する地方検事マーカムの捜査方法には、目を疑うような箇所が散見される。

中盤でヴァンスが関係者全員のアリバイ調べをマーカムに指示するが、これなどは真っ先に警察が行うことではないだろうか？（マーカムはその指示を、「意外な頼みごと」だと思ったようなのだ！）

また、結末近くでヴァンスが指摘する事柄の中に、いったいどこからつかんできたのか、と思うものもある。

デビュー作だけに、作者の意気込みが空転し、ヴァンスならではの探偵法もまだ確立していない。理論が先走って、それを作品に充分昇華できている、とは言えないようだ。

ジェイムズ・モンゴメリー・フラッグ描くヴァン・ダインの肖像画をあしらった Tuska 著 *Philo Vance*

ここで思い出すのは、江戸川乱歩が「D坂の殺人事件」で、ヴァン・ダインも本書で言及しているミュンスターベルヒを持ち出しながら存分に咀嚼《そしゃく》できなかったのを、次の「心理試験」で見事に作品に生かしたエピソードだ。

ヴァン・ダインの場合は、次作『カナリヤ殺人事件』でポーカー・ゲームにおける心理戦を採り上げ、さらに『グリーン家殺人事件』『僧正殺人事件』で自己のスタイルを確立する、という展開となる。

一応このデビュー作でもヴァンスは、犯人の性格ということを言ってはいる。「この事件は、抜け目のない冷徹なギャンブラーのしわざだ。そういう特定のタイプの人間以外に、こんな犯罪ができるはずがない」と。そして、この事件には犯人の「性格や精神構造が心理学的にあますところなく表われていたよ」と付言してはいるのだが。

作者S・S・ヴァン・ダイン　これまで、一般に知られていたヴァン・ダインの経歴は、本人が公にしてきたものだったが、一九九二年に刊行されたジョン・ラフリーによる評伝『別名S・S・ヴァン・ダイン』*Alias S. S. Van Dine: The Man Who Created Philo Vance* (Charles Scribner's Sons　邦訳は清野泉訳、国書刊行会、二〇一一年）によって、その多くがヴァン・ダインによる捏造《ねつぞう》、ないし美化されたものであることが暴露された。

　創元推理文庫でも、旧訳版『ベンスン殺人事件』などの解説で中島河太郎氏が紹介していたヴァン・ダインの経歴は、一九三一年に〈新青年〉誌に訳載された「半円を描く」という半生の記によるものだった。これはヴァン・ダインが〈アメリカン・マガジン〉に一九二八年、発表した"I used to be a highbrow, but look at me now"の紹介だった。ヴァン・ダインは一九三六年、スクリブナーズ社から刊行したファイロ・ヴァンスものの長編三作を収めたオムニバス本 *Philo Vance Murder Cases* に付した序文（創元推理文庫『誘拐殺人事件』に訳載）でも同じような虚構の経歴を並べ立てている。生年も一年サバを読んでいた。

　それでは実際のところはどうだったのか。ラフリーによると、S・S・ヴァン・ダインことウィラード・ハンティントン・ライト Willard Huntington Wright は一八八七年十月十五日、ヴァージニア州のシャーロッツヴィルで、アーチボルド・ダヴェンポート・ライトとアニー・ヴァン・ヴランケンの長男として生まれた。三つ違いの弟スタントン・マクドナルド・ライトはやがて画家として一家を成す。父はホテル経営者で、転居を繰り返しながら、ロサンゼルス中心部のホテルの共同所有権を有するまでになった。二人の子供は何不自由なく暮らし、ウィラードは音楽や美術を愛し、本を耽読《たんどく》した。スティーヴンスン、ポオ、ドイルを読み、ショー、

Alias S. S. Van Dine

モーパッサン、ボードレール、ランボオ、コンラッド、ハーディ、そして特にバルザックとオスカー・ワイルドに熱中した。一九〇三年、セント・ヴィンセンツ・カレッジに一年、南カリフォルニア大学に一学期、シラキュース大学で数週間、ポモーナには一年いた後、英語教育限定の「特別聴講生」としてハーヴァードに在籍したが、それは後年彼が騙《かた》ったような「入学」ではなく、しかも一年ほどで除籍になっている。一九〇七年、ウィラードはシアトルで知り合った同い歳のキャサリン・ボイントンと結婚。翌年には女の子が生まれ、ベヴァリーと命名した。だが、元来が家庭的人間ではないウィラードは、ほとんどの期間、家族とは別居生活を送り、とうとう一九三〇年に離婚している。その間、意に染まぬ職を経て、〈ロサンゼルス・タイムズ〉の文芸記者として先鋭的な記事を書くようになった。そのキャリアを生かして、ウィラードはニューヨークに移り、〈スマート・セット〉の編集者となった。この頃、弟のスタントンがセザンヌの筆致を模写してウィラードを描いた「芸術家の兄の肖像」は、二〇〇一年、国立西洋美術館の「肖像が語るアメリカ史」展に展示された。それはさておき、その間、彼は美術やニーチェ哲学に関する著作、それに自伝的小説（*The Man of Promise*, 1916）などを次々と発表したが、収入の面では満足のいく結果は得られず、友人たちからの借金が嵩《かさ》んでいった。生活も不規則になり、麻薬にも手を出した。仕方なく、彼はそれまで金儲けのための小説、と酷評していた大衆小説の続

き物を書く決心をする。ウィラードはその間の事情を、多忙な仕事から来る過労で入院を余儀なくされた折、軽い娯楽小説を読むことを医師から勧められ、二千冊に及ぶ推理小説を読破し、自ら書くことを思い付いた、とこれも事実をかなり歪曲して述べている。だがウィラードが膨大な量の推理小説を読み、研究分析をしていたのは、紛れもない事実だった。それは本名で刊行したアンソロジー *The Great Detective Stories: A Chronological Anthology* (Charles Scribner's Sons, 1927) の編集、ならびに同書の序文（創元推理文庫『ウインター殺人事件』に「推理小説論」のタイトルで収録）を見れば明らかである。さらには、たとえばクリスティの『アクロイド殺害事件』への批判などから、推理小説のあり方、自ら手を染めるに際しての規範を定めようと、「推理小説作法の二十則」（前出『ウインター殺人事件』所収）を定めたりした。

弟スタントンが描いた
「芸術家の兄の肖像」

ウィラードは推理小説のプランをハーヴァードで一緒だったスクリブナーズ社のマックス・パーキンズに持ちかけた。彼はF・スコット・フィッツジェラルド、アーネスト・ヘミングウェイ、リング・ラードナーといった作家を手がけた敏腕編集者だった。ウィラードの願いは受け入れられ、『ベンスン殺人事件』は一九二六年の六月下旬に完成し、十月に大々的な宣伝を打って発売された。三ヶ月後には五万部を売っていたという。第一作の成功を受けて、スクリブナーズ社は次の『カナリヤ殺人事件』を、まず〈スクリブナーズ・マガジン〉の一九二七年五月号から四回連載し、七月に単行本を発売するという戦略をとった。これが見事に功を奏し、ハードカバーは一週間で二万部、一ヶ月で六万部を超えた。こうなると映画化の話も舞い込み、翌二八年にはパラマウントと三本分の契約が結ばれた。

一九二九年、原作の方は第四作『僧正殺人事件』が刊行された年にファイロ・ヴァンスものの映画としては第一作に相当する「カナリヤ殺人事件」がマルカム・セントクレア、フランク・タトル監督、ウィリアム・パウエル主演で公開された。因《ちな》みにこれはミステリとしては史上初のトーキー映画だという。それに続き、この年はもう一本、「グリーン家殺人事件」がフランク・タトル監督、ファイロ・ヴァンスには再びウィリアム・パウエルを起用して撮られた。パラマウントは引き続き、今度は第一作の「ベンスン殺人事件」を「グリーン家」と同じタトル＝パウエル・コンビで取りかかるが、ここにMGMが割り込んできてニック・グラインドとデイヴィッド・バートンが監督し、のちにホームズ役者として有名になったバジル・ラスボウンをファイロ・ヴァンス役に起用した「僧正殺人事件」を「ベンスン」に先駆けて公開してしまう。したがって一九三〇年はこの二本。一息入れて三三年にはさらにワーナー・ブラザーズが加わり、マイケル・カーティス監督、ウィリアム・パウエルのファイロ・ヴァンスで「ケンネル殺人事件」……といった具合に続々と映画化されるのだ。

日本では「ケンネル殺人事件」のビデオ（のちDVD）だけが入手できるが、近年、アメリカでは徐々にファイロ・ヴァンス映画のDVD化が進んでいる。「ベンスン」は何種類かのD

ＶＤが発売されているようで、ようやく現物に当たることができるようになった。

その「ベンスン殺人事件」を観て一驚した。原作と同じなのはベンスンが射殺されること、ファイロ・ヴァンスやマーカム、ヒースなどが登場することくらいで、殺しの状況も何もまったく違う。これが映画化と言えるのかどうか、と思うほどだ。ヴァン・ダインの人気が下降線を辿った晩年、起死回生の手段として企画された最後の二作品に至るまで、彼は映画化から得られる高収入と引き替えに、作家の魂を売ってしまったとしか思えない。

一九三〇年にキャサリンとの離婚を成立させたウィラードはただちにクレア・デ・ライルと再婚する。前年の春、知り合ったばかりのイラストレイターだった。だがふたりの生活は贅沢を極め、印税や映画化権の収入を湯水のように遣い続けた。それを維持するために、ファイロ・ヴァンス・シリーズを続ける以外に道はなくなった。六作でやめる、という公約はいとも簡単に反古《ほご》にされる。

そして一九三九年の四月十一日、心臓発作からの回復期間に、二万語の段階にまで達していた最後の作品『ウインター殺人事件』を遺して、ウィラードは静かに息を引き取った。
アメリカ探偵作家クラブ賞の最優秀評論賞を受賞した『別名S・S・ヴァン・ダイン』の著者ラフリーの筆致は辛辣で、一世を風靡《ふうび》した人気作家の凋落《ちょうらく》ぶりを苛酷なまで

に暴いている。たしかに伝記文学としては出色の出来だが、ヴァン・ダインの推理作家としての功績に関しては、驚くほど冷淡で、推理小説史上でヴァン・ダインが果たした役割を正当に評価しているとは言い難い。けれどもラフリーの筆はあくまで、ヴァン・ダイン＝ウィラード・ライトの栄光と挫折、そしてその一家のすべてが決して仕合わせとは言えない最期を遂げた有様を活写して、鬼気迫るものがある。アメリカン・ドリームと言おうか、泡の如く消えた一時の夢を描いて、きわめて印象深い本であった。

ヴァン・ダインはどのように読まれたのか　私事だが、ぼくが初めて『ベンスン殺人事件』を読んだのは、一九六一年、中学二年の時、創元推理文庫の旧版、井上勇訳によってだった。実に半世紀以前のことである。当時は、訳文の中にフランス語やラテン語などが交じり、それにルビで発音が記され、割注の形で日本語訳が付いている、という独特の翻訳を、向学心旺盛な頃だったから、わくわくして読んだものだ。著者の原注に加えて、これまた克明な訳注が付されていて、それも嬉しかった。

因みにS・S・ヴァン・ダインの長編全十二作を六年間で個人全訳された井上勇氏は、同盟通信社に勤務し、外国特派員としてアメリカやフランスなどで第一線に立ち、後身の時事通信社の取締役まで務めた人である。そして一九四五年、短波放送を使い日本へ降伏を呼びかけたエリス・ザカライアス大佐と意見交換を重ね、アメリカの降伏条件を引き出そうとしたのが、同氏だった。第二次大戦末期、水面下で行われた和平交渉の実態が先ごろテレビのドキュメント番組で放送され、話題となったのは記憶に新しい。その井上氏は第十二作『ウインター殺人事件』のあとがきで、翻訳にあたっては「人一倍に丹念な努力をした」と述懐しておられるが、今回改めてその旧訳を参照したところ、綿密な調べ物の成果が訳文に反映されており、インターネットの力を借りずにこれだけの仕事を為し得たことはまさに驚嘆に値する。と同時に、氏が「日本語の崩壊に当面し」た戸惑いを吐露し、「少なくとも十年くらいの生命のある翻訳にしておきたいが、それは百年、河清を待つにひとしいかも知れない」と述べているように、翻訳の鮮度という観点から今回、日暮雅通氏の新訳登場となったのは時代の要請というものだが、ことにヴァン・ダイン作品については、井上氏の仕事は推理小説に限らず、日本の翻訳史上の路標的業績として、長く記憶されるべきだと思う（もちろん、日暮氏の新訳で、格段に読み易くなったのはお読みいただいたとおりである）。

今では、訳文中の割注すらも、読むリズムを壊すといって敬遠されがちである。だがもともと異国の、書かれた時代も違うものに解説は不可欠だ。それを無理にその時代風に直してしまったり、説明調の訳文にするほうがいいのか、直ちには決めかねるように思う。そうでなくとも、最近は翻訳が敬遠され、映画の字幕ですら煙たがられて、吹き替え版を観る観客が多いという。その是非はともかく、向学心旺盛な中学生が、井上訳に驚喜していたのは、ひょっとしてヴァン・ダインの読み方として案外正しかったのではないか、いや正しいか否かというよりも、リアルタイムでヴァン・ダインの新作に接していた当時のアメリカの読者の受け止め方に近いものがあったのではないか、と今回再読し、改めて思った。

一九二〇年代の後半に、アメリカで突然出現したS・S・ヴァン・ダインの作品は、そのペダンティックな文体が、当時最先端のトレンドとして歓迎されたのではないだろうか。

『ベンスン殺人事件』のモデル　本書にはモデルとなった実在の事件がある。第五章の注1に、「この数年後の、ベンスン殺人事件といろいろ似通ったところがある、あの有名なエルウェル殺人事件」とある、その事件こそ、本書のモデルで、ヴァン・ダインは巧妙にも本書の事件の方が実在の事件に先駆けているように設定し、「エルウェル殺人事件の記事にはベンスン殺人事件が何度も引き合いに出された」とまで記しているのだ（ここでシャーロッキャン的考察を試みると、本書に書かれたとおりであれば、エルウェル事件はマーカムが地方検事を退任した後に起こったことになっているから、それから逆算して本ベンスン事件はおおよそ一九一五年から一九年の間に起こったと想定できる。本書に記された日付と曜日が正しいものであれば、それは一九一八年の事件ということになる）。

それはひとまず措《お》くとして、一九二〇年の六月十一日の早朝七時十分、ニューヨークのジョウジフ・ブラウン・エルウェル宅に手紙が配達された。その一時間後にやってきた家政婦が居間に入っていくと、雇い主は椅子に腰掛けていた。朝の挨拶をしたところ、いつもは愛想の良い主人がいっこうに応える様子がない。不審に思い近づいてみると、膝の上に一通の手紙を広げた主人は、額の真ん中を弾丸で撃ち抜かれていた。直ちに通報を聞いて駆けつけた警察が調べたところ、エルウェルにはまだ息があったが、意識不明の状態だった。そして搬送先の病院で死亡する。おかしなことに、エルウェルはカツラを付けず、入れ歯も外したままだった。明らかに犯人はエルウェル自身が請じ入れたに違いなく、ごく親しい者の犯行と思われた。彼は有名なブリッジ・プレイヤーで、本も著しており、その代表的著作 *Bridge; Its Principles and Rules of Play* は現在でもペイパーバックになって読み継がれている。競走馬を持ち、ヨットを所有し、絵画のコレクターでもあった。だが最も熱心に集めていたのは女性だった。妻と離婚後、彼は数十人の女性と関係し、その中には人妻も少なからず交じっていたという。その内の誰かによる犯行、と思われたが、結局このエルウェル事件は迷宮入りしてしまった。

馬上の男性がＪ・Ｂ・エルウェル

エルウェルが発見時に坐っていた安楽椅子

推理小説史上における意義　すでに見たように、エラリー・クイーンがヴァン・ダインの影響下にデビューしたことは明らかである。ヴァン・ダインの作品と、そしてそれがもたらした旋風がなければ、エラリー・クイーンは生まれなかったかもしれない。少なくとも、『ローマ帽子の謎』に始まる、現在知られる形でのエラリー・クイーンという作家は出現しなかったろう。

ポオ以降、様々な国に様々な作家が登場し、自分より前に登場した作家の模倣やアンチテーゼとして自身の作品を作り上げ、また自前の探偵（ないし盗賊）を創造した。模倣と模索の時代だった、と言ってもいいのではないか。そこに登場したヴァン・ダインは、自分以前の作家を研究し、概観することによって推理小説のあるべき形を確立しようとした。それが形式を第一にする教条主義的作品だとして、徐々に飽きられ存在感を喪失していく代わりに、その形から入り、より精鋭化していったクイーンたちの活躍によって、このジャンルは急速にめざましい進化を遂げることになる。そのターニングポイントとなる時代のトップランナーとしてのヴァン・ダインの果たした役割は、大きい。

具体的に言えば、それは犯罪捜査のディテールを事細かに描くことによって、推理小説がより現実的なものへと進化を遂げるための方向性を示したのだ。そして、タイトルを The ＋六文字の名詞＋ Murder Case という形で統一したり（第十一作だけは、その原則を踏み外したが）、犯行現場の見取り図を挿入したりして、あたかも犯罪実話のような作りの上に遊び心を炸裂させた。こういうスタイルが大衆の心を捉え、同時に後に続く——その代表がエラリー・クイーンだ——作家に規範を示した、と言えよう。

だが、影響の大きさ、という点では、世界的に見ても、最もヴァン・ダインの影響を受けたのは日本の推理文壇だったのではないか。浜尾四郎や小栗虫太郎の登場は、ヴァン・ダインを抜きに考えられないし、現在の推理界を見渡しても、笠井潔等、その影響は連綿と続いている。

それればかりではない。ヴァン・ダインのアンソロジー、就中《なかんずく》その「序文」（前記「推理小説論』)は、海外推理小説をわが国に紹介する際の、恰好の参考書となった。わが国で『赤毛のレドメイン家』をはじめとするフィルポッツの推理小説が愛読されるようになったのは、ヴァン・ダインの推奨によるところ大である。そしていまだにその推理作品が読まれているのは日本だけ、と言っても良いのだ。

原作刊行から間もなく九十年になろうという現在、ふたたびその作品の個人全訳が企画されている、ということを見ても、ヴァン・ダインのわが国への影響力は明らかである。

* 「ファイロ・ヴァンス」を読んだときは、クイーンがJ・J・マックという名前を使って自作の序文を書いているように、Y・B・ガーデンというのもヴァン・ダインの別名かと思っていたが、ジョン・ラフリーによると、後期のヴァン・ダイン作品の口述筆記をしていた秘書の女性だという。彼女は、文章や台詞の細部にわたってさまざまな提言をしていたらしい。そういう意味で、この評伝執筆者として最も相応しい人と言えよう。

** 『カブト虫殺人事件』『ケンネル殺人事件』『ドラゴン殺人事件』を収めたオムニバス版 *Philo Vance Murder Cases* (Charles Scribner's Sons, 1936)より。

訳者紹介　1954年生まれ。青山学院大学卒。日本推理作家協会，日本文藝家協会会員。訳書にドイル『新訳シャーロック・ホームズ全集』，ヴァン・ダイン『僧正殺人事件』，ダグラス『おやすみなさい、ホームズさん』など多数。

検印
廃止

ベンスン殺人事件

2013年2月22日　初版

著　者　S・S・
　　　　ヴァン・ダイン
訳　者　日《ひ》暮《ぐらし》雅《まさ》通《みち》

発行所　（株）東京創元社
代表者　長谷川晋一

162-0814／東京都新宿区新小川町1-5
電　話　03・3268・8231-営業部
　　　　03・3268・8204-編集部
URL　http://www.tsogen.co.jp
振　替　00160-9-1565
萩原印刷・本間製本

乱丁・落丁本は，ご面倒ですが小社までご送付ください。送料小社負担にてお取替えいたします。

ISBN978-4-488-10319-4　C0197

ドイル傑作集 1

ARTHUR CONAN DOYLE COLLECTION vol.1

まだらの紐

コナン・ドイル

北原尚彦・西崎 憲 編　創元推理文庫

◆

名探偵の代名詞、シャーロック・ホームズ。鋭敏な頭脳を持った長身痩軀の探偵が居を構えるベイカー街221Bには、今なお事件解決の依頼状が舞い込むという。

史上最も著名な探偵を生んだコナン・ドイルは、天性のストーリーテラーとしても名を馳せる。

その作品を精選、全五冊集成でお届けするドイル傑作集。

第一集には、戯曲版「まだらの紐」ほか〈ホームズ外伝〉の諸作を、初演時の舞台写真や初出誌の挿絵と共に収録。

◆

収録作品＝王冠のダイヤモンド，まだらの紐，競技場《フィールド》バザー，ワトスンの推理法修業，消えた臨時列車，時計だらけの男，田園の恐怖，ジェレミー伯父の家，シャーロック・ホームズのプロット，シャーロック・ホームズの真相

ドイル傑作集 4

ARTHUR CONAN DOYLE COLLECTION vol.4

陸の海賊

コナン・ドイル

北原尚彦・西崎 憲 編 創元推理文庫

◆

スポーツに材を採った「クロックスリーの王者」、
「スペディグの魔球」といった作品をはじめ、
七つの海を荒らし回るシャーキー船長を描く三編、
堕落しかけていた若き地主が狐狩りを境に更生する
「狐の王」、勇将ジェラールの微笑ましい逸話など、
英国紳士のたしなみとも言うべき主題に彩られた
ドイル・コレクション第四集。

◆

収録作品＝クロックスリーの王者，バリモア公の失脚，
ブローカスの暴れん坊，ファルコンブリッジ公，狐の王，
スペディグの魔球，准将の結婚，セント・キット島総督、
本国へ帰還す，シャーキー対スティーヴン・クラドック，
コプリー・バンクス、シャーキー船長を葬る，陸の海賊